꽃과 말

꽃과 말
59가지 꽃말로 사랑을 말하다

초 판 1쇄 2025년 06월 27일

지은이 Jed Song
펴낸이 류종렬

펴낸곳 미다스북스
본부장 임종익
편집장 이다경, 김가영
디자인 임인영, 윤가희
책임진행 김은진, 이예나, 김요섭, 안채원, 이예준

등록 2001년 3월 21일 제2001-000040호
주소 서울시 마포구 양화로 133 서교타워 711호
전화 02) 322-7802~3
팩스 02) 6007-1845
블로그 http://blog.naver.com/midasbooks
전자주소 midasbooks@hanmail.net
페이스북 https://www.facebook.com/midasbooks425
인스타그램 https://www.instagram.com/midasbooks

© Jed Song, 미다스북스 2025, *Printed in Korea*.

ISBN 979-11-7355-302-8 03810

값 20,000원

※ 파본은 구입하신 서점에서 교환해드립니다.
※ 이 책에 실린 모든 콘텐츠는 미다스북스가 저작권자와의 계약에 따라 발행한 것이므로 인용하시거나 참고하실 경우 반드시 본사의 허락을 받으셔야 합니다.

미다스북스는 다음세대에게 필요한 지혜와 교양을 생각합니다.

꽃과 말

Jed Song 장편소설

**59가지 꽃말로
사랑을 말하다**

미다스북스

차례

1장	연화	9
2장	파종	29
3장	채홍	55
4장	발아	83
5장	꽃봉	111
6장	장마	139
7장	개화	163
8장	만개	185
9장	낙엽	203
10장	안개	259
11장	월동	285
12장	햇살	313
13장	결실	335

당신이 태어난 날에도 꽃이 피어났다.
꽃들은 저마다의 환경에서
저마다의 이야기를 가지고 피어나고 있다.
집에 놓인 화분에 피어난 꽃도, 정원에 피어난
꽃도, 농장에 피어난 꽃도, 도심 아스팔트 위의
꽃도 본인을 뜻하는 이야기를 품고 있다.
아름다운 꽃도 장소에 따라 잡초가 되기도 한다.
볼품없는 잡초와 같은 꽃도 화분 위에서는
추억을 가진 꽃이 되기도 한다.

마치 빗방울이 하늘에 멈춰 있는 것만 같았다.
꽃잎이 비에 젖어 아름다움을 비추었다.
이슬 한 방울 한 방울에 색이 물든다.
아무 색 없던 투명함도 자신의 색깔을 찾아간다.
가만히 자리를 지키고 있는 꽃도 바람을 타고
필사적으로 움직였다.

1장

연화

봄의 경치

Wild Flower 야생화
친숙한 자연

2.17

늦은 겨울, 눈이 녹으며 나오는 한기가 햇빛과 만나 서늘한 공기가 코끝에 맴돌았다. 아직 눈이 전부 녹지 않은 곳에서 하늘에 떠 있는 구름과 같은 색을 가지고 빛나고 있다. 깨끗하게 녹은 눈은 물이 되어 흙을 적셨다. 몸에 옷을 두르고 가려보아도 틈새를 타고 차가운 바람이 들어왔다. 이를 즐기기도 했다. 물로 몸을 적시는 것처럼, 바람으로 몸을 씻는 듯한 느낌이 들었다. 하룻밤 동안에 감고 있던 눈에 삶을 부여했다. 굳어 있던 몸을 일으켜 아침을 알려주었다. 건조한 날 특유의 맑은 공기가 겨울을 사랑하게 만들어주었다.

하루의 아침을 정원에서 시작하곤 했다. 오늘도 정원에 나와 공기를 마셨다. 정원은 마을에서 손에 꼽힐 정도로 거대한 크기를 자랑했다. 여러 구역을 나눌 수 있을 정도로 정원 전체를 가늠하기 힘들었다. 이곳은 조용했고 평화로웠다. 하지만, 장기간 사람의 손이 닿지 않았기에 정돈되어 있지 않았다. 부서진 수레가 있기도 하였고, 손을 놓은 도구들이 널려 있기도 했다. 나는 이곳을 가꿀 지식과 의지가 없었다. 이름 모를 겨울 야생화가 정원과 담장을 타고 피어 있었다. 야생의 꽃이 추위를 견디어냈다. 어두운 흙 위, 잡초와 넝쿨 속에서 생기를 불러일으키는 색깔과 함께 곳곳에 피어 있었다. 이곳은 더 이상 정원이 아닌 마치 숲의 형태를 띠고 있었다. 어두운 녹색 속에서 햇빛을 받고 있었다. 인위적이지 않은 자연의 모습이었다. 바람에 따라 꽃잎이 흔들렸다. 정리되어 있지 않은 정원 속에서, 포도나무 한 그루만이 꼿꼿이 서 있었다. 이 나무에 맺힌 열매를 어렸을 때 어렴풋이 본 적이 있었다. 그 이후로는 의식한 적이 없었다.

"바람이 아직 차갑습니다. 들어가시죠."

뒤에서 지켜보고 있던 왓슨이 다가와 말하였다. 그는 내가 어릴 때부터 옆에서 돌봐주었다. 정원을 포함하여 지금 지내고 있는 저택은 가지지 못한 대가의 유산으로 소유하게 되었다. 왓슨 또한 같은 경위로 내가 있기 전부터 이 저택을 관리해주었다. 왓슨은 처음 봤을 때와 다르게 나이가 많이 들었다. 검은색의 비중이 컸던 그의 머리카락도 백발로 가득 차 있었다. 쓰지 않던 안경도 이제는 그의 얼굴 위에 붙어 있었다. 주름도 더욱 깊어지며 젊음의 생기가 보이지 않게 되었다. 그래도 왓슨은 항상 일관된 행동으로 옆에 있어 주었다. 점잖고 낮은 어조의 목소리로 이끌어 주었다. 그에 반해 유머 감각이 적어 재미는 없었다.

왓슨의 말을 따라 저택 입구로 발을 돌렸다. 왓슨은 뒤에서 담요를 어깨에 덮어 주었다. 저택은 거대했다. 전부 둘러보기 어려울 정도로 여러 방이 있었고 계단도 있었다. 인원에 맞지 않는 넓은 지역에 나와 왓슨 단둘만 있었다. 그의 나이에 따라 저택을 관리해줄 인원을 늘리려는 움직임이 있었다. 저택 안으로 들어갔다. 혼자 계단을 올라갔다. 방 앞까지 다가가 문고리를 잡았다. 방문을 여니 창문을 타고 바람이 불어왔다. 깊숙이 들어온 바람은 머리카락을 흔들었다. 차가운 공기가 방안에서 온몸을 감쌌다. 어깨에 두른 담요를 내려놓고 겉옷을 벗어 던졌다. 그대로 창가 쪽에 있는 침대에 올라갔다. 등을 벽에 기대고 침대 위에 앉아 이불을 몸 위까지 둘렀다. 옆에 놓인 창문을 통해서 밖을 보았다. 창문 밖으로 정원 일부분을 볼 수 있었다.

'똑. 똑.'

한참 동안 멍하니 있다가 문에서 소리가 났다. 노크 소리와 동시에 누군가 문을 열고 들어왔다. 누군가라고 해도 들어올 사람은 왓슨뿐이었다. 그는 양손으로 쟁반을 들고 있었다. 쟁반 위에는 뜨거운 김을 내뿜는 작은 컵과 물이 담긴 유리잔, 그리고 약 하나가 올라가 있었다. 왓슨은 가져온 쟁반을 책상 위에 올려 두었다. 그리고 내가 바라보고 있던 창문을 닫았다. 작은 침대를 넘어 직접 닫았다. 그는 의자를 내 옆에 놓고 쟁반을 본인의 무릎 위에 올려 두었다. 태어났을 때 불운을 업고 태어났다. 세상에 나서부터 매번 같은 약을 먹고 있었다. 이 병은 약간의 천식과 어지럼증을 동반한 두통을 유발했다. 약을 먹으면 일시적으로 완화되었다. 이전에는 약의 효과도 잘 먹혀들었으나 시간이 지나며 약효도 쉽게 들지 않았다. 그리고 대학 시절, 학업을 이어가지 못할 정도로 병이 악화하였다. 그렇기에 중간에 학업을 그만둘 수밖에 없었다. 그때부터 지금까지 이 저택에 사로잡혀 있다.

"내일은 의사의 진찰이 예정되어 있으니 오늘처럼 창문을 열어놓으시면 안 됩니다."

왓슨이 말하였다. 그는 약을 건네주었다. 받은 약을 물과 함께 밀어 넣었다. 그리고 김이 나는 작은 컵과 바꿨다. 컵 안에는 차가 담겨 있었다. 천천히 뜨거운 김을 식히며 차를 마셨다. 신맛이 은은하게 혀를 자극하는 따뜻한 홍차였다. 왓슨은 항상 약과 함께 차를 가져다주었다. 차는 주기적으로 종류가 바뀌었다. 이 점이 점잖은 그에게 유일하게 기대할 수 있는 요소였다. 오늘의 선택은 만족스러웠다. 방 안에서 몸의 겉면을 차갑게 식히고 있던 흐름에 새로운 기류를 자아냈다. 정반대 온도가 만나 일으키는 반응을 즐겼다.

"오늘의 아침은 팬케이크와 샐러드로 준비하겠습니다."

왓슨이 쟁반을 들고 자리에서 일어나며 말하였다. 시선을 창문 쪽으로 돌리고 고개를 끄덕였다.

"팬케이크는 몇 장으로 드릴까요?"

이어서 왓슨이 말하였다.
"그냥 한 장."
여전히 창문을 바라보며 말하였다. 말을 끝으로 왓슨이 방을 나가는 소리가 들렸다.

그가 나가고도 몇 분 동안 시선을 옮기지 않았다. 구름이 흘러가는 대로 시간을 보냈다. 바뀌지 않는 풍경 속에 지루함이 느껴졌다. 따분함을 극복하고자 침대에서 일어났다. 무겁게 가라앉은 몸을 이끌고 구석의 책장으로 향했다. 몇 번을 반복해서 읽은 책과 도중에 포기한 책들이 놓여 있었다. 아직 첫 장조차 넘기지 못한 책들도 여럿 놓여 있었다. 최근에 읽고 있던 책 한 권을 꺼내 들고 침대로 돌아와 읽기 시작했다. 몇 장의 페이지밖에 넘기지 않았을 때, 왓슨이 문을 열고 들어왔다. 노릇한 향기와 함께 준비해준 아침 식사를 받았다. 읽고 있던 책을 배게 옆에 두었다. 종이를 씹듯 식사를 시작했다. 아침 공복의 신물과 지루한 반복의 멀미로 인한 싫증 때문이었다. 이렇듯 하루를 세 번의 식사로 나누어, 일어나서 아침 식사까지의 기간을 세 번이나 주고받는 일상의 반복이었다.

이후 시간이 흘러 똑같이 점심 식사를 마친 후, 밖을 바라봤다. 보이지 않는 해가 어두운 하늘을 밝히고 있었다. 대지의 저편이 붉게 물들었다. 반대쪽 하늘에서는 달과 별이 올라오고 있을 것만 같았다. 정원 또한 어두운 녹색으로 물들어 갔다. 그리고 그곳에서 익숙지 않은 무언가를 발견했다. 주변과 어울리지 않게 혼자 빛나고 있는 것이 눈에 띄었다. 일상의 변수에서 깊은 고양감을 느꼈다. 서둘러 자리에서 일어나 밖으로 나갔다. 신발도 신지 않은 채 정원으로 향하였다. 입고 있던 잠옷이 바람에 휘날려도 저문 해의 서늘함이 느껴지지 않았다. 위에서 바라본 장소에 도착하여 확인하였다. 그러나, 그 무엇도 찾을 수 없었다. 주변에서도 어색하게 다른 색을 가진 그 무엇도 보이지 않았다. 약간의 허탈감을 치밀어 올라왔다. 기대에 잔뜩 부풀어 어린아이처럼 뛰어간 나의 모습이 그려지며 쓸쓸한 미소가 지어졌다. 더러워진 발을 이끌고 저택으로 향하였다.

Apricot Blossom 살구꽃
아가씨의 수줍음

2.23

　차갑고 푸른 공기와 함께 새로운 아침을 맞이하였다. 이른 새벽에 느낀 포근한 이불 속과 다르게 밖은 아직 추운 겨울이었다. 몸을 일으켜 앉은 채로 밖을 바라보았다. 창문은 닫혀 있었다. 잠시 후, 왓슨이 아침 차와 함께 약을 들고 왔다.
　"곧 있으면 의사가 도착할 예정입니다."
　왓슨이 말하였다. 나는 고개로 대답했다. 그의 말을 들은 이후 하루의 시작이 언짢아졌다. 의사의 존재 자체를 거부하는 것은 아니었지만, 나을 리 없는 병에 시간과 돈을 투자하는 것이 만족스럽지 않았다. 그렇기에 본인의 시간을 사용하여 나를 전담해 주는 의사에게도 마음에 없는 태도가 나오기도 하였다.
　"띵"
　저택 입구에서 벨 소리가 들렸다.
　"의사가 오셨나 봅니다."
　왓슨이 소리를 듣고 말하였다. 그는 손님을 맞이하러 나갔다.

　곧이어 방문이 열리는 소리와 함께 의사가 들어왔다. 의사 뒤로 보조를 위한 간호사가 들어오고 마지막으로 왓슨이 안으로 들어왔다. 의사는 내가 앉아 있는 침대 곁으로 의자를 끌어와 붙어 앉았다. 간호사는 옆에서 가져온 짐을 풀었다. 왓슨은 그들 뒤, 벽에 붙어 지켜보고 있었다.

"좋은 아침입니다."

의사가 말하였다. 그는 인사와 함께 진찰을 시작하였다. 간호사에게 건네받은 도구를 들고 나의 몸을 살펴보았다. 차갑게 식은 쇳덩이로 몸 이곳저곳을 검사했다. 계속해서 손목의 맥박을 확인했다. 의사의 표정은 좀처럼 펴지지 않았다. 이후 가져온 모든 도구를 정리하기 시작했다. 그리고 평소대로 가방에서 유리로 된 작은 통을 꺼내었다. 항상 봐온 통 안에는 약이 들어 있었다. 절대 끊어지지 않는 반복을 잇는 굴레였다. 의사와 간호사는 가져온 짐을 챙겨 방을 나섰다. 왓슨 또한 그들의 마중을 위해 뒤따라갔다. 문을 사이에 두고 그들이 대화하는 소리가 들렸다. 얇은 나무 문은 소리를 막기에는 너무 약했다.

"여전히 병이 호전적으로 변하지는 않습니다. 몸과 병이 약에 적응하여 효능도 점점 약해지고 있습니다. 반복해서 말씀드려 안타깝지만, 평생을 짊어지고 갈 수밖에 없다고 판단됩니다."

의사의 목소리가 들렸다.

"알겠습니다. 감사합니다. 다음 진찰 때 뵙죠."

왓슨의 힘없는 말이 전해졌다. 그들의 대화에 신물이 올라왔다. 현대 의학의 실망감이 느껴졌다. 섭섭하지만 의사의 진찰도 예상하였다. 하지만 내가 할 수 있는 것은 없었다. 그저 빠르게 받아들이고 버틸 뿐이었다.

평소와 같이 식사를 마치고 오후의 적막함이 찾아왔다. 도중에 하던 독서에 질려 침대에 걸터앉았다. 또 다른 취미가 없었기에 시간을 보내는 것이 괴로웠다. 특히나 지금과 같이 그 무엇도 하고 싶지 않을 때는 더욱더 힘들었다. 움직임 하나하나에 의지가 들어가지 않았다. 포기하듯이 몸을 젖혀 그대로 침대 위에 누웠다. 머리 위로 창문이 보였다. 틈새 사이로 차가운 바람이 피부에 느껴졌다. 피부 겉을 훑고 지나가는 바람에 답답하게 막혀 있던 구름이 흘러 지나갔다. 더욱 정신을 맑게 하도록 겨우 몸을 일으켜 창문을 열었다. 열린 공간으로 힘겹게 들어오고자 했던 바람이 기회를 타기 시작했다. 뻥 뚫린 틈으로 기다렸다는 듯이 힘차게 바람이 불었다. 머리카락이 휘날렸다. 눈을 감고 그 순간을 만끽하였다. 맑은 정신을 가다듬을 수 있었다. 천천히 눈을 떠 밖을 바라보았다. 창문 밖의 경치가 또렷한 색상으로 펼쳐졌다. 정원의 모습이 눈에 들어왔다. 그리고 어제 보았던 낯선 색이 같은 위치에서 빛나고 있었다. 무익하게 보내고 있던 시간을 제치고 서둘러 일어났다.

  겉옷도 두르지 않고 계단을 내려갔다. 두껍게 가로막고 있는 저택 문을 열고 밖으로 나섰다. 부드러운 흙이 발바닥에 닿았다. 예상되는 정원의 지점으로 향하였다. 어제와 같은 장소에 도착하였다. 그리고 어제와는 다르게 그곳에는 무언가가 있었다. 무릎을 굽혀 땅에 대었다. 몸을 숙여 자세히 바라보았다. 그것은 한송이의 꽃이었다. 흰색의 꽃잎이 중앙을 감싸며 뭉뚝하게 피어있었다. 꽃잎은 위로 솟아 닫혀 있었다. 익숙지 않은 환경에서 본인의 몸을 감싸 안고 있는 듯이 보였다. 가려져 있어도 그 아름다움은 숨길 수 없었다. 꽃잎의 밑은 눈꽃과도 같은 밝은 흰색에서 중앙으로 갈수록 햇빛과도 같은 노란빛이 돌았다. 하얗다 못해 투명할 정도로 아름다운 색상이 눈을 사로잡았다. 주변의 낮은 잔디보다 높게 피어 있었다. 꽃의 이름이 처음으로 궁금해졌다. 전문 지식이 없었기에 어느 종류의 꽃인지도 알지 못했다. 이 꽃은 누구보다 곱게 피어 있었다. 녹색의 들판 안에서 자신의 존재감을 펼치고 있었다. 꽃을 키워보고 싶었다. 정원 주변을 훑어 화분을 찾기 시작했다. 절반이 깨져 있는 화분은 여럿 보였지만, 온전하게 꽃을 담을 수 있는 화분은 보이지 않았다. 어쩔 수 없이 그나마 손실이 적은 화분을 찾았다. 화분의 입구 부분이 약간 깨져 있었다. 속은 멀쩡했기에 걸맞은 용도로 사용할 수 있었다. 화분과 함께 모종삽을 들고 꽃송이의 옆으로 갔다. 식물에 관한 지식은 없지만, 뿌리에 상처가 나지 않게 조심히 옮겨야 한다는 사실은 알고 있었다. 모종삽을 땅 깊숙이 박고 흙과 함께 꽃을 뿌리째 뽑았다. 줄기가 넘어지지 않게 화분에 담아 흙으로 지탱했다. 깊숙한 부분의 고운 흙을 단단히 굳혀 뿌리를 지탱해주었다. 화분을 들고 자리에서 일어났다. 꽃을 보니 봄이 다가오고 있었다. 괜스레 기분이 좋아졌다. 뿌듯한 마음으로 하늘을 바라보았다. 구름 걷힌 하늘이 맑게 펼쳐져 있었다.

  꽃을 들고 저택으로 향하였다. 손과 발이 흙으로 더러워졌지만, 흙이 섞인 자연의 냄새가 생기를 돋워 주었다. 옷에 먼지 묻은 손을 닦았다. 바닥에 닿는 발바닥에서 흙이 묻은 자국을 만들어냈다. 곧장 방으로 들어와 주변을 살펴보았다. 화분을 놓을 위치를 물색했다. 꽃이 놓여 있기에 적합한 위치를 찾고 싶었다. 제자리에 서서 눈으로 전체를 확인했다. 금세 최적의 장소를 알 수 있었다. 창문 안쪽의 난간에 놓기로 하였다. 창문을 닫아도 방 안에서 꽃을 바라볼 수 있고, 창문 밖에서 들어오는 햇빛을 받을 수 있기에 알맞은 위치라고 생각했다. 침대를 건너 지정해둔 자리에 화분을 내려놓았다. 예상대로 만족스러웠다. 절로 미소가 지어졌다. 화분을 내려놓는 순간에 흙먼지가 잔뜩 묻은 모습이 눈에 들어왔다. 더러워진 손을 바라보아도 기분이 나빠지지 않았다. 오히려 양손을 모아 냄새를 맡았다. 흙의 차가우면서도 부드러운 향기가 미소를 자아냈다. 그리고 방에 떨어진 흙먼지가 눈에 띄었다. 침대에 떨어진 흙을 손으로 긁어 바닥에 떨어트렸다. 하지만, 이미 더러워진 손에 의해 침대는 더욱 망가질 뿐이었다. 바닥을 청소하기 전에 화장실로 갔다. 손과 발을 닦았다. 짙은 색의 흙탕물이 흘러 내려갔다. 화장실에 놓인 행주를 물에 적셨다. 그리고 흙이 떨어진 곳들을 닦아냈다. 다시 방으로 들어와 바닥과 침대에 묻은 먼지를 청소했다. 평소라면 의욕 없이 귀찮게 여겼을 청소도 지겹지 않았다. 하나의 놀이처럼 유쾌했다. 이 순간이 반가웠다. 방을 청소하면서도 화분을 계속해서 확인하였다. 보는 것만으로도 의욕이 되살아났다.

이후, 꽃에 물을 주고자 부엌에서 물이 가득 담긴 컵 하나를 들고 왔다. 화분의 흙에 물을 적셨다. 혹여나 꽃을 옮기는 과정에서 상처가 나지는 않았을까 하는 걱정의 마음도 들었지만, 아름다움을 유지하기를 바라는 기대의 마음도 있었다.

Star of Arabia 아라비아의 별　　　　　　　　　　　　　2.27
순수

　하나의 빛줄기가 속눈썹을 간지럽혔다. 굳은 눈꺼풀이 서서히 꿈틀거렸다. 틈 사이로 들어온 한기가 이불 밖의 피부를 간지럽혔다. 침구의 부드러움이 부각되었다. 다시 잠에 빠지고 싶은 욕구가 들었다. 그러나, 깊은 잠에 빠져 있었던 차에 두통으로 멈추었다. 애써 감고 있던 눈을 떴다. 꽃이 심어진 화분이 아침의 첫 장면에 보였다. 왠지 마음이 평온해졌다. 꽃은 곧게 자라 있었다. 올곧게 자라 있었다. 또한 이전과 다르게 꽃잎이 활짝 피어 있었다. 펼치면서 꽃잎의 윗면과 중앙이 보였다. 복숭아 과육처럼 분홍빛을 띠는 색이 중앙에 있었다. 끝으로 갈수록 하얀빛이었다. 꽃잎은 밝은 곳에서 더욱 선명했다. 꽃잎의 흰 부분은 태양 아래 눈처럼 밝았다. 하나의 사실을 깨달았다. 꽃잎을 오므리고 있던 모습이 고유의 모습이 아니었다.

　부엌에서 유리컵에 수돗물을 담았다. 방으로 가져와 화분에 물을 주었다. 물을 마신 꽃이 아름다운 형태가 되었음을 알 수 있었다. 형태를 잃지 않게 하고 싶었다. 평소와 같이 아침 공기를 마시기 위해 정원으로 나갔다. 얇은 털 카디건을 걸쳤다. 콧속 깊이 찬 공기 특유의 내음을 맡을 수 있었다. 희망을 발견한 곳으로 걸어갔다. 도착한 지점에 일상과 벗어난 낯선 순간을 목격했다. 한 여성이 정원에 서 있었다. 그녀 또한 나의 존재를 알아챘다. 하고 있던 행동을 멈추었다. 여성은 무릎을 굽히고 앉아 있다가 일어났다. 이름 모를 그녀는 금발의 머리에 하얀색 원피스를 입고 있었다. 햇빛을 받은 원피스가 투명하게 빛났다. 얇은 천 사이로 태초의 모습이 그림자처럼 보였다. 그녀에게서 눈을 뗄 수가 없었다. 낯선 이의 미묘함과 궁금증이 발걸음을 얼어 붙였다. 내가 그녀를 응시하고 있음을 알아차렸을 때 저쪽에서 먼저 걸어왔다. 원피스가 바람을 타고 흔들렸다. 바닥에 닿아 있던 원피스의 아랫부분이 흙으로 물들어 있었다. 몸이 살짝 움츠려졌지만 발은 여전히 멈춰 있었다. 어느 순간, 그녀는 바로 앞에 와 있었다. 밝은 금발의 머리카락이 햇살의 움직임에 따라 금빛 파도가 일렁거렸다. 투명할 정도로 경이로운 황금빛이었다. 긴 머리카락이 약간의 곱슬기를 가지고 허리까지 내려왔다. 먼 곳에서는 흐릿하게 보인 그녀의 얼굴이 선명해졌다. 이성적 매력이 느껴질 만큼의 어여쁜 이목구비였다. 양 볼에는 주근깨가 희미하게 있었다. 차가울 정도로 올라간 눈꼬리와 함께 얇은 분홍빛의 입술이 미소를 그렸다. 그녀는 고개를 약간 숙이며 인사를 건넸다. 내 고개도 자동으로 움직였다.

"좋은 아침입니다."

그녀가 인사말을 건넸다. 순간 대답을 할 수 없었다. 그녀는 미소를 유지한 채 어리둥절한 표정을 지었다. 그녀의 표정을 읽었을 때 멈춰 있던 사고와 입술이 작동하였다.

"좋은 아침이네요."

나는 답하였다.

"오늘부터 이 정원의 관리를 맡게 된 '루실'이라고 합니다. 잘 부탁드려요."

루실이 말하였다. 그녀는 첫인상의 순간에 본인을 설명했다. 그 후, 하던 행동을 하기 위해 돌아갔다. 돌아가는 그녀의 뒷모습을 보고도 한동안 움직일 수 없었다. 예상치 못한 상황에서 처음 마주하는 이와의 조우는 당황스러웠다. 그러나 반가웠다. 인파로 북적이던 거리가 시간이 지나 아침이 되어, 텅 빈 거리에서 우연히 불어온 바람과도 같았다. 양옆으로 나열된 건물 사이 길가를 지나가는 바람 같았다. 잔잔하게 불어온 바람은 아침을 알리고 긴 시간의 잠에서 눈을 뜨게 해주었다. 멈춰 있던 침묵의 행동을 깼다.

더 이상 다가가지 못하고 정원을 빠져나왔다. 현관을 통해 저택 안으로 들어갔다. 입구에는 왓슨이 기다리고 있었다.
"아침 산책을 다녀오셨나요?"
왓슨이 말하였다. 그의 대답에 가볍게 고개를 끄덕였다.
"외출 시에는 외투를 입으셔야 합니다."
이어서 그는 팔 한쪽에 걸어둔 옷을 내 등에 걸쳐주며 말하였다.
"새로운 사람을 고용한 거야?"
왓슨에게 질문했다.
"이미 만나셨나 보군요. 맞습니다. 정원의 상태를 더 이상 내버려 둘 수 없어서 관리를 위해 고용했습니다."
왓슨이 답하고 새로운 질문을 던졌다.
"방금 정원에서 만났어. 한 번도 만난 적 없는 얼굴이라서 어쩐 일인가 했어."
그의 질문에 답하였다.

대화를 끝내고 방으로 올라갔다. 안은 여전히 서늘했다. 창가의 꽃이 그림자를 넘어 피어 있었다. 걸치고 있던 웃옷을 바닥에 떨어트렸다. 침대 위를 지나 활짝 핀 꽃으로 향했다. 목을 길게 뻗어 얼굴을 꽃에 향했다. 다가갈수록 꽃 내음이 맡아졌다. 코를 통해 목구멍 안쪽을 자극하는 달콤한 향기가 났다. 깊은 곳에서 촉촉하게 젖은 흙의 포슬포슬한 부드러운 내음도 맡을 수 있었다. 문득 정원에서 새로 고용된 정원사가 떠올랐다.

생각 속에서 깨닫지 못한 약간의 시간이 흘렀다. 이어서 현실을 알려주는 노크 소리가 들려왔다. 문 너머의 소리 후에 왓슨이 들어왔다. 그는 한 손으로 문을 열었다. 반대편 팔에는 쟁반을 들고 있었다. 그 위에는 아침 식사가 놓여 있었다.

"식사하시죠."

왓슨이 말하였다. 그는 들고 있는 쟁반을 책상 위에 올려놓았다. 그리고 문을 닫으며 방 밖으로 나갔다. 쟁반 위에는 따뜻하게 데워진 크림수프와 몇 조각의 바게트가 있었다. 김이 나오고 있는 차와 후식으로 나온 여러 개의 작은 쿠키가 있었다. 의자를 빼고 앉아 아침 식사를 시작했다. 새벽 간 허기진 배를 채웠다. 차갑게 얼어붙은 뱃속을 녹여냈다.

적은 양을 남긴 뒤에 서둘러 식사를 마쳤다. 준비된 차 한 모금과 작은 쿠키 한 조각을 입에 넣었다. 쿠키는 달콤했다. 약간은 쌉쌀하게 구워진 빵 부분과 맛을 가미해 주는 초콜릿 칩이 조화롭게 어울렸다. 남은 쿠키를 접시 채 들어 올렸다. 의도가 정확하지는 않지만, 이상하게도 나누고 싶었다. 디저트를 함께 맛보고 싶었다. 정원에서 만난 그녀와 함께 즐거움을 함께하고 싶었다. 바닥에 놓인 외투를 다시 어깨에 둘렀다. 접시를 들고 방 밖으로 나갔다. 계단을 통해 1층 아래로 내려갔다. 내 모습이 잘못된 것은 아니지만, 왓슨에게 들키고 싶지 않았다. 그가 준비해준 디저트를 들고 있는 이 상황이 이상하게 부끄러웠다. 1층에 공개되어 있는 식사 공간이 보였다. 긴 식탁에 왓슨이 앉아 있는 모습이 보였다. 왓슨도 나의 모습을 알아차렸다. 우리는 서로의 눈이 한순간 일치했다. 그는 아침 식사를 하고 있었다. 왓슨은 행동을 잠시 멈추었다. 그리고 자리에서 일어나 나에게 다가왔다. 가까워지며 그는 주머니에서 손수건을 꺼내 입에 묻은 흔적을 닦아냈다.

"식사는 마치셨나요? 쿠키는 입에 맞지 않나요? 고급 브랜드라 입맛에 잘 맞으실 텐데…."

왓슨이 말했다.

"맛있어. 그냥 오늘은 왠지 밖에서 식사의 마지막을 즐기고 싶어서…."

나는 답하였다. 왓슨은 옅은 미소로 응답했다. 그는 다시 자리로 돌아갔다. 나는 등을 돌렸다. 심장이 두근거렸다. 심장 박동의 연속은 안도와 무안의 반반이었다.

신발장에서 신발을 갈아 신은 후에 저택의 문을 열고 밖으로 나갔다. 그대로 정원으로 발길을 향했다. 목적지에 다가가면서도 심장은 여전히 줄었다 부풀었다. 이번에는 긴장의 박동이었다. 정원 저편에 그녀가 있었다. 좀 전에 이어서 그녀는 같은 행동을 반복하고 있었다. 나는 멈췄다 가까이 가기를 계속해서 고민했다. 심호흡을 통해 불규칙한 선택의 기로를 가다듬었다. 오히려 밖으로 나온 선택을 후회하기도 했다. 계속해서 망설이며 생각이 피로하였다. 포기하고 돌아가려는 마음을 가지기도 하였다. 결국, 발걸음을 다시 돌리려던 찰나 저쪽에서 먼저 인사를 건네왔다.

"안녕하세요."

루실이 미소를 머금고 손을 흔들었다.

"안녕하세요."

얼떨결에 대답하였다. 인사를 통해 고민하던 순간이 잊혔다. 쉽게 발이 옮겨졌다. 다가오기를 기다리는 그녀를 향했다.

"식사 후에 간단하게 입가심을 위해 디저트를 가져왔어요. 괜찮으시다면 같이 나눠 먹지 않을래요?"

그녀를 향해 말했다.

"정말요? 그래 주신다면 저는 너무나도 감사하죠."

루실이 답하였다.

그녀는 나무로 된 벤치로 안내했다. 우리는 정원 가장자리에 있는 벤치로 걸어갔다. 오래된 벤치는 낡아 있었다. 각각의 나무판자의 색깔이 다른 색으로 바래져 있었다. 우리는 어깨를 나열해 앉았다. 그녀를 향해서 접시를 들어 올렸다.

"감사합니다. 잘 먹을게요."

루실이 말하였다. 그녀는 손을 털고 접시 위에 놓인 쿠키 한 조각을 집었다. 한 손으로 입을 가리며 작은 움직임으로 오물오물 씹는 모습이 보였다. 쿠키의 바삭거리는 소리가 들렸다. 그녀를 보고 미소가 지어졌다.

"너무 맛있어요. 이런 맛은 처음 느껴봐요."

루실이 눈을 크게 뜨며 말하였다. 그녀를 따라 쿠키 한 조각을 집어 입에 털어 넣었다. 쿠키의 까슬거리는 표면이 느껴졌다.

"확실히 속이 부드럽긴 하네요. 그렇지만, 안에 있는 초콜릿과 표면에서 느껴지는 쓴맛이 약간 거슬리네요."

나는 말하였다.

"정말요? 저는 그냥 달콤한 맛만 느껴져요. 이렇게 맛있는 디저트가 있는지 처음 알았어요. 조금만 더 먹어도 될까요?"

"그럼요. 계속해서 드셔도 돼요. 이것보다 더 맛있는 것들도 많아요. 가끔 선물로 간식거리가 들어오는데 다음에 또 가져다드릴게요."

"다양한 먹거리를 맛볼 수 있겠네요. 생각만 해도 행복해요."

"뭐 선물이라고는 해도 이전에나 알고 지냈던 인연 때문에 놓지 못할 연민에 지나지 않지만요."

"에이. 아닐 거예요. 분명 선물하고자 했던 분들은 값진 것을 나누기 위해, 좋은 맛을 맛보게 해주기 위한 마음을 가지고 선물을 준비했음이 틀림없어요. 저에게도 이렇게 가져와 주셨잖아요."

"듣고 보니 그럴 수도 있겠네요."

루실과 대화를 주고받았다. 그녀는 미소를 짓고 있었다. 접시는 바닥이 보일 정도로 쿠키가 줄어들어 있었다. 함께 나눠 먹으니 더 많은 것을 맛보게 해주고 싶었다. 이 시간이 소중했다. 계속해서 나아가기를 바랐다. 시간이 줄어드는 것이 무섭기도 하였다.

　우리는 한참 동안 말을 나눴다. 추위도 잊은 채 해가 질 때까지 대화를 지속했다. 그녀와 대화하면 부정적인 생각들이 고쳐졌다. 다른 관점을 가지고 있는 대답들이 그녀를 빛나게 했다. 그 옆에서 따뜻함을 느낄 수 있었다. 오랜만에 느끼는 사람의 온정이었다. 그날 밤은 무수히 많은 별이 하늘에 떠 있었다. 우리는 하늘 아래 벤치에 앉아 있으면서도 그 광경을 눈치채지 못하였다.

2장

파종

스스로를 괴롭히지 말아요.
우선 본인을 사랑해야만 보이는
장점들이 있습니다.

Daisy 데이지
명랑　　　　　　　　　　　　　　　　　　　　　　3.6

　우리는 다음날로 넘어가는 밤까지 함께 있었다. 이른 새벽을 향하는 자정에서 얼마 지나지 않은 순간에 흘러버린 시간을 알아차렸다. 루실은 크게 하품을 내쉬며 피곤함을 표현했다.
　"벌써 시간이 이렇게 지나버렸네요."
　루실을 보며 말하였다.
　"그러게요. 해가 떨어지는 줄도 몰랐어요. 이제 슬슬 들어가 봐야겠어요."
　그녀가 답하였다.
　"네. 저도요. 다음에 또 이야기를 나눌 수 있을까요?"
　나는 물었다.
　"그럼요. 저는 언제든지 있어요."
　루실이 답하였다. 대화를 마치고 벤치에서 일어났다. 먼저 자리를 떴다. 뒤를 돌아 그녀의 모습이 멀어졌다. 루실은 자리에서 일어나 손을 모으고 나를 향해 있었다. 어렴풋이 보이는 얼굴에는 미소가 묻어 있었다. 나는 저택으로 걸어갔다.

　저택의 중앙 문을 열고 들어갔다. 실내로 들어오자 따뜻함이 느껴졌다. 몸 안의 혈액이 활발하게 움직였다. 그제야 잊고 있던 바깥 추위의 정도를 실감했다. 아침 이후로 아무런 음식도 배 속에 넣지 않았지만, 허기가 지지 않았다.

그대로 계단을 타고 올라가 방으로 들어갔다. 익숙한 방 안의 냄새를 맡을 수 있었다. 그러자 피로가 몰려왔다. 몸을 정돈하지 않은 채 그대로 침대에 누웠다. 배게 옆에 있던 책 한 권이 바닥으로 떨어졌다. 그리고 눈이 감겼다.

다음날, 눈이 번쩍하고 떠졌다. 의지를 갖추고 강하게 눈을 뜬 것인지, 의식이 없는 곳에서의 괴리감에 놀란 것인지 기억나지 않았다. 눈앞에는 어색함이 맴돌았다. 어제의 아침과 다른 공기와 방의 분위기, 창문을 넘어 들어오는 햇빛의 양이 익숙지 않았다. 그것은 늦은 시간에 잠에서 깬 결괏값이었다. 잠이 든 시간이 늦은 것과 하루의 피로가 쌓여 긴 시간 회복해야만 했다. 첫잠에 이른 자세와 다르게 누워 있었다. 머리와 발이 침대의 알맞은 위치에 놓여 있었다. 발과 손이 이불 아래에 들어가 있었다. 중간에 왓슨의 개입이 있었음을 알 수 있었다. 하늘을 보아 오후에 막 접어든 시간대임을 예측해보았다. 몸에서도 오랜만에 느껴보는 이상한 기운을 감지했다. 발이 차갑고 허벅지에서 약간의 근육통이 있었다. 팔뚝과 허리 곳곳에서 약간의 경련이 느껴졌다. 감기 기운의 초기 증상 같았다. 열은 나지 않아 명확하게 고통이 느껴지지는 않았지만, 관리가 제대로 되지 않는다면 한동안의 고생은 확실했다. 그러나 지금은 직접적인 영향이 없었기에 우려를 간과하였다. 이어서 장시간 정지된 활동에서 재개된 장이 꿈틀거렸다.

허기를 채우기 위해 주방으로 향하였다. 계단을 내려가는 도중에서 왓슨과 마주쳤다.
"일어나셨군요. 식사를 준비할까요?"
왓슨이 고개를 들고 쳐다보며 말하였다.
"부탁할게."
나는 대답했다. 왓슨은 고개를 끄덕인 후에 몸을 돌려 계단 아래로 내려갔다. 나는 반대로 계단 위로 다시 올라갔다. 방으로 들어와 책상에 걸터앉았다. 책상 위의 널브러진 책들이 눈앞에 보였다. 어제 있었던 일을 음미했다. 꿈만 같았다. 순간의 기억들이 가슴속에서 요동쳤다. 당시의 냄새, 풍경, 색 모든 것이 기억에 남겨졌다. 약간의 행동에도 의지가 생겼다. 평소에는 약간의 움직임에도 귀찮음이 느껴졌지만, 지금은 아니었다. 지저분하게 흐트러져 있는 책들을 정리했다. 싫증을 느껴 중간에 그만둔 책들 하나하나를 정리하며 다시 처음부터 읽어 보고 싶어졌다. 소소한 의지가 작은 기대감을 만들었다. 이러한 감정들에 금방의 추억과 계절 변화의 근접이 섞여 있음을 알아차렸다. 눈이 세상을 덮은 후 햇빛을 반사하며 녹아가는 냄새가 났다.

   책장의 정리를 거의 마쳤을 때, 왓슨이 문을 열고 들어왔다. 그는 늦은 점심 식사를 대령해주었다. 그동안의 쌓인 허기를 채워줄 푸짐한 식사였다. 왓슨은 조용히 방문을 닫고 나갔다. 쟁반 위에는 마늘 기름으로 볶은 파스타와 두껍게 썰린 베이컨 두 줄, 에그 스크램블이 빵 두 조각과 함께 놓여 있었다. 요동치는 배를 잠재우고자 따뜻한 식사를 서둘러 섭취했다. 때를 너무 놓친 탓인지 식사를 전부 비우지 못하였다. 많은 양을 먹기는 하였지만, 예상보다 많이 남겼다. 잔반이 든 쟁반을 들고 주방으로 향하였다. 주방에서 왓슨의 모습이 보이지 않았다. 개수대에 식사를 끝낸 쟁반을 그대로 넣어 놓았다. 다시 살펴보아도 왓슨의 인기척은 느껴지지 않았다.

   그대로 저택의 출구로 걸어갔다. 문을 열고 밖으로 나갔다. 멈추지 않고 정원으로 향했다. 처음부터 목적지를 상정해 놓은 것처럼 막힘이 없었다. 하늘은 어두워지고 있었다. 무채색의 구름이 하늘을 뒤덮었다. 심상치 않은 조짐의 구름결이었다. 정원에 다다랐을 때, 루실은 여전히 그곳에 있었다. 역시나 그녀는 정원을 관리하고 있었다. 잡초를 뽑고 있었다. 주변에 뿌리째 뽑힌 잔디가 여럿 놓여 있었다.

"어서 오세요."

나를 알아차린 루실이 말하였다. 그녀는 정돈되지 않은 머리카락을 정리했다. 땅을 보고 숙인 행동 때문에 흘러내린 머리카락이 그녀의 눈을 가렸다.

"뭐 하고 있었어요?"

나는 질문했다.

"잡초 정리를 하고 있었어요. 새로운 꽃을 심으려면 꼭 해야 하니까요."

루실이 답했다.

"도와드려도 될까요?"

"어우. 아닙니다. 제가 해야 하는 일인걸요. 말씀만으로도 감사합니다."

"어차피 할 일도 없고 저도 정원이 가꿔진 모습을 보고 싶어서요. 작은 도움이더라도 역할에 기여하고 싶습니다."

"그래 주신다면 도움 감사히 받겠습니다. 제가 뽑은 풀과 비슷하게 생긴 잡초들을 뽑아주시겠어요?"

"알겠습니다."

나는 그녀와 대화했다.

"그런데 정원 일을 해보신 적이 있나요?"

루실이 이어서 질문하였다.

"그럼요."

대답했다. 거짓말이었다. 어려서부터 봐온 정원이었지만 신경을 써본 적이 없었다. 그러나 무경험을 들키고 싶지 않았다. 간단한 일이라고 생각해 자신 있게 말하였다. 루실은 장갑 하나를 건네주었다. 그녀 또한 손에 장갑을 착용하고 있었다.

"장갑을 끼시고 해야 다치지 않고 하실 수 있어요."

루실이 말하였다. 그녀를 따라 장갑을 끼었다. 그리고 바닥에 놓인 잡초의 형태를 살펴보았다.

"잡초에도 여러 형태가 있지만, 우선 복잡하지 않게 비슷한 모양의 잡초만 뽑아주세요. 그리고 뿌리째 뽑아주셔야 다음에 자랄 새싹들에 상처를 주지 않을 수 있어요."

루실이 이어서 말하였다. 나는 고개로 확인의 표현을 하였다. 그녀의 말을 끝으로 우리는 잡초를 뽑기 시작했다. 막상 쉬운 일은 아니었다. 혼자서 이 넓은 구역을 혼자 관리하기는 더욱더 쉽지 않았다. 잎사귀는 날카로웠으며 잡초의 뿌리는 두껍고 깊었다. 일을 도와주는 와중에도 나의 집중은 잡초 뽑기에 온전히 가 있지 않았다. 계속해서 루실이 눈에 띄었다. 그녀의 이마와 볼에는 땀방울이 맺혀 있었다. 추위를 머금은 날씨임에도 땀이 흘렀다.

"혹시 처음 해보시는 일이신가요?"

루실이 말하였다. 나는 놀랐다. 들키지 않게 임무를 부여받은 대로 수행하고 있다고 생각했다. 어디에서 허점이 보였는지 혼란스러웠다. 쉽게 대답하지 못하였다. 작은 추임새로 얼버무렸다. 그러나 쳐다보는 루실의 눈에 속마음을 털어놓을 수밖에 없었다.

"네…."

나는 답하였다.

"처음부터 사실대로 말씀하셔도 돼요. 부끄러운 일이 아니니까요. 뭐든 처음이 있고 별거 아닌 일에도 시작이 있는 법이니까요. 말했듯이 잡초를 뽑으실 때 제가 뽑은 것처럼 뿌리도 같이 뽑아주셔야 해요. 그래야 꽃을 해치는 잡초가 다시 자라는 것을 막을 수가 있어요."

루실이 말했다. 그녀의 말을 끝으로 이어서 일을 지속하였다. 본인의 일에 집중하는 루실의 모습을 보고 아무리 약간의 도움이더라도 정신을 차리고 있지 않았던 자신을 반성했다.

"이 꽃을 보시겠어요?"

루실이 말하였다. 그녀가 가리키고 있는 곳으로 걸어갔다. 보라색 꽃이 발밑에 피어있었다. 그녀는 무릎 꿇고 앉아 꽃 바로 옆을 바라보았다. 길쭉이 자란 꽃잎을 손등으로 어루만졌다.

"이 꽃은 보라색 데이지네요. 이곳은 데이지밭으로 해도 좋을 것 같아요."

루실이 미소 지으며 말하였다. 나는 그녀의 관심에 참여하지 못하였다. 그저 웃음으로 화답할 뿐이었다.

우리는 한참 동안 말없이 잡초를 뽑았다. 쉼 없이 지속하였음에도 정원 일부분에 지나지 않았다.

"잡초는 신기하지 않나요?"

루실이 말하였다. 장시간의 침묵 속에서 뜬금없는 소리에 영문을 알 수 없었다. 이어 쉽게 대답할 수 없었다.

"잡초는 그저 땅이 있어서 뿌리를 내려 자란 것일 뿐인데, 예쁜 꽃을 위해 희생할 수밖에 없죠……. 분명 자연에는 이로운 점이 있음에도 사람의 손이 닿는 곳에는 그저 해초에 지나지 않으니까요."

루실은 조용히 땅을 보며 말하였다. 설명을 들었음에도 이 순간에는 그 뜻을 이해하지 못하였다. 그렇기에 대답할 수 없었다. 이어서 일을 지속했다.

시간이 흘러 내 이마에도 땀이 흐르기 시작했다. 같은 행동의 반복이 이리도 어려운 일일 줄은 몰랐다. 허리를 숙였다 피는 동작은 신체에 부담이 되었다. 덮여 있는 옷이 귀찮아지고 더위로 괴롭힐 때쯤, 어두운 하늘이 인내심을 잃었다. 이마를 타고 내려오던 땀이 떨어지는 물방울과 합쳐졌다. 비가 내리기 시작했다. 굵은 빗방울은 아니었다. 눈에 잘 보이지는 않지만, 내리는 수는 많았다. 전형적인 봄비였다. 비가 내려도 우리는 멈추지 않았다. 이 정도의 양은 수중의 습도와 별 차이 나지 않았다. 그러나 간과할수록 하늘은 점점 어두워졌다. 시간대에 맞지 않게 시야가 어두웠다. 시계를 확인하지는 않았지만, 평소 보내는 흐름에 맞지 않는 밝기였다. 기상 시에 느꼈던 낯섦 중 하나는 비구름이 끼는 조짐이었다. 이내 빗방울이 굵어지며 구름이 어둡게 끼었음을 알았다. 떨어지는 빈도가 늘어나며 빠르게 내리기 시작했다. 땀방울보다 더 큰 비중을 차지할 정도로 얼굴을 타고 비가 흘러내렸다. 대비하기 어렵게 갑작스러웠다.

"비가 점점 거세지고 있어요."

고개를 들어 루실을 보며 말하였다.

"그러게요."

루실이 답하였다. 거센 빗방울이 시야를 방해했다. 장마가 올 계절은 아니었지만, 어느 날의 장맛날과 비슷했다. 눈을 뜨기가 어려웠다. 옷은 이미 젖은 지 오래였다. 신발 안으로 물이 차올라 축축한 양말이 피부에 닿았다. 불편을 느꼈다.

"그런데 이 상황이 너무 재밌지 않나요?"

루실이 어딘가에서 말을 꺼냈다. 목소리가 들려온 곳을 확인하기 위해 둘러보았다. 물방울의 방해에 눈을 뜨기 어려웠다. 한쪽 눈을 겨우 뜨고 루실이 있는 곳을 살펴보았다. 그녀는 하늘을 바라보며 눈을 감고 비를 맞고 있었다. 물방울이 루실의 머리카락과 눈가를 타고 목으로 흘러내렸다. 그리고 웃고 있었다. 웃음의 이유를 알 수 있었다. 피로와 더위로 지쳐 갈 때, 몸을 식혀주는 물구슬이 기분 좋게 적셔주었다. 나도 따라서 웃음이 나왔다. 웃음이 불편을 잊게 만들어주었다. 루실의 발밑에 있던 보라색 데이지꽃에도 빗방울이 떨어졌다.

Babylon Willow 수양버들
사랑의 슬픔　　　　　　　　　　　　　　　　　　　　　　3.12

　침대에서 아침을 맞이할 때 오늘은 쉽게 눈을 뜰 수 없었다. 쉽게 잠이 들기도 잠에서 깨기도 어려웠다. 간과하고 있던 일이 일어나버렸다. 감기와 같은 질병에 걸린 것 같았다. 기침이 계속해서 나왔다. 몸살처럼 온몸이 시리고 두근거렸다. 지금이 몇 시인지조차 가늠할 수 없었다. 온전하지는 않지만, 비몽사몽한 상황에서는 기억이 쉽게 나지 않았다. 몇 번의 순간에 왓슨의 손길을 느낀 것 같았지만, 정확하지는 않았다. 심장이 빠르게 두근거렸다. 심장 박동이 귀에까지 들렸다. 자연스러운 반응이었으나 귀찮게 신경 쓰였다. 전신에 퍼진 노곤함을 이기지 못하고 잠이 들기를 노력했으나 심장 박동 소음의 귀찮음이 계속해서 방해했다. 잠이 들지 못하는 고생을 끝내기 위해 정신을 차리려는 욕구와 피곤함에 몸에서 쉬려 하는 욕구가 충돌했다. 이도 저도 아닌 상태가 지속되었다. 약간이나마, 잠이 들고자 하는 욕구가 더 강했다. 깨어나도 다름없는 일상과 긴 하루의 지루함이 예상되었기 때문이다. 지금, 이 순간 사람의 손길을 간절하게 바랐다. 타인의 손길을 타고 깊은 잠에 빠지고 싶었다. 의미 없이 시간만 보내는 상상을 그만두었다. 눈을 감고 다른 상상을 시작했다. 바뀌지 않는 과거의 순간과 일어날 수 없는 미래를 그려보았다. 이것 또한 쓸데는 없었지만, 스스로를 의지하고 안심시키는 위로였다. 그리고 무엇을 상상하고 있었는지 기억을 되돌릴 수 없게 잠에 빠져들었다.

찰나의 기억에 왓슨의 모습도 루실의 모습도 보였다. 나의 이마를 어루만져 주는 손길을 느꼈다. 따뜻하면서도 부드러운, 그러면서도 약간은 촉촉한 감각이 이마 위에 있었다. 보였던 두 순간 속의 사람이 같은 사람이었을지도 모른다. 가능성은 왓슨의 쪽에 가까웠지만, 루실의 손길이었기를 원했다. 이후 방문이 열리는 소리가 들렸다. 갑작스러운 소리에 놀라지 않을 수 없었다. 잠에 취해 몽롱한 정신에서 일어났다. 기다림 없이 잠이 들 뻔한 기회를 놓쳤다.

"일어나셨나요?"

왓슨이 말하였다. 그의 목소리를 듣고 몸을 일으켜 침대 위에 앉았다. 왓슨은 물 한잔을 건네었다. 물컵을 받아서 들었다. 그대로 들어 있던 물 전부를 삼켜 넘겼다. 시원한 물이 건조한 목구멍을 적셔 내려갔다. 다시 물컵을 돌려주었다.

"몸은 조금 어떠신가요?"

왓슨이 물컵을 받으며 말하였다.

"컨디션이 꽤 좋지는 않아. 기침도 계속 나오고 무엇보다 몸이 너무 욱신거려."

그의 물음에 답하였다.

"의사를 불렀으니, 곧 도착할 것입니다."

왓슨이 말하였다. 말이 끝나자마자 벨이 울렸다. 혹시나 루실의 방문이지는 않을까 하는 자그마한 기대를 해보았다. 하지만 언제나 그렇듯 애석하게도 의사의 검진임이 틀림없었다. 왓슨은 벨 소리를 듣고 아래로 내려갔다. 최소한의 옷매무시를 가다듬었다. 그리고 침대 가에 걸터앉았다. 몸이 아파서인지 행동 하나가 힘들었다. 정신도 온전치 못하였다. 고개가 숙어졌다. 숨을 쉴 때면 거친 숨이 나왔다. 방 밖에서 계단을 밟고 올라오는 소리가 들렸다. 그 소리에 맞춰 심장이 뛰었다. 문을 통해서 들어오는 사람의 모습이 보였다. 흰색 가운을 걸친 의사였다. 뒤이어서 보조 간호사와 왓슨이 들어왔다.

"안녕하세요."

의사가 인사하였다. 고개를 살짝 끄덕이며 그의 인사에 답하였다. 의사는 가져온 가방을 책상 위에 올려놓았다. 가방을 여니 차가운 도구들이 보였다. 그리고 의자를 꺼내 내 앞에 두고 앉았다.

"몸 상태는 어떠세요?"

의사가 나지막이 질문하였다.

"기침이 계속 나오고 몸이 욱신거립니다."

나는 답하였다. 의사는 혼자 고개를 끄덕였다. 가방에서 여러 도구를 만지기 시작했다. 여느 질병과 다르지 않게 열을 재고 철로 된 도구가 몸 이곳저곳에 닿아졌다. 얼굴에 있는 여러 구멍이 들춰졌다.

"단순 감기인 것 같네요. 아직 날이 추워서 쉽게 걸릴 수 있습니다. 하지만, 원부터 몸이 약하시니 이런 단순한 감기도 취약하실 수 있어요. 조심해야 할 필요가 있습니다. 약은 처방해 드릴 테니까요. 식후에 꼭 챙겨 드세요."

의사가 도구를 내려놓으며 말하였다. 간호사는 의사의 지시에 따라 가방에서 알약 몇 개와 시럽으로 된 약을 포장했다. 시럽을 바로 나에게 먹이고 알약은 왓슨에게 건네었다. 의사는 의자를 정리하고 가방을 들었다.

"그러면 다음에 뵙겠습니다. 몸 관리 잘하셔야 합니다."

의사는 인사를 하였다. 나는 다시 고개로 대답하였다. 그들은 왓슨을 따라 방 밖으로 나갔다. 간단한 인간관계의 하나였으나 정신이 지쳐갔다. 그대로 다시 누웠다. 허기가 졌으나 식사하고 싶지 않았다. 이불을 덮기도 귀찮았다. 베개를 끌고 와 목뒤에 받쳐 놓기도 싫었다. 천장이 보였다. 회색의 천장이었다. 불빛을 켜지 않아도 창문으로 들어오는 햇빛에 밝게 보였다. 그리고 눈을 감았다. 어두웠다. 빛이 쉽게 들어오지 못했다. 생각하는 것조차 지긋지긋했다. 멈추려고 해도 계속해서 상상 거리가 들어왔다. 여러 방면에서 이야기와 과거의 순간들이 떠올랐다. 싫증이 나도 멈출 수 없었다. 뇌와 두개골 사이에 거미줄이 얽히고설켜 있는 듯한 느낌이었다. 머리를 어지럽히고 답답하게 만들었다.

머리를 열어서 물을 뿌려 거미줄을 닦아내고 싶은 심정이었다. 싫증을 넘어 짜증이 나려는 순간, 다시 기억을 되새기지 못하게 잠이 들었다. 그리고 꿈을 꾸었다.

꿈에서 루실의 모습이 보였다. 나는 침대 위에 누워 있었다. 손이 이불 아래에 있었다. 손에는 감각이 없었다. 그녀는 내 옆 의자에 앉아 책 한 권을 읽고 있었다. 고개를 돌려 그녀를 쳐다보았다. 책을 읽고 있던 루실은 쳐다본 나의 눈과 마주했다. 그리고 그녀는 살며시 미소를 지었다. 싫증과 같았던 부정적인 두통이 녹아내렸다. 다시 눈을 감고 떠보아도 그녀가 옆에 있었다. 루실은 계속해서 미소를 짓고 있었다.

"잠이 잘 안 오시나요?"

루실이 말하였다. 나는 고개를 살짝 끄덕였다. 루실은 손바닥으로 내 눈을 가려주었다. 그녀의 손길이 눈을 따뜻하게 데워주었다. 약간은 촉촉하지만 부드러운 감각이 평온하게 해주었다.

"정원의 잡초는 어떻게 되었죠? 끝까지 도와드렸어야 했는데…."

문득 떠오른 걱정을 질문했다.

"걱정하지 않으셔도 돼요. 이미 많이 도와주신 덕에 나머지는 혼자서도 힘들지 않게 마무리했어요."

루실이 답하였다.

"이제는 눈을 감고 피곤한 생각을 멈춰보아요. 원하지 않는 생각을 멈추고 제 상상과 동화되어 봐요. 이제는 말에 집중해 보세요."

이어서 루실이 말하였다. 계속해서 아무런 연관 없이 떠오르던 생각 대신 루실의 말을 되새겼다. 에너지가 낭비되지 않게 다른 생각들이 나오지 않았다.

"우선 맑은 하늘을 상상해 보아요. 새하얀 구름 몇 점과 푸른 하늘이 눈앞에 펼쳐져 있어요. 저택 뒤쪽으로 수양버들나무 숲이 있는 것을 아시나요? 그곳에 있는 수양버들나무 하나를 상상해 봐요. 길게 늘여진 수양버들 잎이 살랑거리며 바람 소리를 내고 있어요. 나무 아래 그늘진 곳으로 가보아요. 약간은 더운 햇빛 아래에서 시원하게 식은 그늘이 마음을 달래줘요."

루실이 말하였다. 말한 대로 상상하였다. 수양버들나무 아래 그늘진 곳에 누워 있었다. 루실은 옆에서 내 얼굴 위에 손을 올려놓고 있었다. 신기하게도 따뜻했던 그녀의 손길이 이번에는 시원해졌다. 눈의 피로가 풀어졌다. 엉겨 붙어 있던 거미줄이 더 이상 느껴지지 않았다.

"이제는 누워 있는 곳의 감각을 느껴보아요. 흙과 잔디의 푹신함이 느껴지시나요? 잔디의 서늘한 냄새와 흙의 포근한……."

루실이 말을 하다 중간에 끊겼다. 나는 잠에서 일어났다. 루실의 끊긴 말 뒤로는 기억이 나지 않았다. 나는 침대 위에 이불을 덮고 누워 있었다. 등뒤에는 땀이 흥건하게 나 있었다. 침대 시트와 이불이 땀으로 적셔져 있었다. 몸이 개운해지는 꿈을 꾸었다. 현실과 구별이 쉽게 되지 않을 정도로 생생한 꿈이었다. 그러나 경험해 보지 못한 현실이 상상조차 할 수 없었던 과거보다 괴로웠다. 일어나지 않은 현실을 본인의 현실에 덮어씌우는 것은 쓸쓸했다. 이를 정확히 알면서도 반복하는 나 자신에 치가 떨렸다.

Arctium 우엉
괴롭히지 말아요

3.29

　감기 기운에서 깨어난 하루가 돌아왔다. 어제 한 상상은 일상의 반복에 지나지 않았다. 백지를 덮어씌우듯 새로 시작하였다. 하지만 아래의 두꺼운 글씨가 비춰 뚫고 나올 때가 있었다. 꿈속의 루실의 모습이 지워지지 않았다. 혼자만의 경험에 친근감이 늘어났다. 꿈이더라도 혹여나 상대도 같은 꿈을 공유하지는 않았을까 하는 망상을 해보았다. 장시간 굳은 몸을 풀기 위해 침대에서 나왔다. 아직 깨어나지 못한 몸에 약간의 두통이 욱신거렸다. 아무 옷을 등에 걸쳤다. 책상에는 약과 물이 놓여 있었다. 약은 두고 물 한잔을 마셨다. 허기가 졌으나 무언가를 씹고 싶지 않았다. 물컵을 내려놓았다.

　걸친 외투를 단단히 몸에 감싸고 밖으로 향하였다. 계단을 타고 내려가 저택의 문 앞으로 다가갔다. 왓슨의 모습은 보이지 않았다. 문을 열자 햇살과 차가운 바람이 불어왔다. 햇살은 뜨겁게 떠 있었으나 이를 느끼기도 전에 바람이 식혀주었다. 침대에 녹아있던 육체와 정신이 깨어났다. 목적지를 정할 필요도 없이 발걸음을 옮겼다. 어느 순간이 가장 완벽한 타이밍일지를 고민하며 나아갔다. 그녀가 일하는 도중에 만나는 것이 좋을지, 내가 먼저 인사를 건네기가 나은지, 그녀가 먼저 나에게 인사를 건네줄 때까지 기다리는 것이 편할지 고민했다. 그러는 사이 정원 바로 앞까지 도착하였다. 정원의 모습이 이전과는 달랐다. 어제까지만 하여도 지저분하였던 지면이 깔끔하게 정돈되어 있었다. 무성하게 자라있던 잡초도 더 이상 뽑을 필요가 없어 보였다. 처음으로 가꾼 모습이 되어 있었다. 한동안 멈췄다.

"오셨어요?"

루실의 목소리가 등 뒤에서 들렸다. 예상치 못한 그녀의 등장에 놀랐다. 약간 뒤로 물러났으나 다가오며 미소 머금은 루실의 얼굴을 보고 다시 정신을 차렸다. 낯선 정원의 모습과 예상에서 벗어난 그녀와의 조우에서 잠시 잃어버렸던 정신을 되찾았다.

"벌써 정리를 끝낸 건가요?"

나는 루실에게 질문했다.

"음…. 아직 완벽하게 끝나지는 않았지만 거의 전부라고 봐도 되죠."

루실이 답하였다. 혼자 짧은 시간에 변화를 완성한 점이 놀라웠다. 꾼 꿈의 경험을 나눌 생각이 들지 않았다. 개인적인 기대로는 그녀와 꿈이 공유되었기를 바랐지만, 혼자만의 착각으로 어색함을 만들고 싶지 않았다.

"식사는 하셨나요?"

루실이 말하였다.

"아직 하지 않았습니다. 허기가 약간 지기는 하는데 무언가를 씹을 의욕이 없어요."

나는 답하였다.

"그러면 차라도 한잔 어떠신가요? 공복을 채우지는 못하여도 뭐라도 들어가면 식욕이 다시 생길 수도 있으니까요."

루실이 제안하였다. 나는 받아들였다. 루실은 길을 안내했다. 우리는 이전에 앉아 후식 과자를 먹었던 의자 앞에 다가왔다.

"여기서 잠시 기다려 주세요. 차를 내려올게요."

루실이 말하였다. 그녀는 나를 의자 앞에 두고 멀어졌다. 의자에 앉아 걸어가는 루실의 뒷모습을 바라보았다. 약간은 촉촉하게 젖어 차가운 나무판자가 느껴졌다.

　잠깐 기다렸다. 장소와 시간이 만들어낸 몽환적인 분위기 속에서의 고독 안에 있었다. 분위기가 낯설지 않았다. 시야에 비치는 장면의 전환은 주기적으로 필요했다. 이는 인간적인 관념에서도 필요 작용이었다. 그러나 가만히 앉아 있고 싶지 않았다. 루실을 기다리기보다 그녀의 행동에 참여하고 싶어졌다. 멀어져갔던 그녀의 등을 따라 길을 따라갔다. 시야에 들어오지 않았던 길까지 예측하여 걸어갔다. 저택과 멀어졌다. 정원의 구석쯤에 작은 오두막 하나가 보였다. 나무의 그림자와 진한 녹색의 풀들로 주변 공간은 밝지 않았다. 나무로 된 오두막이 더욱 어두웠다. 눈과 비의 무게를 피하고자 뾰족한 지붕으로 지어져 있었다. 빛이 창문 안에서 흘러나왔다. 창문을 통해 실내를 둘러보았다. 오두막 안에는 여러 거주를 위한 공간과 도구들이 놓여 있었다. 루실이 머무는 곳임이 틀림없었다. 그녀의 모습은 보이지 않았다. 루실을 찾기 위해 창문 구석 깊숙이 바라보았다. 그때 나무 문이 열리는 소리가 들렸다. 그 소리에 놀라 뒤로 물러났다. 문 뒤에서 루실이 나왔다. 그녀의 양손에는 각각 작은 컵이 들려 있었다.

　"여기까지 오셨어요?"

　루실이 약간 놀란 어투로 말하였다.

　"기다리고 있기에는 너무 지루해서…."

　확실한 답 없이 변명했다.

　"아. 죄송해요. 너무 오래 기다렸죠."

　"아뇨. 기다리는 것 때문은 아니고 그냥 몸을 움직이고 싶었어요. 실례되게 뒤를 밟아서 죄송합니다."

　"아닙니다. 오신 김에 들어오시죠."

　"그래도 될까요?"

"그럼요. 어서 오세요."

루실과 대화를 주고받았다. 그녀는 몸으로 닫히는 문을 받히고 있었다. 문안에서 더욱 밝은 빛이 넓게 퍼져 나왔다. 열려 있는 문을 통해 오두막 안으로 들어갔다. 루실은 문에서 몸을 때고 뒤이어 들어왔다.

"누추한 곳이지만 편히 계셔도 돼요."

루실이 말하였다. 중앙에 놓인 의자에 다가갔다. 나무로 된 탁상 하나를 사이로 통나무 줄기로 된 의자 두 개가 놓여 있었다. 의자 한 곳에 앉았다. 이어서 루실이 손에 든 찻잔을 탁상 위에 두고 나머지 의자에 앉았다. 집 안은 밝았다. 따뜻한 주황빛이 집안 전체를 비추고 있었다. 나무 냄새가 가미 되어 더욱 포근했다. 오두막 안에는 여러 정원용 도구들이 있었다. 이전에 봤던 부서진 수레도 놓여 있었다. 조금 전 보았던 거주용 도구들도 있었다. 모두 사람의 손이 많이 타 보이지는 않았다.

"차 한잔 맛보시겠어요?"

루실이 탁상의 찻잔 하나를 밀어주며 말하였다.

"고마워요. 잘 마실게요."

그녀에게 감사를 표하였다. 찻잔에는 뜨거운 김이 표면에서 피어났다. 양손으로 컵을 들어 올려 입술에 갖다 댔다. 적은 양의 차를 공기와 함께 마셨다.

"우엉차예요. 요 시기에 우엉이 철이라서 맛이 괜찮을 거예요."

루실이 말하였다. 목구멍을 타고 내려간 차에서 향이 났다. 약간의 나무 맛도 났다. 부드러웠다. 목구멍 안쪽에서 쌉쌀함이 느껴지기도 했다. 한 모금 마신 뒤 숨을 크게 내쉴 때 차의 향이 코안에서 맡아졌다.

"참 대단하신 것 같아요. 넓은 공간을 혼자서, 그것도 이렇게 이른 시간 안에 일을 끝마치시고…. 저였다면 완수하기도 전에 포기했을 거예요. 제 인생에서는 무언가를 끝마친 기억이 잘 없더라고요. 이곳에 다시 들어 온 이후는 말할 필요도 없어요. 이러한 삶이다 보니 능력에 부러움을 넘어 질투가 날 정도입니다."

차에 비친 일렁이는 얼굴을 바라보며 말하였다.

"너무 그러지 마세요."

루실이 말하였다. 그녀는 손을 나의 손등 위에 올렸다. 달래주기 위한 마음을 알았다. 부드럽고 촉촉한 촉감이 느껴졌다. 언젠가 이 감각을 느껴 본 기억이 있었다. 하지만 지금은 중요하지 않았다.

"지금까지 그래왔지, 앞으로는 어떻게 변화할지 모르잖아요. 제가 겪어오신 과거를 함부로 판단할 수는 없지만, 분명 변화할 수는 있어요. 잘못을 알고 있는 것부터가 첫 시작입니다. 사람은 쉽게 변할 수 없다고 이야기하지만 저는 이렇게 생각해요. 제 생각에 사람은 서로에게 영향을 주기도 하고 받기도 하므로 좋든 나쁘든 간에 무언가를 배울 수 있어요. 물론 쉽지는 않겠지만, 천천히 바뀔 수 있잖아요. 그것이 서로에게 영향을 주고받고 있다는 증거라고도 볼 수 있고요. 쉽게 바뀐다면 그것은 본인이 아닌 타인을 따라 하기에 지나지 않아요. 천천히 바뀌어야 자신에 맞게 조정할 수 있으니까요. 어느샌가 정체성을 잃지 않는 이상적인 변화로 이룰 수 있다고 생각해요. 어떻게 바뀌어야 하는지 알고 있으니 시간을 들인다면 본인의 이상을 따라갈 수 있을 것이에요. 그러니 스스로를 괴롭히지 말아요. 우선 본인을 사랑해야만 보이는 장점들이 있으니까요."

루실이 이어서 말하였다. 그녀의 답을 들으며 입안에 남아 있는 차의 향기에 평온해졌다.

Broom 금작화   3.30
청초

 이제는 루실의 이야기를 듣고 싶었다. 그녀의 과거를 알고 싶었다. 복잡한 사정뿐만 아니라 간단한 일이라도 듣고 싶었다. 관심사를 공유하기 위해 취미나 취향에 관하여 대화를 나누고 싶었다. 하지만 쉽게 말문을 뗄 수 없었다. 어두를 떼려 그녀의 눈동자를 쳐다볼 때마다 응망하고 있는 힘에 첫 단어가 빨려 들어갔다. 살갑게 일렁이는 찻잔만을 바라보았다. 원하는 흐름대로 대화를 주고받을 수 있을지도 정확히 알 수 없었다. 과도한 신경에 피곤해졌다.
 "다음에 할 일은 무엇인가요?"
 그녀에게 겨우 질문하였다.
 "이제는 구역을 나누어서 꽃을 심어야죠. 그 전에 씨앗도 뿌리고 새싹이 나올 수 있도록 가꾸어 줘야 해요."
 루실이 말하였다.
 "처음 심을 꽃은 어떤 계획을 하고 계신가요?"
 나는 한 번 더 질문했다.
 "고민 중이에요. 아름다운 꽃들도 많고 사연 많은 꽃도 많으니 결정이 쉽지 않아요."
 "제가 도와줄 수 있는 일이 없을까요?"
 "시간을 계속해서 들여서 풍부한 정원을 만들어야 하니 아직 도움이 필요한 부분을 모르겠어요. 그래도 언젠가 도움이 필요할 일이 생긴다면 부담 없이 부탁드릴게요. 그래도 될까요?"

"그럼요. 기다리고 있을게요."

대화를 한차례 주고받았다. 끝난 대화를 이어 나가기 위해 전환할 다른 주제가 떠오르지 않았다. 이대로 마무리하고 싶지 않았다. 의사소통 이후 남은 여운의 시간이 정적을 만들었다. 이 분위기가 어색했다. 혹은 불안했다. 눈앞의 상대 또한 지금의 얼어붙은 공기를 어색해할 수 있다는 생각과 얼음을 깨주기를 바라는 기대에 부응하지 못할 자신을 내몰았다.

"조금 걷지 않으실래요?"

루실이 앞서 말하였다. 그녀의 제안을 뛰어넘을 만한 제시가 생각나지 않았다. 거부할 수 없었다. 심지어 상대방 쪽에서 분위기를 바꿔 영위해 주는 것은 더할 나위 없이 이상적이었다.

우리는 오두막에서 나와 길을 걸었다. 어깨를 나란히 걸어갔으나 루실의 길을 따라가고 있었다. 짧게 걷다가 정원 중앙 포도나무 앞에 섰다. 그녀는 앞에 서서 주위를 둘러보았다.

"이곳을 기준으로 구역을 나눌 거예요."

루실이 말하였다. 그녀는 주변 이곳저곳을 멀리 바라보았다. 나도 주위를 둘러보았다. 넓이를 가늠하기 어려울 정도였다. 나는 아직 구역을 생각하기 보다는 어떤 꽃을 심을지에 관심이 쏠려있었다. 꽃에 관한 정보를 많이 알고 있지는 않았지만, 기왕이면 아는 꽃이 심어지기를 바랐다. 하지만, 루실에게 추천할 만한 꽃이 쉽게 생각나지 않았다. 이윽고 단순하게 생각하여 가장 접근성이 좋은 꽃 한 종류가 떠올랐다.

"아까 말했듯이 처음 심을 꽃에 대하여 생각해보았습니다."

나는 말하였다. 주위를 둘러보며 대충 거리를 재고 있던 루실의 이목을 끌었다.

"이곳 정원에 핀 야생화는 어때요? 다른 꽃들보다 먼저 이 풀 위에 피어있었잖아요. 다양한 색을 가지고 있기도 하니까요."

나는 이어서 말하였다.

"이미 피어난 야생화를 옮겨 심는 것과 관리하기가 쉽지는 않을 거예요. 하지만 좋은 의견이에요. 고려해볼게요."

루실이 답하였다. 나는 괜스레 뿌듯했다.

"대충 이 정도면 초반 설계를 어떻게 해야 할지 알겠어요. 이제 슬슬 허기가 지시지 않나요?"

루실이 말하였다. 신경조차 쓰고 있지 않던 배고픔이 신호를 알렸다. 그녀의 말을 들으니 오랜 시간 유지한 공복이 빈 위장을 자극했다. 이제는 무언가를 씹어 넘겨 채우고 싶어졌다. 나는 동의했다.

"오두막으로 다시 돌아가서 식사를 차려 드릴게요."

다시 루실이 말하였다. 나는 강한 의사 표현으로 긍정했다. 그녀는 살며시 미소를 보였다. 그리고 우리는 다시 오두막을 향했다.

돌아온 길을 그대로 오두막에 도착하였다. 루실은 나를 집 안으로 데려갔다. 아까와 똑같이 앉았던 나무 의자로 안내했다.

"배고프시죠? 금방 요리를 만들어드릴게요."

루실이 말하였다. 그녀는 부엌으로 다가갔다. 부엌은 앉아 있는 곳에서 바로 보였다. 부엌을 구성하는 가구들이 눈앞에 있었다. 사용감은 적어 보였다.

"도와드릴까요?"

나는 말하였다.

"아니에요. 손님이시니까 제가 대접해드리고 싶어요."

루실이 대답하였다. 나는 그녀의 답에 주장을 몰아붙이지 않았다. 그저 기다렸다. 루실은 준비를 시작하였다. 여러 식기 도구를 꺼냈다. 요리 재료들도 꺼내어 나열하였다. 보이기로는 치즈와 감자, 여러 채소가 보였다. 큰 용기에 물을 부은 뒤 끓이기 시작하였다. 이어서 재료 손질을 시작하였다. 칼이 도마와 부딪히는 소리와 물이 가열되는 소리가 합창했다. 그 이후부터는 딴 세상에서 기다렸다.

어느 순간, 코가 움직였다. 깊숙이 들어오는 향이 몸을 훑고 뱃속을 자극했다. 집 안에 퍼진 냄새를 음미하고 있을 때, 루실이 다가왔다. 양손에는 그릇이 들려 있었다. 내 앞과 반대편 자리에 하나씩 올려놓았다. 이어서 나무로 된 수저와 포크를 한 세트씩 옆에 두었다. 내용물은 흰색의 크림수프가 베이스로 된 요리처럼 보였다. 그 수프 안에는 여러 건더기가 떠 있었다. 시각과 후각적으로 입맛을 촉구시켰다.

"오래 기다리셨죠? 어서 드셔보세요."

루실이 의자에 앉으며 말하였다. 수저를 들었다. 우선 흰빛의 수프를 떠서 입 안에 넣었다. 코 주변으로 다가갈수록 고소한 향기가 났다. 입술을 통해 혀에서 미각을 감지하였을 때, 고양감이 몰려왔다. 따뜻하고 맛있는 요리가 행복을 추구하는 욕구를 만족시켰다. 치즈와 크림의 달콤한 맛이 느껴졌다. 약간은 걸쭉한 점도의 수프가 혀와 목구멍을 적셨다. 이어서 건더기를 떠먹었다. 부드럽지만 탄성이 있게 씹혔다. 한참을 지켜보던 루실도 식사를 시작하였다. 우리는 조금씩 말을 주고받으며 시간을 이어 나갔다.

식사는 금세 마무리되었다. 빈 그릇에 빛이 비쳤다.

"식사는 만족스러우셨나요?"

루실이 말하였다.

"너무 만족했어요. 맛도 있었고 허기가 기분 좋게 채워졌어요."

나는 대답했다. 마무리되지 않은 하루에 충만함을 느꼈다. 함께 시간을 보내고 싶은 사람과 한자리에 있었다. 만복감이 졸음을 몰고 왔다. 긴장 없는 주말을 만끽했다. 눈꺼풀에 힘이 풀리며 하품했다.

"졸리시나요?"

루실이 말하였다.

"네. 조금 졸음이 오네요."

멋쩍은 웃음과 함께 대답했다.

"안쪽에 손님 방이 있어요. 그곳에서 잠깐 눈을 붙이시는 것은 어떠세요?"

루실이 질문했다.

"그러면 실례해도 될까요?"

나는 대답했다. 이른 오후 시간대에 맞이한 수면욕을 참기 힘들었다. 실례임을 알면서도 그녀의 제안에 감사했다. 루실은 방으로 안내해주었다.

문을 열고 작은 방 안으로 들어갔다. 그곳에도 나무 냄새가 났다. 루실은 앞서 들어가 침구류를 정리해 주었다.

"그러면 편히 쉬세요."

루실이 문을 닫아 나가며 말하였다. 편히 잠을 청하고자 옷을 벗었다. 속옷 차림으로 침대에 들어갔다. 머리맡에는 창문 하나가 있었다. 틈 사이로 들어오는 차가운 바람이 포근한 이불 위를 훑었다. 부드러운 침대보의 촉감을 느끼며 금세 잠이 들었다.

거리를 걷고 있다. 걸어본 적이 있는 듯한 익숙한 거리였다. 목적 없이 걷고만 있었다. 한 아이를 만났다. 유치원생 정도의 어린 나이대로 보였다. 아이는 중성적인 이미지였다. 성별을 가늠하기 어렵게 단발의 머리카락과 긴 속눈썹이 보였다. 가방을 메고 두 손으로 가방끈을 쥐고 있었다. 왜인지 함께 걸어갔다. 아이는 나에게 사랑을 상담했다. 정확한 내용이 기억나지는 않았지만, 고민을 해답해 줄 수 없었다. 아이는 실망하지 않았다. 나보다 훨씬 몸체가 작았지만, 정신은 더욱 성숙해 보였다. 나를 바라보는 눈에서 올곧은 시선이 느껴졌다. 대답해주지 못함에 실망했다. 어느샌가 아이는 앞서 걷고 있었다. 옆을 따라잡기 위해 속도를 냈으나 점점 멀어졌다. 달려보아도 걸어가는 아이를 따라잡을 수 없었다. 이윽고 힘에 지쳐 발을 움직이기 힘들었다. 앞을 바라보았을 때 아이는 뒤를 돌아 나를 향해 있었다. 올곧은 눈으로 쳐다보고 있었다. 서로의 눈을 쳐다보며 나의 눈이 아이의 눈에 겹쳤다. 내 눈은 힘없이 처져 있었다. 숨을 고르고 있을 때, 가만히 서 있는 아이의 모습이 안개에 가려지며 사라지고 있었다. 나는 쫓아갔다. 아이에게 해답을 주고 싶었다. 이대로 끝내가고 싶지 않았다. 거친 숨을 몰아쉬며 달려갔다. 거리는 좁혀지지 않았다. 손을 뻗어 보아도 닿지 않았다. 눈물이 났다. 안개는 거리 전체를 감싸며 더 이상 서로를 바라볼 수 없게 되었다.

그리고 잠에서 깨어났다. 양옆에 흐른 눈물 자국이 피부 위에서 느껴졌다. 창문 틈으로 들어오던 바람은 따뜻한 햇볕을 몰고 왔다. 팔랑이는 나비 하나가 마지막 얼어붙은 눈을 녹였다.

3장

채홍

공중에 떠 있는
물방울이 햇빛을 받아 그리는
반원 모양의 일곱 빛깔 줄

Cherry Blossom 벚꽃
정신미

4.9

"일어나셨어요?"

열린 문밖에서 루실이 들어오며 말하였다.

"네. 제가 얼마나 잠들어 있던 거죠? 잠깐 눈만 붙이려고 했는데 시간이 꽤 지난 것 같은데요?"

이불로 속옷 차림의 모습을 가리며 말하였다.

"어제 기준으로 하루가 지났어요. 지금은 아침입니다. 너무 곤히 주무시고 계셔서 깨워드릴 수가 없었어요."

"시간이 그렇게 지났군요. 죄송합니다. 꼬박 하루 신세를 져버렸네요."

"아니에요. 편히 주무실 수 있으셨다면 괜찮습니다."

"감사해요. 덕분에 개운해졌어요."

"간단하게 아침거리를 준비해서 가져다드릴게요. 잠시만 기다려 주시겠어요."

"안 그래 주셔도 돼요. 신경 쓰지 않으셔도 됩니다."

"손님으로 오셨으니 계시는 동안에는 제가 대접해드리고 싶어요."

"감사합니다. 그럼 염치를 무릅쓰고 부탁드릴게요."

"네. 잠시만 계세요."

루실과 나는 한차례 대화했다. 그녀는 방 밖으로 나갔다. 몸을 일으켜 앉았다. 벗어둔 옷을 입고 침대 위에 앉았다. 볼에 묻은 눈물 자국을 손으로 닦았다. 잠시 앉아 생각을 정리했다. 조금 전의 꿈을 기억하기 위해 되새겼다.

아침 공기에서 여유를 즐기고 있을 때, 루실이 방 안으로 들어왔다. 그녀는 작은 쟁반 하나를 들고 있었다. 쟁반을 침대 옆 작은 탁상 위에 올려 두었다.

"핫케이크 하나를 구워 봤어요. 따뜻한 커피도 있으니 함께 드셔 주세요."

루실이 말하였다.

"감사합니다. 신경 써주셔서 감사해요."

나는 대답했다. 루실은 의자를 하나 빼 옆에 가져와 앉았다. 나는 침대에 걸터앉아 그녀가 준비해준 아침 식사를 가볍게 시작했다. 노릇한 향기와 커피 향이 바람과 함께 맡아졌다. 귀중한 식사였으나, 기상 직후라 쉽게 목을 타고 넘어가지 않았다.

"정원 일은 잘 진행하셨나요?"

나는 식사 시간을 늘리고자 평범한 이야깃거리를 제시했다.

"순조롭게 진행되고 있어요. 구체적인 구역도 나누었습니다."

루실이 대답하였다. 말을 듣고 더 이상 대화를 이어 나갈 거리가 생각나지 않았다. 주제 전환도 쉽지 않았다. 그저 커피를 한 모금 마셨다.

"주무시는 동안 꿈을 꾸신 것 같은데 무슨 일이었는지 말해주실 수 있나요? 고통스러워하는 듯한 소리가 들렸어요."

루실이 분위기를 바꾸는 말을 제시했다.

"맞아요. 기분이 이상했어요. 꿈에서 익숙한 거리를 걸었어요. 걷는 도중에 아이 한 명을 만나 같이 나아갔어요. 목적지 없이. 아이는 고민을 상담하였는데 아무런 대답을 해줄 수가 없었죠. 아이는 계속해서 걸어갔는데 제가 따라가기에는 힘에 부쳤어요. 분명 꿈속에서는 그 상황이 고통스러웠는데, 깨어나고 보니 오히려 정신이 맑아졌어요. 제가 모르던 단점을 찾아내듯이 나아갈 방향을 제시해주듯이 개운해졌어요. 아무래도 기억 같아요. 꿈에서 만난 아이는 제 옛날 모습이고요. 과거가 현실에 겹치면서 하나의 상황을 만들어낸 것 같아요."

나는 길게 대답했다.

"그런 일이 있으셨군요. 그렇다면 어렸을 적의 기억이 꿈에 겹쳤다는 뜻인가요?"

루실이 다시 질문했다.

"맞아요. 잊고 있던 과거 같아요."

나는 질문에 대답했다.

"그렇다면 이야기해주실 수 있나요? 일부분이라도 듣고 싶어요."

루실이 말거리를 부탁하였다.

"좋아요."

나는 그녀의 요구에 응하기로 하였다. 어느 부분의 기억을 되새길지 고민하였다. 평범한 시절을 보내왔다고는 생각하지 않았다. 그렇기에 기대에 부응할 수 있는 이야깃거리가 쉽게 골라지지 않았다. 간단하게 생각하기로 하였다. 우선 꿈에서 나온 배경들을 전개하기로 했다.

"꿈에서 걸었던 거리가 기억이 났어요. 어릴 적 다녔던 초등학교 때의 일이었어요. 교사의 수에 비해 학생 수가 월등히 큰 비중을 차지하고 있었어요. 당시에는 기숙학교를 다녔는데 달마다 한 번씩 외부로 나가 수업했었어요. 그때도 외부 활동으로 외출했었어요. 정확히 어디를 가는지 기억나지는 않지만, 버스를 타고 이동했었어요. 행선지에 도착하고 나서는 걸어서 이동했어요. 그곳은 도시였어요. 주변에는 건물이 많았고 깔끔하게 차려입은 어른들이 거리에 많았어요. 저희는 인원을 분배하여 조직적으로 움직였어요. 하지만 교사 수의 한계로 인해 담당 모든 학생을 관리하기에는 버거웠어요. 그 때문에 엇나가는 학생이 있었죠. 그게 바로 저였어요.

어느 박물관을 방문하였어요. 당시에는 넓은 시민 도서관이었어요. 돌아다니며 전시품을 감상했죠. 박물관에서의 시간이 거의 마무리되어 갈 때 저는 화장실을 갔어요. 그리고 볼일을 보고 나오니 아무도 보이지 않았어요. 학교의 교복을 입고 있는 학생도, 눈에 익은 교사의 모습도 찾아볼 수 없었어요. 저는 이때를 기회로 봤어요. 딱딱하게 정형화 되어 있는 조직에서 벗어나 독단적으로 행동할 수 있음에 자유를 느꼈어요.

일단은 박물관을 나왔어요. 그 후, 무작정 걷기 시작했죠. 높은 건물들과 높은 사람들을 넘어갔어요. 점차 건물이 낮아지고 걸어 다니는 사람들의 수가 적어졌죠. 이윽고 어느 마을에 도달했어요. 마을은 스산할 정도로 인기척이 느껴지지 않았어요. 기억상 오전이었는데 날씨가 흐려 더욱더 분위기가 무거웠죠. 집 앞에 자동차가 주차되어 있었고 가득 찬 쓰레기통도 있었지만, 사람의 모습은 보이지 않았어요. 물론, 평일 오전 시간대라 인기척이 적을 수는 있었으나 거의 무에 가까웠어요. 그러나 으스스한 분위기가 어린 저에게는 신비로움을 자아내기도 했어요. 마을 이곳저곳을 둘러봤어요. 꽤 큰 마을이었죠. 마치 지구상에 존재하지 않은, 지도에 나오지 않은 저만의 마을을 찾아낸 것만 같았어요. 꼭 꿈처럼요. 이 거리가 아까 말씀드린 기억난 마을이에요. 저 혼자 모든 곳을 차지했어요. 찻길 중앙을 걸어가며 분위기를 즐겼죠. 마을의 풍경이 질려갈 때 잠시 멈춰 하늘을 바라보기도 했어요. 그리고 하늘에서 신기한 광경을 목격했죠. 해가 보이지는 않아 밝지는 않았지만 어둡지 않은 하늘에 선명하게 흰 꼬리가 보였어요. 길게 떨어지고 있었어요. 저는 별똥별로 봤었어요. 물론, 지금 생각해보면 정확하지는 않지만요. 어찌하였든 떨어지는 꼬리가 보였기에 쫓고 싶었어요. 별똥별이 떨어진 끝에는 무엇이 있을지 궁금했어요. 하늘을 바라보며 걷기 시작했습니다.

계속해서 걸어도 하늘과는 가까워지지 않았어요. 그래도 이전보다는 더 긴 꼬리와 함께 아래로 내려와 있었어요. 이후, 마을을 벗어나니 녹색의 모습이 보였어요. 길이 연결되어 있기는 하였지만, 더 이상 집은 보이지 않았고 사방으로 풀밭이 펼쳐져 있었어요. 거리 양옆에는 나무들이 줄지어 심겨 있었죠. 벚꽃이 풍성하게 피어 있었어요. 마을을 완전히 빠져나오자 흐린 하늘이 개어지며 해가 밝게 비추었어요. 푸른 하늘과 흰색 구름이 물감처럼 칠해졌어요. 풀밭과 벚꽃, 하늘과 구름이 다양한 색으로 시야를 번뜩이게 했어요. 다채로운 색상을 지나가며 별똥별을 쫓았죠. 더욱 아래로 떨어져 있었어요. 그러나 역시 떨어질 위치까지는 갈 수 없었어요. 하늘에는 닿을 수 없었고 꼬리가 가까워지지 않았죠. 하지만 별똥별을 쫓아갔다는 추억은 더욱 값진 순간이었다고 생각해요. 여기까지가 기억이 나네요."

나는 과거를 되새겨 답하였다.

"소중한 추억이에요. 저는 겪어본 적 없는 귀한 이야기였습니다. 직접 당시에 있는 듯이 즐거운 순간을 공유한 느낌이 들어요. 이야기 해주셔서 감사해요. 그러면 그 거리에서 다시 어떻게 학교로 돌아가셨어요."

루실이 감상과 함께 질문을 하였다.

"그것까지는 정확하게 기억나지 않아요. 아마도 주변 어른의 도움이 있지 않았을까요? 이상하게도 그 부분은 확실하지 않네요."

나는 질문에 답했다. 우리는 당시의 추억에 잠겼다. 나는 겪어본 기억을, 루실은 겪어본 적 없는 이야기 속으로 빠져들었다. 과거를 회상하며 정원의 한 부분에 꽃을 피웠다. 어느 마을에 벚꽃이 피었다. 그날 밤, 가로등 불빛에 비친 벚꽃이 바람을 타고 비처럼 쏟아졌다.

Golden Wave 금계국   4.13
경쟁심

한 번의 회상을 통해 말이 터져 나왔다. 비슷한 시기의 추억들이 연속적으로 떠올랐다. 그리고 함께 공유하고 싶었다. 루실에게 다른 기억을 말해주고 싶었다.

"떠오른 다른 추억도 이야기해도 될까요?"

나는 루실에게 물었다.

"그럼요. 이야기 듣는 것을 좋아할 뿐만 아니라 재밌어요. 계속해서 생각나시는 대로 들려주세요."

루실은 대답했다. 이야기의 진행을 머릿속에서 빠르게 정리했다. 어떻게 시작해야 할지 고민했다. 꿈에서 보았던 추억 속에서 사랑에 관한 상담을 떠올랐다. 그 시절에 겪었던 고민이 선명하게 기억났다.

"같은 초등학교 시절의 이야기예요. 말했다시피 기숙학교였기에 규칙이 많았어요. 그중에서 밤마다 점호가 있었어요. 모든 학생이 특정 장소에 모여 약 15분에서 20분간 서서 기다려야만 했어요. 그러면 기숙사장과 기숙사감이 인원을 확인하고 방을 훑으며 금지된 물품과 정돈을 검사했어요. 그때면 우리는 구역에 맞게 줄을 맞춰 섰어요. 매번 반복되는 지루한 시간이었죠.

한때는 밤에 여자 기숙사생을 볼 수 있었어요. 특정 과목 이외에는 성별이 나뉘어 수업받기 때문에 이성을 접하고 친해질 기회가 적었어요. 각 기숙사의 첫 번째 번호는 구역 맨 앞으로 나가 서 있었어요. 저는 학교에서 5년째가 되던 해에 기숙사의 첫 번째 번호였어요. 그렇기에 앞으로 나가 있었어요. 그리고 제 옆에는 여자 기숙사의 첫 번째 번호의 학생이 바로 옆에 서 있었죠. 그 여학생은 저보다 약간은 큰 키를 가지고 있었어요. 진한 금발의 긴 생머리가 푸른 눈동자를 더욱 빛나게 했어요. 평소, 학교 안이나 야외 복도에서 몇 번 마주친 적이 있어 얼굴은 알고 있었어요. 그러나 이렇게 가깝게 서 있던 적은 없었죠. 교복을 입고 있는 모습이 아닌 잠옷을 입고 있는 모습이 친근했어요. 지금에 와서는 이름도 기억이 나지 않습니다만….

그렇게 몇 주간 일상이 반복되었어요. 그동안 여전히 말을 섞을 기회는 없었어요. 당시에는 지금보다 더 숫기가 적어 쉽게 인사조차 나누기 어려웠어요. 특히나 이성에게는 더욱 단호했었죠. 기숙사 점호가 점점 지루해갈 때쯤 그녀와 처음 의사를 공유할 일이 생겼어요. 우리 앞에는 기숙사감 한 명이 전체를 감시했어요. 그래서 말을 꺼내거나 장난치는 것이 눈앞에서 감시당하고 있었어요. 잠깐의 사이, 기숙사감이 한눈에 팔렸을 때 그녀는 제 실내화를 천천히 밟았어요. 고통이 심하게는 아니었고 약간의 압박감이 느껴졌어요. 그녀 또한 같은 약 20분의 일상이 지루했으리라고 생각해요. 그래서 장난을 쳤다고 느꼈습니다. 먼저 들어온 장난에 거부하지 않았어요. 저도 그녀의 실내화를 약하게 지르밟았어요. 그녀는 터져 나오려는 웃음을 참으며 미소 짓고 있었어요. 대화는 없었지만, 첫 의사 공유에 우리는 강한 교류를 나눴어요. 처음을 시작으로 기숙사감의 눈을 피해 계속해서 서로 장난쳤어요.

이제는 밤이 아니어도 인사를 나눴어요. 복도에서 얼굴을 마주치면 미소가 나오기도 했죠. 같은 과목의 수업 시간이 있을 때면 간단하게 대화하기도 했어요. 그러한 일상이 반복되며 저는 그녀에게 특별한 감정을 느끼기 시작했어요. 많은 대화를 나누고 싶고 사적인 이야기를 공유하고 싶었어요. 사소한 것 하나라도 알려주거나 듣고 싶었어요. 함께 있는 시간이 많았으면 좋겠다는 바람이 있었어요. 지루했던 20분의 점호시간이 멈추기를 바랐어요. 느리게 흘러가던 시간이 무색하게도 너무 빠르게 지나갔어요. 둘만의 시간을 오래 지속되기를 원했어요. 그녀에게 비친 저의 모습이 올바르게 보이기를 신경 썼어요. 어린 나이에 느낀 첫사랑이었음을 알게 되었죠. 그녀 또한 같은 마음이기를 희망했죠. 어떤 생각을 하고 있는지 알고 싶었어요. 그녀에게 사랑이라는 감정을 느끼기 시작하자 평소와는 다른 반응을 하기 시작했어요. 이전과 똑같은 장난을 쳐도 행동 하나하나에 주의를 기울였어요. 표현을 풀어나가는 방식에도 미숙하여 제가 원하지 않는 대로 흘러가기도 했어요. 그럴 때면 하루를 후회하고 잠 못 드는 밤을 지냈죠. 그러나 그녀는 크게 신경을 쓰지 않는 듯이 보였어요. 제가 다른 반응을 보여도 개의치 않아 했어요. 항상 같은 행동을 보여주었죠. 언제나 살갑게 대해주는 점은 좋았으나, 저 혼자만 행동에 신경 쓰고 선택에 괴로워함이 힘들었어요. 혼자 하는 짝사랑에 앓았죠. 시간이 흐르며 좋지 않은 버릇이 생기기도 했어요. 오히려 그녀에 대한 약점만을 찾아 고르기 시작했어요. 내가 그녀를 좋아하기에 적절한지를 상대의 동의 없이 판단하기도 했죠. 혼자 이러한 생각을 하고 있어도 그녀를 만날 때면 상냥한 대응들에 다시 후회하여 마음을 고쳐 잡았어요. 빠르게 진심을 알고 서로의 마음에 대해 확정되기를 바랐어요. 짝사랑이 부담스럽다면 거절하기를, 서로의 마음이 일치한다면 승낙하기를 간절기 기대했죠. 그러나 대답을 듣고 싶어도 제안을 꺼낼 용기가 항상 부족했어요. 상대 쪽에서 먼저 제안하기를 바라는 나약한 생각만 있었었습니다.

똑같이 걷잡을 수 없게 시간은 흘렀어요. 어느 계절의 날, 그녀와 다른 남학생이 함께 있는 순간을 목격한 적이 있었어요. 이름이 정확히 기억나지 않아 '남학생 친구'라고 칭할게요. 작년 같은 교실을 사용하던 반 친구였죠. 그 친구는 활발하면서도 강인한 성격이었어요. 본인의 의지에 확실하고 솔직했는데 활발한 성격 덕에 모두에게 인기가 많았죠. 그 성격에 샘이 나기도 했지만, 형 같은 그의 모습에 저도 싫어할 이유가 없었어요. 그러나 목격한 그 순간에 저는 세상의 비애를 느꼈어요. 둘은 대화를 나누고 있었죠. 웃고 있는 그녀의 미소가 어느 때 보다 밝아 보였어요. 안타까운 순간이었으나 포기할 수는 없었어요. 우선, 그 자리를 떠나는 것이 최선의 방법이라고 생각했었습니다.

다음날부터 저의 태도는 다시 바뀌었습니다. 최대한 살갑게 보이기 위해, 활발한 성격의 면모도 가지고 있다는 모습을 보여주기 위해 어울리지 않은 가면을 연기했어요. 어제 본 남학생 친구의 성격을 부러워했기 때문이라고 생각했습니다. 그의 장점을 따라 하고 싶었어요. 역시나 역효과가 나타났죠. 어색한 연기는 상대에게도 부담스럽게 느낄 수 있다는 사실을 이때는 알지 못했어요. 그렇게 격변해가는 감정의 시절에서 우리는 약간씩 멀어졌어요. 저와 멀어진 만큼 남학생 친구와의 관계는 가까워지는 것처럼 보였죠.

다시 시간이 흐르고 다음 해로 진학하는 시기가 찾아왔어요. 또 교실이 바뀌고 함께하는 친우들이 교체되었어요. 기숙사의 번호도 달라졌습니다. 그녀와 같은 교실에서 수업을 받을 수 있기를 바랐어요. 어차피 남과 여의 반은 나뉘기 때문에 합반 수업을 받을 때만 만날 수가 있었죠. 함께 수업을 받게 되면 진실한 모습으로 바꿔 보여주고 싶었어요. 해가 바뀌는 겨울 방학을 지나 학교로 돌아왔습니다. 그리고 교실을 배정받았죠. 첫 수업 날 교실을 둘러보러 다녔어요. 야외 복도를 통해 이동수업의 교실을 확인할 때였습니다. 옆의 합반 수업 교실에서 그녀와 남학생 친구가 같은 책상에 앉아 있는 모습을 지나쳤습니다. 창문 안의 그들이 저를 괴롭혔습니다. 세상이 미웠어요. 노력의 영역을 벗어난 곳에서 제가 아닌 다른 이가 선택받음에 서러움을 느꼈습니다. 사랑의 선택에 항상 운이 따라주지 않았어요. 그리고 그녀와 복도에서조차 마주칠 기회가 줄어들었어요.

   최선을 다하여 그녀에게 진심을 전하고 싶었습니다. 할 수 있는 유일한 노력을 다하기로 다짐했죠. 완벽한 남학생 친구는 이미 수석 졸업을 꿈꿀 수 있는 단계에 다다라 있었어요. 저는 그를 뛰어넘어 마지막 초등학교를 보내는 해에 수석으로 졸업하기로 결심했습니다. 최종 순간에 가장 위에서 저의 존재를 증명하고 싶었어요. 시험 성적과 교내 대회에서의 수상에 전심을 다 했어요. 물론 재능의 영역에서 주저앉고 마는 때도 있었어요. 그래도 여전히 나아갔습니다. 이제는 사랑의 의의를 넘어 남학생 친구를 뛰어넘기로 목표를 잡았어요. 어쩌다 학업에 진심을 쏟게 되었는지 알지 못하게 변색되었죠.

   결국, 마지막 졸업식 날 최종 수상의 시간이 다가왔습니다. 이곳에서 이름이 불리는 자만이 최후의 명예를 간직할 수 있게 되는 것이었습니다. 종합 성적을 토대로 상위 5명만의 이름이 불려 단상에 올라가게 됩니다. 후보의 예상은 모두에게 거론되어 있었습니다. 졸업식이 마무리되어갈 때, 학교장의 안내에 따라 끝 순위인 5위부터 발표를 시작하였습니다. 예상됐던 인물이 3위까지 불려 단상에 올라갔습니다. 그 안에는 저도 남학생 친구도 포함되어 있지 않았죠. 그리고 대망의 2위의 인물이 학교장의 입 밖에서 발표되었습니다. 다른 이들에게는 짐작되었을지라도 저는 예측하지 못한 뜻밖의 이름이 불렸습니다. 그것은 제 이름이었습니다. 잠시간 움직일 수가 없었습니다. 모두의 박수와 함께 등을 떠밀려 강제로 단상에 올라갔어요. 단상에 서 있으면서도 상황을 이해하기 어려웠습니다. 그리고 다음 순위의 이름이 불리며 남학생 친구가 마지막으로 올라와 제 옆에 섰습니다. 그는 저에게 악수를 건넸고 저는 힘없이 손을 내밀었습니다. 이 순간만을 바라보던 초등학생 시절이 이렇게 처량하게 끝을 보게 되었습니다."

나는 긴 추억을 이야기하였다.

"그런 일이 있으셨군요. 지금도 당시의 그녀를 잊지 못하였나요?"

루실이 말하였다.

"지금은 완전히 잊었어요. 이후의 학년으로 진학하였을 때, 둘이 함께 있는 모습을 목격한 이후에는 포기했어요. 이름도 기억나지 않아요. 그 이후로는 어떻게 되었는지 몰라요. 시간이 너무 흐르기도 했으니까요. 또한, 어렸을 적에는 사랑에 대해 진심이 불분명하고 감정이 빠르게 바뀌니까요."

나는 대답했다. 추억 이야기를 통해 정원의 한 구역에 꽃을 심었다.

Tulip 튤립
아름다운 눈동자

4.16

 다음으로는 하이스쿨의 어느 시절이 떠올랐다. 초등학교와 같은 재단사의 학교로 진학하였기에 머리와 몸만 커지고 분위기는 비슷했다. 그렇기에 어느샌가 틀에 가두어졌다. 이는 이후에 나에게 큰 영향을 주었다. 결과적으로 그 영향은 부정적인 면이 컸기에 루실에게 아직 구체적으로 말하지 않기로 하였다.
 "제가 하이스쿨로 진학하고 나서의 이야기가 생각났어요."
 나는 루실에게 말하였다.
 "궁금해요."
 루실은 답하였다.
 그녀의 기대를 충족하기 위해 빠르게 이야기를 머릿속에서 전개했다. 꽤 최근의 기억이기에 이전의 이야기에 비하여 그림이 선명하게 그려졌다.
 "매년 학교에서는 일주일간 캠프를 떠나는 프로그램이 있었어요. 언제는 산속으로 떠난 적도 있고, 언제는 바다 주변의 마을로 떠난 적이 있었죠. 프로그램이 항상 있었기에 이 이야기가 정확히 몇 학년 때의 추억인지는 기억나지 않지만, 총 학년의 중간 이후의 시점 같아요. 그때도 여느 때와 다름없이 캠프를 떠났어요. 캠프지와 일정표가 적힌 종이를 받았죠. 캠프 장소는 작은 산골 마을이었어요. 대략적인 일정은 숲 안에서 텐트를 치고 며칠 묵은 뒤에, 산골 마을로 들어가 그곳에서도 며칠 지내고 돌아오는 일정이었어요. 텐트도 챙기고 침낭과 여분의 옷들을 넣었죠. 속옷과 세면도구들도 함께 넣었어요. 여러 필요

도구들도 챙겼습니다. 떠나는 전날까지 마음이 설렜어요. 학교에서 벗어나기 때문이 아닌, 친구들과 함께 떠나기 때문이 아닌, 그 이상의 무언가로 인해 가슴이 벅차올랐어요. 다른 프로그램과 비교해서 특별한 무언가가 기다리고 있다는 느낌이 들었어요. 그것이 어떤 것인지는 장소와 일정을 다시 훑어보아도 정확히 가늠하기가 어려웠어요.

정해진 날짜가 다가와 떠나는 아침에 날이 밝았어요. 우리는 학교에서 준비한 버스를 타고 움직였어요. 버스는 길을 따라 국경을 넘어갔어요. 긴 시간이 흘러 포장된 길이 비포장 된 길로 바뀌며 산길을 타고 이동하였어요. 주변에는 나무들이 무성해지기 시작했죠.

그리고 어느 지점에 도달하였어요. 우리는 그곳에서 내렸습니다. 반에 따라 줄을 지어 정렬했죠. 피곤함에 지쳐 보이는 학생들도 있었고 아직 들뜬 마음에 지치지 않는 학생들도 있었어요. 저는 어느 쪽에도 치우치지 않는 학생이었죠. 담당 교사들이 학생 수를 파악하고 난 뒤, 움직였습니다. 걸어서 이동하였어요. 각자의 가방을 들고 산길 위를 밟았습니다. 흙길은 불편함 없이 나아갈 수 있었어요. 드물게 나오는 돌길에서는 걷기 쉽지 않았어요. 고개를 넘고 넘어 냇물에 다다랐어요. 그곳을 넘어가기로 담당 교사가 앞섰어요. 초입에는 거센 물살이 흐르고 있었어요. 건장한 성인 남성이라면 어찌어찌 넘어갈 수 있을 정도였어요. 앞에 있던 교사가 먼저 건넌 뒤 지시에 따라 길을 제시해주었어요. 우리는 5인 1조로 물살을 건너기로 하였어요. 일렬로 서서 서로의 가방과 등 사이에 손을 넣어 단단히 고정하였어요. 그렇게 하나의 무리로 물살을 버티며 걸어 나갔습니다. 처음 발을 넣었을 때, 생각지 못한 강도에 놀랐으나 무사히 건넜습니다. 모두가 호숫가에 도착하였을 때, 잠시의 휴식을 했어요. 들고 온 물통에 물을 채워 넣어 마셨어요. 그리고 점심 식사를 시작하였죠. 간단하게 싸 온 샌드위치와 과일을 집어 먹었어요.

　냇물을 건너온 물에 젖은 옷이 거의 마를 때쯤, 다시 짐을 챙겨 떠났습니다. 처음 떠난 곳에서 걸어온 만큼의 비슷한 거리를 나아갔습니다. 이후, 첫 번째 묵을 캠프 장소에 도달하였어요. 해는 거의 저물어가며 주황빛 하늘의 시간대였어요. 그곳에서 텐트를 지었습니다. 빠르게 진행되었어요. 이후, 준비된 저녁 식사가 차려졌어요. 긴 책상 위에 여러 음식 재료들이 나열되어 있었어요. 우리는 식판을 하나씩 들고 나눠주는 음식을 받아서 주변에 앉아 식사하였습니다. 이때까지는 여느 해와 다름없는 캠프 프로그램과 비슷했어요. 설렜던 제 가슴에 배신감을 느꼈어요. 들뜬 마음이 살짝씩 사그라들었죠. 아직 아무것도 모른 채 말이죠. 그렇게 하루의 일정을 텐트 안에서 마무리하였어요.

　텐트의 얇은 천을 뚫고 아침 해를 맞이하였습니다. 집이 아닌 야외에서의 숙박은 절대 익숙해지지 않았어요. 간단하게 아침 세면으로 정신을 차렸어요. 그리고 정렬해 담당 교사가 하루의 일정을 이야기해주었어요. 산속에서의 일정이었기에 특별함은 없었어요. 어제와 비슷하게 흘러갔습니다. 산속에서의 일정이 별일 없이 끝났어요. 처음 버스를 타고 도착하였던 목적지로 돌아갔어요. 이전과 같은 버스를 타고 다음 지역으로 이동하였습니다.

　한참을 버스 안에서 시간을 보내다 마을에 도착하였습니다. 여러 오두막집으로 마을을 구성하고 있는 작은 지역이었어요. 담당 교사의 지시에 따라 인원을 나눠, 배정받은 집으로 이동하였습니다. 약 5명씩 각 오두막에 방문하였습니다. 우리는 집의 소유주들에게 가볍게 인사를 나눴습니다. 소유주는 방으로 안내해주었습니다. 그곳에 짐을 풀고 휴식을 취하였어요.

그리고 일정에 따라 집 밖으로 나갔습니다. 문을 열고 나가자 해가 저물어가고 있었어요. 발표된 일정은 산의 정상에서 저녁 식사를 하는 것이었습니다. 산의 정상이라고 하여도 별로 높지 않은 언덕에 지나지 않았어요. 일정에 맞게 발걸음을 움직였습니다. 이번의 이동은 각자 원하는 방식대로 이동하였어요. 거리가 멀지 않고 주변 자연환경을 자유롭게 감상하기 위함이었다고 생각해요. 저도 지정된 목적지로 걸어갔습니다. 자유롭게 이동하여도 갈림길이 적어 모두의 이동에 편승하여 이동할 수 있었죠. 하지만 왜인지 어느 순간 정해진 길을 따라가고 싶지 않았어요. 이전에 느낀 특별함에 대한 기대 때문인지 알 수 없었어요. 아직 그 감정을 직접 맞이하지 않았기에 지금이라면 하고 생각하였어요. 언덕의 경사가 가팔라지기 시작할 때쯤에 옆길로 빠져나갔습니다.

해가 완전히 사라지고 하늘은 어두웠어요. 길에는 빛이 없었고 그림자가 드리워져 있었죠. 구름이 개고 하늘 위에 달이 크게 떠 있었어요. 달빛에 의지하여 길을 찾아냈어요. 경사에 좁은 길이 있었어요. 그 길을 따라 걸어갔습니다. 한 명만으로도 꽉 차는 좁은 길이었어요. 길가는 둥글게 회전하다 끝이 보이기 시작했습니다. 길이 끝나는 곳에는 꽃밭이 있었습니다. 정확히는 튤립밭이었어요. 경사에 따라 기울게 심겨 있었죠. 튤립들은 여러 색상을 가지고 있었어요. 바람에 따라 머리를 흔들며 춤추고 있었어요. 튤립 향이 공간 전체를 감싸고 있었죠. 이곳이 제가 느낀 특별한 무언가라고 생각했어요. 하지만 시간이 지나고 아직 다가오지 않았음을 알았어요. 튤립밭의 중앙으로 이동하였습니다. 저는 꽃들이 상처 입지 않게 피해서 사이를 파고들어 누웠어요. 잔디와 흙의 푹신함이 등을 받쳐주고 꽃이 감싸 안아 주었어요. 향기를 맡으니 다리의 피로까지 풀리는 것 같았어요. 특별한 순간이었으나 기대를 깔끔하게 해소해줄 무언가가 확실하지 않았어요. 응어리가 가슴을 답답하게 했어요. 지금은 튤립밭 위에 누워 있는 정지된 순간이었어요. 정지된 순간은 아무것도 변화시키지 않았어요. 몇 분 몇 시간이 지나도 이대로였죠. 바뀌어 가는 진행의 순간을 맞이하고 싶었어요. 그리고 하늘을 바라보았습니다. 어두운 하늘 위에 있던 달빛은 이전에 비해 줄어들어 있었어요. 주변에 있는 별들 때문이었죠. 무수히 많은 별이 하늘을 채우고 있었어요. 밤이라고는 생각할 수 없을 정도로 아름다운 하늘이었어요. 정해진 패턴 없이 각자 원하는 자리에 있었어요. 별은 눈 위에서 밝게 빛났어요. 하늘보다 어두운 눈동자에서 밝은 빛을 내뿜고 있었어요. 제가 있는 곳이 우주의 공간인지 꽃밭 위인지 구분하기가 어려워졌습니다. 별 구름이 가득한 우주 안에서 위를 바라보며 여러 색으로 빛나고 있는 튤립꽃들을 바라보고 있었습니다. 별들은 바람에 따라 느리지만 열심히 이동하고 있었어요. 이 순간이 기대하던 특별한 무언가였어요. 답답한 응어리가 깨지며 틀어막힘이 해소되었어요. 이것이 진행의 순간이었습니다. 각자 다른 색상의 튤립들도 밤하늘 아래에서는 모두 별과 같은 색상으로 빛나고 있었습니다."

Geranium 제라늄
결심

4.24

"그때부터 별에 관한 관심이 커졌어요. 캠프의 일정을 끝내고 학교로 돌아왔을 때, 별을 공부해 보자는 결심이 들었어요. 하지만 닿을 수 없는 미지를 공부하기는 여간 쉽지 않았어요. 우선 서적을 읽어 보기로 했어요. 학교 도서관에 비치된 별과 관련한 책을 찾아보았어요. 별이 무엇인가, 별을 이해하고자 무작정 찾아 읽었죠. 기본 상식을 알게 되었어요. 지구로부터 얼마나 멀리 떨어져 있는지 왜 반짝이고 있는지 알 수 있었죠. 신기했던 사실은 규칙 없이 자리 잡고 있던 별들이 하나의 그림을 만들고 있다는 것이었어요. 별 사이를 선으로 이어 고대의 그림을 하늘 위에 띄워 놓았어요. 그 그림들이 계절에 따라 주기적으로 변해가는 것도 놀라웠죠. 이를 별자리라고 불러요. 지금 시기에는 처녀자리, 사자자리, 천칭자리, 목동자리 등을 볼 수 있어요.

가장 좋아하는 별자리는 오리온자리였어요. 오리온은 신화 속에 나오는 사냥꾼으로 그의 위엄있고 거대한 모습이 인상 깊었어요. 그의 이야기에서 오리온은 달의 여신과 사랑에 빠졌어요. 그러나 그녀의 오빠가 이들의 사랑을 탐탁지 않아 하여 그녀를 속여 오리온을 죽이게 하였죠. 비극적인 사랑이 격해지는 감정의 시기에 인상 깊었어요. 오리온은 별자리에서도 품격 있게 옆에 있는 황소자리를 사냥하고 있는 모습이 있어요. 오리온자리를 결정적으로 좋아하게 된 이야기가 있어요. 오리온자리에 있는 오리온의 허리띠라고 불리는 세 별이 있어요. 이 별들이 이집트에 있는 쿠푸왕을 포함한 그의 자손들의 피라미드 세 개의 위치와 일치한다는 설이 있어요. 세 별과 세 피라미드의 간격과 위치가 들어 맞는다는 것이었죠. 이러한 이야기들이 별을 공부하는 데에 있어서 열의를 자아냈어요. 별을 공부할 때면 다른 잡생각들이 사라졌어요.

   이번에는 별을 직접 목격하고자 지역 주변의 천문대에도 찾아갔어요. 육안으로 볼 때만 느낄 수 있는 압도감이 있었죠. 지역 주변에 있는 산속 천문대를 방문했어요. 밤이 될 때까지 그곳에서 기다렸죠. 기다리면서도 관련 서적을 읽었어요. 오늘은 무엇을 볼 수 있는지 찾아보았죠. 해가 저물어 하늘이 완전한 암흑으로 바뀌었을 때, 건물의 옥상으로 올라갔어요. 그곳에는 둥근 반구의 구조물이 있었어요. 반구 사이에 틈이 있었고 그 틈으로 망원경 하나가 솟아 있었어요. 관리자의 안내에 따라 구조물 안으로 들어갔어요. 안에는 긴 망원경이 놓여 있었어요. 끝에는 눈동자 하나만으로 볼 수 있는 크기의 렌즈가 있었습니다. 그곳에 가까이 다가갔어요. 한쪽 눈을 감아 다른 쪽 눈의 시야를 확실하게 했어요. 맨눈으로는 감상할 수 없는 우주의 공간을 몇 배나 자세하게 관측할 수 있었습니다. 아쉽게도 그날에는 별이 아닌 행성들을 관측했어요. 달의 표면과 목성의 희미한 줄무늬를 바라보았습니다. 하늘을 바라볼 때 어렴풋이 보이던 달의 거친 표면이 뚜렷하게 보였어요. 달의 밝은 회색을 확인할 수 있었죠. 볼 수조차 없던 목성의 표면을 확인할 수 있었습니다. 책에서 본대로의 줄무늬가 있었어요. 별이 아니었지만, 우주의 구성물을 맨눈으로 보는 것만으로 값진 경험이었어요.

   이후, 천문대에서 별을 관측하지 못했다는 사실에 후회가 생겼어요. 그래서 시기에 맞춰 다른 천문대를 방문하기로 하였습니다. 이번에는 어느 대학교 소속의 천문대를 찾아갔어요. 거주하고 있는 곳에서 기차를 타고 가야 도착할 수 있는 지역에 있었어요. 국립대학이었기에 나라에서 많은 지원을 받는 학교였죠. 별을 관측할 수 있는 시기에 예약하였습니다.

   시간에 맞춰 천문대로 갔어요. 그곳은 산 아래에서 전용 버스를 타고 이동하였어요. 언덕을 올라 산 중턱으로 움직였습니다. 도착한 목적지에서 천문대 건물 안으로 들어갔어요. 입구 안에서 한 여성이 안내해주었어요. 그녀는 자신을 천문대가 속한 대학교의 학생이라고 소개했어요. 여성은 긴 다홍색 치마를 입고 있었어요. 긴 곱슬머리의 흑발을 가지고 있었습니다. 머리카락 사이로 안경을 쓰고 있었어요. 저와 비슷한 또래처럼 보였으나 말투와 제스처가 성숙했어요. 그녀의 안내에 따라갔습니다. 이전에 방문했던 천문대와 비슷하게 계단을 타고 옥상으로 올라갔어요. 옥상에는 이전과 비슷한 반원의 구조물이 있었습니다. 역시나 틈 사이에 긴 망원경이 있었어요. 여성은 앞서 렌즈를 보며 망원경을 조정했어요. 별을 확인한 그녀는 완벽한 타이밍의 시기라고 말하였습니다. 그리고 뒤로 물러나 손으로 렌즈를 가리켰어요. 저는 지시에 따라 망원경 렌즈에 눈을 가까이 댔습니다. 여성이 조정한 위치에는 대 삼각형 별자리가 보였어요. 처음 맨눈으로 바라본 별의 실체에 감동했습니다. 미지의 공간을 피부로 감촉하는 느낌이었어요. 암흑의 하늘 아래에서 압도되었습니다. 별을 관측하며 옆에 서 있던 여성이 계속해서 설명해주었어요. 책에서 읽은 대로의 내용이 거의였으나 처음 알게 된 사실들도 있었어요. 이어서 큰개자리와 작은개자리를 설명해주었습니다. 오리온자리와 황소자리, 쌍둥이자리 등을 조정해주었어요. 별을 보며 설화 등이 아닌 과학적으로 입증된 사실들을 설명해주었어요. 그런 것에 문외한이었던 저는 정보를 익히며 감명받았습니다.

   한참을 더 별을 관측하였어요. 봤던 별자리를 반복해서 보기도 하였습니다. 그녀의 깔끔하고 친절한 설명에 별에 관한 의욕이 더욱 앞서졌어요. 여성에게 이런저런 질문을 던졌어요. 그녀는 대학교 2학년 준비생으로 방학 때 아르바이트하며 천문대에서 근무하고 있었습니다. 학과는 천문물리학과라고 하였어요. 어렸을 적 천문대에서 본 별을 목격하며 그때부터 별을 공부하기로 다짐하였다고 했습니다. 학교에 입학하여 만족스러운 공부를 하고 있다고 했어요. 과거의 서적뿐만 아니라 최신 자료들도 확인하여 서로 비교하는 공부가 좋다고 했죠. 가끔 학과의 친구들과 천체 망원경을 가지고 멀리 여행을 떠나 별을 찾는 경험도 이야기해주었어요. 시대가 아쉬워 다른 학과에 비해 생각보다 적은 지원을 받고 있다고 한탄하였어요. 그녀의 학교 이야기를 들으며 부러웠어요. 저도 더욱 전문적인 교육을 받고 싶었어요. 관심사가 같은 학생들과 정보를 공유하며 서로가 몰랐던 사실들을 익히고 싶었습니다.

천문대를 빠져나와 돌아오는 길에 계속해서 곱씹었어요. 오늘 육안으로 관측한 별과 여성이 말해준 이야기를 돌이켜 보았습니다. 밤하늘 아래에서 여성이 공부하고 있는 학과에 들어가고 싶었어요. 남은 하이스쿨에서 진로를 결정하여 입시를 준비하기로 결심하였습니다. 얼마나 쉬운지 어려운지도 알지 못하게 의욕은 별보다 높이 솟아 있었어요."

나는 하이스쿨 시절의 추억 하나를 이야기하였다.

"부러운 추억이에요. 저도 진정하게 별을 바라보고 싶어요.

루실이 답하였다. 아름다운 추억 하나가 정원의 한 구역에 꽃을 피워냈다.

Golden Chain 금사슬나무
슬픈 아름다움

4.30

"저는 하이스쿨 마지막 입시 연도에 최선을 다하였어요. 목표가 정해지니 동기부여는 자동으로 따라왔어요. 중간에 막힘도 많이 있었지만, 항상 뛰어넘기로 다짐했어요. 공부하면서도 가끔 대학의 천문대에 찾아갔어요. 매번 별을 보지 않더라도 그곳에 있으면 꿈을 이룬 것만 같았어요. 그리고 방학 때 강의해준 여성을 다시 한번 만나고 싶었어요. 어쩌다 한 번씩 마주칠 때도 있었지만, 항상 있지는 않았어요. 이따금 방문하였을 때 다홍색 치마의 여성이 보이지 않으면 저도 모르게 실망했어요. 여러 번 방문한 덕에 그곳이 익숙해졌어요. 구조도 눈에 익고 시간대들도 알게 되었습니다. 그러다 직원의 근무표를 우연히 보게 되었어요. 그곳에는 다홍치마 여성의 이름도 적혀 있었습니다. 방학 때만큼의 빈도보다는 적었지만, 시간대에 이름이 속해 있었어요. 공부라는 명목을 핑계 삼아 다홍치마 여성의 이름이 적힌 시간대를 위주로 찾아갔어요. 저도 모르게 그녀의 근무 일정을 외우게 되었습니다. 이렇게 말로 꺼내어보니 돌이켜 본 과거의 자신이 무섭네요. 절대 스토킹의 목적은 아니었어요. 그저 얼굴 한번 보는 것만으로도 만족했습니다. 근무표의 시간대는 천문 관측 시간표 이후 10분 넘게 비어 있는 시간이 있었습니다. 아마 강의 후, 정리 시간 같았어요. 일부러 그 시간을 기다린 적도 있었어요. 퇴근 시간대라면 스스로 핑계를 만들어 대기하기도 하였죠. 눈에 한 번이라도 들기 위해 상대방의 시간에 맞춰 제 시간을 포기하였습니다. 동네라도 걸으며 별에 관한 이야기를 나누고 싫었어요. 하지만 아쉽게도 외부에서 말을 나눠본 적이 없어요. 가벼운 인사 정도가 전부였습니다. 한 번만이라도 마주치기 위해서 되돌아가 보기도 하였어요. 그러나 그럴 때면 다시 마주칠 일은 없었습니다. 시간을 기다린 뒤에 만나지 못하면 아쉬움만 남긴 채 집으로 돌아갔어요. 그때면 하루에 대한 서러움이 다른 감정들을 집어삼키기도 했죠. 지금 생각해보면 어리석은 마음가짐이었어요. 감정 소모를 쉽게 했어요. 그럴 때마다 공부에 전념하여 잡생각을 지워나갔어요.

시간이 흐르고 입시의 순간이 찾아왔습니다. 지금까지 해 온 준비를 평가받는 순간이었죠. 목표로 삼고 있던 대학교에서 시험을 봤습니다. 마지막 역량을 전부 뽐내었습니다. 혹시 몰라 같은 학교의 다른 학과와 다른 대학교에도 입시 원서를 넣었어요. 시험지는 제 손을 떠났고 결과만을 기다릴 뿐이었습니다.

이윽고 결과는 빠르게 발표되었어요. 우편으로 합격 여부의 통지서가 도착하였습니다. 저는 종이봉투를 천천히 잘랐어요. 입구를 1미리씩 뜯는 만큼 수명이 줄어드는 것만 같았죠. 봉투가 열리고 안에 있는 내용물이 나왔습니다. 조심스레 종이의 위를 잡고 들어 올렸습니다. 결과는 불합격. 그저 한숨만 나왔습니다. 결과를 본 순간에는 섭섭하기도 하였지만 시원하기도 했어요. 어찌 되었든 끝을 알게 되니 모두 덧없게 느껴졌습니다. 마음이 공허해졌어요. 속에 있던 무언가가 빠져나가는 듯한 느낌이 들었습니다. 비어 있는 마음은 쉽게 채울 수 없었어요. 역시나 좋아하는 것만으로는 세상을 풀어나갈 수 없었어요. 원하는 목표를 달성하지 못하자 좋아한 것에 싫증을 느낄까 봐 두려웠어요. 시간이 끝난 것만 같았습니다. 되돌리고 싶어도 종이봉투의 입구는 처참하게 찢겨 있었습니다. 이제는 다른 결과를 기다려야만 했습니다."

나는 이어서 긴 이야기를 꺼내었다. 루실은 묵묵히 나의 과거를 들어주었다.

일방적인 대화에 지칠 수도 있었지만, 그런 여색이 보이지 않았다. 어리석은 과거에 부끄러움이 들었으나 멈출 기세도 들지 않았다. 도화선에 불을 지핀 이상 이야기 끈을 쉽게 놓칠 수 없었다. 자연스레 대학생 당시의 과거도 이야기하였다.

"시간이 얼마 지나지 않아 다른 결과도 도착하였어요. 합격도 있었고 불합격도 있었어요. 합격을 받은 곳 중에는 최우선 목표로 삼고 있던 대학교의 다른 학과도 있었습니다. 저는 그곳만이 공허한 마음을 채워 줄 수 있다고 생각했어요. 그곳은 목조 조형학과였습니다. 다른 전망 있는 학교들도 있었지만, 이곳으로 마음을 결정하였습니다.

입학 시즌이 다가왔습니다. 저는 기숙사에 들어가기로 하였어요. 처음으로 살던 동네를 벗어나 다른 지역에서 생활하게 되었습니다. 짐을 챙겼어요. 캐리어 하나와 큰 가방에 필요한 짐을 넣었습니다. 버스를 타고 길에 올라섰습니다. 기대되면서도 미래에 대한 불안이 공존했어요. 길을 지나 대학가에 도착하였어요. 우선은 기숙사에 짐을 놓기로 하였어요. 기숙사는 학교에서 얼마 떨어지지 않은 가까운 위치에 있었습니다. 대학교 기숙사는 석조 건축물로 되어 역사가 깊어 보이는 건물이었어요. 주변 건축물보다 높았어요. 기숙사 로비에서 간단한 안내를 받은 뒤 방을 배정받았어요. 계단을 통하여 몇 층 오른 뒤 앞으로 묵게 될 방에 도착하였습니다. 이상하게 긴장되는 마음을 가라앉히고자 심호흡을 크게 하고 문을 열었습니다. 방 안으로 들어가자 바로 창문이 보였어요. 흐릿한 구름의 하늘이 눈에 띄었습니다. 불은 켜져 있지 않았지만, 오전이었기에 방 안이 약간은 어둡게 확인할 수가 있었어요. 일인실로 구성된 기숙사 방은 마냥 좁지는 않았습니다. 조용하고 칙칙한 분위기의 방안은 들떠 있던 기대감을 역으로 돌려놨어요. 마음속 깊은 곳에서 이상한 감정이 꿈틀거림이 느껴졌습니다. 우선 짐을 풀기 시작했어요. 가져온 캐리어와 가방을 풀고 짐을 꺼냈습니다. 여러 서랍장에 짐을 채워 넣었습니다. 침구류도 함께 정리하였죠. 정리하며 방의 분위기에 적응하기로 했어요.

 그날의 낮은 금세 갔어요. 어느샌가 해가 떨어져 있었고 하늘에는 어둠이 가득했습니다. 햇빛이 사라지니 방 안은 차가워졌어요. 낮은 기온이 서늘했습니다. 편한 옷으로 갈아입고 침대 위에 앉았습니다. 이불을 끌어 몸을 따뜻하게 하려 했어요. 밤은 금세 지나가지 않았습니다. 시간의 변덕에 지쳐 있었어요. 혼자 이 안에 있다는 사실이 무섭기도 쓸쓸하기도 했어요. 한참 남은 미래의 끝을 상상할 수 없었어요. 어떻게 될지 모르는 인생의 시간에 두려움을 느꼈습니다. 부정적인 감정이 깊은 곳에서 올라왔습니다. 멈출 수 없는 상상을 하며 밤을 지내는 잠에 빠졌습니다.

 다음 날 일어나도 개운하지 않았어요. 눈을 뜨고 익숙지 않은 천장이 보이자 한숨이 나왔어요. 가지고 있던 의욕들도 어느샌가 하얗게 잊혀 있었습니다. 학교에 도착하면 주변을 산책하고 동네의 식당을 찾아가고자 했던 마음들도 잃어버렸습니다. 개강 날짜까지 아직 며칠 남아있었기에 학교의 탐방은 나중으로 미루기로 하였어요. 계획된 일정을 스스로 포기하자 공백을 메꿀 만한 시간이 떠오르지 않았습니다. 오히려 생각하기를 포기하는 지경에 이르고 말았습니다. 전신이 침대에 속박된 느낌이 들었어요. 양팔과 양다리, 심지어 목에도 사슬이 달려 방 안에 갇히게 되었습니다. 결국에는 학교에 도착하고 며칠간 침대 안에서 시간을 보내었어요.

 개강까지 하루 전날, 이대로 있다가는 방 안의 분위기에 집어삼켜질 것만 같아 움직이기로 다짐하였습니다. 이래서는 학교에서의 적응에도 문제가 생길

위기를 감지하였어요. 우선 밖으로 나가야만 했어요. 먼저 침대에서 일어나 샤워했습니다. 따뜻한 물을 맞으며 굳어 있는 몸을 천천히 풀어주었습니다. 먼지와 찝찝함을 흘려보냈어요. 좋아하는 옷으로 갈아입고 단정하게 준비하였죠. 밖으로 나가기 전 학교 지도를 보며 동선을 살폈습니다. 문을 열고 밖으로 나갔어요.

처음 정한 목적지는 학교 중앙 공원이었어요. 기숙사에서 멀지 않은 곳에 있었습니다. 인도를 따라 걸어갔습니다. 한 시간의 절반도 안 되는 시간을 걸어 중앙 공원에 도착하였어요. 적은 인파가 드물게 있었습니다. 학생도 있었고 외부인도 있었어요. 중앙 공원 주변에는 여러 강의실 건물과 강당이 있었어요. 공원을 시작으로 다른 건물로 발걸음을 옮겼습니다. 그리고 도착한 건물은 천문물리학과의 학생들이 사용하는 건물이었어요. 천문대에서 보았던 여성을 맞이하고 싶어서인지 별을 공부하고 싶어 했던 욕구가 남아있는지 혼란스러웠습니다. 닫혀 있는 학과 건물에 다른 곳으로 돌아가야만 했습니다. 이번에는 정한 목적지 없이 그저 걸었습니다. 거리의 여러 사람을 지나치고 바뀌는 풍경을 바라보았습니다. 건물의 높이와 생김새의 다름을 보았습니다. 구름의 색이 붉게 물들여갔어요. 공기 온도가 변화됨을 느꼈습니다. 밖에서 시간을 보내도 아직 몸 곳곳에 사슬이 달려 있었어요. 방으로부터 길게 늘여진 사슬이 땅을 긁으며 몸을 무겁게 하였죠."

4장

발아

꽃잎이 며칠 동안
땅속에서 견디다 못하여
흙을 간지럽히며 뚫고 나왔다.

Cowslip 카우슬립 앵초
젊은 날의 슬픔

5.1

"대학 시절에는 이러한 기억이 있었어요. 어두운 과거였죠."
나는 연속된 과거를 이야기하였다.
"그러한 기억이 있으셨군요. 힘들었을 감정이 감히 상상조차 할 수가 없어요."
루실이 안타까움을 표하였다.
"그러나 이는 시작에 불과했어요. 얼마 지나지 않아 더욱 고조되는 감정이 찾아오게 되었어요."
나는 그녀의 공감에 아쉬움을 끼얹었다.

이어서 다음 이야기를 꺼내었다.
"여전히 대학생 때의 기억이에요. 개강 시기가 다가오고 등교를 시작하였습니다. 선택한 수업에 따라 강의를 들었어요. 선택한 수업에는 학과의 과목도 있었고, 자유롭게 들을 수 있는 교양 과목도 있었습니다. 교양 과목에는 취향에 맞게 골랐어요. 천문에 관련한 수업도 포함했죠. 별에 대한 여전한 관심과 강의실이 천문물리학과의 교실과 가까운 곳에 있었기 때문이었습니다. 첫 주의 적응 기간은 무사히 지나갔어요.

다음 주인 본 수업의 기간이 되었습니다. 학과의 과목은 쉽지 않았어요. 원래부터 알지 못했던 분야인데다 관심이 다른 곳에 가 있었기에 완벽한 이해를 할 수가 없었습니다. 반면에 교양 수업은 즐거웠어요. 본인의 취향에 따라 골랐기에 의욕이 생기지 않을 수가 없었죠. 특히나 별에 대한 수업에 흥미가 깊게 갔어요.

여느 때와 똑같이 강의를 들은 후, 다음 강의실로 이동할 때였어요. 천문에 관한 교양 수업이었기에 천문과의 건물로 걸어갔습니다. 건물의 입구에서 이전에 만났던 다홍색 치마의 그녀를 만났어요. 바닥에 눈을 향하여 걸어가고 있을 때, 그녀가 먼저 인사를 건네주었습니다. 그녀는 반갑게 인사했어요. 저도 인사로 대답했습니다. 갑작스러운 만남에 당황했어요. 쉽게 말이 나오지 않았습니다. 그에 비해 그녀는 여러 질문을 연속해서 던졌어요. 언제 왔나, 어디서 지내나, 어느 학과에 입학하였나 등의 궁금증을 털어놓았습니다. 생각을 거치지 못하고 입에서 대답이 튀어나왔어요. 말을 하고도 방금 무슨 대답을 했는지도 떠오르지 않을 정도였죠. 서로의 대화는 빠르게 흘러갔어요. 시간은 똑같이 지나갔고 강의 수업 시간이 다가왔어요. 같은 시간을 사용했기에 늦지 않게 각자의 강의실로 가야만 했습니다. 그녀는 다음에 또 보자는 인사를 하고 헤어졌어요. 저는 아쉬움을 감친 채 인사를 받고 강의실로 향하였습니다. 물론 그 시간의 수업은 귀에 들어오지 않았어요. 갑작스러운 만남과 말실수하지 않았을까 하는 고민에 집중할 수 없었습니다. 과한 생각이 독으로 다가온 순간이었죠.

다음에도 같은 요일과 시간만을 기다렸어요. 천문 교양 수업이 있을 때마다 다시 그녀가 지나치기를 바랐습니다. 교양 수업의 빈도가 적은 것이 아쉬울 따름이었죠. 그래도 기다리니 기회는 찾아왔어요. 천문과 건물에서 마주칠 수 있었습니다. 그러나 아쉽게도 그녀는 다른 친구들과 함께 있었어요. 웃으며 대화를 나누고 있었습니다. 그사이에 껴 인사를 나눌 용기가 없었어요. 그녀는 인파 속에서 저를 알아차릴 수 없었습니다. 아쉽게도 그날은 그저 지나갈 뿐이었어요. 기백 부족에 후회감을 느끼며 다시 기회가 오기만을 기다렸습니다. 다음 번에는 식사 제안을 하기로 다짐했어요.

평소와 다름없이 강의를 들었습니다. 어김없이 기대를 품고 천문과의 건물로 향하였습니다. 그리고 걸어가는 다홍치마의 그녀를 보았습니다. 그러나 기대와 다르게 혼자가 아니었어요. 다른 남성과 웃으며 길을 걷고 있었죠. 서로의 얼굴을 바라보며 걸어갔습니다. 이후 모든 상황을 알지 못하였지만, 감정 소모를 그만두기로 하였어요. 이번에도 순번을 놓치고 말았습니다. 대학교에 들어간 이후 생활의 시작부터 바람대로 흘러가지 않자 아쉬운 마음이 들었어요. 기대를 걸 대상이 사라지자 의욕이 사라지기 시작했습니다. 사랑만큼이나 소중한 동기부여는 없다고 생각했어요. 물론 그 여성에게 사랑을 쏟았는지는 모르겠지만요. 그저 외로움을 달래기 위한 수단이 아니었나 싶기도 해요. 그렇기에 사랑받을 자격이 없었기도 하고요. 한 감정이 빠져나가자 감정의 공백을 채워야만 했어요. 비어 있는 채로 살아가기에는 너무 약했어요. 당시에는 아쉽게도 부정적인 감정으로 공간을 채워버렸습니다. 그것은 향수병이었어요. 긴 시간은 아니어도 한평생을 같은 동네에서 자랐기에 다른 지역에서의 생활이 순탄치 않았어요. 문화도 같고 사용하는 언어도 같지만, 고향에 대한 그리움이 외지에 대한 배척감을 품게 되고 말았습니다. 마음속 깊은 곳에서 꿈틀거렸던 이상한 감정이 향수병이었음을 이때야 깨닫게 되었어요. 옷에서 고향 냄새가 날 때면 침울해졌습니다. 비슷한 경험으로 옛 추억이 떠오르면 몸을 움직일 수가 없었어요. 숨쉬기가 어려웠고 생각을 멈출 수가 없었습니다. 앞으로 몇 년을 이곳에서 지내야 한다는 사실을 쉽게 받아들일 수 없었어요. 미래에 대한 희망을 꿈꾸지 못하고 불안감에 빠졌습니다. 다시 침대에 사로잡히게 되었어요. 아무것도 하지 않아야 고향에 대한 상상을 멈출 수 있지 않을까 싶었거든요. 향수병으로 누군가를 좋아할 감정의 여유가 존재하지 않았어요. 극복할 해결책이 떠오르지 않았죠. 상담할 대상이 없고 혼자 끌어안을 수밖에 없었습니다. 미래를 위해서는 버텨야 함을 알고 있으면서도 자신이 없었어요. 도망가야만 굴레에서 벗어날 수 있다고 생각했습니다. 버팀과 도망 두 결정 사이에서 고민하며 감정을 소모했어요. 스트레스에 지치고 말았어요. 아무리 버텨도 언제 다시 사로잡힐지 모르는 감정에 결국 도망가기로 하였습니다. 학교를 무기한 휴학하였어요. 선택의 끝으로 저택에 돌아왔습니다. 한 가지 사실을 깨달았습니다. 어떤 종류든 간에 소모된 감정에는 회복이 필요하다는 것을요."

 나는 과거의 비참했던 순간을 이야기하였다. 루실은 두 손을 모으고 아무런 대답이 없었다. 그녀가 만들어 준 아침 식사가 차갑게 식어 있었다. 이 이야기로도 정원에 꽃을 피워냈다.

 "죄송해요. 제가 괜히 이야기를 듣고 싶어 해서 떠오르고 싶지 않은 과거일 수도 있는데…."

 루실이 침묵을 깨고 말하였다.

 "전혀 아닙니다. 오히려 저야말로 듣기 거북할 수 있는 이야기를 꺼내서 죄송해요. 그런데 타인에게 과거를 꺼내니 시원하긴 하네요."

 나는 반문하였다.

 "제가 감히 공감하고 해결책을 제시해 드릴 수 없음이 안타까워요. 저라도 버티기 어려웠을 것 같아요. 하지만 이렇게 생각해요. 우리는 과거를 반면교사 삼아 앞으로 나아가기로 하였잖아요. 또한 슬픔을 맛보았기에 더 큰 행복을 느낄 수 있을 거예요. 그러나 이런 해결책도 시간이 해결해 줄 거라는 전형적이고 책임 없는 답과 다름이 없네요. 무엇이 되었든 쉬기로 하였으니 지금을 즐기다 보면 휴식에 지루함을 느껴 선택들이 떠오르리라고 여겨져요. 다른 동기부여를 생각해봐요. 그러다가 안 되면 다른 길로 돌려도 되고요. 방법은 별의 수만큼이나 무수히 많으니까요."

루실이 말하였다.

"고마워요. 들어주신 것만으로도 많은 위로를 받았는데 공감해주시려는 노력으로 큰 위로가 돼요. 어쨌든 제가 바뀌지 않으면 해결할 수가 없으니 현재에 집중하여 노력해보겠습니다."

"네. 좋아요. 제가 도와드릴 일이 있다면 언제든지 도와드리겠습니다. 이곳에 계시는 동안에는 저는 항상 있으니까요."

나의 감사에 루실이 답해주었다.

Dandelion 민들레
감사하는 마음

5.3

"이제 잠은 깨셨나요?"

루실이 말하였다.

"네. 이제 쌩쌩해졌어요."

나는 답하였다. 과거 이야기를 하다 보니 아침 잠결은 사라진 상태였다. 이제는 찌뿌둥한 몸을 일으키고 싶었다. 간단하게 몸을 씻고 싶었다.

"잠시 샤워해도 될까요?"

나는 질문하였다.

"그럼요. 방을 나가셔서 오른쪽 복도로 가시면 샤워실이 있습니다. 거울 위 서랍장 안에 수건도 있으니 사용하셔도 돼요."

루실이 대답하였다. 나는 가벼운 감사 인사를 했다. 정리되지 않은 겉이불도 간단하게 정리했다.

샤워실로 들어가 옷을 벗었다. 옷이 젖지 않게 물이 닿지 않는 곳에 두었다. 부스 안으로 들어가 따뜻한 물을 틀고 몸을 적셨다. 아직은 찬 아침 공기를 데웠다. 하룻밤 동안 내려앉은 먼지를 씻어냈다. 샤워를 마치고 옷장에서 수건을 꺼내 물기를 닦았다. 촉촉한 몸 위에 옷을 입었다.

샤워실을 나와 다시 방으로 향하였다. 루실은 의자에 앉아 있었다. 방 안은 깔끔하게 정리되어 있었다. 아침 식사로 사용된 식기는 치워져 있었고 밤사이 사용한 이부자리 또한 원상태로 돌아와 있었다.

"하룻밤 신세 지어 감사했습니다."

나는 앉아 있는 루실에게 말했다.

"언제라도 필요하실 때 오셔도 돼요. 그때도 추억 이야기를 들려주세요."

루실이 말하였다. 나는 미소로 답하였다. 대화를 나누다 보니 작별의 대화로 흘러갔다. 아직은 그녀 곁을 떠나고 싶지 않았다. 그러나 이제 막 시작한 하루의 아침부터 끝까지 버틸 일정이 생각나지 않아 막막했다.

"바쁘시지 않다면 산책이라도 어떠신가요?"

나는 루실에게 제안했다. 그녀는 방금 막 떠날 대화의 흐름에서 다른 의도의 질문에 당황한 모습이 보였다. 의사소통의 방식에 실수를 알아차렸다. 그녀의 반응에 같이 당황하였다. 하지만 승낙해주기를 간절히 바랐다.

"네. 좋아요."

루실이 답하였다. 그녀는 약간의 뜸을 들인 뒤 대답하였다. 나는 만족했다. 질문과 대답의 틈 사이에서 조마조마했던 마음이 말끔히 해결되었다.

"잠시만 기다려 주시겠어요. 외출할 채비를 마치고 올게요."

루실이 말하였다. 나는 고개로 대답했다. 루실은 일어나 방 밖으로 나갔다. 방 안에서 기다렸다. 창문의 틈 사이로 들어오던 찬 바람이 어느샌가 느껴지지 않았다.

시간이 어느 정도 지난 뒤에 루실의 발소리가 들렸다.

"오래 기다리셨죠. 준비되었습니다."

루실이 말하였다. 그녀는 봄철에 어울리는 옷을 입고 있었다. 겨울에 비해 따뜻해진 기온에 적응하는 옷이었다. 루실은 얇은 하늘색 원피스 위에 원색의 외투를 입고 있었다. 얼굴에는 화장한 흔적이 눈에 띄었다. 쉽게 알아차릴 정도의 화장은 아니었으나 은은하게 보이는 화장품의 표면이 햇살을 통해 보였다.

우리는 집 밖으로 나갔다. 따뜻한 햇볕 아래에서 선선한 바람이 불었다. 추위와 더위 사이 그 애매한 계절이 가져오는 신선함이었다. 문틈 사이에 핀 민들레가 드문드문하게 보였다. 노란색 꽃잎이 햇빛보다 밝았다. 우리는 걸었다. 거리를 조금만 이동하여도 보이는 풍경이 시시각각 변했다. 정원을 가로질러 걷기도 하였다. 정원 대부분 구역에 꽃이 피었다. 드물게 새싹만 자라있는 곳도 있었다. 풍성한 꽃이 정원을 생기 돋게 해주었다. 거리를 두고 저택이 보였다.
"잠시 제 방에 들렀다 와도 될까요?"
걷던 도중 나는 말했다.
"그럼요. 무슨 일 있으신가요?"
루실이 대답하고 역으로 질문했다.
"별일은 아니고 옷을 갈아입고 나오고 싶어서요."
"천천히 다녀오세요. 저쪽 벤치에 앉아 기다리고 있을게요."
"금방 다녀오겠습니다."
나는 루실과 대화했다. 서둘러 저택으로 향하였다.

빠르게 저택 문을 열고 계단을 올라갔다. 기다리고 있을 루실을 떠오르며 드레스룸으로 들어갔다. 하루 동안 사용하여 찝찝해진 속옷과 겉옷 전부를 갈아입었다. 그녀의 옷차림에 어울릴 만하면서도 의도가 들키지 않을 옷으로 맞췄다. 베이지 색상의 바지에 밝은색 반팔 티를 안에 받쳐, 겉에 하늘색의 셔츠를 입었다. 상대를 기다리게 하는 것이 실례임을 알면서도 완벽한 상태로 최고의 순간을 만끽하고 싶었다. 옷을 전부 갈아입고 다시 돌아갔다.

벤치에 앉아 있는 루실의 모습이 보였다. 기다리고 있었을 그녀의 시간에 미안했다.

"죄송해요. 오래 기다리셨죠?"

나는 루실에게 말했다.

"아니에요. 봄기운을 느끼고 있느라 시간 가는 줄도 몰랐어요."

루실이 답하였다. 그녀는 가벼운 미소로 옆자리를 내주었다. 우리는 잠깐 눈을 감고 봄을 느꼈다. 시야를 가리고 다른 감각에 집중했다. 바람이 훑고 가는 피부 위 촉각을 느꼈다. 간지러운 바람이 무의식에서 미소 짓게 했다. 꽃내음도 맡아졌다. 정원에서부터 날아온 꽃향기가 콧속을 자극했다. 달콤하고 촉촉한 향기가 이날을 기억하게 할 추억을 새겨주었다.

"시간 괜찮으시다면 외출 어떠세요?"

나는 루실에게 제안했다.

"외출 좋아요. 어디로요?"

루실이 답하였다.

"근방에 있는 공원으로 가요."

나는 다시 답을 했다. 루실은 미소로 화답하였다. 오늘이 주말이기에 외출을 신청할 최적의 시간과 날씨였다.

Larkspur 참제비고깔 5.21
자유

저택의 구역 밖으로 포장된 길을 따라갔다. 끝에는 높은 돌로 된 담장이 있었다. 그 사이에 대문이 있었다. 열린 대문을 넘어 저택을 벗어나 완전한 야외에 발을 디뎠다. 우리는 언덕 아래로 걸어가기 시작했다. 목적지로 정한 공원은 멀지 않은 곳에 있었다. 여유롭게 걸어갈 만한 거리였다. 큰길을 따라 공원을 향하였다.

도심 중앙에 다다랐을 때, 공원은 바로 옆에 있었다. 시내와 공원이 길 하나를 사이로 나누어져 있었다. 공원은 넓은 호수를 중앙에 두고 원을 둘러 길이 나 있었다. 길가 곁에는 나무로 공원의 구역을 나타냈다. 인파가 적지 않았다. 산책을 하는 사람, 조깅하는 사람, 자전거를 타고 있는 사람이 있었다. 우리는 걸어서 이동하는 길을 탔다.
"날씨가 좋아서 산책 나오신 분들이 많이 있네요."
루실이 걸으면서 말하였다.
"그러게요. 오늘이 아니면 일 년을 다시 기다려야 하니까요."
나는 옆에서 걸으며 답하였다. 우리는 자연환경의 일부가 되어 길을 따라갔다. 호수에는 오리도 보였다. 오리는 물 밑으로 잠수했다가 퍼덕였다. 그러다가 유유히 떠다녔다. 하늘에는 날아다니는 새가 있었다. 그들은 구름 아래에서 자유롭게 날아다녔다.

"저쪽으로 가볼까요?"

루실이 손으로 가리키며 말하였다. 그녀가 원하는 곳으로 이동하였다. 가리킨 곳은 호수를 중앙을 가로지르는 다리였다. 돌로 만들어진 다리가 건너편을 이어주었다. 다리 위로 올라갔을 때, 물 내음이 코를 통해 들어왔다. 호숫가 위에는 벚꽃잎이 떠 있었다. 계속해서 건너갔다. 호수 중앙에 다다랐을 때, 깨끗한 호수가 보였다. 물고기도 나타났다. 드물게 거북이가 헤엄치고 있는 장면도 목격했다. 호숫가 저편에서 낚시하는 무리가 있었다. 그들은 물고기가 아닌 시간을 낚고 있어 보였다. 호수 위 완벽한 순간은 물가 위에 비친 구름을 조우한 것이었다. 맑은 하늘, 도화지보다도 더 하얀 구름이 떠 있었다. 유유히 흘러가는 구름이 잔잔한 물결을 타고 누워 있었다. 내가 본 장면들을, 내가 느낀 순간을 루실도 똑같이 알아차리기를 바랐다. 같은 시간을 공유하기를 원했다.

"다리가 꽤 기네요."

루실은 멋쩍은 웃음과 함께 말하였다. 우리는 다리 끝에 도착하였다. 호수를 가로질러 반대편에 발을 디뎠다. 건너편과 크게 다를 바 없는 풍경이다. 같음이 가져다주는 편안함은 온전했다. 이곳에는 넓은 잔디밭이 있었다. 그 위에서 시간을 즐기는 사람들이 보였다. 잔디를 침대 삼아 누워 있는 사람들이 있었다. 텐트를 펴고 담소를 나누는 사람들도 있었다. 그들은 각자의 방식대로 평온을 만끽하고 있었다. 봄의 시간에 속한 그들이 자연 일부였다.

걷다 보니 드물게 있는 나무 그늘이 있었다. 약간은 더운 공기가 그늘에서는 시원했다.

"잠깐 쉴까요?"

루실이 한 나무 아래를 통과할 때 말하였다. 나는 긍정을 표하였다. 우리는 나무 잎사귀 아래로 들어갔다. 그 아래 잔디밭 위에 앉았다. 움직임으로 인해 올라간 몸의 기온을 천천히 식혀주었다.

"시간이 멈추었으면 좋겠어요."

나는 말하였다.

"하늘은 끝없고 물결은 잔잔하고 풀이 흔들리는 소리밖에 없는 조용한 순간이 평화로워요."

나는 이어서 말하였다. 그녀의 대답은 없지만, 입꼬리를 올라가게 만들어 만족했다. 눈을 천천히 감았다가 떴다. 나무들 사이 틈에서 터널이 보였다. 어렴풋이 보이는 터널은 녹색의 자연물로 감싸져 있었다.

"저쪽으로 가볼까요?"

나는 손가락으로 가리키며 말하였다.

"저기 있는 터널로요?"

루실은 손가락 끝을 바라보며 말했다.

"네. 맞아요."

나는 대답하였다.

루실은 먼저 자리에서 일어나 긍정했다. 우리는 같은 곳을 바라보고 있었다. 나도 루실을 따라 일어났다. 나무 사이를 향해 걸어갔다. 짙게 그늘진 나무를 뚫고 틈새를 따라갔다. 터널 앞에 도착하였다. 높이는 키에 두 배보다 높았고 넓이도 비슷한 수치로 넓었다. 초록색 자연의 내음이 맡아졌다. 머리를 시원하게 해주었다.

"들어가 볼까요?"

나는 말하였다.

"네. 들어가 봐요."

루실이 대답했다. 천천히 발걸음을 디뎠다. 터널 안으로 들어갔다. 터널 그늘은 나무 그늘보다 더 시원하며 눈을 편하게 해주었다. 그리고 더욱 어두웠다. 밤이었다면 시야 파악이 어려울 정도였다. 풀로 빼곡하게 감싸진 천장에는 드물게 빛이 들어왔다. 줄기와 잎 사이를 뚫고 햇빛이 비치고 있었다. 이는 밤하늘 같았다. 낮에 보이는 별이었다. 위를 바라보고 루실을 확인하였을 때, 그녀 또한 위를 바라보며 미소 짓고 있었다.

    터널에서 나온 뒤로도 한참이나 공원을 즐겼다. 해가 점점 위로 올라갔을 때, 공원을 나오기로 하였다. 아쉬움을 기억하고 다음을 위해 남겨두었다. 입구와는 다른 위치에 있는 출구로 공원을 빠져나왔다. 자연스레 거리를 건너갔다. 건너간 곳은 도심이었다. 자연과 도심이 공존하는 곳이었다. 오히려 도심이 모든 자연을 집어삼키고 약간의 자연만을 남긴 곳일 지도 모르겠다. 그저 한순간의 상상이었다.
    "길거리를 걸어볼까요?"
    나는 루실에게 질문했다.
    "네. 따라갈게요."
    루실이 답하였다. 포장된 도심의 길을 걸어갔다. 건물 사이의 거리를 통과했다. 카페의 커피콩 냄새, 빵집의 밀가루 굽는 냄새, 요리점의 기름을 볶는 냄새가 블록 하나마다 바뀌며 맡아졌다. 길거리 상점가에서 물건을 사고파는 사람들도 있었다. 시내는 공원과 비교하면 사람 수는 비슷해도 움직임이 많아 북적거렸다. 소음도 많았다. 하지만 이들이 싫지는 않았다. 함께 걸어가는 동행자가 있기 때문이었다. 인파 속에서 외로움을 느낄 겨를이 없었다.

    어느 지점에서 꽃향기가 낫다. 향기의 근원을 찾아 주위를 둘러보니 꽃을 파는 상인이 보였다. 그는 길 위에서 꽃을 팔고 있었다. 작은 수레 위에 꽃송이와 꽃다발을 묶어 전시해 놓았다. 형형색색의 꽃들이 기다리고 있었다. 상인은 물통을 관리하고 있었다. 사람들은 이동하며 거리 위 꽃수레에 눈길을 주었다. 배경을 꾸며주는 색상에 아름다움을 느끼는 사람들도 있었다. 야외 공기를 꽃향기로 채워주어 후각을 만족하는 사람들도 있었다. 그 매력에 빠져 꽃을 구매하는 사람들도 많았다.

Olive 올리브나무   5.26
평화

    주말의 첫째 날을 지내고, 다음 휴식날의 아침이 밝았다. 어제를 보낸 여운이 쉽게 가시지 않았다. 오늘 또한 유의미한 날을 보내고 싶었다. 공통된 휴식날을 다시 한번 이용하기로 했다. 루실에게 찾아가 하루를 공유하는 일정을 약속하고 싶었다. 그 전에 어떻게 시간을 활용할지에 대해 고민했다. 아무런 계획 없이 그녀의 시간을 소비시키고 싶지 않았다. 고민하여 가장 처음 떠오른 곳은 식물원이었다. 꽃을 가꾸고 정원을 관리하기에 식물원에 대한 호감도가 있으리라 생각했다. 계획을 결정하고 일정을 검토받고자 바로 밖으로 나갔다.

    루실이 있는 오두막으로 향하였다. 정원을 통해 위치에 도달하여 섰다. 잠깐 아무런 행동을 하지 않았다. 가만히 서서 생각을 해보았다. 혹여나 다른 일정이나, 마음에 들지 않는 계획에 의한 거절을 대비해 보았다. 오는 동안의 발걸음은 가벼웠으나 원하는 방향의 기대감과 그에 상응되는 실망감이 동등할 리가 없었다. 그러나 실망감을 두려워하여 실현하지 않는다면 기대는 물론 아무 일도 일어날 리가 없었다. 용기가 받아들여진다면 어제처럼 여운을 남기는 하나의 추억을 실현할 수 있었다. 이를 두려움 때문에 포기하기에는 후회가 찾아옴을 알고 있었다. 문을 노크했다. 손등으로 가볍게 두드렸다. 나무로 된 문에서 난 소리가 전체적으로 퍼졌다. 문 건너에서 다가오는 소리가 들렸다.

    "네. 지금 나갈게요."

발걸음 소리와 함께 루실의 목소리가 들렸다. 드디어 문이 열렸다. 열리는 문을 피해 한걸음 뒤로 물러났다. 바로 그녀의 얼굴이 보였다. 수수한 피부와 헝클어진 머리카락이 보였다. 그녀는 손으로 정돈되지 않은 머리카락을 쓸었다.
　"안녕하세요. 갑작스럽게 무슨 일이신가요?"
　루실은 당황한 기색과 함께 말하였다.
　"뜬금없이 찾아와서 죄송해요. 다름이 아니고 오늘 일정이 비어 있다면 같이 어디 가보지 않으실까 해서요."
　나는 그녀의 물음에 답하였다.
　"죄송해요. 저도 정말 가고 싶기는 한데 밀려있는 일을 마무리 짓지 못하여서 오늘은 시간을 쓰기 힘들 것 같아요. 이렇게 와주셨는데 정말 죄송합니다."
　루실은 나의 제안에 대답했다. 그녀의 거절 의사를 듣고 두려워했던 실망감이 찾아왔다. 하지만 고집으로 대답을 바꿀 수 없었기에 받아드려야만 했다.
　"오늘 말고 다음 돌아오는 이날에는 어떠실까요?"
　루실은 이어서 말하였다. 그녀의 질문을 듣고 아프게 다가왔던 실망감의 통증이 완화되었다. 순간의 감정을 드러내지는 않았다. 속으로 분출하는 감정을 애써 감추었다.
　"네. 정말 좋아요. 그때를 기다릴게요."
　나는 답을 하였다. 물러나는 제스처를 보였다. 루실도 이를 알고 배웅해주었다. 나는 천천히 거리를 두며 물러났다.

　그곳을 벗어나 정원의 구역으로 들어갔다. 정원 안을 걸으며 생각하였다. 가고자 하는 식물원은 다른 지역에 있기에 대중교통을 타고 가거나 자가용으로 가는 수밖에 없다. 대중교통은 불편했고 둘만의 시간을 가지며 이동하기에는 어려움이 있었다. 그렇기에 자가용으로 움직이는 편이 둘만의 시간을 공유할 수 있었다. 다행히도 저택에는 자가용이 있었다. 그러나 운전을 해본 지가 오래

되었다. 몸에 익은 조작감이 다시 기억날 만큼의 시간을 쏟지 못하였다. 한 주간의 시간을 의미 있게 보내기 위해서는 운전 감각을 끌어올릴 필요가 있었다.

저택 안으로 들어가 왓슨을 찾았다. 운전을 익히기 위해서는 함께할 교사가 필요했다. 그가 운전하는 자동차를 셀 수 없을 만큼 타본 적과 본적이 있었다. 1층을 전부 확인하고 2층으로 올라갔을 때였다.
"돌아오셨나요?"
왓슨이 먼저 나를 알아차리고 인사말을 건넸다.
"여기 있었구나. 왓슨, 운전을 가르쳐줘. 최대한 빠르게 다음 주까지 익힐 수 있도록."
나는 말하였다.
"가르쳐 드리는 거야 어렵지는 않지만, 어디 멀리까지 가실 예정이신 건가요?"
"맞아. 다른 지역으로 가야 해서 속성으로 익숙해질 필요가 있어. 가능하다면 오늘 바로 시작하고 싶어."
"알겠습니다. 그럼 우선 밑으로 내려가서 차를 빼 오겠습니다. 차고가 있는 쪽으로 와주세요."
"옷만 갈아입고 바로 갈게."
왓슨과 나는 대화를 했다. 옷을 갈아입기 위해 드레스룸으로 들어갔다. 그곳에서 편한 복장으로 갈아입었다.

저택 바깥을 두른 담장에 있는 차고로 향하였다. 차고에 가까워질수록 자동차의 엔진 소리가 크게 들려왔다. 벽돌과 시멘트로 쌓아 올린 낮은 차고였다. 입 출구 문은 열려 있었다. 차고 실내에서 자동차 라이트가 밖을 향해 비추었다. 열린 문을 통해 들어갔다. 그곳에는 둥근 곡선을 가지고 두 개의 문이 달린 아담한 크기의 자동차가 있었다. 단순한 모양의 자동차는 힘차게 두근거리고 있었다. 투명한 창문을 통해 운전석에 앉아 있는 왓슨의 모습이 보였다. 그는 무언가를 조작하고 있었다. 옆자리의 문을 열고 올라탔다. 부드러운 가죽의 시트가 느껴졌다.

"우선은 주변 공터로 차를 뺄게요. 그때까지 운전하는 모습을 눈에 새겨주세요."

왓슨이 말하였다. 그는 차를 움직였다. 흥분된 엔진의 두근거림이 점차 진정되며 천천히 앞으로 이동했다.

우리는 차도를 따라 인적이 드문 지역으로 이동하였다. 왓슨의 운전을 살폈다. 짧지 않은 시간이 지나고, 사람의 자취를 찾기 힘든 공터에 도착하였다.

"우선 운전석에 옮겨 타시죠."

왓슨이 나를 보며 말하였다. 나는 고개를 끄덕인 뒤에 문을 열고 나갔다. 동시에 왓슨 또한 자리에서 일어났다. 야외의 공기를 맡고 한차례 가벼운 스트레칭을 했다. 건너편으로 이동하여 운전석에 앉았다. 똑같이 옆에 왓슨도 들어왔다.

"간단한 기능 조작 정도는 기억나시나요?"

왓슨이 질문하였다.

"그 정도는 기억하고 있어. 자동차를 움직이는 기억도 나지만, 잃어버린 감을 되찾고 싶어."

나는 대답했다.

"그럼 우선, 가능한 정도로 운전을 시작해주세요. 제가 옆에서 지켜보겠습니다."

왓슨이 말하였다. 세 번째 페달과 브레이크 페달을 밟는 강도를 조절하며 기어를 조작했다. 차는 천천히 앞으로 이동하였다.

"처음 움직이는 것까지는 잘하셨습니다. 이제 속도를 조금씩 내며 길을 따라가 보세요."

왓슨이 말했다. 액셀을 밟으며 속도를 높였다. 천천히 속도가 붙었다. 그러나 힘에 부치는 엔진이 이상한 소리를 내기 시작했다.

"지금 클러치를 밟고 기어를 바꾸셔야 합니다."

왓슨이 다급한 목소리로 말하였다. 당황한 나는 말을 이해하지 못하였다. 알고 있었을 조작감을 잃고 발이 꼬였다. 자동차는 순식간에 힘을 잃고 시동이 꺼졌다.

"공공도로에서 이렇게 시동이 꺼지면 정말 위험합니다. 방금 같은 상황을 반복하지 않도록 주의해야 해요. 그리고 속도를 높일 때는 기어 또한 바꿔가며 조작해야 합니다."

왓슨이 진정된 목소리로 말하였다. 긴장된 마음을 진정시켰다. 차갑지도 않은 손을 입김으로 데웠다. 다시 시동을 걸었다. 주의점을 정신에 새기고 감각을 기억했다. 속도를 높이는 감을 새기며 길을 따라갔다. 긴 시간은 아니었지만, 기억을 되새길 정도만큼의 운전하였다.

"오늘은 여기까지만 하시죠."

옆에 있던 왓슨이 말하였다. 등과 손은 땀으로 젖어 있었다. 긴장된 한숨을 쉬었다.

"천천히 시간을 늘려가며 조작감을 더 끌어올려 봐요. 돌아갈 때는 제가 하겠습니다."

왓슨이 이어서 말하였다. 대답할 힘조차 남아 있지 않았다. 그저 차 문을 열고 나갔다. 행동의 의미를 알아챈 왓슨도 문을 열고 나왔다. 서로 교차하여 자리를 바꿔 앉았다.

첫날의 운전 연습을 마무리하였다. 운전에 시간을 들였다. 날이 갈수록 노력의 강도를 늘려갔다. 이전에 비해 감이 많이 올라왔다. 애매했던 세부 조작감들도 익힐 수 있었다. 하지만 아직 긴장감이 있었다. 판단이 더딜 때도 있었다. 긴 도로에서 속도를 높여 보기도 하고 좁은 코너 길도 연습해 보았다. 주차의 감을 익혔다. 다른 지역까지 가는 먼 거리를 운전해 보기도 하였다. 일주일도 안 되는 짧은 시간 내의 연습이었지만, 시간을 들인 노력에 답을 찾아냈다. 자신감이 생기기도 하였다. 루실과의 약속 시간이 거의 임박하였다. 왓슨은 자동차에 연료를 가득 채워 넣어주었다. 약속 날짜 이전에 그녀에게 찾아가 자동차를 통해 도착지로 갈 것과 출발 장소를 알려주었다. 이는 시간이 다가옴에 따라 일정을 되새기기 위한 방식이었다.

요일이 지나고 약속 일정이 찾아왔다. 미리 잡은 약속 장소와 시간에 나와 기다렸다. 차고 옆에서 그녀가 오기만을 기다렸다. 한껏 꾸며 입었다. 검은색의 얇은 슬랙스와 함께 흰색 와이셔츠를 어두운 회색의 니트 안에 입었다. 같이 어울리는 검은색 구두를 신었다. 겉에는 얇은 감색의 마의를 입었다. 찻길 너머에서 루실이 보였다. 그녀는 하늘색이었다. 점차 다가와 분명해졌다. 데님 원단의 원피스를 입고 있었다. 가벼워 보였고 시원해 보였다. 루실의 옷차림을 보니 내가 얼마나 날씨에 맞지 않는 옷을 입고 왔는지 알게 되었다. 등에서 느껴지는 흐르는 땀방울이 과한 옷차림을 부끄럽게 만들었다. 하지만 애써 감정을 숨겼다.

"오셨어요?"

나는 루실을 보며 말하였다.

"안녕하세요. 직접 운전을 해주셔서 감사합니다."

루실은 인사말을 건네었다.

"시간을 내주셔서 저야말로 감사해요. 그럼 갈까요? 어서 타시죠."

나는 말했다. 우리는 차 문을 열고 시트 위에 올라탔다. 우선 시동을 걸었다. 요 한 주간의 익힌 감각들을 되새겼다. 시동이 걸린 엔진이 자동차 전체를 울렸다. 생각보다 강한 충격이 끌어올렸던 자신감의 절반을 하얗게 지워버렸다. 옆에 앉아 있는 다른 이의 존재에 긴장감에도 영향이 있다고 생각했다. 긴장의 기색을 애써 감추고 핸들을 잡았다. 천천히 차를 움직였다. 도로 위를 타고 길을 따라갔다. 차도 위에 올라 속도를 올리니 다시 감각을 되찾아갔다. 무사히 굴러가는 바퀴에 자신감도 점차 올라왔다.

  목적지를 향해 운전을 계속하였다. 운전 연습을 하며 미리 가보았기에 머릿속에 익혀 두었다. 자신감이 올라와도 여전히 사라지지 않은 긴장감에 대화를 나눌 여유가 없었다. 얼마만큼의 시간이 걸려 목적지에 도착하는지도 파악하기 어려웠다. 흐른 시간의 정도도 모른 채로 어느샌가 목적지 주변에 도착하였다. 식물원의 건물이 보이자 안도감이 들었다. 거대한 돔 형태의 건물이었다. 야외 주차장에 진입하여 익힌 대로 차를 주차 시켰다.
  "도착하였습니다."
  나는 말하였다.
  "네, 감사해요. 내릴까요?"
  루실이 말했다. 나는 고개를 끄덕였다. 우리는 차에서 내렸다. 내릴 때 핸들과 손 사이에 난 땀이 그녀의 눈에 들켜지지 않기 위해 눈치를 보았다.

  우리는 본 건물로 향하였다. 우선 매표소에서 입장권을 구매하였다. 가격은 비싸지 않았다. 각각 표를 들고 메인 입구로 향하였다. 직원에게 확인받은 후에 안으로 들어갔다. 거대한 입구를 넘어갔다. 발을 딛자마자 풀 내음과 공기 속에 포함된 습기가 느껴졌다. 덥기도 하였다. 실내로만 구성된 식물원에 사계절 관계없이 여러 종류의 식물이 조화롭게 피어있었다. 전체를 둘러보기 위해 화살표에 따라 걸어갔다. 구역을 나누어 테마별로 식물이 심겨 있었다. 처음 맞이한 테마는 봄이었다. 현시점, 바깥에서 흔히 볼 수 있는 봄에 자라는 식물들을 모아 놓았다. 각색의 꽃들과 벚꽃이 대표적으로 심겨 있었다. 작은 구역이었다. 이어서 다음으로 넘어갔다. 이번 구역은 물과 관련이 있었다. 벽에 만들어진 인공적인 폭포를 중심으로 주변에 초록색의 나무들이 심겨 있었다. 폭포 아래에는 모형 배와 모형 새들이 시각적인 즐거움을 제공해 주었다. 잎사귀가 아래로 길게 늘어뜨려진 버드나무가 분위기 있었다. 다음 구역은 과거 속의 남유럽을 재연해 놓았다. 백색의 벽을 가진 구조물과 밝은 갈색의 목조 가구들로 구역을 꾸며 놓았다. 곳곳에는 올리브나무가 구조물들과 조화를 이루고 있었다. 길을 따라갔다. 다음은 거대한 석조 건물의 실내처럼 꾸며놓았다. 그곳은 사람 손의 관리를 떠나 시간이 지난 듯한 느낌이었다. 넝쿨들이 벽을 타고 기어올랐다. 이끼들이 벽과 바닥 모서리에 피어있었다. 실내 중앙에는 높게 자란 침엽수가 한 그루가 있었다. 여러 어두운색의 조명과 적갈색의 벽돌들이 따뜻한 분위기를 만들었다. 이렇게 중심이 되는 큰 구역을 둘러보았다. 작은 규모로 전시되어있는 식물들도 있었다. 꽃이 씨앗부터 새싹을 통해 자라나는 과정, 나무가 줄기부터 잎사귀를 가지고 열매를 맺게 되는 과정을 나열해놓은 전시품도 있었다. 종류에 따라 이름을 붙이는 방식을 설명한 작품도 있었다. 식물처럼 생기지 않은 특이한 모양의 꽃들도 하나의 볼거리였다. 등등 여러 가지를 눈으로 관찰하였다. 이어서 화살표를 따라 2층으로 이동하였다. 2층에는 씨앗이 있었다. 씨앗의 종류와 어떤 꽃과 나무가 자라는지 알려주는 그림을 통해 설명해 놓았다. 옆에서는 씨앗도 팔고 있었다.

"이곳에서 씨앗을 사가 정원에 심는 것은 어때요?"

나는 루실에게 질문하였다.

"좋은 기회이긴 하지만, 거래하는 꽃집이 있어서요. 사야 할 씨앗을 이미 정해두어서 다음에 기회가 된다면 구매하겠습니다."

루실은 답하였다.

"내일 거래하는 곳에 가서 씨앗을 받아올 예정인데 바쁘시지 않다면 같이 가시겠어요?"

루실이 이어서 말하였다. 뜻밖인 그녀의 제안에 당황했다.

Lilac 라일락
사랑의 싹

5.30

　루실이 제안해준 일정을 거절할 이유가 없었다. 단순하게 저택의 정원을 일로써 보여주기 위함인지 동행하고 싶어서인지는 알 수는 없었다. 둘 중 하나의 의도가 아니어도 함께 하고 싶었다. 긍정을 표하여 수락했다.

　우리는 계속해서 식물원을 감상했다. 이번에는 나무에서 자란 열매들의 전시를 감상했다. 처음 보는 과일들이 있었다. 계절에 따라, 날씨에 따라, 나라에 따라, 온도에 따라서 구별이 되어 있었다. 맛에 따라서도 나뉘어 있었다. 그중에서, 먹을 수 있는 과일과 사람이 먹을 수 없는 과일의 전시가 흥미로웠다.

　이어서 2층에 있는 카페로 갔다. 식물원에 속한 카페였기에 식물들로 꾸며져 있었다. 우리는 커피를 시켜 마셨다.
　"여기 식물원은 어떠셨어요?"
　나는 루실에게 질문하였다. 마지막 전시까지 전부 보았기에 감상평을 묻고 싶었다.
　"너무 좋았어요. 애초부터 꽃과 나무를 좋아하기도 하고, 잘 알지 못했던 식물들도 감상하며 공부할 수 있어서 유익한 경험이었어요."
　루실은 답하였다. 긍정적인 반응에 뿌듯했다.

우리는 카페에서 목을 축이고 시간을 보냈다. 식물원에서의 마지막 시간을 보낸 뒤에 돌아갈 때가 되었다. 다시 주차장으로 걸어갔다. 하늘은 흐려져 있었다. 어두운 회색빛이 시간의 흐름을 알려주었다. 쌀쌀해진 날씨가 하루의 피로를 깨닫게 해주었다. 차를 타고 집으로 돌아갔다. 피곤함이 몰려와 있으면서도 함께 보낸 오늘과 다음 일정을 생각하면 행복했다. 돌아오는 길은 갈 때 비해 짧게 느껴졌다. 시간을 느낄 새도 없이 집에 도착하였다. 작은 차고에 주차하기가 자신이 없었다. 주차 도중에 차를 긁으면 애써 쌓아 올린 자신감이 무너질 것만 같았다. 그렇기에 차고 앞에 세워두었다. 어두운 하늘 아래에서 바라본 루실의 얼굴에서 몽환적인 느낌을 받았다. 지금의 분위기는 심장을 두근거리게 하였다. 심장을 도려내도 몇 시간 동안은 살아있을 것만 같았다. 과한 심장 박동이 몸의 열을 끌어올렸다.

"오늘은 정말 재밌었어요."

루실이 하늘 아래에서 말하였다.

"저도 함께해서 좋았어요."

나는 말했다.

"그러면 내일 뵐게요."

루실이 마지막을 장식하는 말을 하였다.

"네, 내일 봬요. 그런데 내일 언제 어디서 만날까요?"

"아, 죄송해요. 생각해보니 그렇네요. 막상 내일의 구체적인 계획을 못 나누었네요. 어디서 보실까요? 갈 식물원은 여기서 가까워서 걸어가도 충분한 거리예요."

"그러면 제가 집으로 데리러 가겠습니다. 정확한 길을 알고 계시니까 안내해주세요."

"알겠습니다. 그럼 내일 아침 식사를 마치고 오전 10시는 어떠세요?"

"좋습니다. 그때 뵐게요."

루실과의 대화를 이어갔다.

우리는 대화를 끝으로 각자의 길로 돌아갔다. 나는 저택으로 들어가 샤워했다. 하루 동안의 쌓인 먼지와 피로를 닦아 내렸다. 오늘을 되풀이해 보았다. 루실과의 대화도 다시 떠올렸다. 내가 한 행동과 말에 실수가 없었는지 생각했다. 과거를 생각하며 더 좋은 행동과 대답이 있지는 않았을까 걱정했다. 인제 와서 되짚어보면 더 나은 결과를 도출했으리라고 후회하기도 했다. 재치가 부족했음을 아쉬워했다. 이미 지나가 버린 일에 미련을 느끼기에는 시간은 기다려 주지 않았다. 다가올 시간을 대비하기가 최선임을 쉽게 깨달을 수 없었다. 위에서 쏘아대는 물로 과도하게 돌아가는 머리를 식혔다.

하루를 복습하고 생각을 진정시킨 채로 방으로 돌아갔다. 편한 옷을 입은 채로 침대에 몸을 맡겼다. 창문 위에 놓인 꽃을 눈에 들어왔다. 밤하늘을 배경 삼은 꽃이 아름답게 피어 있었다. 꽃은 내 하루를 알고 있어 보였다. 향기를 뿜으며 걸려있는 별보다 아름답게 빛나고 있었다.

밤을 보내고 아침에 눈을 떴다. 개운한 마음이었다. 순간적으로 약속 시간이 지나지 않았을까 걱정했다. 시계를 보았을 때 훨씬 이전의 아침이었다. 속으로 안도하였다. 다시 잠에 청하고 싶어질 정도로 여유가 있었지만, 욕구를 절제할 필요가 있었다. 약속을 지킬 타이밍을 놓칠 위험이 있기 때문이었다. 조금은 이르게 준비를 시작했다. 가볍게 조식을 먹고 입고갈 옷을 정하기로 하였다. 나에게 어울리는 옷보다도 루실이 입고 올 옷을 예측하여 옷차림을 맞추고 싶었다. 그러나 만남의 빈도가 낮았기에 쉽게 예측할 수는 없었다. 날씨를 고려하여, 반소매 티셔츠 위에 얇은 셔츠로 정하였다. 바지로는 청바지를 입기로 하였다. 아침 목욕을 간단하게 마치고 결정한 옷으로 갖췄다. 준비를 끝내어도 시간이 남아 있었다. 미리 밖으로 나가 산책이라도 하기로 마음먹었다.

　정원을 걸었다. 밤하늘 아래에서 쉬고 있던 꽃들은 아침을 알리는 해를 바라보며 영양을 채우고 있었다. 본인의 몸에 묻은 물방울을 햇빛을 통해 반사 시켰다. 꽃들 사이를 거닐며 산책하니 시간은 금세 지나갔다. 어느새 약속 시간이 다가왔다. 빠르게 흐른 시간에 당황했다. 그에 따라 긴장감도 함께 떠밀려 왔다. 루실의 오두막으로 이동했다.

　그녀는 오두막 앞에서 기다리고 있었다. 줄무늬의 칼라가 돋보이는 베이지 색의 원피스를 입고 있었다.
　"안녕하세요. 많이 기다리셨나요?"
　나는 루실에게 인사했다.
　"안녕하세요. 아직 약속 시간도 지나지 않았습니다. 괜찮아요. 그럼 바로 출발하실까요?"
　루실이 인사와 함께 말하였다. 길 안내를 따라 목적지로 향하였다. 도심으로 가는 경로와 같은 길로 가다 중간에 다른 곳으로 빠졌다. 인적이 드물었다. 발을 디디는 길도 포장되지 않는 거리로 바뀌었다. 가도에 놓인 가로등도 어느샌가 보이지 않았다. 바닥은 흙바닥이었으나 명확하게 길을 표시하고는 있었다. 가끔 보이는 표지판은 어떠한 꽃집의 남은 거리를 알려주었다. 쭉 뻗은 길 끝에는 하나의 건축물이 있었다. 크지 않은 하나의 온실로 된 건물이었다. 위로 길게 올라가다가 양옆으로 뾰족하게 나열된 건물이었다. 루실은 앞장서서 문 앞으로 다가갔다.
　"같이 들어가요."
　루실이 문손잡이를 잡으며 말하였다. 문을 열고 나를 먼저 들어가기를 안내했다.

입구로 들어오자 이전의 식물원에서 맞이했던 것처럼 습기와 온도가 바로 느껴졌다. 허브 종류의 부드러우면서도 시원한 향기가 코를 자극했다. 녹색의 배경에서 여러 색상의 물감을 한 방울씩 뿌리듯 전체를 감싸고 있었다.
　"안녕하세요."
　따라 들어온 루실이 뒤에서 말하였다.
　"어서 오세요."
　식물원 안쪽 보이지 않는 곳에서 대답이 들려왔다. 한 점원이 엉킨 풀들 사이에서 모습을 드러냈다. 연륜이 묻어있는 여성이었다. 작은 안경을 코 위에 걸치고 있었다.
　"이전에 연락드린 루실입니다. 맡긴 식물들을 찾으러 왔어요."
　루실이 먼저 말을 꺼냈다.
　"잘 오셨어요. 준비를 해두었습니다. 잠시만 기다려 주세요. 가지고 나올게요."
　여성이 답하였다. 점원은 다시 풀 속으로 들어갔다. 풀 뒤편에서 여러 소리가 들렸다. 한차례 큰 소리가 들린 뒤에 점원은 풀들을 헤집고 나왔다. 양손에는 무언가를 하나씩 들고 있었다. 작은 원형 책상 위에 올려놓았다.
　"이쪽은 싹을 피운 꽃 화분입니다. 옮겨 심으실 때는 뿌리에 주의해주세요. 그리고 이쪽은 라일락 나무의 묘목입니다. 심으실 때 땅을 깊게 파서 뿌리가 쭉 뻗을 수 있도록 해주세요."
　점원이 하나씩 식물을 가리키며 말하였다.
　"네, 감사합니다."
　루실이 말하였다. 그녀는 식물을 건네받았다. 식물을 챙겼다. 문으로 향하는 그녀를 따라갔다. 앞장서서 루실이 쉽게 나올 수 있도록 문을 열었다. 밖으로 나오고 자연스럽게 그녀의 한 손에 든 식물을 챙겨 들었다.
　"이제 꽃을 심기 위해 돌아갈까요?"
　루실이 말하였다.

5장

꽃봉

힘겹게 자라난 꽃은 계절을 기다리며
잎을 피지 않고, 서로를 감싸듯
망울만 맺혀 있다.

Maiden Blush Rose 연분홍 장미
나의 마음 그대만이 아네

6.1

우리는 사 온 식물을 정원으로 들고 왔다. 루실은 정원을 둘러보며 꽃을 심을 최적의 장소를 찾았다. 지정한 장소에 조심히 내려놓았다.

"심기 전에 옷을 갈아입고 올게요. 귀한 옷이 더러워지실 수도 있으니 조심해 주세요."

루실이 말하였다.

"저도 꽃을 심는 것을 도울 수 없을까요?"

나는 질문하였다.

"꽃도 별로 없고, 심다가 옷이 쉽게 더러워질 테니 마음은 감사하지만 괜찮습니다."

루실은 미소를 보이며 답하였다.

"심을 꽃이 적으니 배우고 싶어서요. 옷은 걱정하지 않으셔도 됩니다."

나는 고집을 부리며 말하였다.

"그러시다면 알겠습니다. 그럼 저도 바로 가르쳐 드릴게요. 그런데 체력이 많이 드실 수도 있어요. 힘에 부치실 수도 있습니다."

"괜찮아요. 힘들더라도 배우고 싶습니다."

"그러면 바로 도구를 가지고 올게요. 잠시만 기다려 주세요."

"알겠습니다."

루실의 말에 대꾸했다. 도구를 가져오는 동안 그녀가 지정한 장소가 꽃에 어울리는 장소인지 다시 살펴보았다. 식물의 조화를 보는 눈이 뚜렷할 리는 없었지만, 초보의 시선으로 배경을 살펴보았다. 루실의 기준을 알고 싶었다.

짧은 시간 동안 고민을 이어갈 때 루실이 도구를 들고 걸어왔다. 내가 있는 위치까지 와서 살며시 도구들을 내려놓았다. 그곳에는 큰 삽과 작은 모종삽, 장갑, 갈색의 종이봉투가 있었다. 옷은 그대로 입고 있었다.
"많이 기다리셨죠? 바로 시작할까요?"
루실이 말하였다. 나는 긍정했다. 그녀는 장갑을 주워서 건네주었다. 본인도 한 세트를 끼었다. 나도 받은 장갑을 손에 착용했다.
"우선 라일락 나무부터 심을게요. 삽으로 땅을 깊게 파주어야 해요. 그래야 뿌리를 내려 영양분을 잘 흡수할 수 있어요. 먼저 흙을 파는 방법을 알려드릴게요."
루실이 말하였다. 그녀는 큰 삽을 들었다. 장갑 낀 손으로 손잡이를 단단하게 잡았다. 날을 비스듬히 세워 땅을 힘차게 내려찍었다. 한쪽 발로 날 위를 밟고 더욱 깊게 박히게 한 뒤에 손을 들어 올려 흙을 파냈다.
"이런 식으로 파시면 돼요. 파낸 흙은 주변에 쌓아놓고 꽃을 심은 뒤에 고정이 되도록 다시 덮어 줄 거예요."
루실은 두 번 정도 행동을 반복하며 말하였다. 그리고 삽을 건네주었다. 삽을 받아 들고 행동을 그대로 따라 했다. 처음 해보는 반복 작업은 쉽지 않았다. 날을 땅 아래로 박는 것까지는 어렵지 않았으나 이후 그대로 들어 올려 삽 위의 흙을 퍼내기가 어려웠다. 중심을 잃고 넘어질 뻔하기도 하였다. 손목까지 덮인 셔츠의 단추를 풀고 접어 올렸다. 땀과 더위로 적셔진 셔츠가 방해했다. 두어 번 정도 더 반복하였을 때 삽질에 익숙해졌다. 어설픈 동작을 줄이고 적은 힘으로 흙을 파냈다. 돌과 잡초의 뿌리로 날이 잘 들어가지 않을 때는, 루실이 흙 위에 꿇어앉아 작은 모종삽으로 파내 주었다. 부드러운 흙이 쉽게 파내어질 때는 왠지 모를 성취감이 들었다.

"이제 심으면 될 것 같아요."

루실이 말하였다. 구멍이 깊게 파였다. 그 위로 묘목을 가져왔다. 나는 밑동의 흙을 두 손으로 살며시 들어 올렸다. 천천히 구멍 안으로 흙으로 감싸진 뿌리를 내려놓았다. 정원 아래의 흙과 모종의 흙이 닿으며 서로를 고정해주었다.

"파낸 흙으로 위를 덮어 주어요. 줄기가 쓰러지지 않도록 흙으로 고정하면 돼요."

루실이 말했다. 주변에 파놓은 흙을 묘목 위로 흩뿌렸다. 가지와 뿌리가 다치지 않도록 천천히 흙을 쌓아 올렸다. 뿌리가 완전히 덮여 보이지 않을 정도로 흙을 사용했다.

"이제는 흙을 살포시 밟아서 아래가 굳어질 수 있도록 해주세요. 그러면 뿌리가 단단히 고정되는 데에 도움이 될 수 있어요."

루실이 알려주었다. 가지를 피해 묘목이 심어진 위를 천천히 밟았다. 아직은 푹신한 흙이 살짝씩 꺼지며 밟혀 졌다. 밟을수록 고정되었다. 삽을 들었을 때의 여파로 팔뚝이 아파졌다. 근육과 함께 힘줄로부터의 고통임을 알 수 있었다.

이제는 작은 꽃을 심을 차례였다. 루실이 봉투 안에 있는 화분을 꺼냈다.

"이 꽃은 다른 꽃과 함께 큰 화분에 심으려고 해요."

루실이 꽃을 들며 말하였다. 그녀는 장소를 이동했다. 미리 지정한 위치로 따라갔다. 그곳에는 긴 사각의 화분이 있었다. 화분 위에는 세 송이의 꽃이 심겨 있었다. 자리를 남겨두고 있었다.

"남은 자리를 모종삽으로 파주시겠어요?"

루실이 화분을 든 상태로 말하였다. 무릎을 꿇고 앉아 챙겨온 모종삽으로 흙을 파냈다. 이미 부드럽게 적셔져 있는 흙은 파내기 쉬웠다. 루실은 화분에서 싹이 난 모종을 꺼냈다. 뿌리가 흙으로 반듯하게 감싸여 있었다. 그리고 화분의 빈 곳에 넣었다. 흙을 덮어 고정했다. 가져온 식물을 모두 심었다. 긴 시간은 아니었지만 확실하게 전문적인 시간을 경험했다.
"고생하셨어요. 도와주셔서 감사합니다. 잠시 벤치에라도 앉아서 쉴까요?"
루실이 말하였다. 제안에 동의했다.

벤치에 앉아 순간의 피로를 휴식했다. 둘 다 흙과는 어울리지 않는 복장에 더러워진 먼지를 묻히고 앉아 있었다. 거친 숨이 쉬어졌다. 알아차리고 있지 못했던 심장 박동이 강하게 두근거렸다. 이 순간은 함께 숨을 공유하는 시간이었다.
"힘들지 않으세요?"
루실이 옆에서 말하였다.
"힘들지 않다고 하면 거짓말이겠지만, 그만큼 값진 경험이었어요."
나는 대답했다.
"오늘은 함께 해주셔서 감사해요."
루실이 이어서 말하였다.
"저도 함께해서 행복했습니다. 사실은 작은 여정이더라도 함께 하고 싶었어요. 약속을 잡고 동행해서 좋았고 가까운 거리의 짧은 시간도 공유하고 싶었습니다."
나는 왜인지 속마음의 생각이 입 밖으로 나왔다.
"그렇군요. 저도 마찬가지였어요. 혼자보다는 함께 시간을 사용하면 더욱 값질 수도 있으니까요. 다음에도 도와주신다면 기회가 될 때 정원 일을 차근차근 알려드릴게요."
루실이 대답했다. 그녀의 대답이 상상해왔던 기대에는 미치지 못하였으나, 속마음을 솔직하게 털어놓아 시원했다. 루실은 그저 앞을 바라보고 있었다. 그리고 볼이 분홍색으로 물든 모습이 보였다. 속으로 웃으며 미소가 지어졌다.

Sweet William 수염패랭이꽃   6.10
의협심

"확실히 몸을 움직이고 땀을 흘리는 것에 보람이 느껴지네요."

나는 말하였다.

"맞아요. 좋은 현상이라고 생각해요. 기왕 이렇게 된 거 전공과 관련된 일이 아니더라도 생산적인 무언가를 시도해보면 어때요?"

루실이 질문하였다.

"저도 그러고 싶어요. 그런데 저를 받아 줄 곳이 있을까요? 오랫동안 방에 박혀 무기력한 삶을 보내온 저에게요."

나는 답하였다.

"분명 도움이 필요한 곳이 있을 거예요. 지역 모임에라도 나가서 일자리를 찾아보면 좋을 텐데요."

루실이 제안하였다. 조언을 곰곰이 생각했다. 지역민과의 교류를 통해 인연을 만들어 작은 일이더라도 무언가에 도움이 될 수 있다면 집에 가만히 앉아있는 시간을 줄일 수 있었다. 장시간의 기약 없는 외로운 허망함은 자신을 망칠 뿐이었다. 무언가 번뜩였다. 나는 움직여야만 했다.

우리는 하나의 일을 마치고 각자의 정비를 위해 돌아갔다. 루실은 가져온 도구를 챙겨 마무리 정리를 했다. 나는 저택으로 돌아갔다. 바지 밑단과 옷 곳곳에 묻은 흙이 바닥으로 떨어졌다. 저택을 더럽혔다. 그리고 왓슨을 찾기 시작했다.

"왓슨!"

나는 1층에서 그를 불렀다.

"부르셨나요?"

왓슨은 2층에서 즉각적으로 반응했다. 계단을 통해 위로 올라갔다. 그의 앞으로 걸어갔다. 다가가며 계단과 바닥에 흙이 계속해서 떨어졌다. 먼지와 작은 가루들이 틈새 사이로 빠져들어 갔다.

"무슨 일이시죠? 급하게 올라오시고…."

왓슨이 당황하며 말하였다.

"이 지역에 오랫동안 있었으니 잘 알고 있지? 지역 모임에 대해 아는 것 없어?"

나는 질문하였다.

"정원에 있는 포도나무가 묘목에서부터 열매를 맺는 것도 봐왔으니 오래 있었죠. 물론 모임 몇 가지 정도도 알고 있습니다. 그런데 무슨 일인지 명확하게 알려주시죠."

왓슨이 대답했다.

"지역 모임에 나가 일자리를 찾고 싶어. 단순한 반복 작업 같은 작은 일이라도 좋으니 밖으로 나가고 싶어. 이제는 하루 모든 시간을 방에서만 지내고 싶지 않아."

나는 이유를 말하였다.

"정말 기특하신 생각입니다. 올바른 방향이에요. 매달 홀수 번째 토요일마다 지역의 농산물 모임이 있습니다. 젊은 인력이 찾아가면 모두 환영할 거예요. 매주 일요일에는 도심에 있는 교회에서의 모임도 있습니다. 매달 마지막 일요일 저녁에 지역의 가장 큰 모임이 있어요. 이 모임에는 지역 고유 인사들과 그들의 가족이 모이고는 합니다. 나이에 따라 사교모임도 함께 진행하고 있어요. 기회가 된다면 꼭 참여해 보세요."

왓슨이 말하였다. 정보를 듣고 바로 이번 주말부터 모임에 나가보기로 했다. 우선 가장 가까이 다가오는 지역 농산물 모임에 나가기로 했다. 이곳이라면 분명 일자리를 찾을 수 있으리라고 생각했다. 무슨 일이라도 할 수 있었다. 원하는 답을 모두 얻었기에 현실의 순간을 자각했다. 더러워진 옷을 입고 있다는 사실을 알아차렸다. 그대로 옷을 갈아입으러 갔다.

시간이 지나 차려입은 복장으로 저택을 나섰다. 모임에 참가하기 위해서였다. 지역 농산물 모임이 열리는 장소로 향하였다. 멀지 않은 지역 외곽에 자리 잡고 있었다. 농경지가 모여있는 곳이었다. 걸어서 가기에도 충분한 거리였다. 입고 있는 셔츠에 더위를 느껴갈 때쯤 목적지에 도착하였다. 안에 받쳐 입은 옷을 넘어 셔츠 위에까지 땀이 묻어났다. 낮게 올라온 태양은 이전에 비해 더욱 뜨거운 상태였다. 모임 장소는 거대한 이동식 농업용 컨테이너 건물이었다. 대문 앞까지 걸어갔다. 사람의 힘으로는 열 수 없는 높은 문이었다. 한쪽에 사람이 드나들 수 있는 작은 문이 있었다. 그곳이 입구임을 알 수 있었다. 나무 판자로 농산물 모임을 나타내는 문자가 쓰여 있었기 때문이었다. 문을 열고 들어갔다.

입구로 들어서자 건조된 목초 냄새가 났다. 가축의 냄새도 났으나 주변에 동물은 보이지 않았다. 여러 사람이 들어와 있었다. 인파로 가득한 컨테이너에는 웃음과 대화가 끊이지 않았다. 정장 차림의 복장을 하는 사람도 있었고, 움직이기 편한 복장을 한 사람도 있었다. 천장에는 작은 전구들을 여럿 매달아 실내를 밝히고 있었다. 창문이 없었기에 건물 안에서는 낮과 밤의 구분이 어려웠다. 인맥과 분위기를 몰랐기에 주변을 살펴보며 배회했다. 그러다 한 남성이 나에게 다가오고 있음을 알아차렸다. 남성은 정장을 입고 있었다. 양손에는 컵을 들고 있었다.

"반가워요. 처음 보는 얼굴인데 어디서 오셨나요?"

그 남성은 한 손에 든 컵을 건네주며 말하였다. 나는 사는 곳의 위치를 말하였다. 건네받은 컵의 내용물을 확인했다. 투명한 갈색의 무언가가 들어있었다. 알코올의 향이 낫기에 술임을 알 수 있었다. 한 모금 짧게 들이켰다. 그리고 방문한 목적을 이야기하였다. 이곳에 지인이 없고 확실한 목적이 있었기에 누구든지 상관하지 않고 털어놓았다.

"그러시군요. 그렇다면 저는 직접 도움을 드리기는 어렵고 제가 알고 있는 분을 소개해 드릴게요. 따라오시죠."

남성이 말하였다. 인파를 뚫고 지나가 위치를 정확히 알고 있는 듯이 스스럼없게 나아갔다. 대여섯 명의 무리가 대화를 나누고 있는 곳에 도착하였다. 그들은 농사에 적합한 복장을 하고 활짝 웃으며 대화하고 있었다.

"안녕하세요. 소개해 드릴 만한 분을 데리고 왔습니다."

정장의 남성은 무리를 향해 말하였다.

"어서 오세요. 처음 뵙는 분 같은데 무슨 일이신가요?"

무리에서 한 노인이 말하였다. 내가 먼저 목적을 이야기하기 전에 정장의 남성이 앞서 나에게 들은 내용을 전달하였다.

"아, 언덕 위 저택에서 오신 분이시군요. 그곳의 아드님이신가요? 저택의 집사분을 몇 번 이곳 모임에서 만난 적이 있습니다."

다른 노인이 말하였다. 그는 작은 키를 가지고 얼굴 주변에 회색빛의 수염이 덥수룩하게 나 있었다. 얇은 체크무늬 남방셔츠 위에 멜빵을 메고 있었다. 챙이 빳빳한 모자도 쓰고 있었다. 수염 아래로 선한 인상을 하고 있었다. 나에게 악수를 건넸다. 거부 없이 악수를 받았다. 노인의 두꺼운 손이 감쌌다. 전체적으로 거친 손이었다. 깊게 박인 굳은살이 느껴졌다.

"원하시는 부분은 제가 도와드릴 수 있습니다. 정확히는 제가 도움이 필요하죠. 저희 쪽 농장에 빈 인력이 있으니 일자리를 찾으신다면 잘 맞으실 것입니다."

수염 난 노인은 이어서 말하였다.

"영광입니다. 잡무라도 괜찮으니 필요하신 일에 저를 넣어주세요."

나는 대답했다.

"지도로 농장 위치를 알려드릴게요."

수염 난 노인은 주변에 놓인 지도를 펼치며 말하였다. 그는 주머니에서 작은 펜 하나를 꺼내 현재 위치와 내가 사는 저택 위치 그리고 노인의 농장 위치를 그리며 설명해주었다. 농장은 멀지 않았다. 지도에 그린 농장의 규모도 크지 않았다. 좋은 기회였다.

"월요일부터 바로 나오셔도 됩니다. 온다면 오전 7시까지 오세요."

노인은 미소를 지으며 말하였다.

"기회를 주셔서 감사합니다. 바로 찾아뵐게요."

나는 대답했다. 우리는 한 번 더 악수했다.

Carnation 카네이션　　　　　　　　　　　　　6.15
정열

아침 일찍 길을 나섰다. 낮 중앙의 시간대와는 다르게 서늘한 공기가 주위를 감쌌다. 그렇기에 두 겹으로 옷을 입었다. 전체적으로 더러워져도 상관없는 복장으로 정했다. 일하면서 다가올 더위를 대비하여 쉽게 벗을 수 있도록 준비했다. 지역 농산물 모임에서 만난 수염 난 노인이 가르쳐준 대로 길을 따라갔다. 지도상의 지시에 맞게 거리는 가까웠다.

어느샌가 농장 주변으로 들어섰다. 길 양옆으로 꽃들이 넓게 분포되어 있었다. 언제 농장으로 들어왔는지 모르게 이어져 있었다. 농장은 지도에서의 규모에 비해 거대했다. 지역의 다른 곳에 비해 큰 규모의 농장은 아니었으나 노년의 인력 혼자서 이곳을 관리하기에는 쉬워 보이지 않았다. 노인을 찾기 위해 막사로 다가갔다. 도중에 사람의 인기척이 긴 풀들 사이에서 보였다. 그 인기척을 향하여 다가갔다.

"안녕하세요…."

나는 조심스럽게 다가가며 말하였다.

"지역 농산물 모임에서 소개로 왔습니다. 그때 뵙고 일자리를 만들어주셔서 방문하였습니다. 저택에 사는…."

나는 이어서 말하였다. 풀 사이에 있던 인기척의 동작이 멈추었다. 그림자는 허리를 펴고 돌아섰다. 풀을 헤집으며 다가왔다. 그림자의 손에는 도구를 들고 있었다. 긴 날붙이가 붙어 있는 듯한 모습의 도구였다. 약간의 두려움마저 느껴지기도 했다. 그러나 물러서지지는 않았다.

"일찍 오셨네요. 좋은 아침입니다. 잘 오셨어요."

수염 난 노인이 풀 사이를 빠져나오며 말하였다. 그는 모임에서 봤던 옷과 비슷하게 농사용의 복장을 하고 있었다.

"좋은 아침이에요. 급작스럽지만 저는 어떤 일을 하면 될까요?"

나는 말하였다.

"농사에 조예가 있으신가요?"

수염 난 노인이 말하였다.

"전혀 무지합니다."

"그렇다면 우선은 짐을 옮기는 것부터 시작하죠. 저기 수레로 비료와 뽑은 잡초들을 실어서 옮겨주세요."

"네, 알겠습니다."

"그전에 막사로 가서서 부츠로 신발을 갈아 신으세요. 그리고 장갑도 끼세요. 더위를 견디기 위해 복장은 잘 입으셨는데 농사일은 더위보다는 벌레로 인해 고통을 더 받기 쉽습니다. 부츠를 신으신 뒤에 일을 도와주세요."

"이해했습니다. 바로 시작할게요."

대화를 이어갔다.

우선 막사로 찾아 들어갔다. 안은 하나의 창고였다. 철로 된 수납제가 있었다. 그곳에서 부츠를 찾았다. 고무로 된 부츠였다. 곧바로 신발을 갈아 신었다. 신고 온 신발은 이미 진흙과 먼지로 더럽혀져 있었다. 더러운 신발을 빈자리에 올려놓았다. 장갑을 찾아 손에 끼었다. 얇지 않은 목장갑이었다. 더위로 땀에 찰 것이 예상되었으나 다치는 일을 예방하는 것이 중요사항이었다.

농장으로 나갔다. 막사를 빠져나오는 순간 벌써 더위가 느껴지기 시작했다. 하늘에는 뜨거운 태양이 빛의 보석을 쏟아내며 떠 있었다. 지시에 따라 주변에 놓인 수레를 끌었다. 수레는 앞에 바퀴 하나가 달려있었다. 수레 자체의 무게는 무겁지 않았으나, 끌고 갈 때의 길이 평탄하지 않아 어려움이 있었다. 수레 안의 짐을 비우고 올 때마다 곧바로 채워졌다. 오고 감을 멈출 수가 없었다. 나무로 된 손잡이를 계속 잡으니 장갑의 필요성을 다시 한번 깨달았다. 장갑 위로도 거친 표면이 느껴져 손바닥 피부가 아려왔다. 고통이 있어도 멈추고 싶지 않았다. 휴식을 취하면 애써 잡은 마음이 해이해질 뿐이었다. 반복적인 일을 계속했다. 시간 또한 여전히 흘러갔다. 그에 따라 태양은 정수리 한가운데 위로 떠올랐다. 햇빛의 강도가 강해졌다. 더위를 느껴 겉에 입고 있던 셔츠를 벗어 던졌다. 받쳐 입고 있던 반팔 티 하나로 몸을 가렸다.

"잠시 쉬었다 해요."

수염 난 노인이 다가와 말하였다. 나는 숨을 돌릴 수 있었다. 들고 있던 수레의 손잡이를 내려놓았다. 고개를 들어 하늘을 바라보았다. 공중에 빛의 구멍이 생긴 것처럼 맑았다. 더위에 얼굴이 붉게 피어남이 느껴졌다. 손이 뜨거웠다. 가만히 서서 숨을 골라냈다. 그러다 수염 난 노인이 손짓으로 나를 불렀다.

"쉬면서 점심 식사를 합시다."

수염 난 노인이 말하였다. 나는 긍정의 대답을 하였다. 노인은 앞장서서 길을 걸어갔다. 그를 따라가 한 오두막에 도착하였다. 낮은 계단을 올라 집 안으로 들어갔다. 노인은 식사 공간으로 안내해주었다. 식탁 의자에 앉아 기다렸다. 허리와 엉덩이를 기대어 앉으니 몸의 힘이 빠져나갔다. 영혼이 빠져나가듯이 근육이 풀어졌다. 양팔이 땅을 향해 떨어졌다. 아래를 향한 손을 타고 피 전체가 손끝으로 향했다. 양손은 더욱 뜨거워졌다. 심장 박동에 따라 두근거렸다. 눈을 감고 숨을 입으로 쉬었다.

"많이 기다렸죠? 식사해요."

수염 난 노인이 큰 냄비를 중앙에 깔며 말하였다. 그는 접시와 식기 도구를 나누어 주었다. 앞에 접시를 깔고 위에 수저와 포크를 올려놓았다. 노인은 국자로 냄비 안에 있는 음식물을 떠서 접시 위에 부어주었다. 냄비 안의 내용물은 수프였다.

"감사합니다. 잘 먹겠습니다."

나는 말하였다. 겨우 수저를 잡고 힘겹게 움직였다. 음식을 떴을 때 손의 떨림이 느껴졌다. 피가 전신을 타고 빠르게 펌프질 되고 있음을 알 수 있었다. 수저에 담긴 음식을 입에 넣었다. 따뜻하게 조리된 정성이었다. 이 더위에 넘기기에는 쉽지 않았지만, 허기진 배는 반갑게 맞이했다. 토마토 향이 나는 수프였다. 얇은 닭고기도 들어 있었다. 소비된 에너지를 보충하기 위해 식사를 멈출 수 없었다.

"많이 힘들죠?"

수염 난 노인이 말하였다. 쉽게 대답할 수 없었다. 힘든 것은 사실이고 누가 지금의 나를 보아도 지쳐 하는 표정을 알아차릴 수 있었다. 그러나 빠르게 받아들여 약한 모습을 보이고 싶지 않았다. 그저 미심쩍게 웃어넘길 뿐이었다. 노인은 이후 아무런 말도 하지 않았다.

냄비는 금세 바닥을 보였다. 우리는 식사를 마치고 정리했다. 사용한 식기를 싱크대 안에 넣고 간단하게 물로 닦아냈다. 설거지를 모두 마치고 물기 묻은 손을 털었다.

"지금 시간대의 농사를 지속하는 것은 위험합니다. 잠시 차라도 마시면서 시간을 보내고 일을 계속합시다."

수염 난 노인이 쟁반을 가져오며 말하였다.

"감사합니다. 잘 마시겠습니다."

나는 답하였다. 의자에 앉아 차를 마셨다. 차는 시원했다. 뜨거웠던 오전의 시간을 식혀주는 오후의 한잔이었다. 천천히 한 모금씩 시간을 보냈다. 컵의 반을 비웠을 때 졸음이 몰려왔다. 비워낸 에너지를 회복하기 위함과 빈속을 가득 채운 풍요로움이 또 다르게 근육을 풀어냈다. 눈이 감겼다. 고개는 제어하기 어렵게 아래를 향해갔다. 잠시 현실을 벗어난 찰나의 순간이었다.

"이제 다시 하늘 아래로 나가볼까요?"

수염 난 노인이 말하였다. 실제의 시간보다 빠르게 느껴진 순간이 끝났다. 나는 벌떡 일어났다. 등에는 차갑게 식은땀이 흘렀다. 전신의 땀이 공중에서 식으며 차가워졌다. 마음이 급해졌다.

"가시죠."

나는 대답했다. 졸고 있었음을 들키지 않기 위해 애써 힘을 주었다. 불필요할 정도로 서둘러 준비하였다. 벗어두었던 장비를 착용하였다. 그리고 노인을 따라 밖으로 나갔다. 내려가는 해의 하늘 아래에 있었다. 식사하기 전에 비해 농장 위의 더위는 진정되었다. 그래도 여전히 더웠다. 오전에 있었던 일을 재개하였다. 같은 일을 반복했다. 한번 쉬었다가 익숙하지 않은 일을 지속하기는 오히려 힘들게 만들었다. 회복해야만 했던 체력과 풍족해진 게으름이 영향을 주었다. 성장하지 못한 체력이 능률의 차이를 솔직하게 비추었다. 가능한 한도에서 최선을 다하여 계속했다. 시간은 지나갔다.

"슬슬 해가 지고 있습니다. 오늘은 여기까지 하셔도 돼요. 도와주셔서 고마워요. 앞으로도 이 시간대로 도와주셨으면 합니다. 똑같이 점심 식사도 제공해 드릴게요."

수염 난 노인이 다가와 말하였다. 해는 어느샌가 붉게 타며 내려와 있었다. 기온은 선선했다. 뜨거운 빛살이 더 이상 느껴지지 않았다. 이제야 하루의 온

전함을 느낄 수 있었다.

"이거는 오늘 일해주신 만큼입니다. 앞으로도 하루에 맞게 급여를 드릴게요."

노인이 이어서 말하였다. 그는 봉투 하나를 건네주었다. 흰색 봉투 안에 돈이 들어있었다. 돈이 궁극적인 목표는 아니었지만, 하루의 고생을 인정받음에 뿌듯했다.

봉투를 들고 집으로 향하였다. 발바닥이 땅을 쓸며 겨우 도착하였다. 저택으로 가는 길에 정원이 있었다. 중앙에서 루실을 마주쳤다. 그녀는 정원 일을 하던 도중이었다.

"오셨어요? 고생 많으셨어요. 오늘 농사일을 도와주고 오셨다고 들었어요."

루실이 나를 알아차리고 말하였다. 인사가 반가웠다. 먼저 알아주어 고마웠다. 전신이 통증과 피로로 지쳐 있었지만 애써 힘든 모습을 밝히지 않았다.

"맞아요. 값진 하루였습니다. 농사일을 계속해서 정원 일도 도울 수 있게 많이 배워올게요."

나는 대답했다.

"말씀만으로도 감사해요. 힘드실 텐데 어서 들어가서 쉬세요."

루실이 말했다. 이야기를 더 나누고 싶었다. 오늘 있었던 일의 회포를 오래 풀고 싶었다. 하지만 그럴만한 힘이 남아있지 않았다. 더 서 있다가는 주저앉아버릴 것만 같았다. 가볍게 인사를 주고받고 저택 안으로 들어갔다.

Tube Rose 월하향
위험한 쾌락

6.16

　온몸을 두드리는 통증과 함께 아침을 맞이했다. 몸의 고통이 정신을 지배했다. 일어나야만 하는 마음을 꺾고 있었다. 침대를 벗어나기 위해서는 일심이 필요했다. 한 번에 박차고 일어났다. 등을 일으키는 근육들이 잠깐이라도 멈추었더라면 다시 가라앉았을 것이었다. 몸을 씻고 옷을 입어 밖으로 나갔다. 농사일을 위하여 늦지 않게 출발하였다.

　농장에 도착하였다. 어제와 같이 일을 시작하였다. 오늘은 어제와 다르게 하늘에 구름이 껴있었다. 더위 아래에서 일하지 않았기에 의욕은 있었다. 그러나 몸에 머문 통증은 쉽게 가시지 않았다. 노인을 도우며 일을 계속했다. 수레를 끌고 짐을 날랐다. 지루해질 때까지 지속했다.

　그러다 특별한 순간을 맞이했다. 여전히 수레를 끌고 가다가 흙바닥 위에 피어난 한 꽃을 발견하였다. 회색빛과 녹색빛을 머금은 꽃이었다. 꽃잎 아래에 어두운 녹색의 꽃받침이 뾰족하게 나 있었다. 여러 회색빛 꽃잎이 밀집되어 하나의 줄기에 펼쳐져 있었다. 꽃을 많이 보았지만, 지식은 얕았기에 정확한 명칭을 알 수는 없었다. 관심이 가 그저 신기하게 쳐다보았다.
　"무슨 일이세요?"
　수염 난 노인의 목소리였다.

"꽃을 보고 있었습니다. 수레를 끌고 가는 도중에 처음 보는 꽃이 있어서요. 혹시 이 꽃을 아시나요?"

나는 대답했다.

"꽃에 대해서는 잘 몰라요. 처음 본 꽃이긴 하네요. 꽃을 파서 직접 키워보세요. 아마 막사 안에 안 쓰는 화분이 몇 개 있을 것입니다. 그거라도 가져가서 사용해요."

노인이 말했다.

나는 고민했다. 그의 말에 솔깃했다. 창가에 놓아둔 꽃 화분 옆에 새로운 꽃을 함께 놓고 싶었다.

짐을 옮긴 뒤에 막사로 갔다. 빈 화분을 찾았다. 꽃 하나를 담을 수 있는 적당한 크기의 화분이었다. 도구를 찾아 모종삽과 함께 꽃이 있던 자리로 돌아갔다. 비어 있는 화분에 흙을 적당량 담았다. 천천히 뿌리와 함께 꽃을 화분으로 옮겼다. 그 위에 부드러운 흙을 담았다. 꽃이 담긴 화분을 들어 올려 눈높이에 맞췄다. 꽃이 만족스럽게 피어 있었다. 화분을 방해받지 않는 위치 햇빛이 잘 드는 곳에 두고 일을 재개했다.

하루의 일과를 끝냈다. 오전 중 발견한 꽃을 심은 화분을 들고 집으로 향하였다. 꽃은 무사히 솟아 있었다. 저택까지 어려움 없이 들고 갔다. 옷을 갈아입기도 전에 방으로 올라갔다. 창가 자리에 꽃을 놓았다. 먼저 자리 잡고 있던 화분 옆에 장식하였다. 색 조합이 서로 어울리지는 않았지만, 한 송이의 꽃 보다는 보기에 아름다웠다.

다음날, 어김없이 일을 시작하였다. 평소와 다른 점이라면 짐을 옮기는 일이 아닌 노인 옆에서 일을 시작하였다. 그는 오자마자 나를 불렀다. 그의 요청대로 작물을 키워놓은 곳으로 갔다.

"오늘은 작물을 수확해볼게요. 많은 양은 아니지만, 이 시기에 수확해야만 하는 작물이 있어요. 저를 잘 보고 따라 해요."

수염 난 노인이 말하였다. 행동을 지켜보았다. 정확히 따라 하기 위해 순간을 놓치지 않았다. 보기에는 쉬워 보이는 일이었다. 줄기에서 작게 열린 열매가 있었다. 노인은 장갑 끼지 않은 손으로 작물이 다치지 않게 조심스럽게 떼어냈다. 수확한 열매를 작은 나무 바구니에 넣었다.

"잘 봤어? 따라 하면 됩니다. 어렵지는 않을 거야. 한번 해봐."

수염 난 노인이 중간에 말하였다. 나는 끄덕였다. 옆에 있는 작물을 줄기에서 떼어냈다. 혹시 손안에서 터지지 않게 하도록 조심히 쥐었다. 바구니 안에 천천히 집어넣었다. 행동을 완수하고 노인을 쳐다보았다. 그는 옆에서 나를 지켜보고 있었다. 수염 난 노인은 옅은 미소와 함께 고개를 끄덕여 주었다. 자신감을 얻고 열매 수확을 계속했다. 노인도 주변에서 열매를 골라냈다.

"이번 주말에는 나와 같이 모임에 가지 않겠나?"

일하던 도중 수염 난 노인이 말하였다. 거부감이 들지 않았다. 최근 들어서 모임에 참가함에 긍정적이었기 때문이었다. 새로운 인간관계를 맞이해보고 싶었다.

"어떤 모임인가요?"

나는 질문했다.

"이번 주 일요일에 지역 모임이 있어. 이 지역에서 가장 큰 모임이지. 그곳에 가서 지인들에게 너를 소개해주고 싶기도 하고 여러 젊은이도 올 터이니 친구라도 만들어봐."

노인이 대답했다.

"네. 좋아요."

나는 말했다.

"그러면 모임 장소를 알려줄 테니 주일날 그곳에서 보세."

수염 난 노인이 말하였다. 일을 하며 한 차례의 대화를 끝냈다. 작물 수확을 금세 끝내고 다시 수레로 짐을 오르내렸다.

한 주간의 농사일을 마쳤다. 주말에는 쉬었기에 평일에 배정된 할당량을 마무리하였다. 주말이 되어 일요일 밤에 약속한 모임 장소로 향하였다. 수염 난 노인이 지도를 통해 알려준 위치로 걸어갔다. 그곳은 생각보다 가깝지 않았다. 지역 전체에서 가장 큰 모임이었기에 여러 사람이 모이기 쉬운 장소에 있었다. 가까이 다가갈수록 사람들 소리가 들렸다. 스피커와 기계 소리가 합쳐진 노랫소리도 들렸다. 조명들이 어두운 배경에서 모임 장소를 밝게 비추고 있었다. 시끌벅적한 분위기가 다가왔다. 모임은 주로 야외로 구성되어 있었다. 분위기로 들어갔다. 사람들은 조명 아래에서 대화를 나누고 있었다. 음악 소리에 맞춰 춤추는 사람도 있었다. 각자의 손에는 마실 거리를 들고 있었다. 목을 적시는 알코올 냄새가 분위기를 끌어올렸다. 야외의 바람이 뜨겁게 올라오는 열기를 식혀주었다. 나는 사이를 파고들어 수염 난 노인을 찾기 시작했다. 주변을 살피었다.

"거기 샌님 찾는 사람 있어?"

한 남성이 말하였다. 누군가가 나를 쳐다보며 말하였다. 주변에 많은 사람이 있었지만, 명백히 나를 겨냥하여 하는 말이었다. 다른 이들은 관심도 보이지 않았다. 또래처럼 보이는 그 남성은 나무판자로 계단처럼 쌓아 올린 구조물 위에 앉아 있었다. 그는 빵모자를 쓰고 어두운 색상의 체크무늬 셔츠를 입고 있었다. 남성의 다부진 체격이 셔츠 위로 몇 개 푼 단추 아래를 뚫고 나왔다. 그 위로는 멜빵을 메고 있었다. 한 손에는 파이프 담배를 들고 있었다. 비웃는 듯한 표정으로 보고 있었다. 옆에는 남성의 무리처럼 보이는 동년배의 다른 남성들이 앉아 있었다.

"이런 곳에 저런 정장은 왜 입고 오는 거야?"

그 남성은 주변 남성들을 향해 말하였다. 다 같이 비웃는 표정을 보였다. 나는 애써 무시했다. 다시 인파로 들어가 노인을 찾았다. 낯익지 않은 사람들과 분위기에서 지인을 찾기 위함이었을 지도 모르겠다. 다른 남성이 부르는 소리가 들렸지만, 반응하지 않았다. 그들은 따라오지는 않았다. 더욱 안으로 들어가자 금방 수염 난 노인을 찾을 수 있었다. 그는 다른 사람들과 웃으며 이야기를 나누고 있었다. 한 손으로 컵에 든 술을 마시고 있었다.

"안녕하세요."

나는 먼저 다가가 인사를 건넸다.

"오, 어서 와. 어서 와."

수염 난 노인이 나의 존재를 알아차리고 인사를 받아주었다.

그는 알코올과 분위기로 인해 붉어진 얼굴을 하고 있었다. 상기된 기분으로 맞이해주었다.

"이쪽은 지금 내 농장에서 일을 도와주고 있는 친구야. 언덕 위 저택에서 살고 있지."

수염 난 노인은 이어서 말하였다. 그는 사람들에게 나를 소개했다. 그리고 그 사람들이 어떤 일을 하고 있는지 소개해주었다. 나는 여러 번 인사와 함께 악수하였다.

"반가워요. 제 아들과 또래처럼 보이는데 잠시 데려와 인사를 시켜 줄게요."

대화 무리의 한 노인이 말하였다. 그는 말을 끝내자마자 어딘가로 향하였다. 갑작스러운 전개에 긍정과 거부를 나누는 반응의 대답을 할 수가 없었다. 자연스럽게 무시하여 마음속에 담지 않았다. 그리고 다른 노인들과 이야기를 나누었다.

잠시 뒤, 대화 무리에 있던 한 노인이 돌아왔다. 옆에는 다부진 키의 젊은 남성과 함께 걸어왔다. 조금 전 나무판자 계단 위에서 말을 걸었던 남성이었다.

"기다리셨죠? 제 아들놈입니다. 인사해."

그 노인이 돌아와 말하였다.

"안녕하세요. 기분 좋은 밤 아래에서 반가운 인사를 건네봅니다."

노인 옆에 있던 남성이 모자를 벗으며 인사하였다. 수염 난 노인을 포함하여 대화 무리에 있던 노인들이 반갑게 맞이하였다. 남성 옆의 노인이 수염 난 노인에게 들은 나의 소개를 그대로 남성에게 말하였다. 그는 말을 듣고 미소를 보이며 고개를 천천히 끄덕였다.

"아, 그 귀신 나오는 정원의 저택이요?"

남성은 겨우 들릴 정도로 작게 혼잣말하였다.

"이 녀석은 아마 그쪽과 나이가 비슷할 거예요. 지금은 지역 기계생산 공장에서 교대 근무로 제작일을 하고 있어요. 친해지시면 동네에서 외롭게 지내지 않으셔도 될 것입니다."

남성 옆의 노인이 말하였다.

"반갑습니다. 센트락이라고 합니다. '데릭 센트락'. 이렇게 만난 것도 인연이고 밤 분위기도 좋은데 한잔 함께 마시시죠."

남성은 본인을 소개하고 제안했다.

"저는 술을 잘하지 못해서요."

나는 거리를 두기 위한 대답을 했다.

"에이, 이럴 때 아니면 언제 마시겠어요. 가끔 이런 분위기에서 한 모금씩 짧게 마시는 거죠. 그저 한 잔인데요."

센트락은 다시 제안했다.

"그래요. 한 잔만 마시고 와요. 도수도 약한 술이라서 기분 좋게 시원할 거예요."

옆에 있던 노인이 말하였다. 다른 노인들과 수염 난 노인마저 센트락의 제안을 받아들이도록 부추겼다. 그들의 반응을 거부할 수 없었다. 분위기에 못 이겨 승낙했다. 센트락은 활짝 웃으며 나의 등 위에 손을 올려놓고 데려갔다.

"잘 선택했어요. 한잔 마시다가 기분 좋아지면 제 친구들과 함께 마셔요. 여자애들도 많아서 더 좋은 술맛을 느낄 수 있을 것입니다."

센트락은 계속해서 미소를 보이며 말하였다.

나는 그저 따라갔다.

Evening Primrose 달맞이꽃
자유스러운 마음

6.21

 몇 잔을 들이켰는지 알 수 없을 정도로 머리가 멍해졌다. 빈 유리잔들이 눈 앞에서 나뒹굴었다. 얼굴과 몸이 뜨거워졌다. 심장 박동에 맞춰서 피부 위로 핏줄이 두근거렸다. 초점이 흐려졌다가 되돌아오기를 반복했다. 옆에는 붉게 상기된 얼굴로 미소 짓고 있는 센트락이 있었다. 그와는 별 대화 없이 마시기만 했다. 흥미로운 주제에 관한 이야기를 나누지도 않았다. 익숙하지 않은 두 사람이 만나 대화를 나누는 형식적인 이야기였다. 이상하게도 술이 쉽게 마셔졌다. 파도를 타니 멈출 수가 없었다.
 "어때요? 막상 마시기 시작하니까 잘 넘어가죠?"
 센트락이 말하였다. 인정하고 싶지는 않았지만 사실이었다. 마신 알코올이 정신을 기분 좋게 만들어주었다. 약간의 어지러움이 재밌었다. 입 안에서 알코올 향이 시원하게 뿜어져 나왔다. 술이 들어가 뜨거워진 몸을 야외에서 불어오는 바람이 식혀주었다. 계절과 기온을 벗어나 체내에서 느껴지는 온도의 변화에 희열감이 들었다. 낯설었던 상황을 넘어 모임의 분위기에 녹아든 순간을 즐겼다.
 "이제 몸도 달아올랐겠다 제 친구들과 이어서 마시시죠."
 센트락이 다시 말하였다.
 "가죠."
 나는 대답했다. 이제는 거부할 마음이 들지 않았다. 그를 따라가면 좋든 나쁘든 흥미로운 일이 생길 것만 같았다. 차분하게 식어 있던 현실을 벗어나게 해주는 자극이 위험하게 다가왔다. 아슬아슬한 줄타기가 감각을 극대화했다. 일상을 잊게 만들어줄 상황에 흥분되었다. 잊고 있던, 어쩌면 처음 느껴보는 감정에 정신이 사로잡혔다. 그것이 피부로 다가왔기에 웃음이 새어 나왔다.

우리는 모임 장소에서 약간 벗어난 곳으로 향했다. 주변은 넓은 초원 위였다. 모임을 벗어날수록 어둠을 밝혀 주는 불빛이 사라져갔다. 금세 어두워졌다. 그를 가까이에서 따라가지 않으면 잃어버릴 것 같았다. 취기가 조금씩 가라앉으며 위험 감지를 넘어 공포감도 느껴졌다. 그러나 공포감은 자극의 하나로 두려움을 넘어 감정을 격양시켰다. 뜨거워진 몸이 차갑게 식어갔다. 피부가 하얗게 질렸다.

"거의 다 왔습니다."

앞에서 걸어가던 센트락이 말했다. 어느새 모임의 불빛은 손바닥에 가려질 만큼 작게 반짝였다. 초원을 걷다 낮은 언덕을 올라갔다. 앞에서 여러 사람의 목소리가 들렸다. 그들은 언덕 위에서 자리 잡고 있었다. 마실 거리와 먹을거리를 늘어놓았다. 경박한 웃음소리와 욕이 오가는 대화 소리가 들렸다.

"오. 왔네! 왔어."

언덕 위 무리 중 누군가가 말하였다.

"결국 그 샌님도 데려왔네."

다른 누군가가 말했다.

"빨리 와."

여성의 목소리도 들렸다. 모두 센트락을 맞이했다.

"새로운 얼굴을 데려왔어. 이쪽은 귀신 나오는 정원의 저택에서 거주하고 있어. 지금은 농사일? 비슷하게 도와주고 있대."

센트락이 나를 소개했다. 나는 옆에서 듣고만 있었다. 내 소개를 들은 무리의 사람들은 각기 다른 반응을 보였다. 고개를 숙이며 비웃는 사람이 있었다. 신기하게 바라보는 사람도 있었다.

"뭐. 어쨌든 반가워요. 그리고 잘 왔어요. 이왕 왔으니 밤을 즐겨보아요."

비웃고 있던 한 남성이 말하였다. 우리는 연이은 소개 없이 첫인사를 넘겼다. 언덕 자리 위에 다 같이 앉았다. 술병이 빈자리를 차지했다. 앉자마자 컵을 받아서 들었다. 즉시 각자의 잔을 채웠다. 투명한 갈색의 액체가 유리컵에 가득 들어갔다. 향만 맡아보아도 모임에서 마신 술보다 도수가 월등히 높음을 알 수 있었다.

"오늘은 첫인상도 있고 선선한 여름밤을 맞이하여 한잔 들이키자."

센트락이 자리에서 일어나 컵을 머리 위까지 들고 말하였다. 다들 호응했다. 모두가 컵을 머리 위까지 들어 올렸다. 센트락이 앞서 술을 마시자 따라 마셨다. 잠시 보고 있다 집단의 동일 행동에 늦게나마 따라 마셨다. 목을 타고 넘어가는 알코올의 강도에 전부 마시기는 힘들었다. 술을 마신 모두가 크게 웃었다. 계속해서 잔을 비웠다가 채워나갔다.

점점 눈이 어둠에 익숙해졌다. 하늘 위에서는 구름이 걷어지며 달빛이 주변을 밝혀 주었다. 주변에 있는 이들의 얼굴이 뚜렷하게 보였다. 우리는 달 아래에 있었다. 분위기는 무르익어갔다. 보이는 이의 수가 많아지면서 웃음소리는 더욱 커졌다. 대화의 내용은 자극적으로 변해갔다. 차마 따라 하기 힘들 정도의 욕도 섞여 있었다. 동성 이성 상관없이 성적인 농담도 주고받았다. 분위기에 완전히 녹아들지 못하였다. 구석에 동떨어진 이방인이었다. 그런 나의 모습을 눈엣가시처럼 보는 이도 있었다. 짓궂은 농담을 던지는 이도 있었으나 센트락이 중간에서 막아주었다. 그저 술을 홀짝였다. 대화에 끼지 못하였기에 혼자만의 속도로 잔을 비웠다. 한계를 벗어난 빠르기로 인해 몸은 금세 뜨거워졌다. 밤공기도 열기를 식히기 어려웠다.

"몸이 점점 뜨거워지네."

옆에 있던 센트락이 말했다. 대화하던 중에 그가 한마디 말을 하자 모두가 동의했다. 그의 말에 따르듯 입고 있는 셔츠 깃을 잡고 흔드는 이도 있었다.

"나는 이 열을 버틸 수가 없어. 먼저 옷을 벗어야겠어."

센트락이 이어서 말하였다. 그는 갑자기 옷을 벗기 시작했다. 멜빵을 뒤집고 단추를 풀어 해쳤다. 셔츠를 벗어 바닥에 던졌다. 그의 두꺼운 맨몸이 달빛을 받았다. 바지만을 입고 있었다. 멜빵이 바지 아래에서 흔들렸다. 센트락을 시작으로 모두가 옷을 따라 벗기 시작했다. 남성 여성 상관없이 몸에 두른 천을 내려놓았다. 남성은 바지만 입고 있는 이들도 있었고 속옷만 입고 있는 이들도 있었다. 여성 또한 상의에 걸친 옷만 벗은 이도 있었다. 걸친 옷을 모두 벗고 속옷만 입고 있는 이들도 있었다. 위의 속옷마저 벗어 던져 버린 이도 있었다.

"더우면 벗어도 돼. 이곳에는 우리밖에 없으니까."

센트락이 자그마한 목소리로 나에게 말하였다. 이 무리에서 나 혼자만 몸 전체를 가리고 있었다. 무리의 분위기와 그의 꼬드김에 본능을 억제할 수 없었다. 마침 뜨거워진 몸을 식히고자 하는 의미 없는 핑계로 스스로를 만족시켰다. 부끄러운 양심이 한 조각이라도 남아 모든 옷을 벗을 수는 없었다. 셔츠만을 벗어 바닥에 내려놓았다. 서로의 맨살이 눈에 들어왔다. 가림 없이 모두가 공통되게 맨살을 밝히며 무리에 녹아들기 시작했다. 분위기는 더욱 뜨거워졌다. 오늘을 한정으로 모든 부끄러움이 사라졌다. 우리는 자극적인 달빛 아래의 밤을 보냈다.

6장

장마

창문에 물방울이 흘러내렸다.
밝게 켜진 가로등이 빗방울의
그림자를 만들었다.
그림자가 빛과 창문을 통해 나의 몸에
호숫가 혹은 바다를 그려냈다.

Fig Marigold 솔잎국화
태만

7.1

질겁하며 잠에서 깨어났다. 거친 숨을 몰아쉬었다. 일어난 곳은 방 침대 위였다. 땀이 옷을 넘어 시트를 적셨다. 축축하게 젖은 옷이 불편했다. 어제 입은 복장 그대로였다. 옷은 꾸겨져 주름지어 있었고 단추는 제각각으로 잠겨 있었다. 입가에는 끈적한 타액이 묻어 있었다. 정신 차리기 어려웠다. 머리가 어지러웠고 속은 매스꺼웠다. 센트락 무리와 함께 술을 마신 것까지는 기억에 남아 있었지만, 그 이후의 일들은 기억나지 않았다. 어떻게 집까지 돌아왔는지 알 수 없었다. 몸이 뻐근하고 지친 이유는 의문이었다. 정신은 깨어나기 시작했으나 눈이 쉽게 떠지지 않았다. 팔로 눈을 가리고 누워 심호흡을 반복하였다. 기억을 되새기려 해보아도 전혀 떠올라지지 않았다. 놀라며 잠에서 깬 이유를 알게 되었다. 몸에 익혀 둔 체내의 기상 시간이 평소와 달랐기 때문이었다. 출근 시간이 훨씬 지나 있었다. 현재 시각을 알아차리고 빠르게 정신을 가다듬었다. 전소된 몸을 애써 일으켰다. 상체를 들어 일으키니 두통과 어지럼증이 순식간에 몰려왔다. 천천히 통증을 가라앉혔다. 침대에서 겨우 벗어났다. 몸을 씻을 시간이 모자라 더러워진 옷만을 갈아입었다. 농사일을 위한 복장으로 서둘러 갈아입었다. 지금 출발한다고 하여도 도착해야만 하는 시간에는 맞출 수 없었지만, 더욱 늦을 수는 없었다.

저택을 나와 바쁘게 이동하였다. 해는 이미 정수리 바로 위에 떠 있었다. 그림처럼 그려진 구름이 떠 있는 맑은 하늘이 무색했다. 정돈되지 않은 머리가 땀에 엉킨 채였다. 뻐근한 몸을 이끌기 위해 한 발짝 움직일 때마다 전력을 사용해야만 했다. 힘겹게 근무지가 보이기 시작했다. 일을 시작하기 전 막사를 들르지 않고 농장으로 바로 들어갔다. 수염 난 노인에게 자초지종을 설명하고 지각에 대해 사과하기 위함이었다. 그를 찾기 위해 풀숲으로 들어갔다. 길고 얇은 풀들이 맨살을 긁었다. 쓰라린 고통은 있었으나 개의치 않게 사이를 뚫고 전진했다. 노인은 쪼그려 앉아서 열매를 수확하고 있었다.

"안녕하세요."

나는 떨리는 목소리로 작게 말하였다. 수염 난 노인은 살짝 놀라며 뒤를 돌아보았다. 앉은 상태에서 고개만 돌려 나를 바라보았다. 그의 얼굴을 보자 미안한 마음에 죄책감이 들었다.

"이제 왔군. 밤이 참 길었지?"

수염 난 노인은 미소를 보이며 말하였다. 그의 농담 섞인 말에 더욱 미안해졌다. 그러나 책망하지 않고 미소를 보여줌에 안도감이 들었다. 이는 그와의 관계에 있어 친근감으로 다가오기도 하였다.

"늦어서 정말 죄송합니다. 오기 전 지각한 이유에 대해서 어제의 모임을 핑계로 대려고 했는데, 그저 저의 부주의로 제시간을 맞추지 못하였습니다."

나는 고개를 떨구며 말하였다.

"걱정하지 마. 젊었을 때는 그럴 수도 있지. 어제 또래의 친구와 함께 나가는 것을 봤다네. 밤을 알차게 보내는 것도 청춘의 특권이지. 늦게라도 와주어 고마워. 가서 다치지 않게 장비를 착용하고 다시 오게나. 대신, 급여에 대해서는 이해해주길 바라네 젊은 사람답게."

노인은 다시 미소를 보이며 말하였다. 고개를 끄덕였다. 그의 친절한 말에 걱정하였던 순간들이 해소되었다. 서둘러 막사로 뛰어갔다. 장비를 모두 착용하고 일을 시작하였다. 노인을 도와 흙 위에서 하루를 보냈다.

오늘은 일이 일찍 끝난 듯한 기분이 들었다. 실제로 평소보다 짧게 일하였기 때문임을 알고 있었다. 왜인지 퇴근길이 홀가분했다. 오전에 온갖 불안해질 예상을 생각하며 걱정했던 일들이 별일 없이 마무리되었기에 안도했다. 오히려 과한 불안에 웃음이 나왔다. 이 감정을 불특정의 인물에게 들키고 싶지 않아 고개 숙여 소리 없이 웃었다.

"좋은 일이 있나 봐?"

누군가의 목소리가 들렸다. 어디선가 웃고 있는 나를 향해 건넨 누군가의 말에 놀랐다. 웃음기가 사라지고 고개를 올려 쳐다보았다. 센트락이 다리를 꼬고 나무에 기대어 있었다. 그는 입술로 미소 짓고 한 손을 올려 인사했다. 얼떨결에 똑같이 손을 들어 인사를 받았다.

"아뇨…. 좋은 일은 아니고요. 그냥…."

나는 쉽게 대답하지 못하고 얼버무렸다.

"웬 높임말? 어제 우리는 많이 가까워졌다고 생각했는데. 나만 그렇게 느낀 거였나? 실망인데, 친구끼리 딱딱하게."

"아. 아니…. 어제는 정말 즐거웠지만, 기억이 잘 안 나서…."

"그러면 그냥 그 감정에만 솔직해져. 기억에 남아있지 않더라도 추억을 가진 감정은 남아있으니까. 그리고 내가 기억하고 하고 있잖아."

"그러네. 오늘은 어쩐 일로?"

"나도 퇴근하고 돌아가다가 여기 주변을 지나쳐서 들러 봤어."

센트락과 한차례 대화를 나누었다. 대화를 이어 나갈 수 있는 이야깃거리가 멈추었다. 이대로 각자의 길을 가기도 이상하지 않았다. 하지만 작별 인사를 고하고 향하던 길을 가고 싶지 않았다.

"사실은 너를 만나려고 왔어. 오늘은 나를 위해서 이야기를 들어주지 않겠어?"

센트락이 새로운 대화를 제시했다.

"알겠어. 무슨 일인데?"

나는 대답했다.

"여기서 말하기에는 내용이 진지해서 안으로 들어가서 말하고 싶어. 내가 알고 있는 조용한 술집이 있는데 뒤에 약속이 없으면 그곳으로 가지 않을래?"

그가 제안하였다.

"좋아. 가자."

나는 받아들였다. 그와는 좋은 추억을 만들었고 함께 있음에 거부감이 들지 않았다. 그리고 다른 흥미로운 일이 생기기를 기대했다. 이대로 집으로 돌아가 하루를 마무리하고 다시 같은 일을 반복하기는 성에 차지 않았다. 그나마 일을 끝낸 이후 밤에라도 들뜬 마음을 가질 수 있는 경험을 가지고 싶었다.

Snapdragon 금어초
욕망

7.2

우리는 마을 외곽의 한 선술집으로 들어갔다. 어두운 조명의 실내였다. 사람들은 조용히 시간을 보내고 있었다. 혼자 온 손님도 많았다. 여럿이서 온 손님도 작게 대화하고 있었다. 실내의 분위기 자체가 잔잔했다. 천장을 매운 담배 연기가 조명을 가리며 차분한 분위기를 만들었다. 우리는 긴 바의 자리에 옆으로 나란히 앉았다. 센트락이 두 개의 잔을 바텐더에게 부탁했다. 금세 잔이 자리 앞에 놓였다. 둥근 얼음이 유리잔 안에 들어간 술이었다. 한 모금 마셔 목을 적셨다. 센트락도 잔이 놓이자 바로 들이켰다. 그리고 주머니에서 담뱃갑과 라이터를 꺼내고 한 까치를 들어 올렸다. 담배에 불을 붙여 입으로 빨아들였다. 천천히 길게 빨아들이고 연기를 크게 내뿜었다. 내쉬는 연기에는 한숨이 섞여 있었다. 담배를 피우는 그의 모습에서 알 수 없는 동경이 느껴졌다. 하루의 피로를 담배에 숨겨 해소하고 있었다. 남성적인 매력을 느끼게 해주었다. 그의 얼굴 앞을 감싼 연기가 몽환적인 분위기를 자아냈다. 그러나 간접적으로 맡아지는 담배 향은 그다지 매력적이지 못하였다.

"한 대 피울래?"

센트락이 말하였다.

"나는 피워 본 적이 없어서. 그리고 담배 냄새를 선호하지 않아."

나는 대답했다.

"나는 태어나자마자 피워봤겠어? 이럴 때 한 대 피우면서 시작하는 거지. 같이 분위기에 어울려보자고. 냄새야 피우다 보면 익숙해져."

센트락이 말했다.

그는 한 까치를 건네주었다. 담배를 직접 손으로 잡아 본 것은 처음이었다. 입에 물어보는 것은 더더욱 있을 수 없는 일이었다. 센트락의 행동을 따라 손가락으로 담배를 잡고 입에 가져다 대었다. 그는 라이터를 켜고 불을 붙여주었다.

"두려워하지 말고 쭉 들이켜봐."

센트락이 말하였다. 나는 말을 따라 빨대를 물 듯이 쭉 빨아들였다. 환풍기가 연기를 흡수하듯이 입안으로 들어왔다. 예상하지 못하게 많은 양의 연기가 입안을 가득 채우며 목구멍을 강타했다. 놀라며 기침이 나왔다. 그 모습을 보고 센트락이 크게 웃었다. 호탕한 웃음소리가 실내 전체를 울렸다. 주변 사람들이 잠시 쳐다보고는 관심을 주지 않았다. 입 안에 남은 연기가 목구멍을 따갑게 하였다. 역한 냄새가 코와 목에 맴돌았다. 잔여 연기를 내뱉기 위해 작은 기침이 연속으로 나왔다.

"어때? 재밌지? 담배 한 개비도 아까우니까 준 거는 끝까지 다 피워."

센트락이 웃으며 말하였다. 나에게는 너무나도 길게 느껴지는 담배 한 대가 두려웠다. 조끔씩 피워 마셔도 익숙해지지 않았다. 센트락은 이미 한 대를 마무리하고 다른 한 개비를 꺼내 피기 시작했다. 내 것만이 불에 타는 속도가 더뎠다. 그러나 왠지 모르게 멈추어지지 않았다. 그의 말대로 재미가 있었다. 우리는 술과 담배를 들이켰다.

"그래서 하고 싶은 말은 뭐였어?"

나는 먼저 말을 꺼내었다.

"아. 별거는 아니고 그냥 일 때문에. 쉬운 일은 없다지만 그냥 힘들어서. 알잖아?"

센트락이 대답했다.

"자세히 말해봐."

나는 다시 말하였다.

"같이 근무하는 상사가 항상 힘들게 해서. 본인이 맡은 일을 떠넘기거나 편한 일만 도맡으려고 해서 잘 맞지 않아. 그냥 어디에나 있는 그 정도 이야기야."

센트락도 다시 답하였다. 그는 무언가 숨기고 있는 듯이 말하였다. 의도가 정확히 전달되지 않았다. 아까의 분위기와 상반되는 대답이었다. 그러나 답을 끌어내기 위해 추궁하지 않았다.

"너는 어때? 농사일은 할 만해?"

이번엔 센트락이 질문하였다.

"나는 만족하면서 일하고 있어. 물론 노동의 난이도가 쉽다고는 할 수 없지만, 하루의 소중함을 느끼며 열심히 하고 있어. 육체적인 피로는 쌓여도 정신적인 피로는 해소하고 있어. 농장 주인이신 노인분도 친절하고 지식도 쌓을 수 있어서 감사하게 근무할 수 있었어."

나는 대답했다.

"다행이네. 지식이라면 정원 일 때문에? 저택에서 정원을 가꾸고 있지?"

센트락은 다른 질문을 하였다.

"맞아. 우리 집 정원이기도 하고 고용된 정원사의 일을 도와주고 싶어서. 꽃과 정원에 관한 관심이 커졌거든. 그러고 보니 처음 만났을 때 귀신 나오는 정원이라고 했었지? 그건 무슨 의미야?"

나는 역으로 질문하였다.

"나도 처음에는 소문으로 듣고 알았어. 지역에서 모르는 사람을 찾기가 더 어려울걸? 언덕 위 저택 정원에서 해가 뜬 날에도 귀신이 나온다고 들었었어. 하얀색 드레스를 입고 있는 여성이 나타난다고. 그래서 궁금해서 지나가는 길에 들려본 적이 있었지. 풀 담장 너머로 귀신을 목격했었다니까. 너의 발언과 현실적으로 진짜 귀신은 아니겠지만. 하얀색 드레스를 입고 정원 중앙 꽃밭에서 춤추고 있는 여성이 있었어. 물을 뿌리고 난 이후에 꽃 안개 때문인지 그러한 몽환적인 여자는 처음 봤어. 나중에 소개 한번 시켜줘."

센트락이 대답했다.

"알겠어. 기회가 된다면."

나는 말했다.

"그건 그렇고, 전날 밤을 함께 보냈던 그 여자애는 어땠어?"

센트락이 질문했다. 그의 의도를 정확히 파악하기 어려웠다. 솔직히 말하자면 알고 있었다. 하지만 애써 모른 척을 하였다. 어제의 기억은 흐릿했다. 과도하게 들어간 알코올에 의해 어제의 일들은 수면 아래로 잠수 되어 있는 느낌이었다. 우리는 더위에 의해 옷을 벗었고 분위기를 타고 밤을 보냈다. 서로의 살결이 닿기도 했다. 술을 마시기만 했는지 둘이 함께 되는 시간을 보낸 것인지 떠오르지 않았다. 술을 마신 것으로만 끝내고 싶었다. 사랑이 아닌 분위기에 이끌리는 감정을 조절하지 못한 내가 미웠다. 센트락을 제외한 무리의 인물들과 깊게 빠져들고 싶지 않았다.

"잘 기억은 안 나."

나는 대답했다.

"그래? 알겠어. 생각나면 말해. 연락처를 알려줄게."

센트락이 말하였다. 술을 마시고 담배를 피웠다. 우리가 피운 연기가 서로의 얼굴을 가릴 정도로 뿌예지고 실내에 우리만 남을 때까지 술을 마셔 댔다.

White Poppy 흰 양귀비
망각

7.3

　머리뼈가 깨질 듯이 아파져 오는 두통과 함께 아침을 맞이했다. 알람을 맞춰 두어 출근 시간에 늦지 않게 깨어날 수 있었다. 두통을 끌어안고 준비를 시작하였다. 완벽한 몸 상태가 아니었기에 행동들이 부진했다. 가까스로 준비를 마치고 출발하였다. 걸어가는 와중에도 게으름을 피웠다. 잠시 걸음을 멈춰 쉬었다 가기도 하고 담배를 핑계로 멈추기도 하였다. 연이은 지각을 용서받기 위해 그럴듯한 변명을 생각했다. 거짓말을 섞어 무난히 넘어가기를 꾸며냈다.

　그렇게 근무처에 도착할 수 있었다. 출근 시간을 아슬아슬하게 빗겨나 늦은 시간이었다. 이 정도의 시간이면 늦어도 괜찮다는 마음가짐을 스스로 정하였다. 늦지 않은 시간의 빈도가 더 높았기에 오늘 하루 정도는 이해해주리라 생각했다. 혹시나 지각을 들키지 않기 위하여 수염 난 노인에게 인사를 하기 전에 막사로 가 장비 착용을 서둘렀다. 도중에 그의 모습은 보이지 않았다. 안도하며 일을 시작하였다. 오기 전 생각한 변명은 다음 지각을 하면 사용하기로 마음먹었다. 물론 그날과는 무관한 경우더라도 말이었다. 이런 생각을 하면서도 변화된 마음가짐이 느껴졌다. 처음, 의욕으로 가득 찼던 다짐에서 어느샌가 어떻게라도 위기와 함께하려는 마음을 가지게 되었다. 위기를 솔직하게 받아들이지 못하고 회피하려고만 하고 있었다. 알고 있으면서도 쉽게 바뀌지 않았다. 오전 중에 후회하여도 오후가 되면 지는 해와 함께 잊어버리게 되었다. 지금 있는 오전에는 일을 게을리하지 않았다. 가능한 한 최선을 다하기로 하였다.

"오늘은 일찍 왔네?"

수염 난 노인이 장갑을 끼며 다가왔다.

"네. 안녕하세요."

나는 대답했다.

"미안해. 오늘은 내가 늦었네. 아침에 배가 급격히 아파져 와서…. 이런 적이 없었는데."

"지금은 괜찮으세요?"

"살짝 통증이 있기는 한데…. 화장실도 갔다 와보고 약도 먹었으니 곧 괜찮아지겠지."

"계속 아파지면 오늘은 쉬세요. 해야 할 일은 알고 있으니 오늘은 제가 대신 할게요."

"고마워. 하지만 미안하게 모든 일을 맡길 수는 없지. 정 아파지면 그때 다시 생각해볼게."

"네. 알겠습니다."

수염 난 노인과의 대화를 끝내고 우리는 각자의 일을 시작하였다. 짐을 실어 날랐다. 노인이 베어낸 풀을 수레에 담아 끌고 다녔다. 이전에 비해 그의 작업 속도가 더뎌짐을 알아차렸다. 날씨가 더워진 영향도 있겠지만, 노인의 지친 얼굴에서 다른 영향이 있음을 알 수 있었다.

"괜찮으세요?"

나는 질문하였다. 그의 상태를 살피기 위하여 틈이 날 때마다 같은 질문을 반복하였다. 노인이 걱정되었다. 그리고 혼자서 일을 해내어 보고 싶은 마음도 있었다. 수염 난 노인이 없는 상태에서 하루의 일당 치를 마무리하여 능력을 보여주고 싶었다. 그렇게 하여 칭찬받고 싶은 어린 생각이 떠올랐다.

"쌩쌩해."

수염 난 노인은 대답했다. 질문을 반복할 때마다 그는 같은 대답을 하였다. 노인의 진심이 아님을 직감했다. 정말로 몸 상태가 괜찮았더라면, 연속해서 받는 같은 질문에 짜증이 섞일 만도 하였다. 그의 심성이 친절하였지만, 본인도 몸 상태에 문제가 있음을 알고 있기에 같은 대답을 한다고 생각했다.

여전히 일을 지속하였다. 수레를 끌고 가다가 하나의 꽃을 발견하였다. 이번에도 처음 본 꽃이었다. 뜨거운 태양 아래에서 꼿꼿이 서 있었다. 최근에는 비도 내린 적이 없었는데도 불구하고 환하게 피어 있었다. 꽃을 유심히 관찰하고 노인에게도 이 사실을 알리기 위해 다가갔다.

"저기에 또 꽃이 피어 있어요."

나는 말하였다.

"꽃? 또?"

수염 난 노인이 답하였다. 예상하지 못한 반응에 말을 잊지 못하였다. 꽃의 생김새를 설명하고 이름을 알려주길 바랐다. 소식을 반가워하기는커녕 질리는 듯한 말투에 당황했다.

"잘 파내서 다른 곳으로 치워놔. 씨를 뿌린 적도 없는데 이상하게 꽃이 계속 피네."

노인이 이어서 말했다. 그의 지시를 따랐다. 꽃 주변을 손으로 둥글게 파냈다. 줄기와 뿌리를 조심히 손으로 잡고 흙에서 꺼냈다. 막상 어찌할 줄 몰랐다. 이대로 아무 바닥에나 버리기에는 죄책감이 들었다. 그렇다고 쓰레기통에 버리자니 꽃의 아름다움이 너무 처량했다. 기왕이면 풀밭에 놓아두고 싶었다. 생명을 다하더라도 거름이 되어 역할을 이어가기를 바랐다. 주변에 있는 풀밭에 살며시 내려놓아 주었다. 자연에 일부 속에서 앙상하게 썩어갈 꽃 한송이에게 미안했다. 데려다가 옮겨 심은 뒤 키울 생각이 없었다. 꽃을 대상으로 감정을 줄 수는 있었지만, 이전처럼 소중하게 키워낼 의욕을 가지지 못하였다. 직접 꽃을 가꾸는 것에 손을 뗀 시간이 꽤 지났기 때문이었다. 옆으로 누워버린 꽃을 뒤로 하고 근무로 복귀하였다.

Birdfoot 버드풋
다시 만날 날까지

7.8

　그날 일을 마치고 센트락을 만났다. 서로 가벼운 하루 보고를 주고받았다. 우리는 자연스레 술을 마시러 갔다. 걸어가면서도 웃음이 끊이질 않았다. 하루의 일과가 전혀 생각나지 않았다. 잊어버림으로 피로를 해소했다. 또한 표현했던 감정의 쓰임도 잊어버렸다. 오전에 처량하게 쓰러진 꽃에 주었던 감정도 떠오르지 않게 묻혔다. 담배 연기가 길가를 역주행하며 흔적을 만들었다.

　우리는 도시의 선술집에서 밤을 보냈다. 시끄러운 음악이 들려오는 곳이었다. 대화 소리도 잘 들리지 않는 장소에서 긴 시간을 흘려보냈다. 자연스레 술을 마시는 양이 많아졌다.
　"여름에는 해가 오랫동안 뜨거우니 밤을 길게 보내야 해. 이 계절에 주어진 순간을 즐기자고."
　센트락이 말하였다. 오늘 밤은 유독 선선했다. 실내에 있으면서도 야외 날씨의 기온이 벽을 뚫고 슬며시 들어왔다. 알코올로 달궈진 몸이 빠르게 식어갔다. 천장과 창문을 연속해서 두드리는 소리가 들리기 시작했다. 창문에 빗방울이 떨어져 흘러내렸다. 빗방울의 크기가 커지고 속도의 빈도가 점차 높아졌다. 이윽고 창문에 폭포가 내리듯이, 빗소리가 음악 소리의 일부가 되어 내렸다. 여름밤의 장마였다. 비가 거리를 적셨다. 밖을 돌아다니는 사람이 줄어들었다. 만약 사람들이 나체로 지냈다면 장마를 싫어하는 사람이 없었을지도 모르겠다고 생각하였다. 술집에 있던 인파도 일찍이 돌아갔다. 비가 더욱 굵어질 경우와 다음날의 출근을 위해 모두 흥분을 가라앉히고 떠나갔다. 뜨겁게 달궈졌던 실내의 분위기는 점차 수그러들었다. 다수의 인파가 급격히 줄어 공허한 분위기로 바뀌었다. 고막을 강타하던 배경 음악이 차분한 음악으로 깔렸다. 소수의 인원만 남아 각자의 잔을 비워냈다. 횅해진 거리에는 떨어지는 빗방울만이 존재했다. 밝혀진 가로등이 비만을 비춰 주었다. 우렁찬 빗소리만이 시간의 공허함을 달래주었다.

"비가 많이 내리네."

센트락이 말하였다.

"그러게."

나는 답하였다.

"더 이상 즐길 분위기도 아니고 비가 조금 잠잠해지면 우리도 그만 돌아가자."

센트락이 말했다.

"응…."

나는 조용히 대답했다. 차갑게 식어버린 실내 공기에 술기운도 점차 사라졌다. 센트락도 채워져 있는 잔을 비우지 않고 고개를 들어 담배만을 피워댔다.

비는 금세 잠잠해졌다. 술집에 남아있던 소수의 인원도 머리를 기대어 잠들고 있었다. 잔은 비워지지도 채워지지도 않았다.

"이제 슬슬 가자."

센트락이 말하였다. 우리는 자리에서 일어나 가게를 빠져나왔다. 얇은 비가 공기 중에 떠 있듯이 내렸다. 달이 보이지 않게 구름이 가득 껴 있었다. 하늘의 빛이 없어도 두꺼운 구름의 빠른 흐름이 보였다. 비구름의 조짐이 여전히 보였다.

"나는 여기서 바로 돌아갈게. 내일 출근 잘하고 또 보자."

센트락이 손을 흔들며 말하였다.

"그래. 다음에 또 봐."

나는 대답했다. 우리는 바로 헤어졌다. 각자의 방향으로 나뉘어 걸어갔다.

추적하게 적셔진 길가 위를 걸어 집에 도착하였다. 외관의 전경이 어색했다. 정원에 피어 있어야 할 색색의 꽃이 보이지 않았다. 다채로운 색상이 보이지 않고 어두운 바닥만이 보였다. 달빛이 없어 자세히 확인하기 위해 정원으로 다가갔다. 여전히 색이 없었다. 심어진 꽃들 위로 이상한 무언가가 덮여있었다. 가까이 다가가 확인해보았다. 가벼운 천이 정원 위를 덮고 있었다. 위에는 물기가 남아 천으로 스며들지 않고 고여있었다.

"이제 오셨어요."

뒤에서 루실의 목소리가 들렸다. 그녀는 촛불 등으로 발길을 밝히고 있었다. 졸려 보이는 눈을 비비며 다가왔다. 잠결에 나온 듯한 루실의 하얀 잠옷 드레스가 바람을 타고 살랑거렸다.

"안 주무셨어요? 죄송합니다. 혹시 제가 잠을 방해했나요?"

나는 말했다.

"아니에요. 어차피 정원을 살펴봐야 해서 나오려던 참이었어요."

루실이 답하였다.

"이것 때문에요? 이건 뭐죠?"

나는 정원을 덮은 무언가에 대해 질문했다.

"방수포예요. 예상보다 일찍 장맛비가 내려서 깔아놨어요. 아직 배수 작업이 마무리되지 않아서 임시로 방수포를 깔아놓았습니다. 다 자라지 못한 꽃들 위주로 덮어두었어요."

"혼자서 이 무거운 거를 다 하신 거예요?"

"아니요. 다행히 저택의 관리인께서 도와주셨어요. 왓슨이라는 분의…."

"왓슨이 도와주었군요. 마음이 놓이네요."

"그런데 비를 많이 맞으셔서 몸에 무리가 많이 가셨을 거예요. 내일 한번 상태를 확인해 볼 필요가 있어요."

"제가 내일 가볼게요. 고마워요."

"방수포 때문에 나오신 거죠?"

"맞아요. 곧 비가 다시 내릴 조짐이 보여서요. 내리기 전에 점검해 보려고 나왔어요."

"그렇군요. 음…. 그러면 저는 내일 출근을 해야 해서 먼저 들어가 볼게요. 도와드리고 싶은데 시간이 너무 늦어서요. 요새 정원 일을 많이 도와드리지 못해서 죄송해요."

"아니에요. 이게 제 일인데요. 다음에 다시 관심이 생기시면 그때 부탁드릴게요."

"네. 알겠습니다. 그래도 농사일을 도와주면서 많이 배워왔어요. 그러면 정말 들어가 볼게요."

루실과의 대화를 마무리하였다.

정원을 등지고 저택으로 향하였다. 집으로 돌아가는 모습을 숨기기 위해 담장 외곽을 돌아갔다. 따뜻한 바람이 불었다. 코끝에 익숙한 여름 향이 맡아졌다. 그리고 물방울의 낙하를 피부 위에서 느꼈다. 약하게 떨어진 물방울이 굵게 퍼졌다. 피부를 적시기에는 적은 양의 빗방울이었다. 하늘의 구름을 바라봤을 때, 갑작스러운 변화가 찾아왔다. 하늘에서 비가 내리는 빈도와 굵기가 강해졌다. 우렁차게 포효하는 소리와 함께 비가 온몸을 적셨다. 우선 비를 피하려고 집 보다 가까운 차고로 향하였다. 세워진 차 안으로 들어갔다. 자동차 안에서 젖은 머리와 옷을 털었다. 갑작스럽게 내린 비에 놀란 마음을 가다듬었다. 숨을 크게 한번 들이마셨다가 내쉬고 창밖을 바라보았다. 창문에 물방울이 흘러내렸다. 차고 앞 밝게 켜진 가로등이 빗방울의 그림자를 만들었다. 그림자가 빛과 창문을 통해 나의 몸에 호숫가 혹은 바다를 그려냈다. 소음이 가득한 술집에서 비를 맞이함과는 다른 분위기를 맞이했다. 조용하지만 쓸쓸한 새벽 공기가 차 안을 감쌌다. 장맛비가 다시 내리기 시작했을 때, 정원으로 돌아가 루실과 함께 비를 피하지 못함에 후회했다. 둘이 함께 차 안에 앉아 비 내리는 창밖을 바라보는 상상이 위안을, 이뤄질 수 없는 현실이 아쉬움을 만들었다. 분위기를 함께 공유하여 외로움을 달래지 못함에 아쉬웠다. 후회는 이윽고 여운으로 바뀌어 가슴속에 맴돌았다. 오랜만에 내린 비가 반가워서였을까, 여운을 오래 가지고 싶었기 때문일까 한동안 차에서 내릴 수 없었다. 혹은 두 가지가 공존하였을지도 모른다.

잠시 후, 집으로 들어가 몸을 정돈하고 방으로 들어갔다. 창문을 통해 두 화분을 바라보았다. 어느샌가 비는 그치었다. 두 꽃의 향기가 합쳐져 기묘한 향이 났다. 어울리는 향은 아니었지만 맡기 거북하지는 않았다. 화분을 넘어 창밖을 바라보았다. 어두운 밤하늘에 불 하나가 작게 일렁였다. 앞을 확인하기도 어렵게 빛이 없는 곳에서 작은 불씨 하나만이 떠 있었다. 루실이 들고나온 촛불 등이 정원 중앙에 있었다. 비가 내리고 나서도 그녀의 불씨는 꺼지지 않았다.

Flower of Grass 잡초의 꽃
현실적인 사람

7.13

 똑같은 일상의 일을 끝내고 집으로 바로 돌아갔다. 왓슨의 상태를 확인하기 위해 집으로 직행하였다. 그의 이름을 부르며 다가갔다. 왓슨은 반응이 없었기에 그의 방으로 걸어갔다. 방문을 조심히 열고 주변을 살펴보았다. 그의 방에는 어릴 때 이후로 처음이기에 익숙지 않았다. 낯선 방안의 모습이었다. 천천히 안으로 들어갔다. 왓슨은 보이지 않았다. 그를 찾기 위해 둘러보았다. 책상이 있었고 그는 그곳에 앉아 있지 않았다. 침대로 다가갔다. 그곳에 왓슨은 누워 있었다. 거친 숨을 몰아쉬고 있었다. 나는 놀라며 빠르게 다가갔다. 왓슨은 땀을 흘리고 있었다. 흰색 침대 시트가 어두운색으로 바래질 정도로 땀에 젖어 있었다. 요 며칠에 비해 핼쑥해져 있었다. 볼살에서 얼굴 뼈가 그대로 보일 만큼 파여 있었다. 두 눈을 깊게 감고 있었다. 주름이 찡그려지며 떨고 있었다. 입으로는 말을 하는지 숨을 쉬는지 알 수 없을 정도로 중얼거렸다.
 "왓슨…."
 나는 그의 한 손을 두 손으로 잡으며 말하였다. 손이 뜨거웠다. 손가락뼈가 만져지도록 앙상했다. 기억상에 있던 그의 두툼했던 손바닥은 만져지지 않았다. 얇은 손에 두껍게 박인 굳은살만 그대로 느껴졌다. 나의 말에 왓슨은 힘겹게 두 눈을 떴다.
 "오셨어요?"
 왓슨이 쉰 소리로 말하였다.

"이렇게 아픈데 왜 병원에 가지 않았어?"

나는 말했다.

"이 나이대가 되어 보시면 아픔보다 병원에 가는 것이 더 두렵다는 사실을 알게 되실 겁니다. 그저 지나가는 감기일 뿐입니다."

왓슨이 답하였다.

"물이라도 가져올게."

나는 말하였다. 잠시 왓슨의 손을 놓고 방을 빠져나왔다. 왓슨의 고집으로는 절대 병원에 갈 일이 없었다. 고집을 꺾을 자신도 없었다. 그렇기에 정기적으로 오는 의사에게 전보를 보내어 왓슨의 상태를 살피기를 바랐다. 정기검진을 겸해서 상태를 점검한다면 그도 마다할 이유가 없으리라 생각했다. 의사의 거주지는 주변에 있었고 별일이 없더라면 금방 도착할 것이었다. 컵에 물을 담았다. 수건에 물을 적셔 함께 준비했다.

준비하는 동안 보낸 전보에 금방 답장이 도착하였다. 의사가 채비를 마치고 출발하였다는 내용이었다. 해가 더 지기 전에 도착하겠다고 하였다. 준비한 물건을 가지고 왓슨에게 다가갔다. 그는 여전히 거친 쇳소리의 숨을 몰아쉬고 있었다.

"물이라도 마셔봐."

나는 그를 깨우며 말하였다. 왓슨은 힘겹게 힘을 주며 몸을 일으켰다. 손으로 그의 등을 받쳐 도와주었다. 베개로 사이를 지지하였다. 그의 입가에서는 물이 새어 나가고 있었다. 가져온 수건으로 땀을 닦아주었다. 나는 병을 고칠 능력이 없었기에 이제는 의사가 도착하기만을 기다려야 했다.

저택의 벨이 울렸다. 금세 의사가 도착하였다. 빠르게 계단을 올라오는 소리가 들렸다. 신발이 나무 바닥을 두드렸다.

"안녕하세요. 상태는 좀 어떠세요.?"

의사가 문을 열며 들어왔다. 그는 의사의 옷차림새가 아니었다. 평상복을 입고 있었다. 들고 있는 가방만이 본래의 모습이었다. 평소와 다르게 간호사를 대동하지 않았다.

"상태는 생각보다 심각하지 않으니 우선 진정하세요."

왓슨이 말하였다. 의사는 그의 말을 듣고 흐르는 땀을 닦았다. 나는 의자를 내주었다. 왓슨의 진료가 무사히 진행되기 위해 자리를 비켰다. 방으로 돌아가 기다렸다.

얼마 지나지 않아 방문을 두드리는 소리가 들렸다. 의사가 진료를 마치고 돌아왔다.

"왓슨의 상태는 어떤가요?"

나는 질문했다.

"아직 위독한 정도는 아니에요. 감기 증세이긴 하지만 나이가 있으셔서 언제 위독해져도 이상하지 않은 정도입니다. 모닥불 옆에 놓인 땔감과 같은 상태예요. 언제 불똥이 튈지 모르게 위험에 노출되어 있습니다. 그나마 다행히 워낙 튼튼하셨던 분이셔서 위기를 헤쳐 나갈 확률이 높으시기는 합니다. 지금은 정신력으로 버티고 계세요."

의사가 답하였다.

"그렇군요. 제가 그를 위해서 해줘야 할 것들이 있을까요?"

나는 다시 질문했다.

"지금은 그저 정신을 잘 붙잡을 수 있도록만 해주세요. 그가 외롭지 않게 관심을 주심이 중요합니다. 약은 처방해 드렸으니 시간이 우리 편이기를 바랄 뿐입니다."

의사가 답했다.

"온 김에 몸 상태를 봐 드릴게요. 정기검진의 진료를 미리 해드리겠습니다."

의사가 이어서 말하였다. 나는 고개로 답하였다. 의사는 들고 온 가방에서 평소에 보던 도구를 모두 꺼내었다. 언제나처럼 같은 진료를 계속하였다. 그러다 멈칫한 순간이 있었다.

"혹시 담배를 태우고 계신가요?"

의사가 물었다.

"아. 요새 피우기 시작했어요."

"그러면 안 됩니다. 건강한 몸에도 담배는 위험한데 지금 몸 상태에서는 더욱 독해요."

"그냥 심심풀이용으로 적게 피고 있어요. 중독될 정도로 피우고 있지는 않습니다."

"어떤 이유가 됐든 간에 입에 담배를 물면 안 됩니다."

"조금씩 줄여볼게요."

"부탁드리겠습니다. 본인을 위해서라도, 정기적으로 진료하고 있는 저를 위해서라도 끊어주세요."

나는 의사와 대화했다. 그의 마지막 말에는 확실한 대답을 하지 않았다. 웃음으로 지금의 대화를 넘겼다.

"몸 상태는 더 나빠지지는 않았습니다. 지금 당장은 괜찮지만, 담배 때문에라도 급격하게 악화할 가능성이 커요. 오늘은 이것으로 진료를 마무리하겠습니다. 이제는 날이 더워졌으니 컨디션도 잘 관리해주세요."

의사는 오늘을 마무리하며 말하였다. 그를 입구까지 마중했다. 의사의 떠나는 길에 인사했다. 그리고 왓슨을 살펴보기 위해 올라갔다.

왓슨은 침대 위에 앉아 책을 보고 있었다. 내가 들어오는 것을 보고 책을 덮었다. 쓰고 있던 안경을 벗고 책과 함께 책상에 놓았다. 나는 침대 옆 의자에 앉았다.

"진료는 잘 받으셨나요?"

왓슨이 말했다.

"응…. 평소랑 똑같았어."

나는 대답했다.

"일상을 유지함이 나쁘지는 않지만, 본인을 속여 일상에 덮어씌우지 말아주세요. 천천히 집어삼켜 어느샌가 바뀐 일상에서 평소로 돌아오는 것은 힘들 테니까요."

왓슨이 말하였다.

"우리는 모두 씨앗에서부터 시작합니다. 나무와 잡초는 새싹일 때부터 같은 모습이지만, 점차 자랄수록 자신의 본질을 깨닫게 되죠. 어쩔 수 없는 세상의 이치를 맞이하는 순간이 찾아와요. 그러나 나무도 잡초도 모두 꽃이 핍니다. 그 누구도 감히 아름답지 않다고 말할 수 없는 꽃을 피워내죠. 아직 꽃이 피지 않은 잡초일지라도 자연을 구성하는 일부분임은 분명합니다."

왓슨이 이어서 말했다. 나는 가만히 앉아 있었다.

7장

개화

손쉽게 문을 열어본다.
끝은 예측하기 어려울지라도
시작의 방향은 알 수 있다.

Corn 옥수수
재화와 보물

8.4

해가 뜨고 출근 시간이 다가왔다. 저택을 나섰다. 아침 해가 보이지 않는 구름이 낀 흐린 날씨였다. 구역을 나서는 도중에 루실을 만났다. 그녀는 역시나 정원을 관리하고 있었다.

"출근하시나요?"

루실이 질문하였다.

"네. 맞습니다."

나는 대답했다.

"왓슨 씨는 괜찮으신가요? 어제 의사의 방문을 봤어요."

"네. 다행히 심한 상태는 아닌 것 같아요. 단순한 감기라고는 하는데 나이 때문에 방심은 하지 말라고 하더라고요."

"그렇군요. 그러면 제가 가끔 그의 상태를 확인할게요."

"아니에요. 안 그러셔도 돼요. 정원 일만으로도 바쁘실 터인데."

"매일 출근하시면 퇴근하실 때까지 왓슨 씨를 보실 수 없으시잖아요. 저는 매일 이곳에서 정원 일을 신경 써야 하니 시간이 남을 때에 상태를 보기만이라도 할게요."

"그러시다면 감사합니다. 덕분에 안심할 수 있겠어요. 그럼 잘 부탁드리겠습니다."

출근 도중의 대화를 한차례 주고받았다.

인사를 끝으로 다시 출근길에 나섰다.

늦지 않은 시간에 도착하여 일을 시작하였다. 별일 없이 같은 일을 하였다. 오늘은 퇴근 후 센트락을 만나고 싶었다. 그를 만날 수 있는 도심 외곽에 있는 선술집에 도착하였다. 작은 공간의 실내였다. 그러나 센트락의 모습은 보이지 않았다. 잠시 기다렸다. 가만히 앉아 있어도 그는 오지 않았다. 선술집의 주인이 주문하지 않는 나에게 눈치를 주었다. 지나가는 시간에 눈치가 쌓여 더 이상 버티지 못하고 밖으로 나갔다. 밖에서 시끄러운 이상한 소리가 들렸다. 가게 뒤편에서 들려오는 소음이었다. 궁금증으로 소리의 근원지를 찾기 위해 다가갔다. 그곳은 가게 뒤 주차장과 쓰레기를 모아두는 장소였다. 그곳에 센트락이 있었다. 해가 기울어 아직은 어둡지 않은 하늘 아래에서 그는 어느 무리와 함께 있었다. 땅에서 나오는 연기가 시야를 가렸다. 가까이 다가갔다. 센트락은 누군가의 멱살을 잡고 있었다. 그 누군가는 많은 멍 자국이 보였다. 입술이 붓고 볼에는 눈물이 흐르는 자국이 있었다. 땅에 누워진 채 옷이 들려 멱살이 잡혀있었다. 주위에 있는 무리는 그들을 지켜보고만 있었다. 인제 보니 그들은 센트락을 포함하여 같이 술을 마셨던 무리였다. 센트락에게 멱살을 잡혀있는 그도 무리 중 한 명이었다. 무슨 영문인지 알 수 없었다. 홀린 듯 그들 옆으로 걸어갔다.

"왔어?"

나를 알아본 센트락이 말하였다.

"무슨 일이야?"

나는 질문했다.

"별거 아니야. 이 녀석이 기분 나쁜 말을 하길래 혼내 주는 중이었어."

센트락이 대답했다.

"도대체 얼마나 기분 나쁜 말이길래…?"

나는 다시 질문했다.

센트락은 아무런 대답하지 않았다. 잡은 멱살을 더욱더 강하게 할 뿐이었다. 지금의 상황을 알기 위해 무리에게 다가갔다. 가만히 지켜보고만 있는 그들은 말릴 정황이 보이지 않았다. 관심이 없어 보이는 이도 있었다.

"무슨 일이 있었어?"

나는 무리에게 질문했다.

"아. 그냥. 저 녀석이 기분 나쁜 말을 했어."

무리 중 한 명이 센트락과 같은 대답을 하였다.

"상황을 설명해줘."

나는 다른 이에게 부탁했다.

"별거 아니야. 센트락이 본인 이야기하다가 그가 돈이 없는 것을 저 녀석이 기분 나쁘게 말했어. 그리고 아무 말 없이 녀석의 얼굴을 가격한 것뿐이야."

다른 이가 대답하였다. 그들의 답변을 들어도 전체의 상황이 쉽게 이해되지 않았다. 센트락은 잡은 멱살을 놓았다. 옷이 풀어지며 들려 있던 그는 바닥으로 곤두박질쳐졌다. 그는 몸을 굽혀 고개를 숙이고 울기 시작하였다.

"갈까? 오늘은 다 같이 즐겨도 괜찮지?"

센트락이 옷을 털고 나에게 다가와 말하였다.

"으…응. 알겠어."

나는 얼떨결에 대답하였다. 센트락은 내 어깨에 본인의 팔을 올리고 뒤돌게 하여 가게로 향하였다. 그의 몸에 이끌려 걸어갔다. 무리는 뒤따라왔다. 우리는 다 같이 이동하였다. 바닥에 웅크린 채로 새어 나오는 울음소리를 애써 막고 있는 그를 무시하고 가게 앞으로 향하였다.

우리는 실내로 들어갔다. 모두가 함께 앉을 만한 테이블이 없었다. 우리는 나뉘어 앉아야만 하였다.

"우리는 저쪽에 따로 앉을게."

센트락이 말하였다. 그는 여전히 내 어깨에 팔을 올리고 있었다. 나를 이끌어 우리는 2인용 좌석에 따로 앉았다. 무리는 다른 좌석에 서로 나누어 앉았다. 그들과 거리가 있는 곳이었다. 중간에 다른 손님들도 자리를 잡고 있어 분리된 공간에 앉아 있는 기분이 들었다. 센트락이 무리에서 나를 선택해 줌이 기뻤다. 그는 이제껏 나를 향한 욕도 주먹도 없었다.

"정확히 무슨 일이 있었던 거야?"

나는 질문했다.

"아니. 요새 돈이 궁해서 고민을 털어놓고 있었는데 그 녀석이 신경을 거스르는 말을 하길래 잠깐 손봐준 것뿐이야."

"돈이 궁하다니?"

"큰일은 아니야. 뼈 빠지게 일해도 그만큼 수당을 받지 못하고 있으니 생활고가 빠듯하더라고."

"내가 도와줄 일이 없을까?"

"아니야. 걱정해 주는 것만으로도 고마워. 신경 쓰지 않아도 돼. 돈에 관련된 일이라서 부탁하기 미안해."

"돈이라면 빌려줄 수 있어. 나중에 여유가 생겼을 때, 그때 돌려주면 되잖아."

"그래? 그러면 빌릴 수 있을까?"

"당연하지. 어느 정도가 필요한데?"

"생활비에 필요한 부분이라서 정확한 금액을 정하기가 어렵네. 네 여유자금에 무리가 가지 않을 정도로만 빌려주라."

"알겠어. 다음에 만날 때 가져올게."

"고마워."

우리는 대화를 나누었다. 이제 본격적으로 밤을 즐기기 시작했다. 각자 주문한 잔을 들고 하루를 마셨다.

Oleander 협죽도　　　　　　　　　　　　　　　　8.12
위험

　나는 돈을 챙겼다. 농장 일을 도우며 모아둔 돈에서 가져갔다. 평소에 돈을 잘 사용하지 않기 때문에 원금 대부분이 남아 있었다. 스스로 모은 돈에서 꺼내었음에도 저택의 누군가에게 눈치가 보였다. 들켜도 상관없는 이유가 있었으나 왠지 모를 불안감이 있었다. 돈을 봉투에 넣고 꼼꼼히 밀봉하였다. 이 돈이 친구에게 도움이 됨에 자부심이 느껴졌다. 준비를 마치고 센트락을 만나러 가기로 하였다. 방을 빠져나와 저택의 계단을 타고 내려갔다. 그러다 익숙한 장소에서 뜻밖의 인물을 마주하였다. 계단을 내려가는 동시에 루실이 계단을 올라왔다. 우리는 계단 중앙에서 우연히 만났다. 루실을 만난 반가움보다 가슴 속에 품어둔 돈 봉투의 존재에 긴장감이 가득했다.

　"안녕하세요. 외출하시나요?"

　루실이 물었다.

　"네. 안녕하세요. 잠시 친구를 만나러 나가려는 길이었습니다. 그런데 어쩐 일로 이곳에…?"

　나는 되물었다.

　"왓슨 씨의 상태를 보러 가는 중이었어요. 그리고 왓슨 씨의 부탁으로 부재중인 동안 제가 이곳 저택 관리를 부분적으로 맡기 시작했어요. 잘 부탁드리겠습니다."

　루실이 옅은 미소를 띠며 대답하였다.

"아, 그러시는군요. 그러면 잘 부탁드릴게요. 저는 약속 시간 때문에 먼저 가 보겠습니다."

나는 대화를 끝내고 계단을 타고 내려갔다. 루실의 대답을 듣기도 전에 저택을 빠져나왔다. 급하게 내려온 탓인지 심장이 빠르게 두근거렸다. 하필 누군가를 만남에 운의 여부를 의심했다.

어느 한 카페에서 센트락과 만났다. 그는 자리를 잡고 기다리고 있었다. 커피 두 잔이 각 자리 앞에 놓여 있었다. 나는 잡아놓은 자리에 앉았다.

"왔어?"

센트락이 말하였다.

"많이 기다리지는 않았지?"

나는 대답했다.

"방금 왔어. 그리고 약속 시간도 안 지났으니 괜찮아."

센트락이 대답했다. 우리는 평소의 이야기를 하였다. 대화하는 와중에 센트락은 돈에 관한 주제를 꺼내지 않았다. 그렇기에 돈이 필요해지지 않았거나 내가 돈을 빌려주는 사실을 잊어버리지는 않았는지 의심이 들었다. 혹은 돈을 빌려달라고 했던 말이 진심처럼 보이는 농담은 아니었을지 되돌아보기도 하였다. 내가 먼저 말을 꺼내기로 하였다.

"돈을 가져왔어."

나는 말하였다.

"정말?"

센트락이 놀라며 말했다.

"혹시나 빌려주지 못하여도 말을 해준 진심에 고마워하려고 했는데 진짜로 가져와 줘서 고마워."

센트락이 이어서 말하였다.

"많은 금액은 아니지만, 도움이 된다면 좋겠어."
나는 말했다.
"당연히 도움이 되지. 금액의 정도가 아니라 받는 것 자체로 큰 도움이 되니까."
센트락이 대답했다. 돈 봉투를 꺼내어 건네주었다. 그는 미소를 보이며 감사히 받았다. 양손으로 돈 봉투를 꼭 쥐어 잡았다.

빌려준 돈은 잊고 살기로 하였다. 실제로 타격이 갈 만큼의 금액은 아니었기도 하였다. 그래도 빈 곳을 채우기 위해 며칠간 똑같이 일을 계속했다. 그동안 센트락을 만난 적은 없었다. 그에게 쉽게 연락이 닿지 않았고 연락이 되어도 바쁘다는 답변뿐이었다. 센트락은 생활고의 문제로 아직 어려움을 겪고 있기 때문이라고 생각했다. 밤에 쉬지 못할 만큼 힘든 일을 계속하고 있다고 생각했다. 혼자서 밤을 즐기거나 일찍 집에 들어가는 빈도가 늘었다.

"요새는 늦지 않고 잘 오네."
수염 난 노인이 말하였다.
"요새는 퇴근 후 일찍 집에 들어가고 있어서요."
나는 대답했다. 일과 집, 가끔 즐기는 술을 제외하고 같은 일상을 반복했다. 친구와 함께 밤을 즐기고 싶었다. 센트락에게 연락을 보내기를 그만두었다. 그를 귀찮게 하여 악영향을 끼치고 싶지 않았다. 그러다 어느 날, 센트락에게 먼저 연락이 왔다. 주말에 잠시 만나자는 내용이었다. 퇴근 후 밤을 즐기자는 내용이 아니었기에 실망하기도 하였다. 그러나 오랜만에 만날 수 있어 기대에 부풀었다. 우선 얼굴을 보고 약속에 관해 이야기를 나눌 수도 있었다.

주말이 되고 약속 시간과 장소에 맞게 센트락을 만나러 갔다. 장소는 그가 근무하고 있는 공장 주변이었다. 연기가 자욱했다. 안개보다 더 짙은 흰 연기가 하늘에서도 땅에서도 떠올랐다. 공장 가에 있는 주택구역 골목길에서 그를 만났다.

"오. 왔어?"

센트락이 말하였다. 그는 얼룩진 작업복을 입고 있었다. 벽에 기대어 두 손으로 지폐 다발을 집고 있었다. 손가락으로 한 장 한 장 넘겨 가며 개수를 세고 있었다. 주변에는 담배를 태우고 있는 무리가 있었다. 그들은 처음 보는 얼굴들이었다. 인사 없이 두 눈으로 쳐다보고만 있었다. 노려보는 듯한 눈들이 시선을 피하게 했다.

"갑자기 불러내서 미안해."

센트락이 말했다.

"아니야. 무슨 일이야?"

나는 물었다.

"다름이 아니고 가지고 있는 여윳돈에서 다 빌려줄 수 있어? 생활고에 여유가 생기면 이전 돈이랑 합쳐서 갚을게."

센트락이 답하였다.

"이전에 빌려줬던 돈은?"

나는 다시 물었다.

"이미 생활고에 위기가 있는 상태였으니까 메꾸려고 금세 사용할 수밖에 없었어. 이해하지?"

센트락이 답했다.

"그렇구나. 지금 들고 있는 돈은?"

나는 또 다른 질문을 하였다.

"내 뒤에 있는 애네들한테 빌린 거야. 무너질 대로 무너진 생활고를 되살리기 위해서는 너뿐만 아니라 다른 이들한테도 손을 빌릴 수밖에 없었거든."

센트락이 고개를 가까이 대고 조용히 말하였다.

"알겠어. 그러면 아직 여유자금이 남아있으니까 다음에 만날 때 준비해 갈게. 이전처럼 퇴근 후에 볼까? 오랜만에 같이 밤을 즐겨보자."

"그래. 좋아. 이번에도 도와줘서 고마워."

"오늘은? 어때? 시간 괜찮아?"

"아. 오늘? 오늘은 어려워. 뒤에 있는 저 친구들과도 선약이 잡혀 있어서."

"그래? 알겠어. 그러면 다음에 보자 연락 남겨줘."

"알겠어. 다음에 만날 시간과 장소를 남길게."

나는 센트락과의 대화를 마쳤다. 기대에 미치지 못하게 아쉬운 답변을 들은 채로 마무리되었다. 미련이 발걸음을 쉽게 떼지 못하게 하였다.

"그러면 가볼게?"

나는 센트락을 향해 말했다.

"아직 안 갔어? 어서 가. 다음에 보자."

센트락은 답하였다. 그는 말을 끝내고 다시 벽에 기대어 들고 있는 지폐를 세기 시작했다. 혹시나 하는 마음에 다시 질문을 던졌지만, 소득 없이 돌아왔다. 더 큰 아쉬움을 가진 채 그곳을 빠져나왔다. 기다린 시간이 애석하게 잠시 만난 시간의 비율이 맞지 않았다. 다시 답변을 기다려야만 했다.

Goldenrod 골든로드 8.13
경계

날이 얼마 지나지 않아 금세 센트락에게 연락이 왔다. 이번에도 다소 분위기가 정적인 주말 오전의 약속이었다. 장소도 도심에 있는 작은 카페였다. 약속 시간과 장소에 대한 실망감이 있었지만, 기대하지 않을 수 없었다. 그에게 부탁받은 돈을 준비했다. 빌려주고 남은 돈을 전부 꺼내었다. 처음에 빌려줬던 돈의 액수에 두 배를 약간 넘는 정도의 양이었다. 봉투에 돈을 넣어 약속 장소로 출발하였다.

카페의 창문 안으로 센트락이 앉아 있는 모습이 보였다. 문을 열고 들어가 보였던 위치로 향하였다.
"나 왔어."
자리에 앉으며 말하였다.
"왔어?"
센트락이 대답했다. 그의 앞에는 커피 한 잔이 놓여 있었다. 커피는 뜨거운 김을 뿜고 있었다. 내가 앉은 자리 앞에는 아무것도 없었다.
"오래 기다렸어?"
나는 질문했다.
"아니. 방금 왔어. 그보다 돈은?"
센트락이 되물었다. 생각보다 빠른 요구에 당황했다. 일상 이야기를 우선 하고 싶었지만, 먼저 꺼낸 주제로 타이밍을 놓쳤다. 오는 도중에 준비해온 이야기를 아직 할 수는 없었다.

"가져왔어."

나는 대답했다. 가져온 돈 봉투를 꺼내었다. 책상 위에 올려놓고 그를 향해 밀었다. 센트락은 급히 낚아챘다. 다른 말 없이 봉투를 열어 내용물을 확인하였다.

"빌려주는 것은 고마운데 이 정도구나…. 이전에 빌려준 액수랑 별 차이가 나지 않아 보이기는 하는데…. 이제 전부인 거지?"

센트락이 물었다.

"내가 가져올 수 있는 최대의 금액이었어."

나는 대답했다.

"그렇구나. 그렇다면 이 방법은 어때?"

"어떤?"

"지금 일하고 있는 곳, 농장 일 하는 곳에서 가불을 부탁하는 거야."

"가불이라니?"

"말 그대로 미리 봉급을 받는 거야. 그리고 먼저 받은 봉급만큼 일하는 거지. 어차피 일은 계속할 거니까 원래 네 돈을 받는 거나 마찬가지잖아."

"그게 가능할까? 작은 농장에서 둘이 일하는 거라 지금도 하루 일당으로 받고 있는데."

"문제 될 게 뭐가 있어. 네 돈이 될 급여를 미리 받는 거라니까."

"일단 다음날 출근해서 물어볼게. 그런데 아마 안될 확률이 높아."

"제발, 일단 해보지도 않고 안될 확률을 걱정하지 마. 한심해 보이니까."

"알겠어. 그건 그렇고 오늘 시간은 어때?"

"내가 지금 시간이 남아돌아 보여?"

"아니, 그건 아닌데 같이 놀고 싶어서."

"너같이 돈 걱정 없는 애들이나 놀 걱정을 하지 나처럼 돈 없는 놈들은 쉴 여유를 누릴 틈이 없어. 당장에 생활고로 빠듯해서 겨우 시간을 비운 건데 너랑 놀고 있을 경황이 있겠어? 부탁이니까 생각하고 나서 말을 하자. 남의 일상을 본인에게 대입해서 판단하지 말란 말이야."

"알겠어. 미안해. 나는 그냥 이전이 그리워서…."

"아니야. 내가 미안해. 요새 신경 쓸 게 많다 보니까 나도 모르게 감정이 격양되고 말았어. 나를 나쁜 사람으로 만들지 말아줘. 문제를 해결하고 난 뒤에 다시 예전처럼 밤을 즐겨보자. 그러면 맡긴 건은 잘 부탁할게. 그럼 나 먼저 가볼게. 다음에 보자."

"응, 다음에 봐."

우리는 카페에서 대화를 마무리하였다. 센트락이 먼저 자리에서 일어나 떠났다. 그의 앞에 놓여 있던 커피는 여전히 김을 뿜어내고 있었다. 작은 숟가락은 한 번도 들어 올려지지 못한 채 차갑게 놓여 있었다. 홀로 잠시 앉아 있던 후에 자리를 떠났다.

평일의 시작을 알리는 요일에 외출했다. 농장으로 출근하기 위해 집을 떠났다. 길을 걸어가는 와중에 할 말을 생각했다. 센트락과 나눴던 대화를 되새기면서 어떻게 하면 가불을 받을 수 있을지 고민했다. 머릿속을 정리해가며 시뮬레이션을 그려보았다. 성공률이 가장 높은 대화를 만들어 보았다. 센트락의 기대에 부응하기 위해 성공해야만 했다.

농장에 도착하여 일을 시작하기도 전에 수염 난 노인을 찾기 시작했다. 그는 여전히 나보다 먼저 일을 시작하고 있었다. 아침 일찍부터 땀을 흘려가며 풀 속에 있었다. 노인의 모습이 왠지 애잔했다. 그렇기에 준비해온 말을 꺼내기가 미안했다. 더군다나 돈에 대한 부탁 때문인지 쉽게 말을 꺼낼 수가 없었다. 농장의 크기가 이전에 비해 더욱 작게 느껴졌다. 노인의 등이 더욱 굽어 보였다. 보이지 않았던 그의 주름과 작은 손이 눈에 들어오기 시작했다. 어떤 말로 시작해야 할지 떠오르지 않았다. 막상 현실을 직시하니 가지고 있던 용기가 연기처럼 뿌예졌다. 다가가다 되돌아오기를 반복했다. 고민은 시간이 지나가게 할 뿐이었다. 인기척을 눈치챈 수염 난 노인이 나에게 인사를 건넸다.

"왔는가?"

노인이 말했다.

"아, 네. 안녕하세요. 좋은 아침입니다."

나는 대답했다.

"아침 일찍부터 갑작스럽게 죄송합니다만, 드릴 말씀이 있어요."

나는 이어서 말하였다.

"무슨?"

수염 난 노인이 물었다.

"일하고 나서 받는 급여에 관한 것인데요. 몇 달 치만 아니면 몇 일 치를 미리 땡겨서 받을 수 있을까 해서요."

나는 대답했다. 다소 급하게 말을 꺼낸 느낌이 있었다. 그러나 더 고민하다가는 오늘을 놓칠 것만 같았다. 그러면 고민하는 시간이 길어지고 고통만 늘어날 뿐이었다.

"그런 말이었군."

노인은 일어나며 말하였다.

"나도 할 말이 있었네만 잠시 자리를 옮겨서 이야기하지 않겠나."

수염 난 노인이 나의 어깨에 손을 올리며 이어서 말하였다.

노인은 그의 오두막으로 안내해주었다. 우리는 오두막 안으로 들어갔다. 급여에 관한 이야기를 벗어나 좋지 않은 느낌을 받았다. 한창 일하고 있어야 했을 시간대에 일을 중지함은 불길한 예감을 들게 하였다. 수염 난 노인은 자리를 만들었다. 나는 의자에 앉았다. 노인은 반대편 의자에 앉아 서로를 마주 보았다.

"나도 갑작스럽게 이런 말을 꺼내게 되어 미안하네."

수염 난 노인이 말을 시작하였다.

"아닙니다. 무슨 일인가요?"

나는 질문하였다.

"자네도 알고 있다시피 농장이 작고 큰돈을 한꺼번에 벌어서 한 해를 버티는 방식을 취하고 있지는 않네. 그리고 최근 내 몸 상태가 좋지 않다는 것을 느꼈겠지. 그래서 농장 유지를 위해서 이번 주가 지나면 자네에게 더 이상 급여를 줄 형편이 되지 못한다네. 이런 이야기를 급조한 자리에서 말해서 미안하네."

수염 난 노인이 대답했다. 한동안 말을 이을 수 없었다. 예상할 수 없었던 불길한 감정이 파도처럼 들어왔다. 급여의 가불에 대한 거부는 예상할 수 있었지만 일을 그만두게 되어야 한다는 예상은 전혀 하고 있지 않았다. 전혀 예상조차 할 수 없었던 사실에 충격을 받았다. 이는 무언가에 대한 벌 같았다. 하지만 내가 무슨 죄를 지어 벌을 받는지 알 수 없었다. 상황을 직시하기보다 센트락의 기대를 만족시켜줄 수 없는 걱정이 머릿속을 가득 메웠다.

"정말 미안하구먼. 원한다면 오늘도 돌아가서 그만두어도 된다네. 하지만 이번 주까지라도 나와준다면 그에 대한 급여는 전부 챙겨 줄 수는 있어."

대답 없는 나를 위해 노인은 다시 말을 꺼냈다.

"알겠습니다. 그래도 가능하다면 이번 주까지는 나오고 싶어요. 하고 있던 일도 마무리하고 싶고 남은 시간 동안 배울 점이 생길 수도 있으니까요."

나는 말하였다.

다음날, 일을 끝내고 센트락의 공장을 직접 찾아갔다. 기약 없는 일정을 기다리며 그에게 소식을 전해주기보다 한시라도 빨리 알리고 싶었다. 도움을 기다리고 있을 센트락에게 돈을 구해다 줄 수 없다는 사실을 알려야만 했다. 이전에 가본 적 있는 공장 주변에서 그가 일하고 있는 곳을 찾아갔다. 철제 구조물이 무성하게 지어져 있는 공장이었다. 입구라고 하기 어려울 만큼 앞이 뚫려 있었다. 실내 전체가 보일 정도로 천장까지 전부 열려 있었다. 무작정 들어갔다. 손님의 방문이 흔하지 않게 아무도 맞이해주는 사람이 없었다. 그래서 더욱 안으로 들어가야만 했다. 구조물의 골조가 드러나 있었다. 철과 철이 맞부딪히는 소리가 이곳저곳에서 들렸다. 철이 갈리는 소리, 철이 떨어지는 소리 등이 합쳐 들렸다. 외부의 열기와 실내의 기계 열기가 더해져 체감이 심하게 느껴졌다. 가만히 서 있기만 하여도 땀이 흘렀다. 뒷머리를 타고 등으로 땀이 흘렀다. 공장의 여러 구역을 지나 외각의 휴식 공간에서 센트락을 찾을 수 있었다. 반가운 마음으로 그에게 다가갔다. 센트락은 땀에 젖어 있었다. 그는 의자에 앉아 안전모를 옆에 벗어두고 있었다. 머리에 난 땀이 머리카락을 적시며 옷 위로 떨어지고 있었다. 그는 눈 위에 물수건을 올려 두고 다리를 뻗은 채 쉬고 있었다. 허리를 아래로 깊게 내려 반쯤 꺾여있는 상태로 앉아 있었다.

"여기 있었구나. 급하게 할 이야기가 있어서 찾아왔어."

나는 가까이 다가가 말하였다. 나의 목소리를 듣자 센트락은 눈 위에 올려둔 물수건을 손으로 집어 올렸다. 눈이 마주치자 그는 화들짝 놀라며 자리에서 일어났다. 갑작스레 일어난 반동으로 옆에 있던 헬멧이 바닥으로 미끄러졌다. 떨어지며 강한 충격으로 주변에 소리가 울렸다. 주위에서 쉬고 있던 모두가 소리가 난 곳을 바라보았다.

"아니, 왜 여기 있어? 여기서 뭐 하는 거야?"

센트락이 당황하며 말하였다.

"꼭 알려줘야 할 사실이 있어서."

나는 대답했다.

"하…. 그렇다고 여기까지 오면 어떡해? 여기는 내가 일하는 곳인데 주변 사람들 눈치 보이게."

센트락은 큰 한숨을 쉬고는 말했다. 그들은 의아해하는 듯한 표정으로 바라보고 있었다. 그 누구도 이해하고 있지 않은 듯한 분위기였다. 외부인이 들어와 본인의 동료와 이야기하고 있었지만, 전혀 동떨어진 곳에서 바라보는 이들처럼 있었다.

"일단 나가자. 따라와."

센트락이 이어서 말하였다. 그는 입고 있던 조끼를 의자에 벗어두고 자리를 떠났다. 나는 바닥에 떨어져 있는 헬멧을 의자에 올려 두고 따라갔다.

밖으로 나가 공장 뒤편으로 이동하였다. 바람 없는 날씨의 외부 공기가 시원하게 느껴졌다.

"그래서 할 말이 뭔데?"

센트락이 질문했다.

"돈에 관한 이야기인데, 아무래도 일하는 곳에서 가불은 어려울 것 같아. 주인이신 노인분께서도 생활에 난조를 겪고 계시더라고. 그래서 돈을 빌려주기가 힘들어서 기다릴까 봐 빨리 알려주고 싶었어."

나는 대답했다.

"하…."

센트락은 크게 한숨을 쉬었다.

"그러면 돈을 훔쳐 오든가, 구걸이라도 해 오든가 하면 되잖아. 그런 거쯤은 제발 알아서 해결하란 말이야. 네가 빌려준다고 말했으니까 한 말에 책임을 져야지. 일단 다음에 만나기 전까지 어떻게 해서든 준비해와. 나는 가봐야 하니까 생각하고 나서 찾아오라고. 나한테서 정답을 찾으려고 하지 말고."

센트락은 이어서 말하였다. 그는 말을 끝내고 공장으로 돌아갔다. 나는 잠시 서서 말을 잘못 듣지는 않았나 생각했다. 그러나 단어 하나하나 틀림없이 정확했다. 머리가 이해를 따라가지 못할 뿐 모든 내용이 기억날 만큼 뚜렷했다. 그저 센트락의 태도에 당황할 수밖에 없었다. 그가 진심으로 말하였는지 알 수 없었다. 혹은 그 말을 따라야 하는가 혼란이 오기도 하였다. 일을 곧 그만둔다고 말할 수조차 없었다. 우선 더운 열기의 이곳을 빠져나가고 싶었다.

Hypoxis Aurea 하이포시스 오리어
빛을 찾다

8.26

　날이 지나고 아침이 되어 출근을 시작하였다. 근무할 수 있는 날짜가 줄어들고 있었다. 남은 동안 최선을 다했다. 같은 일을 마무리할 때까지 긴장을 놓지 않았다. 우리는 계속해서 일했다.

　시간이 지나, 점심시간이 다가왔다. 수염 난 노인은 나를 집으로 데려가 함께 점심을 먹었다. 식사를 마친 후 우리는 잠시간의 휴식을 했다. 노인은 거실에 놓인 일인용 소파에 앉아 잠을 청하였다. 푹신하고 두꺼운 소파에 묻혀들어가 있었다. 가만히 앉아 고개를 떨구고 잠을 자고 있었다. 졸음이 몰려오긴 하였지만 잠이 쉽게 오지는 않았다. 시간을 보내고자 노인의 집 이곳저곳을 구경하며 돌아다녔다. 흐른 시간의 정수가 담긴 낡은 나무의 벽이 둘러싸고 있었다. 그의 추억과 노고가 담긴 사진들이 곳곳에 보였다. 여러 곳을 둘러보다 어느 한 곳에서 걸음을 이을 수 없었다. 구석 작은 책상을 보고는 그 앞에서 움직일 수 없었다. 책상 위에는 봉투 하나와 장부 수첩이 놓여 있었다. 함께 놓인 두 물건을 보아 놓여 있는 봉투는 돈 봉투임이 틀림없었다. 두께감이 있었다. 이번 달 수확물을 팔아 번 돈이었다. 멈춰서서 온갖 생각이 들기 시작했다. 앞에 놓인 돈을 챙기면 센트락이 부탁했던 금액을 빌려줄 수 있었다. 지금 챙겨도 서로 간의 얻은 신뢰로 의심을 피할 수 있을 것만 같았다. 몇 번이나 손을 뻗었다 당기기를 반복했다. 손가락을 펴며 집기만 하면 닿을 곳에 있었다. 머릿속의 갈등이 충돌을 반복하며 고민했다. 그러다 거실에서 수염 난 노인의 코골이 소리가 들렸다. 나는 놀라 뒤를 돌아보았다. 그는 여전히 고개를 떨구고 잠에 빠져 있었다. 그 모습을 보니 고민하기를 그만두었다. 한 달 동안의 시간과 노력이 담긴 돈 앞에서 훔치려고 고민하는 나의 모습이 한심하고 비참했다. 한 달의 노력에는 나의 도움도 포함되어 있음에도 떳떳하지 못할 행동으로 보답을 챙기려고 하였다. 서둘러 책상 앞을 떠났다. 일의 시간이 되어 혼자 밖으로 나가 일을 지속하였다.

 이후, 센트락과 다시 한번 만나기로 하였다. 이번에는 약속을 잡고 정식적으로 만났다. 이번에도 도심의 카페에서 만났다. 나는 먼저 도착하여 센트락이 오기를 기다렸다. 커피 두 잔을 시켜놓고 식기 전에 도착하기를 원했다. 카페의 문이 열리는 소리가 들렸다. 유리문 위에 달린 벨이 울렸다.
 "그래서 돈은?"
 센트락은 앉기도 전에 의자를 당기며 말하였다. 그는 자리에 앉아 커피 한 모금을 마셨다. 나는 진정성을 말하기로 하였다. 돈을 빌려주어 도움을 주고 싶은 마음은 가득 있지만, 그렇다고 그릇된 행동으로 도움을 줄 수는 없었다,
 "돈은 가져올 수 없었어. 돈을 마련하여 네가 겪고 있는 어려움을 해결해 주고 싶었어. 그렇지만 여분의 돈을 마련할 방법을 찾을 수가 없더라고."
 나는 말했다.
 "고작 그 말을 하려고 나를 부른 거야? 내가 얼마나 바쁜데. 내가 친히 방법도 알려줬잖아. 정 다른 방법이 생각나지 않으면 그냥 하면 되잖아."
 센트락이 말하였다.
 "일하는 곳에서 훔쳐보려고도 했는데 도저히 손을 뻗을 수가 없었어. 미안해. 아무래도 빌려줄 수가 없을 것 같아."
 나는 대답했다. 선을 넘어오려 했다. 애써 둘러대어 넘어오는 선을 미룰 수

는 있었으나 벽을 새워 막을 용기가 부족했다. 그저 진심을 말하고 나니 속이 시원했다. 대답을 바라는 말은 아니었다. 나의 이야기를 듣고 이해해주기를 바랐다. 어쩔 수 없는 현실을 받아들여 주기를 원했다. 그러나 예상은 틀렸다. 말을 끝내고 순간적으로 시야가 보이지 않다가 두 개의 장면만이 눈앞에 나타났다. 나는 의자와 함께 넘어져 바닥을 바라보고 있었다. 회색 대리석 바닥의 벽이 시야를 가렸다. 그리고 다음 장면은, 사람들이 놀라며 쳐다보는 시선을 뚫고 센트락의 등이 보였다. 그는 인파를 등지고 카페 밖으로 나가고 있었다. 얼얼한 뺨의 고통이 사람들의 시선에 가려졌다. 자연스럽게 손이 올라가 뺨을 만지자 뜨거웠다. 익숙지 않게 부어오른 듯한 느낌이 들었다. 점점 뺨에서의 아픔이 전해졌다. 신체적인 고통만큼이나 정신적인 고통도 함께 다가왔다. 한껏 기대고 있던 누군가에게 배신당한 듯한 기분이 들었다. 천천히 일어나 먼지를 털었다. 주변의 시선을 피해 조용히 카페를 빠져나왔다.

    바로 집으로 향하였다. 아무것도 하고 싶지 않았다. 빨리 침대에 몸을 맡겨 침착의 상황에 빠지고 싶었다. 흘러가는 구름을 바라보며 불안전해진 마음이 치유되기를 바랐다. 그러나 말 없는 구름은 그저 흘러갈 뿐이었다. 육체적인 고통보다 정신적인 고통이 고된 하루를 만들어낸다는 사실을 다시 한번 깨닫게 되었다. 길을 걷다 우연히 한 곳을 지나쳤다. 도심에 있는 교회였다. 지나가다 몇 번 본적이 있는 교회였다. 그때는 눈길이 가지 않는 그저 하나의 건축물에 지나지 않았다. 그러나 마음의 공허를 가진 상태에서는 바라보는 눈이 달라졌다. 많은 이들이 본인을 찾으러 가는 곳이라는 것은 알고 있었다. 저곳에 가면 안정을 되찾을 수 있을 것만 같았다. 하지만 지금은 마음만 가질 뿐 발걸음은 여전히 집을 향해 옮겨갔다.

8장

만개

달의 빈 부분이
빛으로 채워지듯
꽃잎이 완벽한 원을 그리기 시작한다.

White China Aster 흰 과꽃
믿는 마음

9.10

이제는 아침이 되어도 할 일이 없었다. 약속대로 한 주간의 근무가 마무리되었다. 그래도 눈은 똑같이 떠졌다. 눈을 뜨고 움직이지 않아도 되는 상태가 다시 찾아왔다. 길지 않은 시간이었다고 해도 익숙해진 상황에서 단숨에 변한 비일상은 언제나 맞이하기 어려웠다. 물이라도 마시고자 침대에서 일어나 아래층으로 내려갔다. 부엌에서 물을 담아 단숨에 마셨다. 차가운 물이 목을 타고 몸속에 퍼지니 속에서 느껴지는 답답함이 어느 정도 해소되었다. 천장을 바라보며 강한 숨을 내쉬었다.

그러는 도중 누군가가 다가와 나에게 말하였다.
"좋은 아침입니다."
루실의 목소리가 들렸다.
"이곳은 어쩐 일이세요?"
갑작스러운 그녀의 등장에 당황했다.
"여유가 있을 때 간병하러 왔어요. 오늘은 출근하지 않으시나요?"
루실이 대답하였다.
"아, 알겠습니다. 일터의 사정으로 저번 주가 마지막 근무였어요."
나는 대답했다.
"그러시군요. 전해 드릴 게 있어서 가져왔습니다. 편지가 도착하였더라고요."

"편지요? 편지를 줄 사람이 없는데. 누구한테 온 거죠?"

"발신자는 적혀 있지 않았어요."

"일단 알겠습니다. 전해주셔서 감사해요."

"네. 저는 이만 왓슨의 간호를 보러 올라가 볼게요."

"네. 감사합니다. 잘 부탁해요."

루실은 나에게 편지 봉투를 건네주고 위층으로 올라갔다. 봉투를 이리저리 둘러보며 살펴보았다. 수신자의 이름은 적혀 있었지만, 누가 보냈는지는 불명했다. 실링 도장도 없었기에 알 수 있는 정보가 없었다. 자세히 알기 위해 봉투를 열었다. 아무런 의심 없이 입구를 찢었다. 안에는 있는 작은 종이를 펼쳤다.

'돈이 준비되는 대로 당장 가져와. 네가 꺼낸 약속을 나는 절대 잊지 않을 테니 책임지고 지켜내. 그렇지 않으면 다음에는 한 대로 끝나지 않을 테니까. 네가 사는 곳을 내가 똑똑히 알고 있다는 사실도 잊지 말고.'

이러한 내용이 적혀 있었다. 잉크가 더럽게 번져 있었다. 공포 분위기가 날 정도로 지저분했다. 약간의 기대를 한 편지의 내용에 후회했다. 내용을 알게 되니 마음이 무거웠다. 답답하게 불편한 감정들이 옥죄었다. 단전에서 꿈틀거리는 불안한 마음이 몸 전체를 움츠리게 했다. 누군가에게 이 내용에 대한 상담을 나눌 수 없었다. 기댈 곳이 없다는 사실과 혼자서 끌어안을 수밖에 없는 현실이 두려웠다. 쉽게 해결될 리 없었다. 최근의 행복한 기운에서 불안을 느꼈던 이유가 이제야 깨달았다. 늦게 찾아온 어둠이 일시적이었던 빛을 감싸 가려냈다. 주변인에게 손해를 끼치고 싶지 않았다. 집에서도 편안함을 느낄 수가 없었다. 내가 떠나야지만 모두에게 끼칠 피해를 막을 수 있었다. 그러나 몸을 기댈 다른 장소가 없었다. 다른 개인 공간도 익숙한 곳도 떠오르지 않았다. 방으로 올라가 침대에 누워 고민을 이었다. 생각의 물살을 견딜 수가 없어 잠에 빠져들었다. 꿈을 꾸었다. 내용은 기억이 나지 않았으나 달콤한 꿈이었다. 떠오르는 기억은 꿈속에서 현실과 혼동하여 원하는 이상을 맛보았다. 그 직후,

달콤함을 더 유지할 새 없이 꿈에서 깨어났다. 꿈속의 내용이 현실의 과거와 헷갈렸다. 그러나 바로 정신을 차려 꿈임을 깨달았다. 달콤한 꿈을 맛본 뒤 맞이한 쓴 현실은 괴로웠다. 한차례 도피한 이후에도 현실은 잊히지 않았다. 이 정도라면 평생을 꼬리표처럼 따라올 것만 같았다. 그러나 다른 도피처는 없었다. 그러는 도중 한 곳이 떠올랐다. 모두에게 열려 있고 기회를 주는 그곳. 도심에서 마주쳤던 지역 교회였다. 그곳으로 가야지만 불편한 감정들을 치유할 수 있을 것만 같았다. 어려움을 맞이할 때 지켜 줄 것 같았다. 교회에 가야만 했다. 단순한 목적의식으로 결단을 내렸다. 당장 떠날 준비를 했다. 그래봤자 옷을 외출복으로 갈아입는 정도였다.

밖으로 나가 차를 꺼내어 시동을 걸었다. 한시라도 빨리 도망치고 싶었다. 저택 구역을 빠져나와 공도에 올라탔다. 외각 구역을 돌고 도심으로 향하였다. 창문 밖 풍경이 사선으로 지나갔다. 차 시트에 앉은 상태에서 해가 눈높이에 들어올 만큼 지고 있었다. 주황색 햇빛이 구름의 색과 하늘의 경계선을 물들였다. 어느새 교회 주변 도심에 들어섰다. 길가에 차를 세워두었다. 시동을 끄고 잠시 앉아 있었다. 높은 하늘의 구름을 바라보며 시간에 몸을 맡겼다. 고민이 들었다. 아무런 지식과 정보도 없는 상태에서 쉽게 교회의 문을 열어도 되는가 하고 생각했다. 잘은 모르지만, 종교의 힘에 대한 파급력은 익히 알고 있었다. 그에 따른 종교의 신성함과 권위에 대해 자연스럽게 뇌리에 박혀 있었다. 익숙지 않은 첫걸음이 발걸음을 얼어 붙였다. 그러나 마음속의 불안을 해소하고픈 바람으로 결심했다. 차 문을 열고 나왔다. 오후의 날씨가 선선했다. 미약한 바람이 피부를 훑었다.

길을 건너 교회 앞으로 걸어갔다. 세월의 풍파를 맞이한 석조 건물이었다. 어두운 붉은색 벽돌로 지어져 있었다. 멀리서 봤을 때보다 큰 규모였다. 육면

체의 토대에 뾰족한 지붕이 있었다. 그 위에는 커다란 십자가가 빛났다. 도심 어디에서 봐도 십자가가 눈에 띌 만큼의 크기였다. 나무로 만들어진 정문은 열려 있었다. 하지만 쉽게 들어가지 못하였다. 교회 벽면을 타고 돌았다. 벽 사이로 여러 소리가 들렸다. 아이들이 뛰어다니며 웃는 소리, 깊은 목소리의 노랫소리, 진지한 목소리가 들렸다. 실내가 궁금했다. 작은 유리창이 짧은 간격을 두고 여러 개가 있었다. 벽면에 있는 유리창을 통해 들여다보았다. 정장을 입은 남자아이들과 흰색의 드레스를 입고 있는 여자아이들이 보였다. 그들은 웃으며 뛰어놀고 있었다. 다른 유리창으로는 남녀 성인들이 노래를 불렀다. 길게 늘여져 몸 전체를 덮은 흰 유니폼을 입고 있었다. 그들 옆에서 여러 금관악기를 들고 있는 악단이 웅장한 음역을 화합했다. 또 다른 창문에서는 깔끔한 차림의 키가 큰 남성이 단상 중앙에 서 있었다. 그는 눈을 감고 입술을 움직였다. 모두 행복해 보였다. 각 유리창은 따뜻한 색의 조명 아래에 있었다.

Clematis 클레마티스
마음의 아름다움

9.12

벽면을 따라가다 뒤편에 다다랐다. 그곳에는 작은 공간이 있었다. 흙바닥에 벤치가 하나 놓인 작은 공터였다. 아이들조차 뛰어놀지 않을 정도로 좁았다. 의미를 알 수 없이 낭비된 곳 같았다. 그런 곳을 혼자 유용하게 차지하고 있는 사람이 있었다. 어둡게 벤치에 앉아 정체를 파악하기 어려웠다. 심지어 형태조차 알아보기 어려워 사물처럼 보이기도 하였다. 그러나 숨을 쉬는 듯한 미동이 있었다. 가까이 다가갔다. 벤치 위의 사람은 얇은 모피의 망토로 전신을 두르고 있었다. 어두운 갈색의 망토에 덮여 있어 눈에 잘 띄지 않았다. 나의 인기척에 벤치의 사람은 고개를 들었다. 망토 윗부분이 들리며 얼굴이 보였다. 밝은 갈색의 수염과 머리카락이 길게 자란 노인 남성이었다. 그는 나를 쳐다보았다. 나도 그의 눈을 쳐다보았다. 노인의 슬픈 눈이 얼어붙게 하였다.

"무슨 일인가?"

노인이 말하였다. 아무런 대답을 하지 못하였다. 마땅히 설명할 변명이 떠오르지 않았다. 잠시 바라볼 뿐이었다. 노인의 머리카락이 지저분하게 자라 있었다. 수염은 입을 덮었다. 그렇기에 표정을 알 수 없었다. 그저 무표정을 일관해 보였다.

"할 말이 있는 것 아니오?"

망토 두른 노인이 다시 말하였다. 그제야 나의 태도를 알아차렸다. 잠시 말 없이 움직이지 않은 모습이 수상하게 보이지는 않았을지 걱정했다.

"아닙니다. 그냥 뭐 하고 계신 건가 해서 다가왔습니다. 실례가 되었다면 죄송합니다."

나는 대답했다.

"나를 모르는 것 보니 교회 사람은 아닌가 보군. 어디서 온 것이오?"

노인이 질문하였다. 나는 사는 곳의 위치를 대답했다.

"아 언덕 위 저택을 말하는 것이군. 그곳에서 귀신이 나온다던데. 혹시 나를 찾아온 귀신이오?"

"아뇨. 저는 귀신이 아닙니다."

"그렇군. 아쉬워. 자네가 귀신이었다면 오늘 하루를 마무리할 수 있었을 텐데…."

"귀신은 도대체 무슨 말인가요?"

"나도 잘 모른다네. 그냥 들려오는 소문을 일 뿐이오. 오히려 자네한테서 소문의 출처를 알 수 있지 않을까 했다만."

"저도 귀신이 왜 나왔는지는 모르겠네요."

"원래 소문이 그렇지. 어떻게 변질하였는지는 모르겠지만, 바람 없는 날에도 꽃들이 춤을 춘다고 들었던 적이 있다네."

노인과 이야기하였다. 한차례 대화를 나누면서 알 수 없는 호감을 느꼈다. 세월이 담긴 굵은 목소리와 두꺼운 눈썹에 새겨진 상처가 친숙했다.

"그런데 왜 이곳에 계신 건가요?"

궁금한 말을 꺼냈다.

"어려운 질문이군. 내 존재 이유와 다름이 없다네. 그 전에 오히려 자네의 이야기를 먼저 듣고 싶어."

망토 두른 노인이 대답하였다.

"제 이야기요? 어떤 이야기를 해야 할지…."

나는 말했다.

"이곳에 온 이유를 알고 싶다네. 처음 이런 종교 건물에 방문하는 거라면 대게 이유가 있기 마련이지. 방황하고 있거나 불안하거나 혹은 둘 다거나. 아니라면 흥미로운 이유를 들려주게."

"아마 말씀하신 두 개의 이유 같네요. 교회 안에 계신 분들이 부러워서 이끌려 왔어요. 어떻게 저 사람들은 여유 있는 표정을 짓는 거죠?"

"그 질문부터 마음속 불안이 느껴지는군. 저들의 여유가 부러운가?"

"부러워요. 질투가 날 정도로. 마음속에 어떠한 어둠도 없어 보여요."

"그 생각부터 잘못되었어. 물론 자연스러운 모습이라네. 저들도 똑같이 불안을 겪고 있고 방황했던 적도 분명히 있었어. 모두가 인간이고 세상을 살아가는 사람이니까. 본인 내면의 근심에 솔직하지. 겪고 있는 상황을 솔직하게 고백하고 이겨내는 방법을 알고 있으므로 여유를 가질 수 있는 거라네. 자네처럼 공포에 잡아먹혀 있는 것과는 정반대이지."

"제 상황을 정확히 알지도 못하시면서 다 알고 있다는 듯이 지레짐작하지 말아 주세요."

"나는 마음속 어둠을 가진 사람을 수도 없이 봐왔다네. 자네의 어둠보다 훨씬 깊은 불안을 가진 자도 봤지. 이제는 목소리만 들어도 어느 정도의 근심인지도 알 수 있다네. 이거는 장담할 수 있어. 자네는 교회 안 저들의 여유를 본받을 겨를은 거들떠보지도 않는구먼. 가지고 있는 마음가짐부터가 잘못됐어."

그와 대화했다. 몇 마디의 말들이 신경 쓰였다.

"그러는 그쪽은 얼마나 잘나셨길래 그런 말씀을 하실 수 있는 거죠?"

얼굴이 찌푸려지며 말하였다.

"나는 전혀 잘나지 않았어. 그저 살아온 세월이 자네를 우습게 여길 만큼의 연륜은 가지고 있지."

노인은 헛웃음을 지으며 말했다.

"그럼 이제 당신의 이야기를 들려주세요? 배움을 가질 수 있도록."

나는 질문했다.

"어이, 이봐. 여기까지 와서 나한테 배움을 얻고 싶나? 저 안에 실제로 잘난 사람이 가르쳐 주고 있는데. 내 이야기를 듣고 싶으면 솔직한 자네의 이야기를 들려주게나."

망토 두른 노인이 대답했다.

Gentiana 용담
슬픈 그대가 좋아

9.16

"솔직한 이야기라뇨? 말해 드렸잖아요."

나는 말하였다.

"그럴 리가, 자네의 감정만 들은 것 같네만. 이야기는 없었어."

"말씀하신 것처럼 대단한 일은 아니에요. 들으셔도 비웃으실지도 몰라요."

"이보게 마음속 어둠의 정도를 남에게 맡기지 말아. 어둠의 무거움은 본인의 인생에서 찾아야지."

"그렇게 말씀해주신다면 알겠습니다. 인생을 살아오면서 쌓아진 불안이 전부 해소되지 못하여 여기까지 도달하였는지도 모르겠네요. 당장에 겪은 일이라면, 친구에게 돈과 관련한 지킬 수 없는 약속을 했다가 어기게 되었어요. 결국 관계가 멀어지고 심지어 친구는 분노를 끌어내기도 했어요."

"인간관계에 대한 어려움을 겪었군. 특히나 돈 문제는 민감하게 다가오기도 하지. 분노라면 어떻게 표현하는가?"

"얼굴을 맞았어요. 주먹으로…."

"폭력…. 분노 표출에 가장 쉬운 방법이지만, 그만큼 여파도 크지. 이번에는 그 전 인생 이야기를 들려주게."

"잠시만요. 방금 문제에 대한 해결책을 주셔야죠. 그러기 위해 용기 내서 말해드린 건데."

"이 보게나. 나는 해결을 해주는 사람이 아니야. 그냥 이야기를 들어주는 사람이지. 어른으로서 간단한 조언은 줄 수 있어도 결국 본인 나름이라네."

"그러면 이야기할 명분이 없잖아요. 굳이 잘 알지도 못하는 사람한테 인생을 밝힐 필요가 없죠."

"맞아. 온전히 자네 마음이야. 굳이 말해줄 필요는 없어. 그렇지만 들어주는 사람이 있다는 것만으로도 큰 힘을 받을 수 있다네. 실제로 방금 용기를 얻어 상황을 고백했잖나."

망토 두른 노인과 대화를 나누었다. 그의 마지막 말에 반론할 답변이 떠오르지 않았다. 실은 처음부터 과거를 밝혀 이야기를 나누고 싶었다. 노인의 말에 따라 들어주는 사람이 있음은 귀중한 시간이기 때문이었다. 이를 잘 알고 있으면서도 익숙하지 않았다. 루실에게 이야기해주었던 것처럼 망토 두른 노인에게도 같은 과거를 들려주었다.

"잠시만 멈춰봐."

망토 두른 노인이 중간에 말을 끊었다.

"무슨 일이시죠?"

의문이 들었다. 초등학교 시절의 이야기를 하던 도중에 멈춰 새웠다.

"설마 고작 초등학교 때의 졸업에 자부심이 있는 거야? 차석이든 수석이든 지식의 편차가 심한 미성숙한 시절에 그런 자부심을 품다니 웃겨서 끝까지 듣기 힘들었어. 미안하네. 계속해주게. 아, 물론 그 부분은 그만하고 넘겨주게나."

노인이 대답했다. 나는 아무 말도 반론하지 않았다. 다소 기분이 좋은 말은 아니었지만, 되돌아보니 사실이었기 때문이었다. 다음 주제로 넘어갔다.

"자네는 노력이 부족했구먼. 애초에 진로를 세우는 시기부터가 늦었어. 본인에게 확신이 없으니 우왕좌왕하다가 타이밍을 놓쳤겠지. 뭐 그때의 선택이 어떤 결과를 초래할지까지는 생각할 여유가 없었겠지. 어리석었어."

망토 두른 노인이 말하였다.

"분명 듣기만 하신다고 하시지 않으셨나요?"

나는 질문했다. 대학교 진학을 고민하던 시기를 말하는 와중에 끼어들었다. 여전히 상처입히는 말이었다. 그러나 이마저도 사실이었기에 강하게 반론하지 않았다.

"듣고만 있는 거야. 그냥 일종의 감탄사로 생각해. 신경 쓰지 말고 계속하게나."

노인이 대답하였다. 약간은 언짢은 상태로 이어 나갔다.

"그러한 일에는 확실한 정답이 있지."

망토 두른 노인이 한 번 더 멈춰 세웠다. 그가 끼어들어 온 것에 자동으로 표정이 구겨졌다. 이번에는 대학교에 입학한 뒤, 향수병과 더불어 정신적인 스트레스를 온몸으로 느끼고 있었을 때였다.

"정답이 뭔데요?"

눈살을 찌푸리며 말하였다.

"향수병 때문에 사랑할 여유가 없다고 했는데 그런 마음가짐은 잘못됐어. 그럴 때일수록 사랑을 해야만 해. 정신적인 고통을 어떻게 해결하겠나. 약을 먹을 텐가? 고작 그 정도로? 정신 중에서 가장 고결하고 순전한 사랑으로 채워야만 이겨낼 수 있었을 텐데. 사랑에 빠져 다른 생각을 할 여유를 없앴어야만 했어. 가만 듣고 보니 모두 정신적인 문제였군. 어리석고 나약해 빠진 녀석이 고작 세상 앞에서 좌절하는 모습에 웃음을 멈출 수가 없겠어. 오래간만에 이런 재미있는 이야기를 들려주어 고맙군."

노인이 고개를 저으며 말했다. 나는 한계를 넘어버렸다. 참았던 울분이 터져 나왔다. 붙잡고 있던 분노의 끈이 풀렸다. 망토 두른 노인의 멱살을 잡고 들어 올렸다. 노인은 생각보다 가볍게 들어 올려졌다. 벤치에 앉아 있던 그는 일으켜졌다. 멱살을 잡은 떨리는 두 손이 눈앞에 보였다.

"감정표출이 나쁜 것만은 아니네. 그러나 대상이 나라니 쉽지는 않구먼. 이 늙은이를 아프게 할 셈인가? 위로 받고 싶어 했던 현실을 직시하니 발끈했나? 말했듯이 나는 해결책을 주는 인물이 아니야. 이미 지나가 버린 과거에는 더더욱 줄 수 없지. 이렇게 하여 자네의 기분이 조금이라도 풀린다면 말리지는 않겠나만, 잠시 발은 치워주지 않겠나?"

망토 두른 노인이 밑을 바라보며 말을 끝냈다. 무슨 영문인지 알 수 없었다. 그의 눈을 따라 바닥을 바라보았다. 나는 한송이의 꽃을 발로 밟고 있었다.

"내가 소중히 바라보고 있던 꽃이라네. 녀석의 수명을 빼앗지 말게나."

노인이 이어서 말하였다. 발에 밟혀 꺾여있는 꽃을 보고 서둘러 뒤로 물러났다. 그의 멱살을 잡고 있던 손을 놓았다. 망토 두른 노인은 바닥을 향해 몸을 숙였다. 몸을 움키고 두 손으로 꺾여진 꽃을 어루만졌다. 푸른 잎이 아래에서 위로 쭉 퍼지며 영롱한 색으로 빛나고 있는 꽃이었다. 그의 손이 줄기를 만져보아도 좀처럼 세워지지 않았다. 결국 노인은 흙을 파내 뿌리째 꽃을 뽑아냈다. 수염처럼 자란 굵은 뿌리가 흙이 묻은 채로 들어 올려졌다. 몸을 웅크려 꽃을 보고 있는 노인의 모습이 처량하면서도 씁쓸했다. 감정을 참지 못하고 표출하여 미안했다. 참을 수 없었던 분노는 사그라들어 연민의 감정으로 되돌아왔다. 그의 말대로 폭력으로 사용한 감정은 여파가 강력했다. 꺾인 꽃이 망토 두른 노인의 모습과 비슷했다.

"슬픔을 겪어본 사람이 황량한 세상을 알아차릴 수 있는 법이지. 나도 자네처럼 슬퍼 봤기에 그 고통을 이해할 수 있다네."

노인이 말하였다.

Heath 에리카
고독

9.17

　"자네가 가진 역사가 꽃들도 가지고 있음을 알아야만 한다네. 가는 줄기가 꺾여 삶을 마감해버린 하찮은 이 꽃도 자네만큼이나 이야기를 가지고 살아가고 있었다네. 고작 작은 공터에 피어났을지라도 고유의 아름다움이 주변을 밝혀 주었지. 꽃을 주변에 두면 척박한 환경도 풍족하게 바꾸어 줄 수 있다네. 심지어 한송이일 뿐일지라도."

　망토 두른 노인이 이어서 말하였다. 아무 말도 대꾸할 수 없었다. 꽃 한송이가 만들어낸 환경에 의지하고 있던 삶을 꺾어버린 것만 같아 죄의식이 느껴졌다. 어두워진 하늘이 분위기를 가라앉혔다. 노인은 공터 구석에 꽃을 묻어주었다.

　"흙이 되어 새로운 꽃으로 자라거라."

　노인은 혼잣말로 중얼거렸다. 쉽게 말을 걸 수 없었다. 어떠한 변명도 죄책감을 덜 수 있는 말도 할 수 없었다. 지어내는 거짓으로는 심정을 공유할 수 없었다.

　"제가…."

　어렵게 입술을 뗐다.

　"걱정하지 말게나 젊은이여."

　그는 말을 끊었다. 이번에도 도중에 멈추었지만, 기분이 나쁘지 않았다. 말을 도저히 이어 나갈 수 없었기에 끼어들어 와줌에 감사했다. 그는 가까이 다가와 내 어깨에 손을 올렸다. 그리고 가볍게 두드렸다. 노인의 얇고 주름진 손이 보였다. 그의 손길에 눈물이 고였다. 눈가의 눈물이 뜨거웠다. 고여 넘칠 뻔하였으나 애써 참았다.

"아무래도 이제는 내 이야기를 할 차례인가 보군."

망토 두른 노인이 말하였다. 그의 이야기가 궁금했다. 고개를 끄덕여 듣기를 원했다. 대답하면 힘들게 참고 있는 눈물이 쏟아질 것 같았다. 목구멍에서 끌어 나올 눈물을 힘겹게 막았다.

"내가 이곳에 있는 이유가 궁금한가?"

노인이 질문하였다. 고개를 끄덕여 대답하였다.

"나도 이전에는 저곳에 속하였다네."

그는 교회를 가리키며 말하였다.

"그러나 이제는 더 이상 들어갈 수가 없지. 두렵기 때문이라네. 시간을 들여 너무 많은 죄를 지었어. 우리는 본래부터 모두가 죄인이지만, 스스로 죄책감을 지울 수가 없는 죄를 짓고 말았다네. 죄책감도 느끼고 있고, 있던 일을 기억도 하고 있지만, 속으로 부정을 멈추지 못하고 있다네. 내가 한 일은 어쩔 수 없었고, 세상에 속아 탓할 대상을 다른 곳으로 돌리고 있지. 말에 모순이 느껴진다고 하더라도 이해하네. 정리되지 않는 정신상태로 복잡한 머릿속을 헤매고 있으니."

망토 두른 노인이 이어서 말하였다.

"그런 일을 겪으셨군요. 무슨 죄를 지으셨는지 여쭤봐도 될까요?"

질문하였다.

"묻지 말게나. 죄를 밝히면 나를 무겁게 만든다네. 미안하네만, 자네의 궁금증을 위하여 두려움을 끄집어내려 하지 말아 주게. 교회 속 하늘에 있는 아버지에게도 밝히지 못하고 있는데 자네에게 어떻게 말할 수 있겠는가. 내가 다시 교회의 문을 열고 들어가지 못하는 이유라네. 저곳에 들어가는 순간 저지른 죄를 인정해야 하므로 쉽게 들어가지 못하고 있다네. 아직 죄를 인정할 용기가 없어. 자네는 내면의 불안을 감추려 하지 말게나. 모두 밝히고 짐을 내려놓게. 평온한 정신이 육체도 안정시켜 줄 터이니. 이런 쪼잔한 나에게도 자네의 어두운 면을 밝혔으니까 교회에 있는 관대한 자에게는 더욱 쉽게 고백할 수 있을 걸세."

노인은 대답하였다.

"그렇다면 지금 저에게 말해주었듯이 고백하면 안 될까요?"

나는 다시 질문하였다.

"아쉽지만 나의 다짐을 그렇게 쉽게 판단하지 말게나. 아직 풀지 못한 난제를 쉽게 여기지 말아 주게."

그는 다시 대답했다. 나는 연민의 감정까지 느끼게 되었다. 감히 불쌍하다는 마음이 예의 없을 수도 있었다. 그가 내민 감정에 솔직한 마음으로는 불쌍했다. 내면의 어둠 때문에 방황하여 작은 공터에 속박된 모습에 현실이 두려웠다. 바로 옆에 교회라는 안식처가 있음에도 황무지에 본인을 몰아붙인 상황이 나에게도 일어날 수 있기에 가볍지 않았다. 노인은 벤치에 앉아 몸을 웅크렸다. 처음에 만났을 때의 모습으로 돌아갔다. 이전과 다른 점은 그의 발밑에 있던 곳에는 파인 흙 웅덩이가 있었다. 노인과의 만남을 통해 마음이 조금은 가벼워졌다. 내면의 이야기를 타인에게 밝혀 위로 받은 느낌이었다. 들고 있던 마음의 짐을 잠시 내려놓을 수 있었다. 그를 뒤로하고 빠져나왔다. 공터를 나온 순간 교회의 정문이 보였다. 그 앞까지 다가갔다. 손을 뻗어 손잡이를 잡아당기면 안으로 들어갈 수 있었다. 그러나 손잡이를 보니 공터에 있는 노인의 모습이 아른거렸다. 아직 용기가 부족했다. 문을 열지 못하고 차를 주차한 곳으로 돌아갔다. 시동을 걸어 오늘 마지막 목적지인 집을 향하였다.

9장

낙엽

모든 잘못을 떠안을 부담은 필요 없어요.
함께 잘못을 인정하고 나누어 짐을 지면
부담이 덜어지고 어느샌가
극복해 내어져 있을 테니까요.
그러니 옆의 누군가가
잘못을 저지른다면 책망하지 말고
함께 극복해낼 궁리에
시간을 사용하여 주세요.

Maple 단풍나무
자제

10.3

잠에서 깨어났다. 아침을 맞이하는 순간 어제가 기억났다. 망토 두른 노인과의 만남에서 내려놓았던 짐이 완전히 사라지지 않았음을 깨달았다. 잠시 바닥에 내려놓은 것이지, 여전히 나를 따라오고 있었다. 받은 위로는 순간의 감정을 타파할 뿐, 상황을 온전히 해결하지는 않았다. 속이 울렁거려 불편했다. 정신이 육체의 선을 넘어 괴롭혔다. 불행 중 다행인 점은 일시적으로라도 기댈 수 있는 안식처를 찾았다는 것이다. 망토 두른 노인의 처지에서는 어떻게 받아들일지 모르겠지만, 현재로서는 그에게 의지하고 하고 싶었다. 일찍부터 망토 두른 노인을 만나고 싶었다. 교회 뒤 공터로 가야만 했다. 해가 뜬 시간대에서부터 그는 무슨 행동을 하는지 궁금했다. 어떠한 일상을 보내는지 알고 싶었다. 아직 물어보지도 못한 이름도 알기를 원했다. 침대에서는 머리가 굳어지기만 하기에 서둘러 일어났다.

방문을 열고 나왔다. 그 순간 앞에는 루실이 있었다. 그녀는 문을 노크하려는 듯한 자세를 취하고 있었다. 우리는 서로 놀라 멈춰 섰다. 눈을 마주친 채로 몇 초간의 정적이 흐른 뒤에 현실을 직시했다.

"오우, 놀랬네요. 좋은 아침입니다."

루실이 먼저 말을 떼었다.

"오, 네…. 네. 좋은 아침이네요. 어떤 일이세요?"

대답 후 질문했다.

"다름이 아니고 물이라도 전해 드리려던 참이었어요."

루실이 말하였다. 그녀는 두 손으로 쟁반을 들고 있었다. 그 위에는 유리컵에 채워진 물이 놓여 있었다.

"아…. 네, 감사해요."

나는 대답했다. 유리컵을 집었다. 루실은 들고 있던 쟁반을 한 손으로 들고 팔에 끼었다. 그 자리에서 물을 마셨다.

"물 감사해요. 다 마시고 제가 다시 갖다 놓을게요."

나는 말했다.

"네. 알겠습니다."

루실이 대답했다. 그녀는 여전히 가만히 서 있었다. 한 모금 다시 마셨다. 그래도 그녀는 그곳에 있었다.

"혹시 하실 말씀이라도 있으신 건가요?"

이상한 그녀의 모습에 질문했다.

"아. 아니에요. 그냥…."

루실이 답하였다.

"말해주세요. 당장이라도 말할 거리가 있듯이 입술이 움직이고 계시는데."

나는 반문했다.

"알겠습니다. 그러면 말씀드릴게요. 혹시 최근에 무슨 일이 있으셨나요?"

루실이 물었다. 덜컹 가라앉았다. 온몸에 있는 장기가 깊은 심연의 구멍에 빠지는 듯한 느낌이었다. 찔릴 만한 일은 없었지만, 떳떳하지 못할 만하였기에 이에 대한 방증이 아닐까 생각이 들었다.

"무슨 일이라면 어떤 일을 여쭤보시는 거죠?"

나는 되물었다.

"저도 잘 알지 못하여서 여쭤보았습니다. 요새 보이는 표정에서 근심이 가득해 보여서요. 별일이 없다면 죄송해요.”

루실은 대답했다.

“아. 그렇군요. 걱정하지 않으셔도 됩니다. 별일 없었어요. 요새 잠을 늦게 자서 그래 보였나 봐요.”

거짓을 포함하여 답하였다. 가볍게 인사를 건넨 뒤 자리를 빠져나왔다. 떳떳하지 못한 불편함과 거짓말을 감정 없이 내뱉은 죄책감이 겹쳤다. 주변 공기가 복부를 압박하며 구토가 나올 것 같은 역겨움이 느껴졌다. 그렇기에 자리를 피해야만 했다.

차를 타고 이동하여 교회 건너편 길가에 주차했다. 해가 떳떳이 떠 있는 밝은 하늘이었다. 교회의 벽면을 따라 공터로 향하였다. 장소에 진입하자마자 보이는 위치에 노인이 앉아 있었다. 그는 이전과 똑같이 망토를 두른 채로 웅크리고 있었다. 그의 발밑에는 단풍나무 잎 몇 장이 떨어져 있었다.

Common Hop 호프   10.4
순진무구

지면 모든 곳에서 햇빛이 보일 정도로 밝았지만, 뜨겁지는 않았다. 바람이 약하게 결을 따라 불고 있었기에 더위를 식혀주었다. 그러나 망토를 덮어 쓴 노인은 더워 보였다. 그에게 천천히 다가갔다.

"또 누군가가 온 것을 보아하니 어제 자네인가 보구먼."

망토 안에서 목소리가 들렸다. 거리를 약 다섯 발자국 정도 남겼을 즈음에 나의 존재를 알아차린 말을 들었다. 노인은 망토 안에서 얼굴이 보이지 않은 채로 묻혀있었다. 어떠한 방법인지는 알 수 없었지만, 기세만으로 주변을 파악하고 있었다.

"네. 맞아요. 안녕하세요."

인사를 건넸다.

"오늘은 어쩐 일인가?"

노인이 질문하였다.

"별다른 목적을 가지고 찾아온 것은 아닙니다. 오히려 어떤 일이 없어서 찾아와 봤습니다."

나는 대답했다.

"그렇다면 나를 방해하지 말게나. 중요한 명상을 하는 중이니."

그가 말하였다.

"방해할 생각은 없습니다. 저는 그저 이곳에 있을 뿐입니다."

나는 대꾸하였다. 우리는 한차례 대화를 마쳤다. 고개 부분이 살짝 들려 있던 망토가 다시 주저앉았다. 노인은 침묵으로 들어갔다. 나는 주변을 배회했다. 공터 가장자리를 맴돌았다. 가장자리에서 거리를 둥글게 좁히기도 하였다. 가만히 서 있어도 보았다.

"이 보게나. 왜 자꾸 방해하는가?"

노인이 망토를 들치고 일어나 말하였다. 나는 놀라 뒤로 물러섰다. 그는 화난 듯한 표정을 짓고 있었다. 아무런 대답을 하지 못하였다. 시선을 회피하며 허공 이곳저곳을 쳐다보았다.

"나한테 할 말이 있어서 그러나?"

노인이 이어서 질문하였다.

"할 말이 있지는 않습니다. 방해할 생각은 더더욱 아니에요. 그냥 주변을 둘러보기만 하였어요."

나는 대답했다.

"자네가 내 주변에 있는 자체가 방해를 주는 사실을 왜 알지 못하나? 집중해야 하는 정신을 산만하게 만들고 있지 않은가?"

망토 두른 노인은 미간을 찌푸리며 말하였다.

"방해가 되었다면 죄송합니다. 사실은 다시 어려움을 겪고 있어서 찾아왔습니다. 어제 함께 대화를 나누었을 때는 마음이 안정되고 평화로워졌는데, 아침에 일어나고 보니 마음속이 혼란스러워지고 어지러워졌어요. 그래서 대화를 나누다 보면 안정을 되찾을 수 있지 않을까 해서 왔습니다. 일찍부터 시간을 함께 보내며 어떠한 일상을 보내시는지 궁금했어요."

나는 대답했다.

"후."

노인은 크게 한숨을 쉬었다.

"내 일상을 궁금해하여도 얻어갈 만한 것은 없을 걸세. 재미를 찾을 만한 요소는 더욱더 없고. 그래도 나와의 대화가 도움을 준다면 이곳에 있게나. 반평생을 명상에 쏟아 왔으니 이런 날에 하루 정도 쉬라는 것이겠지."

그는 이어서 말하였다. 노인은 두르고 있던 망토를 벗었다. 작게 개어 벤치 위에 살포시 올려 두었다. 안 속의 옷차림이 보였다. 얇은 망토 하나를 더 두르고 있었다. 그 아래에는 천으로 만든 긴팔 옷과 품이 큰 바지를 입고 있었다. 신발은 더럽게 해져있었다. 밑창이 보일 정도로 낡았다.

"우선 밥이라도 먹으러 가세."

망토 두른 노인이 제안하였다. 나는 노인을 따라갔다.

우리는 공터를 빠져나왔다. 교회는 도심 사이에 있었기에 주변에 음식점과 카페가 널렸다. 도보 한 걸음만 걸어가도 각양각색의 요리를 맛볼 수 있었다. 천천히 도심을 걸어 다녔다.

"평소에는 어떤 음식을 드세요?"

나는 질문했다.

"자네가 먹는 음식과 똑같은 요리를 먹는다네. 나라고 다를 바가 있나. 배고프면 먹고 배부르면 먹지 않는 입과 배라네."

망토 두른 노인이 대답했다.

"그러면 드시고 싶으신 거라도 있으세요?"

다시 질문하였다.

"오늘 하루의 첫 끼이니 가벼운 식사로 하세. 빵과 함께 커피로 허기를 채우고 싶군."

노인은 다시 대답하였다.

"그러면 가까운 브런치 식당에라도 가요."

나는 말했다. 그는 내 말에 반응했다. 한 손을 펴고 손바닥으로 안내를 부탁하였다. 도심을 자세히 알지 못하였기에 자신 없는 안내를 시작하였다. 앞을 향해 걷다가 먼저 보이는 브런치가 있을 법한 요리점을 가기로 하였다.

다행히도 몇 블록을 지나자 금세 음식점을 찾을 수 있었다. 가게 앞에 내놓은 메뉴판에도 브런치 식사가 적혀 있었다. 노인에게 메뉴를 가리켰다.
"이런 것 말고, 햄버거를 먹으러 가세."
망토 두른 노인이 말하였다.
"아 그쪽 빵이었군요."
나는 대답했다. 예쁘게 꾸며진 가게를 뒤로하고 길 건너편의 프랜차이즈 가게로 향하였다. 어느 지역을 가도 있는 같은 모양의 마스코트 간판이 보였다. 종소리가 울리는 문을 열고 실내로 들어갔다. 천장에는 여러 대의 선풍기가 돌아갔다. 사람들의 소음을 뚫고 매대로 가서 각자의 주문을 신청하였다. 주문을 마치고 빨간색의 의자와 책상이 세트로 있는 자리에 앉았다.
"햄버거를 좋아하시나 봐요?"
나는 질문하였다.
"당연한 소리를 하는군. 햄버거를 싫어하는 사람도 있는가?"
노인이 대답했다.

곧이어 주문한 음식을 받아 자리로 돌아왔다. 식사를 시작하였다. 포장지를 조심히 벗겨 손에 묻지 않게 감싸 쥐었다. 내용물이 흐르지 않도록 고정하였다. 반대편의 노인은 포장지를 전부 벗기고 구겨 식탁 위에 버려두었다. 내용물을 입안으로 직행하였다. 빵 사이의 내용물이 아래로 흘러내렸다. 그는 개의치 않고 손과 입에 소스를 묻히며 먹었다. 괜스레 웃음이 나기도 하였다.
"천천히 드세요. 음료도 드셔 가면서요."
망토 두른 노인을 향해 말하였다. 노인은 손가락을 핥고는 음료 컵을 들었다.
"아 맞다. 자네가 계산해야 하는 것 알고 있나?"

망토 두른 노인이 말하였다.
"네. 뭐. 어차피 제가 사드리려고 했어요."
나는 대답했다.
"그럼 맛있게 먹도록 하지."
노인은 다시 식사에 전념하였다.

Hazel 개암나무   10.6
화해

우리는 식당을 빠져나왔다.
"맛있게 드셨나요?"
나는 질문했다.
"덕분에 맛있게 먹었네. 역시 햄버거는 실망하게 하는 법이 없지."
망토 두른 노인이 대답했다.
"식사를 마친 후에는 무엇을 하시나요?"
또 질문하였다.
"보통은 소화를 시키기 위해 공원을 걷는다네."
노인은 대답하였다.
"그럼 같이 걷지 않겠습니까?"
나는 이어서 질문하였다.
"아쉽게도 남자와 둘이 산책하는 취향은 없다네."
"남자가 아니라 제자라고 생각해 주십쇼."
"제자? 무슨 소리인가? 이해가 안 되는구먼. 우리는 만난 지 24시간도 채 지나지 않았다네. 도대체 어떤 배울만한 점을 본 건지 알 수가 없군."
"말이 그렇다는 거죠. 스승과 제자의 연이 아닌, 제자처럼 혹은 배움을 갈망하는 나이 어린 자의 패기라고 생각해 주세요."
"도대체가 이해할 수가 없구먼그려. 그 정도로 원한다면 어쩔 수가 없지. 어서 가세. 오늘 한 번만 허용하겠네."

우리는 대화를 끝냈다. 망토 두른 노인은 앞장서서 걸어갔다. 뒤를 쫓아 공원으로 향하였다.

입구에 도달하였다. 여느 다름없는 공원의 모습이었다. 입구 앞에서 모두가 걷고 있는 길 안내에 따라 들어가려고 하였다.

"이쪽으로 말고 따라오게나."

망토 두른 노인이 길을 막았다. 그는 안내표에서 벗어난 곳으로 걸어갔다. 아무도 가지 않는 곳을 향하였다. 나무들이 울창했다. 사방을 매운 나무들이 시야를 외부에서부터 막아주었다. 주변에는 아무도 없었다. 햇빛조차 잘 들지 않은 으스스할 정도로 동떨어져 있었다. 이곳은 공기부터 달랐다. 습기가 가득했다. 바닥은 축축한 흙길이었다. 땅에 떨어진 개암나무의 열매가 우수수 쏟아져 있었다.

"이런 곳은 연인이 아닌 이상 오기가 힘든 곳인데, 내 팔자도 어지간히 꼬여 있구먼."

망토 두른 노인이 앞에서 걸어가며 말하였다.

"분위기가 좋은데요? 이런 곳은 어떻게 알고 계셨어요?"

나는 질문했다.

"패기 있던 청춘의 시절에 이곳저곳을 다니다 보니 자연스럽게 알게 되더군. 그 이후로 늙어서도 사색을 위해서 종종 이곳에 온다네. 추억팔이를 통해 현실을 잊고자 하려던 것일지도 모르겠다만 말이지."

노인은 대답하였다.

"추억을 들려주지 않으시겠습니까?"

나는 질문을 이었다.

"그렇군…. 이제는 나의 이야기도 들려 줄 때가 온 것 같기도 하군. 그러나 지금은 아닐세. 이곳에서 이야기를 들려주고 싶지는 않다네. 해가 지고 집으로 가세. 그곳에서 자네가 듣고 싶어 했던 과거를 들려주겠네. 지금은 이곳을 거니는 것만 생각하지."

그는 대답하였다. 나는 아무런 말을 하지 않았다. 질문과 대답이 끝났다.

얼마 지나지 않아 출구가 보였다. 우거진 나무 사이로 높이 뜬 햇빛이 비치었다.

"이제 나가지."

망토 두른 노인이 말하였다. 밝혀지지 않은 산책로를 빠져나왔다. 마치 일상을 벗어난, 꿈과 같이 시공과 세상에서 떨어진 기억과도 같았다. 돌아온 현실을 알려주는 해는 하늘 중앙에 떠 있었다.

"다음 일정은 어떻게 되시나요?"

앞장선 노인을 향해 말했다.

"보통 산책을 끝나고 나와서는 명상을 가진다네. 눈을 감은 채로 해를 바라보며 생각에 잠긴다네. 그렇게 하면 닫힌 눈 틈 사이로 햇빛이 스며들어오지. 동시에 명상하여, 현실을 벗어나지 않고 융화하여 이상을 꿈꾸는 생각을 한다네."

그는 대답하였다.

"명상을 대게 자주 하시네요."

나는 말했다.

"내 나이쯤 되면 자연스럽게 이해하는 순간이 올걸세. 인제 와서 속세와 어울릴 기력도 없고 사색만이 유일한 시간 해소 방법임을 깨닫게 될 걸세."

"그렇군요. 그럼 이제는 어디서 명상하시나요?"

"어디기는 자네도 알고 있다시피 교회 뒤편의 공터로 돌아가야지."

"네? 그곳에서 저녁때까지 쭉 명상하시는 거예요?"

"그렇다네. 견디지 못하겠다면 따라오지 않아도 괜찮다네. 나는 일상을 반복하러 돌아갈 터이니. 이후의 선택은 자네 맘대로 하게나."

질문과 대답이 오갔다. 말을 쉽게 이을 수 없었다. 망설여졌다. 고민하며 쉽게 입술을 떼지 못하고 있었을 때, 노인은 갈 길을 떠나갔다. 그의 뒷모습을 보고 다짐하였다.

"아닙니다. 따라갈게요. 견딜 수 있습니다."

나는 말하였다.

"알아서 하게나. 쉽지 않을 걸세. 내 생각에 절반을 버티기도 전에 포기할 것 같군."

망토 두른 노인이 대꾸하였다.

"지켜봐 주세요. 다짐하였으니 쉽게 포기하지는 않습니다."

나는 말했다.

Fir 전나무   10.7
고상함

해가 저물고 달이 떠올랐다. 해가 일하고 있던 시간 동안 애써 데워 놓은 지면을 달은 아랑곳하지 않고 식혔다. 더웠던 어제의 기억이 무색할 정도로 추워졌다. 교회 뒤편 벤치에 나란히 앉았다.

"설마 자는 것은 아니겠지?"

망토 두른 노인의 목소리가 들렸다.

"그럴 리가요. 잘 버티고 있습니다."

나는 대답했다. 두 눈을 감고 고개를 숙이고 있었다.

"버팀이 중요 요인은 아니라네. 시간을 보냄에 강박을 느껴 마냥 흘려보내면 의미가 없어. 지나가는 시간을 알차게 보내는 지가 관권이라네. 물론 오늘은 이렇게 긴 시간 명상을 시작한 점 자체가 의미 있다고도 할 수 있지. 내용을 묻지는 않겠다만, 포기하지 않았다는 사실에 박수를 보내겠네."

노인이 말하였다.

"솔직히 말하자면, 보낸 시간의 절반에는 흘려보냄에 강박감을 가지고 있었습니다. 그렇지만 남은 절반에는 의미 있게 보냈어요. 명상을 통해 많은 생각을 하였습니다. 알차게 채웠다고도 말할 수 있을 정도로요."

나는 말했다.

"그 정도면 훌륭하군."

그는 대답하였다. 여전히 두 눈을 감고 노인과의 대화를 끝냈다. 쉽게 눈을 뜰 수 없었다. 장시간 눈을 감고 있었기 때문인지, 인제 와서 눈을 보낸 시간이 아까워서인지는 알 수 없었다. 혹여 둘 다의 이유 때문이었는지도 알 수 없었다. 그렇기에 어느 정도의 시간이 흘렀는지는 알 수 없었다. 느껴지는 공기의 서늘함과 냄새를 통해서만 추측할 수밖에 없었다. 해가 저물었다는 정도는 알 수 있었다. 조명이 없는 공터에서 감은 눈 틈 사이로 빛이 들어와 달이 떠올랐음도 추측하였다.

"이제 일어나게나. 저녁을 먹으러 가세."

망토 두른 노인의 목소리가 다시 들려왔다. 여전히 눈을 감은 채로 고개를 끄덕였다. 노인이 일어나는 소리가 들렸다. 그제야 눈을 뜰 수 있었다. 흙바닥이 눈앞에 보였다. 뻐근한 고개를 들어 올렸다. 몸을 풀고 있는 망토 두른 노인의 모습이 보였다. 따라 일어났다. 몸을 일으키기가 고되었다. 장시간 굳어 있는 몸을 풀었다. 전신에 퍼져 있는 혈관에 피가 전달되는 듯한 느낌이 들었다.

"저녁은 내가 대접하겠네. 따라오게나."

노인이 말하였다.

한 낡은 다가구주택 건물 앞에 도착하였다. 도심에 속해있지만, 관리의 구역에서 벗어난 곳에 있었다. 도시를 가로지르는 전철의 길목 아래에 있었다. 이곳은 모든 것이 낡았다. 언제라도 무너져 내릴 것만 같은 으스스한 동네였다. 망토 두른 노인을 따라 안으로 들어갔다. 낡은 철제 계단을 타고 꼭대기 층으로 올라갔다. 노인은 주머니에서 열쇠를 꺼내 문을 열었다.

"어서 들어오게나."

그는 말하였다.

안내에 따라 들어갔다. 실내에서 퀴퀴한 곰팡냄새가 났다. 주변에 수분이 가득 차 있듯이 습하였다. 그러나 이상하게도 꺼려지는 기분은 없었다. 오히려 아늑하며 편안했다. 좁은 공간이었다. 작은 평수였으나 필요 가정 공간은 모두 있었다. 심지어 복층도 있었다. 낡고 썩어가는 나무 계단이 있었다.

"꽤 누추하겠지만, 남자 혼자 사는 곳이니 자네가 이해하게나."

망토 두른 노인이 탁상 위의 잡동사니를 손으로 쓸어 밀며 말했다. 그는 앉을 곳을 제공해 주었다. 본래의 모습이 소파의 역할을 하고 있던 가구를 가리켰다. 소파 위에는 곰팡이가 피어 있었고, 통일되지 않은 범주의 짐들이 올라가 있었다. 내부의 솜들이 뚫린 틈을 파고 나와 있었다. 겨우 앉을 공간을 만들어 몸을 맡겼다. 망토 두른 노인은 부엌에서 소음을 내며 이것저것 만지고 있었다. 식탁 위에 접시를 깔아 두었다.

"제가 도와드릴 만한 것이 없을까요?"

자리에서 일어나 질문하였다. 말함과 동시에 전철이 지나가는 소리가 들렸다. 전철이 바로 옆에 있지는 않았지만, 말을 가로막기에는 충분한 소음이었다. 예의를 차리기 위한 질문이었다. 가만히 소파 위에 앉아 있기가 불편했다. 연장자가 나를 위해 움직여 주고 손아랫사람이 가만히 쉬고 있기는 예의가 아니었다. 소파에 앉은 엉덩이 부분에서 알 수 없는 무언가가 느껴졌기에 불편했다. 그러나 노인은 아무런 대답도 하지 않았다. 전철 소음으로 인해 소리가 묻혔다고 생각했다.

"제가 도와드릴게요."

다시 한번 말했다.

"뭐? 뭐라고?"

망토 두른 노인이 되물었다. 이번에는 부엌의 소음으로 인하여 소리가 전달되지 않았다.

"저녁 만드신다면 제가 도와드릴 만한 일이 없을까요?"

연이어 같은 질문을 반복했다.

"아. 아닐세. 그냥 그곳에 앉아 쉬고 있게나. 그래도 손님인데 집주인이 당연히 대접하여야 하지 않겠나. 손님한테 일을 시킬 수야 없지. 편히 쉬게나. 어차피 요리라는 이름으로 대접해줄 거창한 음식은 아니라네."

노인이 대답했다. 하는 수 없이 소파 위에 앉았다. 앉는 순간 궁둥이에 닿는 촉감에서 다시 알 수 없는 불쾌감이 느껴졌다.

"많이 기다렸나? 저녁이 다 됐다네. 어서 와서 먹게나."

약간의 시간이 흐르고 망토 두른 노인이 말하였다. 기다림을 끝내고 자리에서 일어났다. 식탁으로 다가갔다. 노인은 의자를 마련해주었다. 위에 놓여 있던 잡동사니를 바닥으로 밀어서 떨어뜨렸다. 자리에 앉아 마련해준 저녁 식사를 살펴보았다. 각자의 접시 위에 포크와 샌드위치가 하나씩 놓여 있었다. 식탁 중앙에는 피자 상자가 있었다.

"뭐 하고 있나. 어서 먹게."

망토 두른 노인이 의자에 앉으며 말했다. 샌드위치를 손으로 들어 맛보았다. 푸석푸석한 빵과 생기 없는 양상추, 축축한 햄이 느껴졌다. 소스로 신선함을 가리기 위해 과하게 발라진 겨자와 케첩 향이 강하게 났다. 비주얼로 보나 맛으로 보나 절대 고급스럽다고 말할 수는 없었다. 가족적인 따뜻한 느낌도 아니었다. 나이 든 혼자 사는 노인이 집에 있는 재료만으로 만든 느낌이 전부였다. 그러나 이 또한 큰 거부감이 들지 않았다. 먹지 못할 만한 맛도 아니었고 기껏 대접해주셨기에 전부 먹을 수 있었다. 앞에 앉은 노인은 샌드위치를 절반 정도 먹었을 때 피자 상자를 열었다. 차갑게 식은 먹다 만 피자가 놓여 있었다.

"어제 남긴 피자인데 배가 다 채워지지 않았다면 이것도 먹게나."

그는 말하였다. 피자 한 조각을 집어 접시에 덜어 손으로 고쳐 잡고 입으로 가져갔다. 차갑게 식어 있고 피자 도우 위 치즈가 굳어 있어 무슨 맛인지 가늠이 가지 않았다. 그러나 남기지 않고 먹을 수 있을 맛이었다.

우리는 식사를 모두 마쳤다. 식탁 앞에서 소화를 시켰다. 잠시간의 정적 속에서 아무 말도 하지 않았다. 시선도 마주치지 않았다. 그저 비어 있는 접시와 식기에 묻은 식사 자국에 이목이 쏠렸다. 아무런 생각도 들지 않았다. 멍하니 응시할 뿐이었다.

"아직 내 이야기가 궁금한가?"

망토 두른 노인이 침묵을 깨고 말을 꺼냈다.

"네. 궁금해요."

나는 대답했다.

"그렇다면 다행이군. 물론 그래도 말할 생각이긴 했네. 이러한 어색한 분위기에 있자니 듣고 싶어 하지 않아도 이야기를 들려주고 싶게 만드는구먼."

노인이 이어서 말하였다.

"그러면 들려주세요. 이미 듣고 싶기도 했지만 말이죠."

이어서 답했다.

"어떠한 이야기를 들려주면 좋을지 막상 고르려니 어렵구먼. 좋은 의견 없나?"

"음. 어렵네요. 어떤 삶을 살아오셨는지 아무런 정보가 없으니 어떠한 이야기더라도 흥미로울 것 같아요. 그렇다면 사랑 이야기는 어떠세요? 가볍지도 않고 그렇다고 깊게 진지하지도 않은 주제로요."

"사랑? 자네가 사랑을 아는가? 사랑은 그 무엇보다 고귀하고 고상한 감정의 교환이라네. 가볍게 여겨서도 안 되고 언제든지 진지해질 준비가 되어 있어야 하지. 뭐, 흥미로운 주제로는 틀림없구먼…."

끝을 흐리는 그의 마지막 말로 대화를 마쳤다.

Bilberry 월귤
반항심

10.12

고개를 숙여 접시를 바라보았다. 그러자 잠시 나의 옛 기억이 떠올랐다. 어릴 적, 정원 일을 도와준 기억이 있었다. 한창 씨앗을 뿌릴 때였다. 궁금증을 위한 욕망과 도움이 되고 싶은 욕구로 힘을 보태고 싶었다. 정원의 관리사는 활동에 참여시켜 주었다. 그는 씨앗 바구니를 가져오기를 부탁했다. 정원에 있는 창고에서 씨앗 바구니를 찾은 후 가져갔다. 씨앗들은 구역에 따라 분류하여 정렬되어 있었다. 바구니를 들고 가져가면서 설레는 마음이 들었다. 정원 일 부분으로서 역할이 될 수 있음이 심장을 두근거리게 했다. 고양된 감정은 눈앞의 작은 돌부리의 존재도 잊게 했다. 발끝에서 익숙지 않은 감각이 느껴졌다. 순간 등골이 서늘한 정도로 소름이 끼치는 감정이 들었다. 몸의 중심은 걷잡을 수 없게 흐트러졌다. 시선이 빠르게 아래로 향해지면서 시야의 초점이 잡히지 않았다. 애써보아도 범접할 수 없는 벽이 나를 쓰러트렸다. 자연스럽게 움직인 본능만이 몸을 보호했다. 양손을 뻗어 얼굴과 몸을 지탱하고자 땅을 짚었다. 들고 있던 씨앗 바구니를 놓쳤다. 땅으로 돌진하는 몸과 동시에 바구니가 하늘로 날아올랐다. 얼마나 높이 떠올랐는지 살필 틈이 없었다. 위기감을 느낀 본능은 눈을 감게 하였다. 가려진 시야와 어지러움 속에서 눈을 뜨게 해준 충격음이 들렸다. 흙먼지가 개어지며 겨우 초점이 잡혔다. 어렴풋이 보이는 실루엣에 비이상적인 상태로 쓰러져 있는 바구니가 보였다. 시야가 온전히 돌아왔을 때, 흩뿌려진 어두운 색상들의 씨앗들이 펼쳐져 있었다. 한껏 높아졌던 설렌 감정이 수직 낙하하여 실망감과 짜증 섞인 억울함이 바닥에 긁힌 상처를 잊게 했다. 바닥에 부딪힌 자세 그 상태로 잠시 움직일 수가 없었다.

잠시 뒤 관리사가 달려왔다. 부끄러워 그가 달려오는 모습을 고개 들어 지켜볼 수 없었다. 바닥을 보니 숨소리가 크게 느껴졌다.
"괜찮으세요?"
정원 관리사의 목소리가 들렸다. 그는 숨 가쁘게 말하였다. 숨을 고르기 위해 거친 숨소리가 들렸다. 나는 정확하게 들었음에도 대답하지 않았다.
"제 말 들리시나요? 아픈 곳은 없으세요?"
관리사는 다시 한번 말하였다. 몸이 살짝 움찔하였다. 어쩔 수 없이 들켜버린 움직임에 멈춰 있을 수 없었다. 상체를 들어올리기 위해 몸에 힘을 주었다. 움직임의 의도를 눈치챈 관리사는 쉽게 일어나도록 손을 써 도와주었다. 넘어진 몸을 세워 바닥에 앉았다. 관리사는 눈높이를 맞추기 위하여 한쪽 무릎을 땅에 대고 앉았다. 그는 대답이 없는 나를 기다렸다. 가만히 앉아 정신을 가다듬었다. 그제야, 온몸에 긁힌 자국에서 통증을 알아차렸다. 등 뒤에서 손길이 느껴졌다. 따뜻한 온기가 자국처럼 남았다. 다른 두 자국에서의 감각으로 인해 눈물이 흘러나왔다. 참을 수 있을 것만 같던 눈물은 고이다 못해 넘쳐 나왔다. 어린아이의 익숙지 않은 감정은 터져 나오는 흐느낌으로 해소할 방법밖에 없었다. 관리사는 조용히 두 팔로 감싸 안아 주었다. 눈물이 그의 어깨에 자국을 남겨 적실 때까지 그는 아무 말도 하지 않았다. 그저 진정되기까지를 기다렸다.

마음이 조금씩 안정을 되찾았다. 눈물이 더 이상 흐르지 않고 흘러간 눈물이 굳었다. 흐느낌은 점차 줄어들며 숨을 헐떡여 호흡을 되찾아갔다.
"걱정하지 마세요. 잘 진정하셨어요."
그때, 정원의 관리사가 다시 말을 꺼내었다.

"죄송해요. 실수하고 말았어요."

나는 대답했다. 실제로 이런 대답을 했었는지에 대한 기억이 잘 나지 않았다. 관리사의 말들은 확실하지만, 어렴풋이 기억나는 나의 대답은 불분명했다.

"실수는 누구든지 할 수 있습니다. 인생에 있어서 일어날 실수는 어떻게든 일어날 일이에요. 그러니 지나감에 집착하지 말고 닫고 일어나는 일에 집중해야만 해요. 실수는 누구한테나 일어나니까 본인의 실수가 인생의 큰 실패처럼 불안해하실 필요는 없어요. 저도 그렇고 이 세상 위에 있는 누구나 한 번씩 실수의 순간을 딛고 일어난 사람들이니까요. 잘잘못을 따져 올라가다 보면 저의 잘못도 포함되어 있어요. 충분히 제가 할 수도 있는 일을 저의 편의를 위해서 부탁을 드린 것이니까요. 모든 잘못을 떠안을 부담 또한 필요 없어요. 함께 잘못을 인정하고 나누어 짐을 지면 부담이 덜어지고 어느샌가 극복해 내어져 있을 테니까요. 그러니 옆의 누군가가 잘못을 저지른다면 책망하지 말고 함께 극복해낼 궁리에 시간을 사용하여 주세요. 기왕 씨앗이 이렇게 뿌려진 김에 이곳은 이렇게 놔둬 보아요. 아마 다른 형태로 아름다운 현상이 일어날 것입니다."

그는 말하였다. 여기까지 옛 추억 속에서 떠오르는 기억이었다. 관리사의 말대로 씨앗이 흩뿌려진 곳에는 각양각색의 꽃들이 자라났었다. 사람의 손길이 닿지 않은 자연에서 피어오른 꽃들 같았다. 그들의 색들이 어우러져, 구별할 수 없는 씨앗에서 피어오른 현상이었다. 이후 그의 거취가 어떻게 되었는지는 알 수 없었다. 다른 정원으로 옮겨 갔는지, 다른 일을 찾으러 간 건지 알지 못하였다. 정원을 관리할 사람은 오지 않았고 그대로 방치되어 자연의 산물로 뒤덮여 버렸다. 이러한 순간의 기억이 떠올랐다. 그리고 망토 두른 노인의 얼굴을 보자 기다렸다는 듯이 본인의 이야기를 시작하였다.

"우리 집안은 완벽했어. 집의 높이, 창문의 개수, 화려한 유리 조명들이 지역 사람들의 부러움을 한 몸에 받을 수 있었다네. 매 식사 시에 따뜻한 요리를 맛보았지. 혀에 살짝 대기만 하였어. 만들어지는 양보다 버려지는 양이 더 많았던 적도 있었을 정도였지. 살갗을 해지지 않는 부드러운 원단으로 된 옷을 매번 다른 스타일로 입기도 하였어. 같은 옷을 입는 날이 돌아오지 않았을 정도였지. 지금 내 차림새를 보면 상상이 가지 않겠지만 말이야. 어찌 되었든 유복한 유년 시절을 보내었다네. 당시에는 당연한 줄로만 알고 있었어. 여유로운 삶 속에서 부모의 다양한 인간관계를 직접 내려받았지. 나와 나의 형은 지역의 이름 있다 싶은 가정에는 모르는 사람이 없었어. 부유한 부모들 간의 관계들은 그들의 자식들까지 영향이 갔지. 여러 친구를 만났다네. 그들 중에서 이성도 있었어. 사랑에 관한 이야기에서 눈치를 챘겠지만, 이때 만난 이성 친구 중 한 명에 대한 사랑 이야기일세. 그녀는 또래들보다 키가 컸어. 그렇기에 눈에 쉽게 띄었지. 처음 만난 순간은, 우리 집에서 지역의 이름 있는 가족들을 초대하여 연말 파티를 즐길 때였어. 그녀는 금발 머리카락이었고, 리본이 달린 머리띠를 쓰고 있었어. 실크 드레스 같은 원피스 치마를 입고 있었다네. 지금 생각해보아도 처음 마주친 모든 순간이 생생하게 기억나는구먼. 우리는 처음 만난 순간에는 친하지 않았어. 그저 얼굴만 아는 사이였지. 부모 간의 강제성 있는 만남은 서로에게도 달갑게 느껴지지는 않았거든. 그래도 관계가 끊기지 않던 이유는 서로 간의 부모가 교회를 다녔기 때문이었어.

    매주 일요일 아침에 교회에 가야만 했다네. 연령대에 맞게 모임을 할 때, 그녀는 항상 참석했었어. 그녀는 독실한 신자였다네. 당시의 나는 그녀의 신앙심에는 월등히 미치지 못할 정도로 부족했었어. 한창 게을러지고 싶은 쉬는 날에 애써 일어나 교회에 가야 한다는 강박감이 옭매었었지. 교회에 들어가 앉아 있다고 하여도 나태함으로 감싸진 정신상태는 집중할 수 없었다네. 강제로 끌려간 교회는 또래의 친구들을 만나기 위한 놀이터에 불과했어. 말씀 시간에도, 모임 시간에도 친구와 장난치는 데에 바빴지. 끼리끼리 어울리다 보면 서로가 비슷해진다고 성스러운 교회 안에서도 질 나쁜 친구들과 어울리기 시작했다네. 엇나간 우리는 옳은 방향으로 나아가고 있는 이들을 괴롭혔어. 그중에서 성실한 마음으로 교회에 다니고 있던 그녀는 괴롭힘의 대상으로 눈에 들어오기 쉬웠어. 또래에 비해 아름다운 미모를 가지고 있었기에 더욱 눈에 띄었다네. 성경책에 낙서하기도 했고 의도적으로 설교 말씀을 망치기도 하였지. 그때 그녀의 눈에 내가 들어오기 시작했어. 나쁜 의미에서였지만, 관심을 받는 데에 성공하였지. 그녀는 교회 앞에서 내 얼굴을 보면 한숨으로 인사말을 건네었고 모임 시간에는 잔소리를 연발하기도 하였다네. 당시에는 상대의 기분은 신경 쓰지 않고 즐겁다고 생각했었어. 그렇게 유년 시절은 장난꾸러기로 보냈다네.

이후 사춘기에 접어들 나이 될 정도로 시간이 흘렀지. 같이 교회에서 장난치던 친구들은 놀이터에서의 흥미를 지루해하기 시작하면서 점차 한두 명씩 교회를 그만두었어. 이제부터는 간단하게 공부하던 성경의 내용들이 심도 높아지기도 하고 주위의 성도들도 진지해지면서 장난칠 분위기는 아니었다네. 가족의 전통으로 교회를 다녔기 때문에 다른 이들처럼 쉽게 그만둘 수가 없었어. 결국 함께 장난치던 친구들은 아무도 남지 않게 되었다네. 나는 다른 무리에게 어울리지 못하고 동떨어진 채로 교회에 다닐 수밖에 없게 되었어. 주변에서도 나의 존재를 꺼렸다네. 저질렀던 일들이 있으니 당연한 결과였겠지. 그러는 와중에 그녀가 먼저 나에게 손을 내밀어 주었어. 무리에서 잠시 벗어나 다른 이들의 눈초리를 신경 쓰지 않고 챙겨주었다네. 무리에 속할 수 있도록, 분위기에 어울릴 수 있도록 도와주었지. 인제 와서 생각해보면 부모끼리 친했기에 그녀 부모의 지시였는지, 혹은 그녀의 심성 때문이었는지는 알 수 없었지만 말이야. 물론 지시가 있었다고 하여도 그녀의 심성이 워낙 고와 그 지시를 순순히 따라 들였다고도 생각한다네. 외모만큼이나 아름다운 마음씨를 가진 그녀였다네. 어찌 되었든 그녀에게 큰 감사를 느꼈어. 눈 밖에 난 존재가 다시 무리에 속할 수 있게 도와준 그녀에게 복잡한 마음을 가지기 시작했다네. 이전에 그녀를 괴롭혔던 기억들이 관심을 끌기 위해, 말을 한번 섞어보기 위함이었다는 의도를 그제야 알게 되었어. 이윽고 복잡했던 마음은 그녀를 향하여 애심의 감정이 느껴졌지. 그러나 쉽게 마음을 고백할 수는 없었어. 무리에서 벗어난 경험을 한 적이 있었기에 섣불리 고백하여 잘못된 판단으로 겨우 잡은 자리에서 어색해짐을 감당할 용기가 없었거든. 애써 속마음을 숨기고 평범하게 지낼 수밖에 없었어. 그녀를 포함하여서 모임 사람들과 사이가 가까워지기를 바라기만 하였지. 그러면서 전에 비해 그녀와 가까운 사이를 유지하며 시간이 흘렀어.

White Chrysanthemum 흰 국화　　　　　10.14
진실

　이후 내가 했던 후회의 순간이 다가온다네. 시작점이 된 실수는 이전의 친구들과의 관계를 끊지 못함이었어. 또래의 우리는 성인이 되었다네. 교회의 사람들과 좋은 관계를 이어가면서 어릴 적 함께 장난치던 친구들과의 관계도 동시에 이어가고 있었지. 교회의 사람들과는 나빴던 과거를 잊고 가까운 사이로 자리 잡았어. 우리는 주일마다 모임을 했다네. 그뿐만 아니라 평일에도 시간이 맞으면 작게 모였어. 시간을 맞출 때, 그녀의 참석 여부에 따라 나의 참석 희망도 같이 변하였다네. 기왕이면 그녀가 있을 때 시간을 보내고 싶었으니까. 때로는 교회에서 다 같이 여행을 가기도 하였어. 우리는 어디에 있든지 경건한 마음으로 시간을 보내었지. 이전의 친구들은 여전히 불건전한 행위를 하고 있었어. 성인이 되어서도 어린 시절의 장난처럼 무고한 사람들을 괴롭히며 다니고 있었다네. 나도 참여한 적도 있었지. 일찍이 관계를 끊지 못한 잘못이 어느샌가 풀 수 없는 족쇄처럼 발목을 감싸고 있었다네. 그들은 무법자 같았어. 무리 지어 다니며 약해 보이는 시민들에게 괜한 겁을 주고 바닥에는 침을 뱉었지. 나도 무리에 속하기 위해 똑같은 행동을 했다네. 그러면서도 마음속의 죄책감은 지울 수 없었어. 그러나 애써 마음속 목소리를 무시하며 질 나쁜 짓거리를 계속했다네. 매 밤, 잠이 들기 전의 일들을 후회하고 평온을 위해서 무리의 관계를 끊어야 했지만, 항상 그러지 못하고 같은 실수를 반복하고 말았지. 교회의 사람들과의 사이로 건전한 관계를 이어 나가면서 친구들과의 불량한 관계를 지속하고 있었지. 마음속은 항상 혼란스러웠어. 두 관계의 차이점은, 교회의 사람들과 함께 있을 때는 의미 있는 시간을 보내면서 평온하였고, 친구들과 함께 있을 때는 순간의 쾌락을 즐기면서 흘러가는 시간을 보내고 있었다네. 공통점은 한 무리와 함께 시간을 보낼 때 다른 무리의 사람들과 만날 때를 두려워함이었어. 조마조마하였지. 누구에게도 들키고 싶지 않은 이중생활이었다네. 어느 한쪽의 무리에게 들키게 되면 두 관계 모두 잃게 될 것만 같았지. 한 지역에서 일어나고 있었기에 언제 들켜도 이상하지 않을 정도로 가까웠다네. 어떤 모임에 있더라도 외줄 타기 위를 아슬아슬하게 버티고 있었지. 그러다 결국엔 우려하던 일이 일어나는 순간이 찾아왔다네. 인생 일대에서 돌이킬 수 없는 후회의 순간이었지. 인생의 전환점이 되었다고도 말할 수 있겠어. 물론 자네도 알고 있겠지만 좋은 쪽은 아니라네. 지금까지도 매 순간 참회의 시간을 가지게 되는 계기가 찾아왔지. 하루는 교회에서 봉사활동을 가는 날이었어. 수확 철을 맞이하여 음식이 부족한 이들에게 나눠주는 일을 하였다네. 모임에 따라 나뉘어 참여하였다네. 팀이 정해지고 노숙인과 독거노인의 집으로 배달할 인원으로 배정되었어. 나는 운 좋게 그녀와 둘이서 팀이 되어 독거노인의 집으로 배달하였다네.

    교회에서 출발하여 주택 단지로 걸어갔어. 양손에 먹거리를 가득 들고 이동하였지. 가는 길에 많은 이야기를 나누기도 하였어. 지금 생각해보면 기억이 나지 않을 정도로 평범한 대화들 같았어. 그러나 한 주제는 여전히 기억에 남더군. 그 이야기는 옛 친구들과 관련되었어. 그녀는 나한테 물었어. 어릴 적 같이 장난치던 친구들과는 아직 연을 이어 나가고 있는지. 적잖게 당황했어. 티를 내지 않기 위해 시선을 피하였다네. 되려 그녀는 나를 바라보았어. 속마음이 읽히지는 않는지 두려웠어. 어떻게 대답해야 할까 망설였다네. 바로 대답하지 못한 망설임은 시간이 흐를수록 의심을 부풀어질 뿐이었지. 대답을 잘못하면 기껏 쌓아온 둘의 관계가 흩어지지는 않을지 염려하기만 하였다네. 어리석었어. 결국에는, 어릴 때라 기억이 안 난다고 얼버무릴 뿐이었지. 질문의 의도에서 어긋난 대답을 하였어. 거짓말은 하고 싶지 않기 때문이었다네. 나름대로 교회에 꾸준히 다니는 사람으로서 거짓말은 하고 싶지 않았어. 죄에 반하는 행위를 하고 싶지 않았어. 기억이 온전히 나지 않음은 사실이고 지금까지 연을 잇고 있는 것에 대한 답은 회피하였으니 거짓말을 하지 않았다고 안심시켰다네. 애써 미소와 함께 대답하였어. 과거에 대한 장난들을 가볍게 넘기기 위해서 말이지. 그녀는 아무렇지 않다는 듯 고개를 돌려 무표정으로 응답했어. 그 이후 우리는 도착지에 도착할 때까지 아무런 대화를 나누지 않았다네. 다른 속마음이 들킬까 봐 말을 쉽게 걸지 못하였어. 말을 꺼낼까 말까의 경계선에서 머뭇거리다가 주저했다네. 사실을 속이고 얼버무린 대답에는 죄책감이 따르더군. 애써 죄에 반하지 않았다고 안심시켜도 위에서 지켜보는 분께서는 용납할 수 없으셨겠지. 그렇게 길을 걷다가 맞닥뜨릴 수밖에 없는 현실을 직시하고 말았다네. 막아보려 하여도 작은 손으로는 도저히 가릴 수 없는 현실이 찾아왔지. 도착지를 목전에 두고 익숙한 실루엣의 무리가 보였다네. 뜻밖의 상황에 등골이 오싹했어. 평화롭던 햇살 아래에서 소름 끼치는 식은땀이 등줄기를 타고 내려갔지. 피해 보려 했지만, 몇 걸음 앞의 시간은 도저히 회피할 수 없었어. 얼굴을 가려 조용히 지나가 보려 하였지만, 무리 중의 한 명이 나를 알아차렸다네. 모두의 이목이 쏠렸어. 숨바꼭질 놀이에서 마지막에 찾아진 숨은 사람이었어. 이성과 함께 있는 나는 모두의 먹잇감이 되기에 충분했지. 웃으며 우리 둘을 쳐다보았다네. 그녀를 지켜줄 만한 용기가 없었어. 그저 웃음을 미소로 화답하며 상황을 회피하고자 하였지. 그녀는 이 상황에 개의치 않아 했어. 무리에게 관계를 물어보기도 하였고 심지어 농담 섞인 대화로 상황을 재치 있게 대응했어. 무리의 예상과는 달랐는지 그들은 선을 넘지 않았어. 놀리기만 하고 다음에 보자는 인사를 남긴 채 가던 길을 가더군. 그녀는 다시 질문했어.

예전에 같이 놀던 친구들이 맞는지를 물어보더군. 그제야 사실대로 대답했다네. 그녀는 이전에 한 질문에 제대로 대답하지 않았는지에 대해서는 되묻지 않았어. 이어서 활동을 재개했다네.

    이러한 일이 있고 나서 시간이 꽤 지났어. 나는 다시 불안에 사로잡히고 말았다네. 이후로 아무 일도 일어나지 않았지만, 교회 밖의 무리가 언제 교회로 찾아와 나와 그녀를 연관 지어서 괴롭힐지를 생각하면 불안감을 떨쳐낼 수 없었지. 그리고 교회 안의 무리가 그 상황을 보고 실망할 것 같다는 생각이 머릿속을 맴돌았다네. 결국에 이러한 원인으로 그녀를 힘들게 하지 않을까 걱정하였지. 언제 찾아올지 모르는 공포심에 신경이 예민해져 있었어. 그러나 이전과 마찬가지로 다가올 운명은 피할 수 없었다고 했었나 교회로 밖의 친구들이 찾아왔어. 예배가 끝나고 모임 사람들과 함께 밖으로 나가자 정문 앞에 그들이 서 있더군. 웃으면서 바닥에 침을 뱉고 있었어. 누군가를 기다리고 있었지. 누구인지 물어보지 않아도 알겠더군. 나와 그녀를 기다리고 있었어. 그들은 역시나 기다렸다는 듯이 곁으로 다가왔어. 그러나 예상과는 다른 상황이 발생하였어. 그녀가 먼저 밖의 무리에게 인사를 건네었지. 그것도 반갑게 말이야. 나를 포함하여 밖의 무리는 당황하였어. 그들도 그녀의 반응을 예상하지 못하였나 봐. 교회의 모임원들은 아무 의심을 하지 않았어. 그녀의 지인이라고 생각하고 인사를 나눈 뒤 각자 흩어졌어. 정문 밖에는 나와 그녀, 교회 밖의 무리만 남았다네. 그녀는 무리에게 본인을 소개하는 인사를 하였어. 친구들도 얼떨결에 본인을 소개했다네. 서로의 이름을 공유했어. 나는 지금까지 쌓여있던 불안감이 순식간에 안도감으로 뒤바뀌었지.

    우리는 이후로도 이상 없이 친하게 지내기 시작했어. 그녀를 필두로 교회 안의 모임과 교회 밖의 무리가 친해지는 계기가 되었다네. 또래들은 어떠한 생각을 가지고 움직이든 친해지기 쉬워질 수 있었지. 상반되는 양면의 가면을 벗어던지는 날이 되었다네. 더 이상 그룹을 구별 짓지 않아도 될 수 있어. 물론 맘에 들어 하지 않은 친구도 있었어. 다른 지향을 추구하여 어울리지 못하였지. 그녀를 포함한 교회 모임의 사람들은 동떨어진 친구도 함께 챙겨나갔어. 그러나 나는 그렇게 행동할 수 없었다네. 합쳐진 두 모임에 어울리지 못한 친구를 홀대했어. 심지어는 고작 이런 상황을 이해하지 못하는 친구를 한심하게 여기기도 했지. 지금 생각해보자면 나야말로 이해를 못 하는 사람이었다네. 나를 한심하게 여기고 있었어. 아무튼, 우리는 탈 없이 융합되었어. 이러한 일들을 계기로 나와 그녀는 더욱 가까워지며 친해졌어. 서로에게 선물을 교환하기도 했어. 그녀에게 목도리를 선물하였고, 그녀는 외투를 주었어. 감동과 환희의 선물이었지. 부담감이 사라지니 어디에서도 편해졌어. 주일에는 교회 안의 모임에서 말문이 터졌고 교회가 끝나 밖무리들에 속해 있을 때는 행동이 과감해졌다네. 두 곳에서 소속감을 느끼며 매일매일 멈출 수 없는 아드레날린이 분비되는 느낌이었어. 쾌락에 절여지며 점차 안정감은 익숙해져 간과되고 더욱 강한 쾌락을 추구하고 싶어졌지. 두 무리를 하나로 합치고 싶었어. 되돌아보면 좋지 않은 결과가 될 것임을 뻔히 알만한 일이었는데 쾌락을 추구하기 위해서 사고가 마비되었다네. 모두가 친해질 수 있었던 이유는 보이지 않는 선을 유지하면서 친목을 하였기에 원만한 관계를 유지할 수 있었어. 그러나 무리하여 선을 지우고 합치는 움직임을 시작하였어. 처음에는 교회 안의 모임을 밖의 친구들에 융합시키고 싶었어. 그녀를 포함하여 가깝게 지내던 모임원 두 명을 데리고 밖으로 나갔다네. 주일에 예배를 마치고 교회 밖의 무리가 있는 곳으로 갔어. 모임원은 긴장감과 경계심이 있어 보였지. 그들을 걱정하지 말라고 달래주었어. 고작 또래일 뿐이라는 말로 달래주었지. 마을에 있는 공사가 중지된 어느 공터에 도착했다네. 교회 밖의 무리는 반갑게 맞이했어. 텃세를 부리지 않고 오히려 친근하게 다가왔지. 그러자 같이 간 친구들은 금세 경계심을 무너트리고 미소가 보였어. 우리는 담소를 나누며 조금씩 가까워졌지. 주제에 맞게 인원이 나뉘었다네. 나와 그녀는 같이 간 모임원 두 명과 다른 주제로 나뉘며 공터에서 다른 공간으로 찢어졌어. 그리고 교회 밖의 친구는 기다렸다는 듯이 우리에게 담배를 권하기 시작했다네. 익숙하였기에 무리의 융합을 위해 거리낌 없이 담배를 받아들였어. 그녀는 재치 있게 상황을 넘기며 원치 않은 제안을 요구받지 않도록 거절했다네. 나와 그녀는 모임원 두 명을 챙길 수 없는 곳에 있었기에 똑같이 받은 권유를 막아줄 수 없었어. 첫 권유를 거절하자 점차 강요로 바뀌어 갔다고 들었어. 그리고는 강제성에 이기지 못하고 본인들의 신념을 깨게 되는 선택을 했다고 하더군. 이는 원치 않은 결과로 이어졌어. 되레 악영향을 끼치게 되었다네.

그날 이후 교회 안의 소속으로 돌아갔을 때, 친하게 지내던 모임원 두 명은 거리를 두기 시작하더군. 그녀는 상황을 정확히 알지 못하였기에 중재를 해보려 하였지만, 원만히 해결되지 못하였어. 이미 다른 사람에게 그날의 이야기를 언급하며 깨진 신념에 대한 고백으로 동정받고 있었다네. 이러한 결과를 통해서 다른 결론에 도달하였어. 무리의 융합 자체에 대한 가능성이 없다는 것이 아닌 방식이 잘못되었다고 생각했지. 다른 방향을 모색하기 시작했지. 비로소 도달해낸 방식은 교회 밖의 친구를 안으로 불러들이기로 하였어. 어디에도 속하지 않은 이들을 따뜻한 실내로 부르는 것은 교회 안에 속한 내가 해야만 하는 일이라고 생각했다네. 주일이 되기 전에 밖의 친구를 만나 미리 이야기했어. 주일이 다가올 때 교회에 와주기를 부탁했지. 모두가 긍정적인 반응을 보이지는 않았어. 평범한 주말 오전에 굳이 아침 일찍 일어나고 싶지 않아 했지. 부정적인 반응에 이끌려 제안을 거부할 뻔하였어. 그러다 한 명이 반응을 꺾었다네. 그는 주말이 아니더라도 평범하게 쉬고 있는 그들을 경각시키면서 고작 일주일 중 하루에 일찍 일어나는 것도 못 하는 행동이 한심하다고 여겼어. 모두 생각을 고쳤다네. 그리고 제안을 받아들였어. 주일 아침에 교회에서 만나기로 하였지.

아침이 되었어. 미리 교회에 와서 예배를 준비하고 있었지. 그들은 일찍 도착하지 않았어. 예배 시간이 다가오면서 자리가 모두 차기 시작하고 그들을 위해 마련한 빈 곳도 채워졌다네. 친구들을 기다리다가 오지 않을 것만 같았어. 결국 자리를 옮겨 모임원들 주변에 앉았지. 예배 시작 단 1분 남짓한 시간에 많은 인원의 무리가 교회로 들어왔어. 그들은 큰 소리로 떠들면서 입구를 가득 메웠지. 그들을 보고 반가웠어. 기대를 저버리고 있던 순간에 제안을 잊지 않고 찾아와 줌에 감사했지. 원했던 무리의 융합에 첫걸음을 내디딜 수 있었으니까. 기쁜 마음에 그들을 보고 이어서 모임원들의 표정을 살폈어. 그러자 간과하고 있던 사실을 하나 깨닫게 되었다네. 교회의 모임원들은 달갑지 않은 표정을 지었어. 반가워하지 않았지. 나에 대한 원망의 시선을 보이기도 하였어. 몇몇은 의문을 가지기도 하였다네. 나는 설명했어. 무리의 융합에 대한 의견은 말하지 않고, 우리가 교회 밖의 그들에게 먼저 손을 내밀어야 하지 않냐는 주장을 제시했지. 모임원들은 그러한 마음씨는 중요하다고 하였으나 어째서 미리 말하지 않았느냐고 반박하였다네. 모임원의 반응에 혼자서 계획한 과거를 반성할 수밖에 없었어. 서로 반가워해 줄 줄 알았던 예상이 빗나가면서 안절부절못해질 수밖에 없었다네. 예배 시간이 다가오고 더 이상 의견을 나눌 수 없었어. 앞을 향해 집중해야 할 시간이 되었다네. 교회 밖의 무리는 자리를 찾기 시작했어. 그들은 나뉘었다네. 몇몇은 자리를 비집고 들어가 끼어 앉기도 하였고, 책상에 엉덩이를 걸치기도 하였으며, 벽에 기대어 사람들의 옆모습을 쳐다보기도 하였다네. 교회 안의 신도들은 불편함을 느꼈어. 겉으로 내색하지는 않았지만, 표정으로 드러냈다네. 이러한 반응들로 인해 눈치가 보였어. 내가 초대한 이들이었기에 양쪽으로 신경 쓰이더군. 신도들에게 불편함을 초래

한 원인 제공과 그들을 반가워하지 않은 결과 사이에서 식은땀이 흘러내렸어. 집중이 되지 않았지. 목사님이 십자가 앞에 서서 예배가 시작되자 떠들던 교회 밖의 무리는 순식간에 조용해졌다네. 교회 안에 있는 어떤 무리라도 목사님의 목소리에 집중하였어. 목사님은 늘어난 인원에 웃음으로 따뜻하게 맞이해주었다네. 그제야 다른 신도들도 현 상황에 익숙해지며 예배에 집중하게 되었다지. 나도 약간은 안심이 되었어. 이후에 대한 걱정을 줄이고 지금에 집중하기 위해 노력했지. 물론 중간중간에 걱정하는 마음이 흩트려 놓기도 하고 예배 시간이 끝나감에 따라 이후의 불안과 걱정이 엄습해 오기도 하였다네.

목사님의 마지막 말을 끝으로 하루의 예배 시간이 종료되었어. 이전에 들은 내용들이 쉽게 저장되지 않더군. 우리는 모임별로 모였어. 교회 밖의 무리도 우선 같이 모였다네. 목사님이 떠나가자 그들은 고삐가 풀려났어. 정해진 순서를 따르지 않고 심지어는 불편을 주어 말을 끊기도 하였다네. 모두의 눈살이 찌푸려지는 모습이 보였어. 참지 못한 모임원 중의 한 명이 자리를 박차고 일어나 그들을 나무랐다네. 불손한 태도와 시선을 흐트러뜨리는 모습을 지적하였다네. 그녀가 달래듯이 중간에서 두 무리를 타이르려고 시도하였어. 그러나 그마저도 흘려들었어. 화내는 모습을 조롱하듯이 웃음으로 흘려넘기고 안을 어지럽히기까지 하였다네. 성경책을 던지면서 주고받고 악기를 원하는 대로 두드렸지.

이대로 가다간 원하는 그림대로 흘러가기는커녕 상황이 악화만 될 뿐이었다네. 그래서 교회 밖의 무리를 억지로 내보내기 위해 시도했어. 처음에는 장난처럼 반응하였지만 그래도 그들은 말을 듣고 교회 밖으로 나갔어. 안에 있는 시간에 어느 정도 질린 것 같더군. 교회 밖의 친구를 타이르면서 멀리 떨어트려 놓았어. 아직은 때가 아니었지. 겨우 그들을 교회에서 벗어난 상태로 만들어놓았다네. 대충 말을 돌리며 다시 교회로 가야만 했어. 우선 상황을 타파하고자 하였다네. 불편한 진실은 내 방법은 회피였다는 점이었지.

　다시 교회로 돌아갔어. 이미 모임은 끝난 상태였다네. 자리에는 그녀가 앉아 있었어. 나를 기다리고 있었다고 하더군. 이유를 물어보자 본인도 교회 밖의 그들을 제대로 대우해주지 못하여 미안하다고 말하였어. 교회에 속한 본인도 힘써서 착실하게 인도해줘야만 했었다고 반성하였지. 그녀는 다시 교회 밖의 무리가 있는 곳으로 데려가 주기를 원했어. 미안한 마음을 고백하고 다시 불러들일 수 있게끔 전도하고 싶어 했다네. 고운 마음씨가 아름답더군.

　함께 교회를 나와 교회 밖의 친구가 있는 곳으로 찾아갔어. 데려갔던 자리에 아직 모여 있었다네. 그녀는 하고 싶었던 말을 전하였어. 그들은 귀 기울여 듣고 집중하였지. 그녀의 마음이 진실하게 전해지고 있었어. 그들은 한마디 한마디에 고개를 끄덕이며 반응했다네. 긍정적인 반응이 보이자 그녀도 덩달아 멈춤 없이 이어 나갔다네. 그녀가 하고 싶은 말을 끝내자 그들은 이전과 다른 표정을 지었어. 모두가 진지한 표정으로 곰곰이 생각하고 있었지. 이전에 한 짓을 반성하듯이 보였어. 교회에서의 행동들이 잘못임을 알고 부끄러워했어. 그때 그런 줄 알았다네. 그녀의 말과 그들의 반응을 좋은 징조라고 여겼어. 무리를 융합시키기 위하여 사이에 있는 사람이 나뿐만 아니라 그녀가 함께 있어 준다면 큰 도움이 되리라고 여겼지. 한 번에 시작하지 않고 한 명씩 천천히 융합되면서 전체가 융합되기를 기다리기로 하였지. 그녀의 존재 자체가 든든하였어. 그녀는 말을 끝내고 작별 인사를 하였어. 모두 한동안 가만히 있었어. 그리고는 한 명씩 일과 약속이 있다며 흩어지기 시작했다네. 나와 친구 한 명이 그곳에 남았어. 그는 약속의 핑계를 대지 않고 함께 있었다네. 어떠한 집합에도 우두머리는 있다고 했던가. 교회의 모임을 이끄는 그녀가 있다면 교회 밖의 무리에도 보이지 않는 서열이 존재했어. 나와 함께 있는 그 친구가 우두머리 같은 역할을 하고 있었다네. 그는 할 말이 있는 듯이 머뭇거렸어. 하고 싶은 말이 있냐고 물어보았어. 그는 숨을 한번 고르더니 물었지. 그녀를 소개해 달라고. 적지 않은 충격을 받았어. 물론 그녀는 매력적인 여성이었기에 누구나 그런 마음을 가질 수는 있었다네. 교회 밖의 무리에게 보인 반응으로만 봤을 때도 느낄 수 있었지. 착한 마음씨는 어느 무리에 있는 인물이든지 간에 매력을 느끼기에 충분했지. 그렇다고 할지라도 쉽게 받아들이기는 어려웠어. 어떤 대답을 해야 할지 몰랐다네. 머릿속이 하얘져 대답을 고를 수도 없었지. 그저 떠오른 생각은 기회로 여기기로 하였어. 두 모임이 친해질 다리라고 생각했다네. 그 녀석이 그녀를 이성적으로 맘에 들어 하던 장난삼아 해본 말이던 중요한 요점은 아니었어. 자네도 이야기를 들으면서 알겠지만, 나는 그녀를 흠모하고 있었어. 사랑의 감정을 섞고 있었지. 이기적이지만 그 녀석이 그녀에게 향한 마음을 그녀는 없다고 생각했어. 나와의 감정의 교류가 더 깊어졌다고 여겼지. 그렇기에 그 녀석이 마음을 변치 않고 무리가 융합되기 전까지 유지되어야만 했어. 마음을 다시 가다듬고 그에게 대답하였다네. 충분히 매력적인 여성이라는 사실을 다시금 되새겨 주었지. 그는 확신이 찬듯했어. 부끄러워했던 표정들이 풀리며 우수에 찬 눈빛으로 환하게 웃었다네. 나에게 감사의 인사를 건네고 인사를 건넸지. 그를 마지막으로 무리가 흩어졌어. 나는 그 자리에 잠시 머물렀다네. 이상한 기분이 들었어. 내심 아무렇지 않은 듯 여겼지만, 진심으로는 그렇지 않았나 봐. 그녀가 매력적으로 느끼기는 당연하다고 여겼지만, 막상 받아들이려니 쉽지 않더군. 이기적이고도 부끄러운 마음이지만 그녀를 향한 사랑의 감정은 나만 가지고 싶었어. 하필이면 주변 사람이 그녀에게 진심으로 특별한 감정을 갖는 점이 불편했어. 이 상황을 제어할 수 없다는 사실도 갑갑했다네. 아무리 생각해도 현실을 벗어날 수 없었지.

다음 주일부터 다른 일상이 벌어졌어. 같은 아침을 맞이하였으나, 하루 전체는 달랐어. 교회에 가니 그 녀석이 교회에 와있더군. 다른 교회 밖의 친구들 모습은 보이지 않았어. 그 녀석만이 교회에 한 자리를 차지하고 있더군. 그날 이후로 주일마다 그 녀석이 보였어. 나는 그릇이 작다는 사실도 알았다네. 처음에는 교회 밖의 친구를 초대하고자 하는 마음이 있었으나, 막상 꾸준히 나오는 모습을 보니 시기심이 들었다네. 한심한 마음가짐이었지. 처음에는 모임원들도 그 녀석의 존재를 꺼렸어. 그러나 꾸준히 출석하는 모습과 그녀는 맞이하여 주었기에 그녀를 시작으로 모임원들과 점점 가까워졌다네. 그런 상황에 질투마저 느껴지기더군. 나는 모임 속에서 말수가 적어지며 의기소침해졌어. 당연하게도 그 녀석과 그녀의 사이도 점점 가까워졌지. 제삼자의 측면에 있는 내가 볼 때는 그렇더군.

　시간이 흐르고 우리의 상태는 유지되었어. 그 녀석은 꾸준히 교회에 나왔다네. 그럴수록 나도 빠질 수 없었지. 더욱 꾸준히 출석해야만 했다네. 내가 없는 상황에 무슨 일이 일어나지는 않을까 하는 걱정 때문에 힘들어도 갈 수밖에 없었어. 가장 편안해야 할 곳에서 신경을 곤두세우다 보니 정신적으로나 육체적으로나 피로가 누적되더군. 마음에 대한 거짓도 생겨났어. 지칠 대로 지치다 보니 포기하고 싶기도 했다네. 그녀는 원래부터 선한 사람이라 나에게 특별한 감정을 가지지 않고 행동하지 않았나 생각도 하였어. 나뿐만 아니라 그 녀석과 교회의 모임원들에도 착한 사람이기도 하였으니까. 그렇지만 나에게 잘해줄 때마다 그 생각은 처음으로 초기화 되어 반복되는 상황이 만들어졌지. 그러다 어느 사건이 일어나고 말았다네.

　어느 날, 교회 모임이 끝나갈 때쯤에, 그 녀석은 먼저 자리에서 일어났어. 개인 약속이 있다는 말과 함께 자리를 떠났다네. 모두가 도중에 가는 이에게 아쉬움을 표했어. 걱정 섞인 말을 섞기도 하였고 따뜻한 작별을 인사하는 사람도 있었지. 나도 겉으로는 같은 감정을 전하였지만, 내심 기뻤어. 더 빨리 떠났으면 하는 생각에 아쉬워하기도 하였다네. 그리고 그 녀석 없는 모임이 마무리되었지. 다 같이 교회를 나갈 때였어, 그녀는 약속이 있다며 가장 작별 인사를 하고 갔다네. 항상 마지막까지 남아 모두에게 인사를 건네던 그녀였는데 말이지. 예상 밖의 행동에 의심이 들었어. 평소와 다른 모습이 나에게는 크게 타격이 왔지. 다른 이들도 똑같이 느끼고 있었어. 모두가 당황해했다네. 이윽고 말을 꺼내었지. 혹시 그 녀석과의 약속은 아닐까 하는 농담을 하기도 하였다네. 그 말을 들으니 의심은 확신으로 바뀌었어. 그들에겐 웃음 섞인 농담일지는 몰라도 내게는 결코 웃을 수 없는 불안으로 다가왔다네. 걱정이 떠날 수가 없었어. 혼자서 모임원들이 갈 때까지 남았다네. 정신을 놓고 있었어. 마음을 다잡아야만 했어. 걱정과 불안을 떨쳐내기 위해서라도 가만히 있을 수는 없었지. 그녀가 간 방향으로 무작정 걸어갔어. 약속 장소가 어디인지는 모르지만, 그저 한 방향으로 나아갔다네.

걸어도 걸어도 그녀의 자취는 찾을 수 없었어. 시간이 지날수록 여러 감정이 뒤섞였다네. 그녀의 약속이 그 녀석과의 약속이라는 확신도 없었고, 혹여나 맞더라도 장소도 모르는 넓은 마을 전체를 짧은 시간 안에서는 찾을 수가 없다는 사실이 떠올랐지. 또한 둘의 개인적인 약속을 내가 뭐라고 중간에서 막을 수 있을지 같은 생각도 들었다네. 그럴 때마다 멈추고 집으로 돌아가고 싶었다네. 그러나, 밖에서 상황을 지켜보더라도 확인하고 싶기도 하였어. 이대로 돌아가면 후회할 것만 같더군. 그럴 때마다 다시 이어갔다네. 계속해서 걸었어. 모든 감정이 불안으로 강하게 가득 찼을 때는 안정시키기 위해 뛰기도 하였지. 상상과 걱정을 멈출 수가 없었어. 점점 시간은 흘렀고 해는 심연으로 들어가 어두워졌다네. 길을 밝히기 위한 가로등 불빛이 켜질 때마다 지쳐갔어. 그래도 멈출 수가 없었지. 그들의 약속이 끝났을지라도, 하루가 다 지나갈지라도 거취를 파악하고 싶었어. 피로에 찌든 다리를 겨우 들면서 갔다네. 계속해서 움직이기 위해서 휴식도 필요했어. 앉을 곳을 찾았지. 둘러보아도 의자는 없었어. 주변 공터로 들어가 앉을 곳을 찾았다네. 그러나 이곳에도 휴식할 만한 자리는 없었어. 그냥 바닥에 앉아 휴식을 취하였다네. 땅의 차가운 기운이 올라왔어. 고개를 들어 하늘을 볼 힘이 없기에 고개를 숙이고 있었지. 이제는 생각하기도 피곤했다네. 눈을 감고 입으로 숨을 호흡했어. 시야를 닫고 청각에 집중하니 묘한 소리가 들려오더군. 눈을 뜨고 소리의 출처를 찾기 시작했지. 주변을 둘러보았어. 다시 눈을 감고 귀를 기울였다네. 이상한 소리가 희미하게 들렸어. 자리에서 일어나 소리의 출처에 집중했지. 어두운 곳으로 갈수록 희미한 소리가 선명해져 갔어. 점점 가까이 가니 누군가가 싸우고 있는 듯했어. 힘을 주며 발악하고 있었지. 더욱 가까이 다가갔다네. 오래된 주차장이 있는 곳이었어. 버려진 차들이 있었다네. 그곳에서 소리가 나고 있음을 확신했어. 어느 자동차에서 소리가 나는 것인지는 잘 보이지 않았다네. 하나씩 확인했다지. 세 번째 자동차를 확인할 때, 충격을 금치 못하였어. 유리창 너머로 어둡게 짙은 실내가 보였어. 눈이 아직 어둠에 익숙해지지 않아 실루엣만이 흐물거리며 움직이고 있었다네. 시야가 점차 익숙해지고 실루엣의 누군가와 눈이 맞은 듯한 느낌이 났을 때, 뒤통수를 얻어맞은 것처럼 얼얼했다네. 두 명이었어. 한 명은 등을 돌려 계속해서 움직였고 다른 한 명은 나랑 눈이 마주쳤어. 얼굴을 바라보았을 때, 눈은 어둠에 완전히 적응했고 서로를 파악했어. 우리는 아는 사이였지. 바로 그녀였지. 돌덩이 아래에 갇힌 사람처럼 힘을 주어 발악하고 있었다네. 등진 모습의 사람은 그 녀석임을 알 수 있었지. 얼어붙었어. 등줄기의 식은 땀이 소름 끼치게 흘러내렸지. 얻어맞은 뒤통수의 피가 딱딱하게 굳으며 혈관을 날카롭게 긁었어. 그녀의 볼을 타고 눈물이 흘러내렸을 때 침묵을 깨고 움직였지. 이때부터는 잘 기억이 나지 않아. 생각하기도 전에 자동으로 몸이 움직였겠지. 기억이 나는 순간에 이미 나는 그들 앞에 서 있었어. 자동차 문은 열려 있었고 한 손에는 돌덩이가 들려 있었지. 그 녀석은 그녀 위에 축 늘어진 채로 몸을 기대도 있었다네. 내 얼굴에는 뜨거운 액체가 튀어져 있었어. 축축하면서도 걸쭉한 액체였다네. 그 액체는 들고 있는 돌덩이에도, 그 녀석의 뒤통수에도, 차 곳곳에도 튀어 있었어. 조심스레 그녀를 쳐다보았어. 떨리는 눈동자를 바라보았을 때, 정신이 돌아오면서 기억이 나더군. 우리는 한마디도 나누지 않았어. 그저 두 명의 거친 숨소리가 적막을 감싸고 있었다네. 나는 돌덩이를 바닥에 내려놓고 그 녀석을 옆자리로 옮겼어. 외투를 벗어 그녀의 몸을 감싸고 자동차 밖으로 부축하였지. 그녀에게 묻은 핏자국을 옷으로 닦아냈어. 그리고 우리는 그 장소에서 벗어났다네.

Cranberry 크랜베리
마음의 고통을 위로하다

10.18

그녀를 집까지 데려다주었어. 우리는 가는 길에도 아무 말도 하지 않았다네. 새벽의 차가운 공기가 내 기분을 대신 전해주고 있었겠지. 그녀는 뒤돌아보지 않고 본인의 집으로 들어갔어. 그녀를 붙잡을 수 없었다네. 집으로 들어가는 뒷모습이 마지막 뒷모습이었어. 다시 하염없이 걸었지. 얼굴에 묻은 핏자국은 굳어 피부에 달라붙었어. 만지자 굳은 피가 가루처럼 흩어졌다네. 지금은 깨끗하게 닦아낼 수 없었지.

걷다 보니 마을의 외곽에 도착하였어. 그곳은 아무것도 지어지지 않은, 사람의 손이 닿아 있지 않은 곳이었지. 거대한 갈대밭이 무성하게 자라 있는 곳이었어. 그 안으로 발을 내딛었다네. 풀벌레 소리가 들렸어. 들어가는 순간 노랫소리를 멈추었다네. 한 발짝 내디딜 때마다 뛰어 들어가는 메뚜기들이 갈대밭을 춤추게 했어. 그제야 고개를 들어 하늘을 바라보았다네. 하늘에는 두 종류의 풍경이 펼쳐졌어. 내가 바라보고 있는 곳의 하늘에는 어두운 짙은 구름이 하늘을 뒤덮고 있었다네. 등 뒤의 풍경에는 아직 보이지 않는 해의 존재로 짙은 푸른색의 하늘이 보였어. 두 풍경 사이는 몽환적이었다네. 미묘하게 얽힌 갈등처럼 보였지. 눈을 감고 후각에 집중하였어. 해가 뜨지 않은 하루의 냄새를 맡았다네. 애석하게도 새벽의 냄새는 기분이 좋아질 정도로 상쾌하면서도 묵직했어. 이대로 갈대밭에 평생을 숨고 싶었지.

한참 동안 움직일 수 없었다네. 이윽고 등 뒤로 햇빛이 느껴졌어. 그제야 굳은 몸을 움직였다네. 등을 돌렸을 때, 숨어 있는 해는 지평선 너머에서 떠올랐어. 가만히 있을 수 없었다네. 일말의 사건이 있던 공터로 되돌아갔어. 버려진 자동차 앞으로 갔다네. 그곳은 아무도 목격이 없어 보였어. 그 녀석은 여전히 늘어진 채로 차 안에 있었지. 이상한 철 냄새가 가득했어. 소름이 끼쳤지만, 무섭지는 않았다네. 조금 전의 상황이었지만, 이상하게도 한참 지난 것같이 느껴졌어. 마치 악몽처럼 쉽게 현실 자각이 되지 않았다네. 바닥에 떨어진 돌덩이를 주었어. 묻은 액체가 검게 더럽혀져 있었지.

돌덩이를 가지고 곧장 지역 경찰서로 향하였다네. 멈추지 않고 들어갔어. 실내는 평온해 보였어. 모두가 희한하게 쳐다보았지. 가까운 경찰관에게 돌덩이를 보여주며 자수하였다네. 곧장 제압당하였어. 양손이 자유롭지 못하게 속박되었지. 그리고 간이 철창에 넣어졌고 기한 없는 대기가 내려졌어. 경찰관들이 모여 긴급하게 대화를 나누었다네. 이윽고 몇몇 경찰관들은 옷을 차려입고 밖으로 나갔다지. 귀를 찌르는 사이렌 소리가 들렸어. 그들의 상황을 지켜보았어. 어수선하고 급박해 보이는 분위기였지. 외출하였던 경찰관이 돌아오자 철장에서 꺼내주었어. 그러나 여전히 손은 속박된 상태였다네. 그는 나를 경찰차에 태웠어. 어딘가로 이동하더군. 이번에 사이렌 소리는 들리지 않았어. 체념하며 눈을 감았다네. 차가 멈추고 경찰관에 의해 어딘가로 이동되었어. 아마 지역의 상위 경찰서였겠지. 그곳에서 암실로 이동되었어. 그리고 두 명이 앉을 수 있는 탁상에 안내받았다네. 손이 묶인 채로 자리에 앉았어. 잠깐 기다리다가 누군가가 와서 반대편 자리에 앉더군. 그는 나에게 자초지종을 설명하기를 바랐어. 그래서 원하는 대로 설명하였다네. 한 치의 거짓 없이 토로했어. 반대편의 그는 고개를 끄덕였다네. 이후로 순식간에 진행되었어. 다시 철창에 갇혔다네. 이때부터 철창에 있는 동안에는 양손이 자유로워졌다네. 철창에 갇혀 있는 동안 그녀가 다른 경찰서에서 조사받았다는 소식을 들었어. 사실대로 이야기했기에 그녀에게 아무런 피해가 가지 않기를 바랐어. 이후 입는 옷도 통제되었어. 제공해 주는 특수한 옷을 입었다네. 청색의 데님 바지와 회갈색의 얇은 남방이었지. 특이한 것은 남방의 가슴 위치에 번호가 적혀 있다는 점이었어. 당연히 신고 있는 신발과 속옷들도 대체되었어. 그렇게 죄를 가진 옷을 입고 재판장에 섰다네. 가족이 마련한 변호사와 함께 법의 집행관 앞에 섰어. 법에 따른 죄가 집행되었고 철창의 학교와 같은 교도소에 수감 되었다네. 인생에는 공백의 시간이 생겨났지.

그날 이후로 그녀를 만날 수가 없었어. 사회에서 존재가 멀어지자 여러 소문이 돌더군. 누구는 그녀가 극심한 마음의 상처로 스스로 목숨을 끊었다는 사람도 있었고, 먼 나라로 떠났다는 사람도 있었어. 감옥에 있던 나는 소문으로 밖에 들을 수 없었다네. 점차 시간이 지나자 거짓말 같은 소문들조차 없었어. 그녀가 스스로 목숨을 끊었다는 생각은 하지 않았어. 그녀가 가진 마음의 상처는 내가 감히 공감하고 대신할 수는 없겠지. 그녀의 인생에 있어서 큰 상처일 터이고. 그러나 그녀의 독실한 신념을 알고 있기에 스스로 끊지 않았다고 확신할 수는 있었지. 물론 그렇다고 하여도 면회를 온 적은 없었지만 말이지. 감옥에 들어온 순간부터 내 안에 있는 그녀는 죽었다고 생각했어. 그녀를 사랑했던 죄책감에 대해 자그맣게 속죄하는 길이었지. 자수를 했다는 점과 여러 사유가 종합되어 법의 죄가 정상참작 되었다네. 기존의 형보다 더 줄어들었다는 것이지. 그 이후로 아무 면회도 받아들이지 않았어. 감옥 안에 있는 도중에는 가족과의 인연도 끊고 지냈다네.

여러 해를 넘는 시간이 흘러 사회로 복귀하였다네. 그녀를 찾을 시도를 하지 않았어. 혹여나 서로의 얼굴을 봤을 때, 그 당시의 기억을 떠오르게 할 것만 같앉지. 오랜 시간이 지나고 본인의 자리에서 강하게 살아가고 있을 텐데, 적응한 자리를 더럽히고 싶지 않았다네. 감옥에 나왔을 때도 모든 관계들을 끊기 시작하였어. 법의 죄가 줄었을지는 몰라도 마땅히 받아야 할 근본적인 죄는 아직 받지 않았으니까. 그 뒤로 다른 지역의 교회로 갔다네. 안에 들어가 죄를 고백하고 용서받고 싶었어. 그러나 용기가 생기지 않더군. 도망치듯 문에서 떨어져 뒤편으로 갔을 때 작은 공터가 있었어. 이 공간은 나를 부르고 있었다네. 나 때문에 존재하는 공간이었지. 교회라는 이름의 장소 때문에 혹여라도 지인의 눈에 띌까 봐 얼굴을 가리기로 하였지. 공터에서 벌을 받기 시작하였다네. 못되고 한심한 생각과 거짓말의 죄로 인하여 그녀에게 나쁜 기억을 심어버렸어. 죄책감 때문에 잠이 들 수 없었고 후회를 멈출 수가 없었다네. 아직 마땅한 용서를 받을 자격이 없었어. 그러므로 속죄해야만 하였지. 용기가 부족했다네. 세상의 눈치를 보느라 그녀에게 진심을 고백하지도 못했어. 나를 이어서 후회를 반복하지 말게나.”

망토를 두른 노인의 인생을 들려주었다. 감히 쉬운 대답을 꺼낼 수가 없었다.
“죄송해요. 괜히 저 때문에 슬픈 과거를 떠오르게 해서….”
나는 말하였다.
“걱정하지 말게나. 오히려 고마움을 느끼고 있다네. 이야기를 들어주는 것만으로도 고마워. 오랜만에 후련함이 느껴지는군. 어찌 되었든 격동하는 시기를 즐기게 그것 또한 진행되는 마음이니.”
노인이 대답하였다.
“내 이야기는 여기서 끝일세. 그저 한 사람의 과거일 뿐이지만, 자네가 듣고 나서 무언가라도 느꼈으면 좋겠구먼. 사랑은 고결하고 소중한 감정이야. 만약 사랑을 느꼈다면 그 감정을 느낀 순간을 소중히 여기게나. 시간이 지남에 따라 자연스러운 현상에 잃어서는 안 되네. 그러니 자네에게 사랑을 주고 자네가 느낀 누군가를 소중히 대해주게나. 그러면 사랑할 수 있는 축복받은 감정은 자연스럽게 녹아들 것일세."

　그는 이어서 말하였다.

"감사합니다. 말해주신 절대 잊을 수 없을 것 같아요."

　나는 대답하였다.

"그랬다면 다행이구먼. 이 노인은 여기서 끝일세. 밤이 늦었으니 여기서 머물다 해가 뜨면 가게나. 조금 쉬어야겠어."

　망토 두른 노인이 말하였다. 하루를 마무리하였다. 우리는 인사를 나누었다. 노인은 본인의 방으로 들어갔다. 나는 자연스레 소파의 한자리를 맡게 되었다. 불편하였던 소파도 으스스하였던 동네도 어느샌가 익숙해졌다. 같은 밤이어도 시간의 하루는 지나 있었다.

Garden Balsam 봉선화
나를 건드리지 마세요

10.19

해가 뜨지 않은 새벽에 잠에서 깨어났다. 하루를 시작하기에는 이른 시각에 눈이 떠졌다. 익숙해졌다고 할지라도 잠자리가 바뀐 곳에서는 편하게 잘 수가 없었다. 깊은 잠에 빠질 수가 없었다. 도저히 편히 잠을 잘 수 없을 것 같았다. 망토 두른 노인이 깨지 않도록 조심스레 집을 빠져나왔다. 낡은 철제 계단을 타고 내려왔다. 내려오자 신비한 꽃을 발견하였다. 어두워 알아차리지 못하였던 꽃이 지금은 볼 수 있었다. 눈을 사로잡을 정도의 빨간색이 인상 깊은 꽃이었다. 붉은색의 넓은 꽃잎을 가지고 있었다. 중앙에는 검은색의 수술이 동그랗게 자리 잡고 있었다. 붉은색과 검은색의 아름다운 조화를 이루었다. 시선을 돌리지 못할 정도로 매력적이었다. 꽃은 건물 모서리의 작은 화단에 심겨 있었다. 사람의 손이 오랫동안 닿은 적이 없는 듯해 보였다. 초록색의 풀 한 포기도 보이지 않는 척박한 땅의 꽃 한송이였다. 누군가에 의해 심겼는지 주변에 깨진 화분 하나가 놓여 있었다. 꽃이 심어졌다면, 이 사람에게 망상의 감동이 느껴졌다. 꽃을 키울 환경이 되지 않아 이런 땅에라도 심은 것 같았다. 마냥 꽃을 버리지 않고 심게라도 해주었다는 점이 감동이었다. 물론 자연 속에서 자란 꽃일 가능성도 있었다. 그것마저도 하나의 감동이었다. 척박한 땅에서도 자라났으니까. 감히 무시할 수 없었다. 환경이 갖춰져 있었기에 키워줘야만 했다. 나를 만날 운명이 아니었을까 하는 설레는 감정도 들었다. 깨진 화분을 들어 올렸다. 안에 들어 있는 흙을 파내어 깨끗하게 만들었다. 잠시 바닥에 내려놓았다. 무릎 꿇고 앉아 꽃 주변의 땅을 파내기 시작했다. 꽃은 많이 파보았기에 이 정도 땅에서 건져내기는 어렵지 않았다. 뿌리를 신경 쓰며 흙과 함께 화분에 담았다. 깨져 있었지만, 집까지 옮겨 가기에는 충분했다. 자리에서 일어났다. 두 팔로 조심히 감싸 안았다. 꽃을 들고 다시 발걸음을 옮겼다.

 도심은 아직 잠들어 있었다. 새들과 바람만이 깨어 있었다. 집으로 돌아가기 위해 마을을 향하였다. 노인이 말한 시간을 경험하였다. 새벽의 공기 내음과 바람이 상쾌하면서도 묵직했다. 땅 위에는 낮은 안개가 자욱했다. 몽롱한 분위기를 자아냈다. 지금의 분위기를 빠르게 지나가고 싶지 않았다. 천천히 걸었다. 일부러 외곽 지역으로 돌아갔다. 망토 두른 노인에게서 들은 갈대밭을 발견할 수 있지 않을까 하는 자그마한 기대를 해보았다.

 시간이 지날수록 주변이 밝아졌다. 아직 해의 모습은 보이지 않았지만, 시야가 넓어지기 시작했다. 그럼에 따라 아래에만 머물고 있던 안개도 떠올랐다. 안개의 높이는 키를 넘겼고 넓게 분포되었다. 어느샌가 시야 전체를 가릴 정도로 자욱해졌다. 앞에 보이던 길목도 가려졌다. 길을 알아차리기 어려워졌다. 어느 방향을 향하여 가고 있는지도 알기 어려웠다. 아랑곳하지 않고 우선 걸었다. 이마저도 모험심을 막을 수 없었다. 오히려 모험의 동기부여에 박차를 가하였다. 발걸음의 속도는 여전했다. 밟고 있는 땅의 종류로 주변을 판단할 수밖에 없었다. 도심의 길을 벗어나 있었다. 마치 주택가 같았다. 바로 앞이 입구임을 알 수 있었다. 찾던 목적지는 아니었지만, 이상한 이끌림이 발걸음을 인도하였다. 길을 우회하지 않고 앞으로 향하였다. 안개를 뚫고 마을로 들어가자 자욱했던 안개가 가라앉았다. 마치 안개라는 현실의 벽을 뚫고 꿈속에 들어 온 것 같았다. 이른 아침이었기에 마을은 조용했다. 불이 켜진 곳이 없었다. 돌아다니는 사람이 없었고 인기척이 느껴지지 않았다. 모든 요소가 환상의 장소 같앉다. 안개와 불 꺼진 마을, 아침의 공기가 몽환적이었다. 어릴 적 겪어본 마을 같았다. 분위기를 즐기며 구경하였다. 그러다 또 한 번 아름다운 경관을 목격했다. 몽환적인 분위기 속 한 주택의 작은 정원을 발견하였다. 뜻밖의 조우는 발걸음을 매혹하기에 충분했다. 길목 양옆에는 깔끔하게 깎인 나무 울타리가 있었다. 사철나무였다. 울타리 길을 통해 안으로 따라 들어갔다. 끝에는 바깥에서 본 작은 정원이 있었다. 여러 색의 꽃이 심겨 있었다. 꽃을 구경하며 이어서 걸었다. 그러다 처음으로 사람의 인기척을 느낄 수 있었다. 주택으로 올라가는 계단 위에 한 여성이 서 있었다. 안개 너머에 있는 그녀는 나를 알아차렸다. 또래쯤의 나이로 보였다. 붉은색의 긴 머리카락이 그녀의 허리춤에서 살랑거리며 흔들렸다. 그녀는 계단 위에서 담배를 태우고 있었다. 입에서 발아래의 안개와 같은 색상의 연기를 뿜었다. 유심히 살펴보았을 때, 그녀 또한 나를 지켜보고 있다는 사실을 알아차렸다. 우리가 눈을 마주치고 그제야 눈을 피했다.

"누구세요."

붉은 머리의 여성이 표정 변화 없이 질문하였다. 나는 곧장 대답하지 못하였다. 누구인지에 대한 존재 의의 때문은 아니었다. 내가 남의 정원, 곧 남의 사유지에 안쪽까지 발을 들이고 있다는 사실에 변명을 생각하고 있었다.

"정원이 너무 아름다워서 그만…"

나는 대답했다. 나를 알리는 대답이 아닌 이곳에 있는 이유를 대답하였다. 질문에 맞지 않은 대답임을 알고 있음에도 말이었다.

"허. 네. 그럼 원하시는 만큼 보다가 가세요."

그녀는 바람 빠지는 소리를 내고 말했다. 말을 끝낼 때마다 담배 연기를 내뿜었다. 이어서 계단에 앉았다. 시선은 하늘로 돌렸다. 나는 눈치를 보며 정원을 둘러보았다. 그러나 온 집중을 정원에 돌릴 수가 없었다. 붉은 머리의 그녀에게 묘한 이끌림이 있었다. 궁금증을 자아내기도 하였다. 머릿속을 빠져나가지 못하였고 복잡하게 헤집어 놓았다. 꽃보다 그녀에게 시선이 자주 갔다. 꽃을 보는 척하면서 시선을 피해 몰래 쳐다보았다. 눈맞춤을 도둑질하는 느낌이었다.

"다 보셨어요?"

붉은 머리의 여인이 말하였다.

"네?"

깜짝 놀라며 빠르게 시선을 다른 곳으로 돌리고 말하였다. 그녀를 보고 있었기에 놀라지 않을 수가 없었다. 단호하게 대답할 수가 없었다. 몰래 보고 있음을 들키고 싶지 않았다.

"정원 말이에요. 꽃은 다 보셨어요?"

그녀가 대답하며 질문하였다.

"아. 꽃, 말이군요. 네네. 다 보았습니다."

나는 안도하며 대답했다. 꽃을 보지도 않고 있던 사실에 거짓으로 대답하였다.

"곧 있으면 아침이라 집사람들도 다 외출하러 나올 것 같은데 계속 계실 건가요?"

붉은 머리의 그녀가 다시 질문하였다.

"아닙니다. 이제 만족할 정도로 다 보아서 갈게요."

나는 대답했다. 도심으로 돌아가는 방법을 알려달라고 하였다. 그녀는 친절하게 알려주었다. 그녀에게 가볍게 인사를 건네고 정원을 빠져나왔다. 나오면서도 그녀는 허공을 바라보며 연기를 뿜고 있었다. 알려준 길을 따라 도심으로 나오자 안개가 걷혔다. 물론 시간이 지나갔기 때문이었지만, 꿈속을 빠져나온 기분이었다.

집에 도착하여 들고 온 화분을 창가에 올려 두었다. 세 개의 화분이 놓이게 되었다. 분홍색의 꽃과 회색빛의 꽃, 빨간색의 꽃이었다. 미관상 어울리지는 않았지만, 다수의 꽃이 창가를 장식하고 있음이 아름다웠다.

Indian Hemp 대마
운명

10.20

잠을 깨어났을 때도 정신은 다른 곳에 가 있었다. 한번 머릿속을 헤집어 놓은 이끌림은 쉽게 잊을 수 없었다. 생각이 꼬리에 꼬리를 물며 풀리지 않도록 얽히게 되었다. 복잡한 감정이 어떠한 형태인지 알 수 없었다. 가만히 누워 있기에는 편하지 않았다. 움직여야만 했지만, 할 일이 없었다. 해야만 하는 일에는 생각이 들지 않았지만, 하고 싶은 일에는 확실한 목표가 있었다. 어제의 작은 정원에 다시 가보고 싶었다. 작은 정원에 들어갔을 때는 씻지 않은 상태가 부끄러웠다. 깔끔하게 하여 새로운 인상을 주고 싶었다. 몸과 머리를 씻고 잘 개어진 옷으로 갈아입었다. 거울을 바라보니 만족하였다.

계단을 타고 내려갔다. 올라오고 있는 루실과 마주쳤다.

"좋은 아침입니다."

루실이 아침 인사를 건넸다. 그녀를 보자, 알 수 없는 죄책감이 들었다. 실제로 죄를 짓지는 않았지만, 입술과 손이 떨렸다. 감정이 요동쳤다.

"어디 외출하시나 봐요. 깔끔하게 차려입으시니 멋있으세요."

대답이 없는 나를 대신하여 루실이 이어서 말하였다.

"네. 잠시 약속이 있어서 나가려고요."

둘러대는 대답으로 상황을 빠르게 빠져나왔다. 들키지 않게 힐끔 그녀를 보니 영문을 알 수 없는 듯한 표정이었다. 도망가듯이 문을 닫았다. 바깥으로 첫

발을 디뎠을 때, 편지 한 통이 떨어져 있었다. 수신자에는 내 이름이 적혀 있었다. 발신자는 적혀 있지 않았다. 편지를 주고받을 만한 사람이 없었기에 정체를 파악할 수 없었다. 그래도 궁금하여 편지를 열어보았다. 검은색 편지 봉투 안에 흰색의 편지지가 들어있었다. 펼쳐보니 빨간색 글씨로 적힌 협박 편지였다. 주요 내용은 돈과 관련된 내용이었다. 돈을 가져오지 않으면 해코지한다는 내용이었다. 서둘러 편지를 꾸겨 주머니에 넣어 감췄다. 센트락이 보낸 편지임이 틀림없었다. 주변을 살펴보았다. 아무도 존재하지 않았다. 서늘한 아침 바람만이 나를 처량하게 만들었다. 한숨이 입 밖으로 나왔다. 가려던 길을 향하여 외딴 자리를 떠났다.

  길을 되돌아가 작은 정원이 있는 마을로 향하였다. 안개가 없어 몽환적인 느낌은 들지 않지만, 들뜬 마음은 가라앉힐 수가 없었다. 다가갈수록 발걸음이 가벼워졌으며 뇌를 거치지 않는 미소가 자동으로 지어졌다. 입구에 들어섰을 때, 긴장감이 들었다. 왜 다시 왔냐고 물어보았을 때 어떻게 대답해야 할지 고민했다. 그녀가 없다면 다음을 기약하기로 하고, 재방문 의사를 물었을 때는 정원을 핑계 삼기로 하였다. 긴장감은 그렇게 접어두었다. 나무 울타리를 통해 안으로 들어갔다. 진입하자마자 붉은 머리의 그녀가 보였다. 이번에도 계단에 앉아 담배를 피우고 있었다. 들어가자마자 나를 알아차렸다. 서로의 눈이 마주쳤다. 그녀는 아무런 반응도 당황한 기색도 보이지 않았다.
  "또 오셨네요? 무슨 일이세요?"
  그녀가 질문하였다. 긴장했던 예상 질문이 들어왔다. 미리 준비한 답변을 하기로 하였다.
  "정원을 잊을 수가 없어서 다시 오게 되었어요. 저희도 정원이 있어서 아름답게 꾸미신 점을 공부 삼고 싶었습니다. 구경해도 될까요?"
  답변을 말하고 질문했다.

"원하시는 만큼 보세요."

그녀가 답하였다. 이번에도 눈치를 살피며 정원을 구경하였다. 최대한 꽃들에 시선을 집중하였다. 똑같은 정원임이 틀림없었지만, 다시금 보니 새로웠다. 눈으로는 정원을 보고 귀로는 담배 연기를 내뱉는 소리에 이끌렸다. 그러다 규칙적이던 소리가 끊겼다.

"그런데 이전에 만족할 정도로 보셨다고 하시고 돌아가시지 않으셨나요?"

붉은 머리를 찰랑이며 물어보았다.

"맞아요. 그렇게 말했는데 생각해보니 아쉬운 부분들이 많이 떠올라서요. 그래서 직접 다시 보고 싶었습니다. 잊어버린 부분들이 있기도 하고요."

"네. 그렇군요."

"그러면 이어서 살펴보겠습니다."

"그렇게 하세요."

대화를 끝내고 이어서 정원을 보았다. 그녀는 피고 있던 담배를 땅에 던져 불씨를 끊었다. 그녀의 움직임에 맞춰 바라보았다.

"그나저나 타이밍이 좋으시네요. 마침 집 안의 가족들이 모두 외출해있을 때 오시고."

붉은 머리의 그녀가 이어서 말하였다.

"그러시군요. 노리지는 않았는데…."

"그러시겠죠. 저를 스토킹하는 사람이 아니라면 말이죠."

"스토킹이라뇨? 전혀 아닙니다. 그런 의심을 들게 해서 죄송해요."

"농담입니다. 밖에 추우시지 않으세요? 충분히 보셨다면 안에 들어와서 몸이라도 녹이세요."

"그래도 될까요?"

"마침 집 안의 가족들이 외출했다고 했잖아요. 내키지 않으시면 거기 계셔도 됩니다. 저는 이만 들어갈 거라서."

"아뇨…. 그렇다면 잠시만 실례하겠습니다."

"어서 들어오세요. 추우니까."

우리는 대화를 마쳤다. 계단을 올라가는 그녀를 따라갔다.

집 안은 평범하였다. 어디에서나 볼 수 있는 가꾸어진 실내였다. 필수 가구들뿐만 아니라 장식용으로 꾸며진 물건들도 놓여 있었다.

"편하게 앉아 계세요."

그녀가 한 곳을 가리키며 말하였다. 나는 일인용 소파에 앉았다. 갈색 가죽으로 된 푹신한 소파였다. 가라앉는 듯한 고급스러운 가구였다. 쉬는 동안 그녀는 부엌에서 마실 거리를 가져와 주었다. 쟁반에 담아 옆의 작은 탁상에 내려놓았다. 차가운 수돗물 두 개가 유리컵에 담겨 있었다.

"감사합니다. 잘 마실게요."

컵을 들며 말했다. 붉은 머리의 그녀는 의자를 끌고 왔다. 등받이를 반대로 하여 다리를 벌리고 앉아 배를 등받이에 기대었다.

"그나저나 요새 힘들지 않으세요?"

그녀가 질문하였다.

"요새요? 갑자기 무슨 말이신지 모르겠네요. 그냥 복잡한 상황에 따른 감정이 괴롭히고 있기는 해요."

나는 대답했다. 예상치 못한 질문에 당황하였다. 그러나 왜인지 모르게 고백하였다. 그녀의 눈동자에 솔직하게 답할 수밖에 없었다. 깊은 갈색의 눈동자, 밝다 못해 황금색에 가까운 눈동자에 개인 사정을 답하였다.

"그러시군요. 누구나 힘든 상황에 직면하기 마련이죠. 그러나 모두가 해결하지는 못하죠. 심지어 감정은 우리의 의지대로 다룰 수 없잖아요. 자연스럽게 생기지. 그래도 스스로 진정시킬 수는 있어요. 저는 그 방법을 알고 있고요."

"정말요? 그렇다면 알려주실 수 있으세요? 꼭 알고 싶어요."

기대에 찬 목소리로 몸을 앞으로 기울이며 말하였다.

"그럼요. 이 방법은 모두에게 열려 있는 걸요. 정말 알고 싶으세요?"

"알고 싶습니다. 머릿속이 어지러워요. 감정들을 진정시킬 수만 있다면야 어떤 방법이든 알고 싶습니다."

"그 정도로 원하신다면 알겠습니다. 이 방법은 새로운 감정으로 괴롭히고 있는 감정을 덮어버려요. 대신에 한번 시작하면 이 방법밖에는 떠오르시지 않을 것입니다. 준비되셨어요?"

"준비되었습니다. 항상 문제 해결에 열려 있어요."

"좋은 자세네요. 저는 위험 경고도 해드렸습니다. 그런데도 받아들이신다면 준비해 드릴게요. 각오도 되셨나요?"

"그럼요. 평생을 살면서 해결할 수 없었는데 새로운 방법이 있다면 시도하지 않을 수가 없죠."

우리는 대화를 하였다. 그녀는 미소와 함께 고개를 끄덕였다. 그리고는 자리에서 일어나 어디론가 향하였다.

잠시 뒤, 계단을 내려오는 소리가 들렸다. 고개를 돌려 확인하였다. 붉은 머리의 그녀는 무언가를 가져왔다. 처음 보는 물건이었다. 그녀는 기쁜 듯 미소가 사라질 기미가 보이지 않았다. 물건을 탁상에 올려놓으려고 하였다. 나는 쟁반을 들어서 자리를 마련했다. 쟁반은 바닥에 내려놓았다.

"이게 뭔가요?"

나는 물어보았다.

"해결 방법입니다."

그녀는 미소 지으며 말하였다. 물건은 기상하게 생겼다. 큰 모래시계 같이 생긴 모양이었다. 위에는 긴 빨대가 있었다. 끝에는 호루라기를 무는 부분과 비슷한 모양으로 마감되어 있었다. 그녀는 의자를 탁상에 가깝게 끌고 와 앉았다. 그리고 주머니에서 손바닥보다 작은 종이 상자를 꺼내었다. 안에서 성냥이 나왔다. 한 개비를 들고 상자에 긁어 불을 붙였다.

"워워. 뭐 하시는 건가요? 왜 불을 붙이세요?"

나는 놀라며 말했다.

"진정하시고 일단 지켜보세요. 곧 모든 이유와 환상의 문을 여실 수 있으실 테니까요."

그녀가 대답하였다. 불을 붙인 성냥을 들고 모래시계 모양의 아랫부분에 가져다 대었다. 그 부분에는 두꺼운 심지가 짧게 있었다. 동시에 다른 손으로 빨대를 집어 끝부분을 입으로 물었다. 그러자 이상한 소리가 들렸다. 마치 물이 끓는 소리 같았다. 실제로 안에서 거품이 끓어 올랐다. 모래시계 안을 연기로 가득 메웠다. 눈으로 볼 수 있는 희고 뿌연 색이었다. 마치 새벽의 안개를 가둬 둔 것만 같았다. 어떤 행동을 하는지 잘 알지 못하였지만, 물이 끓자 빨아들이고 있음을 직감적으로 알았다. 안개가 새어 나오며 짧고 간결하게 흡입하였다. 그리고 크게 몸을 부풀렸다. 그녀는 고개를 들어 연기를 내뿜었다. 새하얀 연기가 입 안에서 흘러나오며 천장에 가득 찰 정도로 피어올랐다. 그녀는 눈을 부릅뜨고 있었다. 흰자의 붉은 실핏줄이 동공을 감싸듯 여러 가닥으로 좁혀졌다. 온몸에 힘이 들어가 보였다. 앉은 채로 상체를 빳빳하게 들어 올렸다. 목에는 두꺼운 핏줄이 보였다. 이마에도 이전에는 보이지 않았던 핏줄들이 드러났다. 겉모습으로만 봤을 때는 고통스러워 보였다. 그러나 그녀는 미소를 넘은 환한 웃음의 표정을 지었다. 호기심의 갈증이 생겼다. 얼마나 기쁘길래, 얼마나 행복하길래 저 정도로 기뻐할 수가 있는가 하고 궁금했다. 살면서 저만큼이나 행복해 본 적이 있었나 기억이 나지 않았다. 붉은 머리의 그녀는 연기를 다 내뿜고 고개를 숙였다. 표정은 점차 풀어지며 옅은 미소로 바뀌었다. 그리고 거친 숨을 몰아쉬었다.

"이제 당신 차례예요."

붉은 머리의 그녀는 숨을 내뱉으며 말하였다. 나에게 빨대를 건네주었다. 바로 받을 수가 없었다. 그녀의 반응으로 인한 기대감이 있었지만, 낯선 거부감이 들었다. 그렇기에 주저했다.

"망설이실 필요 없습니다. 받아들이세요. 그러면 이루 형용할 수 없는 행복을 누리실 수 있으실 거예요. 하늘을 날아보고 싶으시지 않으세요?"

그녀가 이어서 말하였다. 달콤한 목소리를 거부할 수 없었다. 빨대를 건네받았다. 그녀의 행동을 따라 한 손으로 빨대를 지탱하고 다른 손으로 입 부분에 가져갔다. 조심스레 입술을 가까이 다가갔다. 초조해졌다. 입술이 떨렸고 손이 축축했다. 그녀의 환희로 가득 찬 표정이 더욱 등 떠밀었다. 눈을 감았다. 어느새 빨대의 입구가 입술에 닿았다. 입술을 천천히 열고 빨대 구멍과 목구멍이 연결될 수 있도록 고정하였다. 힘을 주어 바람을 빨아들이듯이 호흡을 크게 들이마셨다. 연기가 마치 폭포수처럼 빨려 들어왔다. 놀라 기침이 나왔다. 순식간에 들어 온 무언가를 털어버리듯이 기침하였다. 가벼운 뭉텅이가 목구멍을 강타하였다.

"괜찮으세요?"

붉은 머리의 그녀가 내 등을 만지며 말하였다.

"원래 처음에는 다 그래요. 심호흡하시고 다시 천천히 들이마셔 보세요. 처음은 별거 아니겠지만, 다음부터는 완전히 달라지니까요."

그녀가 이어서 말하였다. 기침으로 다 뱉어내고 천천히 숨을 골랐다. 다시 빨대를 잡았다. 이번에는 빠르게 입으로 가져다 대었다. 긴장감으로 망설여졌었지만, 두 번째는 어렵지 않았다. 결단을 이어가 연기를 들이마셨다. 낯선 것을 막으려는 목구멍의 본능을 조절하였다. 연기는 천천히 그러면서 무겁게 들어왔다. 마치 가벼운 물처럼 마셔졌다. 마신다는 표현이 적절했다. 연기가 뇌 속에 가득 찬 듯하였다. 눈의 초점이 잡히지 않았다. 눈앞에 보이는 모든 것들이 일렁거리며 흔들렸다. 시야에 문제가 생겼다는 두려움은 없었다. 머리가 몽롱해지며 기분이 좋았다. 자연스레 입꼬리가 올라갔다. 세상의 일렁거림이 재밌었다. 이윽고 점점 흐려지다 못해 어두워졌다. 눈을 감았는지 뜨고 있는지 모르게 캄캄했다. 그러다 슬며시 빛 한줄기가 들어왔다. 빛이라고 하기엔 애매할 정도였다. 그렇다 빛이라기보다는 색이 칠해지는 한 번의 붓 터치 같았다. 어두운 도화지에 모든 색이 칠해졌다. 장면이 그려졌다. 대부분은 초록색이었다. 나는 누워 있었다. 푹신한 잔디 위에 있었다. 나무 그늘 아래였다. 선선한 바람이 불었다. 풀 냄새가 났다. 흙냄새와 섞여서 났다. 등에서 느껴지는 푹신한 잔디보다 머리를 받치고 있는 곳에서 행복한 촉감이 느껴졌다. 누군가의 무릎을 베고 있었다. 누구의 무릎인지 알고 싶어 보려고 시도하였으나 눈이 떠지지 않았다. 얼굴 같은 실루엣이 보였다. 알아차리기 어려웠다. 일렁거려 더욱 알아보기가 힘들었다. 물감이 물에 번져 있는 것만 같았다. 어렴풋이 보이는 표정으로는 미소 짓고 있었다. 아무리 얼굴을 보려고 해도 알 수 없었기에 그저 몸을 맡겼다. 기분 좋게 누워 있는 감각에 집중하였다. 구름을 타고 있는 듯한 가벼움이었다. 그러나 손끝에서는 푹신한 차가움이 느껴졌다. 어색한 감각이 화려한 희극영화 속 옥에 티였다. 신경 쓰이다 보니 푹신함은 가죽 소파임을 알게 되었다. 도화지에 그려진 물감들이 하나둘씩 어두워지기 시작했다. 꺼져가는 장면에서 마지막으로 얼굴을 확인하고 싶었다. 그러나 여전히 눈은 떠지지 않았고 정체를 알 수 없었다. 그나마 확인할 수 있었던 실루엣 일부분에서 금발의 머리카락이 보였다. 그러더니 순식간에 시야가 캄캄해졌고 눈이 떠졌다.

10장

안개

공기 중의 수증기가 응결하여 생긴
작은 물방울이 지표면 근처에 떠 있는 현상.
태양이 떠오르면 보통 사라진다.

Joe Pye Weed 등골나물　　　　　　　　11.06
주저

뿌연 연기가 눈앞에서 아른거렸다. 뒤의 배경은 평범한 주택의 실내였다. 그리고 일인용 가죽 소파에 앉아 있음을 알아차렸다.

"어떠세요? 괜찮으세요?"

붉은 머리의 그녀가 질문하였다. 천천히 소리 난 곳을 쳐다보았다. 그녀의 표정은 여전히 미소로 가득 차 있었다. 등이 축축했다. 옷이 땀으로 젖어 있었다.

"신기한 경험이었어요. 방금 꿈을 꿨나요? 그렇지만 너무나 생생했어요. 잠시 밖에 나갔다가 들어왔나요? 그래서 땀에 젖어 있나요? 혼란스러워요. 잊을 수가 없어요. 지금도 꿈은 아니죠?"

여러 질문을 쏟아냈다.

"걱정하지 마세요. 모두 현실이고 사실이에요. 어떻게 받아들이냐는 마음가짐의 차이일 뿐입니다. 좋은 곳에라도 다녀오신 모양이네요."

"구름을 타고 있었어요. 평온하고 안정된 상태였죠."

"누구나 그렇게 말해요. 그 점이 우리를 행복하게 만들죠."

"행복했어요. 지금 그 행복이 없으니 아쉬워요."

"그것도 걱정하지 마세요. 언제나 찾을 수 있습니다. 앞에 있는 빨대를 한 번만 더 들이마시면 다시 평온을 맞이하실 수 있어요."

"정말요? 한 번으로 끝나지 않나요?"

"그럼요. 저는 셀 수 없을 만큼이나 경험해 봤는걸요. 지금도 보세요. 현실에 나와 있지만, 여전히 미소 짓고 있잖아요."

대화를 끝났을 때도 그녀의 표정은 여전하였다. 다시 빨대를 집어 들었다. 좀전의 경험을 잊을 수 없었다. 행복한 꿈을 꾸던 도중에 의지와 상관없이 깨어난 것만 같았다. 꿈을 연결하고 싶었다. 이는 알 수 없었던 누군가의 얼굴을 확인하고 싶은 점도 있지만, 순간의 감정이 유혹했다. 곧바로 빨대를 입에 가져다 대었다. 연기를 들이마셨다. 망설였던 처음의 주저함을 이제는 주체할 수 없었다. 두려움은 사라졌다. 다시 꿈의 문 앞으로 다가갔다. 인공적으로 만들어진 곳 앞으로. 꿈으로 들어가기 직전의 평온함에 사로잡혔다. 이 매력적인 경험으로 인해 빨대에서 손을 놓을 수가 없었다. 직접적으로 빨대에서 손을 뗄 때는 꿈속에 들어갈 때뿐이었다. 연기를 흡입했고 꿈으로 들어갔다가 나오고 다시 빨대를 만졌다. 우리는 주고받기도 하였다. 꿈속에 진입하면 이어서 그녀가 본인의 꿈속으로 들어갔다.

깨어났을 때, 집 전체가 연기로 자욱했다. 안개가 가득 메웠다. 집 안에서조차 꿈 같았다. 몽환적인 현실은 쉽게 구분 지을 수 없었다. 연기가 붉은 머리의 그녀를 가렸다. 실루엣이 안개 뒤에서 보였다.

"저기요."

그녀를 불렀다.

"저기요?"

대답 없는 그녀를 다시 불렀다.

"네? 부르셨어요?"

붉은 머리의 그녀가 안개를 뚫고 나와 대답하였다.

"모습이 잘 보이지 않으셔서 불렀어요. 제가 깨워버렸나요?"

"아니에요. 괜찮습니다. 너무 즐기긴 했네요. 또 이런 점이 하나의 묘미죠. 꿈과 현실, 이중으로 즐길 수가 있어요. 처음부터 높은 수준의 쾌락을 맛보신 것은 아닌지 걱정되네요. 아니, 걱정은 없어요. 우리는 지금 아무런 걱정과 불안이 없는 곳에 있으니깐요."

"그렇네요. 아무 생각 없이 지금을 즐길게요."

"좋은 생각이에요. 제 소개가 늦었네요. 제 이름은 포퍼예요."

그녀는 본인의 이름을 밝히고 안개로 들어갔다. 우리의 몸을 가득 메운 안개는 시간의 제약도 공간의 제약도 잊게 했다. 지금 그 어느 순간에서도 자유로운 상태였다. 시간의 구애를 받지 않는 꿈속에서 영원히 잠들지 못할 경험을 이어 나갔다. 그러나 현실의 시간은 당연하게도 밤이 찾아왔다.

눈을 떴다. 현실인지 꿈인지 구분하기가 어려웠다. 상황을 직시하기 위해서는 지금의 감정에 충실해야만 했다. 기분이 무거웠다. 엄청난 돌덩이가 가슴을 짓누르고 있는 듯한 답답함이 느껴졌다. 그 답답함에는 죄책감마저 들었다. 현실에서 눈을 떴음을 알았다. 나체인 채로 누워 있었다. 손끝으로 주변을 만져보자 침대임을 알아차렸다. 덮고 있는 이불을 치우고 자리에서 일어났다. 맨발과 바닥 사이에 느껴지는 차가움이 현실을 더욱 직시했다. 흩날려져 있는 옷가지를 들었다. 고개를 뒤로 돌렸다. 누워 있던 자리 옆에 붉은 머리의 포퍼를 뒤로 하고 앞을 바라보았다. 조심스럽게 방 밖으로 나갔다. 차가운 계단을 타고 내려갔다. 낡은 나무 계단의 비명을 타고 천천히 밟았다. 지금이 해가 떠 있는 시간임을 알아차렸다. 그러나 어제의 일이 오늘인지, 아니면 하루가 지난 일인지 혼란스러웠다. 느낌상 하루가 지난 듯한 실감은 들지 않았다. 점심시간이 아직 오기 직전의 시간에 집에 들어왔고, 폭풍 같던 경험을 겪었다. 그러나 하룻밤이 넘어갈 정도로 흘렀는지는 기억에 없었다. 몇 시간도 채 지나지 않은 느낌이었다. 직감은 시간을 거부했지만, 피부로 받아들여지는 본능은 현실을 느끼게 해주었다. 예상과 다르게 흘러갔다는 우려에서 불안한 죄책감이 떠올랐다. 허무하게 시간을 보냄과 흐름을 알아차리지 못했다는 점들이 불안감을 부풀리는 계기가 되었다. 발바닥의 한기가 더욱 차갑게 느껴졌다. 몸을 타고 위로 올라왔다. 식은땀이 흘렀다. 공기와 섞여 마르면서 온도 조절에 주는 타격을 무시할 수 없었다. 서둘러 옷을 입었다.

"언제 나오셨어요?"

포퍼의 목소리가 들렸다. 바지를 완전히 채 입기 전이었다. 목소리가 들리는 곳으로 고개를 돌렸다. 포퍼는 가벼운 차림의 복장으로 내려와 있었다.

"아. 방금 내려왔어요."

나는 대답했다.

"어제가 기억나세요?"

그녀는 이어서 질문하였다.

"기억은…. 사실 완벽하게 나지는 않아요. 연기를 많이 흡입하고 안정된 기분을 경험했던 것까지는 기억이 나는데 이후로부터는 뚜렷하지 않아요."

"원래 다들 그래요. 자연스러운 일입니다."

"그래서 불안해요. 남에게 피해를 주지 않았는데 잘못을 저지른 것 마냥 죄책감이 느껴져요. 이것도 자연스러운 일인가요?"

"모든 것이 자연스러운 현상이에요. 저도 처음에는 그랬고 누구나가 같은 반응이었어요. 지금의 저처럼 받아들이면 죄책감마저도 즐기는 경지에 이를 수 있습니다. 그러니 지금의 상황에 진지해질 필요는 없어요. 미래를 불안해하기도 힘든데 현재를 생각해서 뭐 해요. 어차피 1초만 지나도 과거가 되어버리는데요. 이럴 때일수록 어제의 기억을 잃어서는 안 돼요. 경험을 까먹어도 안 되죠. 다시 시작해 보실래요? 어서 시작해요. 바로 준비할 테니까."

우리는 대화를 주고받았다. 그녀는 빠르게 움직였다. 전의 상태를 만들기 위하여 바리바리 이동했다. 그저 바라볼 뿐이었다. 포퍼는 들뜬 모습이었다.

처음 본 모습 그대로의 환경을 만들어주었다. 익숙하면서도 불안한 환경이었다.

"어서 앉으세요."

포퍼는 나를 불렀다. 무시해 보았다. 그러자 그녀가 나의 등을 밀었다. 버틸 수 있음에도 그러지 않았다. 나는 차갑게 식은 가죽 소파에 앉게 되었다.

"기꺼이 편한 자리를 양보해 드릴게요."

포퍼가 말하였다. 그녀는 의자를 뒤집어 앉았다. 책상 위의 유리 기구를 이리저리 만졌다. 성냥을 꺼내 들었다. 이전처럼 불을 붙였다. 그녀는 빨대를 들어 나를 향하도록 들었다. 고개로 양보하듯이 지시했다. 나는 손을 이어받아 빨대를 들었다. 달콤하면서도 퀴퀴한 향기가 속 안의 불안한 죄책감을 자극했다. 울렁거리는 감정의 원인이 무엇인지 알면서도 이번에도 애써 무시했다. 쾌락을 추구하는 본능이 감정을 억누르는 법을 유혹했다. 나는 본능에 충실하였다. 몸을 맡겨 연기를 흡입하였다. 그리고는 눈을 뜰 수 없었다.

Saxifrage 범의 귀
비밀

11.19

　짙은 녹색의 칠판이 보였다. 앞에 선 거대한 사람이 분필로 써 내려가고 있었다. 바닥에는 분필 가루가 눈처럼 쌓였다. 나는 작은 책상에 앉아 있었다. 몸에 맞지 않았다. 속박하듯이 끼어 움직이기 힘들었다. 고개를 돌려 주변을 살펴보았다. 나와 같은 책상에 앉아 있는 사람들이 있었다. 그들은 작은 몸을 가지고 있었다. 그렇기에 좁아 보이지 않았다. 아무렇지 않은 듯 앞을 향하고 있었다. 그러나 표정은 보이지 않았다. 안개로 뭉개지듯이 가려져 있었다. 무슨 생각을 하고 있는지 읽히지 않았다. 이곳이 익숙하며 편안했다. 문 듯 이상한 느낌이 들었다. 작은 책상에도 불편함이 없었지만, 허벅지 쪽에서 무게감이 느껴졌다. 무언가가 허벅지 위에 올라가 있는 느낌이었다. 그러나 아무것도 없었다. 평범한 바지를 입은 다리의 모습이었다. 처음에는 개의치 않았지만, 무거움이 사라지지 않아 답답해지기 시작했다. 신체 일부분의 답답함이 몸 전체로 퍼졌다. 책상도 점점 비좁아졌다. 불편하여 몸을 이리저리 움직였다. 그러나 속박된 채 움직여지지 않았다. 갑갑함에 소리를 지르려고 하였지만, 입이 벌어지지 않았다. 의도가 뜻처럼 되지 않았다. 몸이 책상과 함께 바닥을 긁으며 움직였다. 이내 손가락과 발가락, 얼굴의 눈썹 근육까지 뜻대로 움직일 수 없었다. 도움을 요청하고 싶었다. 앞자리에 앉은 누군가가 뒤를 돌아 나를 바라보았다. 표정은 보이지 않았지만, 연한 금발의 머리를 가지고 있었다. 검지 하나로 눈을 가리켰다. 영문을 알 수 없었지만, 가리킨 방향에 집중했다. 그제야 내가 눈을 감고 있음을 알 수 있었다. 천천히 눈을 떴다.

 집 안으로 들어오는 밝은 햇살이 반사되어 비쳤다. 눈을 찡그리며 조심히 시야를 확보하였다. 포퍼의 집에 있었다. 그리고 허벅지의 불편한 감각도 알았다. 포퍼가 바닥에 무릎을 꿇고 머리를 기대고 있었다. 조심히 그녀의 머리를 치우고 자리에서 일어났다. 조금 전의 경험이 생생했다. 연기를 흡입하여 꾼 인공적인 꿈인지, 아니면 잠이 들어 자연적인 꿈인지 구별되지 않았다. 구역질이 날 정도로 두통이 났다. 자유롭게 움직일 수 있었지만, 답답함이 남아 있었다. 환기를 위해 밖으로 나왔다. 바로 달리기 시작했다. 답답함을 해소하기 위하여, 안전한 곳으로 몸을 피하고 싶어 가만히 둘 수가 없었다. 서늘한 공기를 가르며 빠르게 달렸다. 이제껏 이런 빠르기로 달려본 적이 있나 싶은 정도로 서둘렀다. 그러다 속에서 느껴지는 매스꺼움에 멈췄다. 남들에게 보이지 않는 풀밭에서 속을 게워냈다. 토해낸 구역질을 보니 식사조차 하지 않고 있던 자신을 알았다. 저택으로 향하였다. 도망치듯 뛰어갔다.

 도심을 넘어 저택의 입구가 보였을 때, 더욱 서둘렀다. 문을 열고 빠르게 계단을 올라갔다. 방문 앞까지 다가가니 문이 열렸다. 루실이 나왔다.
 "어? 오셨어요?"
 루실이 놀라며 말하였다.
 "요새 잘 보이지 않으셔서 잠깐 청소해 드리고 있었어요."
 그녀가 이어서 말하였다.
 "네. 그렇군요."
 나는 대답했다.
 "의사 선생님이 몇 번 다녀가셨어요. 약 처방과 왓슨의 상태를 살피러 왔었어요. 약은 책상 위에 올려 두었습니다. 꾸준하게 먹어야 한대요."

루실이 말했다.

"아. 감사합니다."

나는 대답하였다. 지금은 아무것도 신경을 쓸 겨를이 없었다. 오로지 이불을 뒤집어쓰고 눕고 싶었다.

"죄송합니다. 잠시 지나갈게요."

그녀를 뒤로하고 방으로 들어갔다. 옷을 갈아입지 않고 그대로 침대 안으로 들어갔다. 이불을 들어 얼굴 위까지 덮었다. 눈을 감고 정신을 가다듬고 싶었다. 그러면서 루실이 방문을 닫고 나가는 소리가 들렸다. 모든 신경을 차단해 보아도 불안감이 좀처럼 가라앉지 않았다. 영원히 사라지지 않을 것 같아 무서웠다. 걱정은 또 다른 불안을 발생시켰고 그 공포는 다시 다른 염려를 만들어 냈다. 연속해서 발생하는 심려가 머리와 몸을 고생시켰다. 연기를 흡입했던 평안함을 잊을 수 없었다. 빨대를 마셨던 기억을 생각하는 것만으로도 약간의 안심이 되었다. 감정을 해소해줄 방법이 생각나지 않았다. 그것이 원인인 줄 뻔히 알면서도 하고 싶었다. 이번에도 해결해 줄지 궁금했다. 덮고 있던 이불을 발로 차고 일어났다. 다시 서둘렀다.

계단을 타고 내려가 저택의 입구를 빠져나갔다. 그리고 달리기 시작했다. 나가는 길에 정원을 가로질렀다. 정원 일을 하는 루실을 발견하였다. 그녀는 당황해하며 일어나 쳐다보았다. 나는 못 본 척 무시하고 멈추지 않았다. 어느샌가 포퍼의 집 앞에 도착하였다. 해가 하늘의 중앙에 떠 있었을 때, 문을 열고 안으로 들어갔다. 현관을 지나 거실로 들어갔다.

"오셨어요? 찾고 있었어요. 어디 다녀오신 건가요?"

포퍼가 말하였다. 그녀는 거실 소파에 앉아 있었다. 바로 마주칠 수 있는 자리에 있었다. 그녀는 나에게 다가왔다. 그리고 안아 주었다. 포퍼가 다가오는 것은 알았으나 안아 주리라고는 생각도 못 하였다. 이상한 감정이 느껴졌다.

나를 안고 있는 그녀에게서 더 큰 갑갑함이 느껴졌다. 포퍼를 살짝 밀어냈다.

"잠시 밖에서 산책하고 왔어요. 신선한 공기를 좀 쐬고 기분을 전환하려고요."

거짓으로 대답하였다.

"그렇다면 다행이네요. 연기로 가득한 곳에 있다 보니 그러실 수 있어요."

그녀가 말했다. 약간의 정적이 흘렀다. 우리는 거실에 서 있었다. 아직 연기의 잔향이 맡아졌다. 향만으로도 차분해졌다. 연기에 대한 확신이 생기기 시작했다.

"죄송해요. 거짓말을 했어요. 솔직히 말하자면 집에 갔다 왔어요."

정적을 깨는 말을 하였다.

"그러시군요. 왜 그런 거짓말을…."

"연기를 피우고 나면 이상하게 상실감에 빠지게 되더라고요. 어느샌가 흘러가 버린 시간이 무서워서 도망치듯 나갔었습니다. 그런데 불안을 해소했던 경험을 잊을 수가 없어 돌아오게 되었어요."

"그러셨군요. 충분히 이해해요. 어떤 감정이셨을지 알아들었어요."

"이해해주셔서 감사합니다. 어떻게 항상 이렇게 잘 알아주시는 거죠?"

"제가 당신을 이해하지 않으면 누가 이해하겠어요. 우리는 한배를 탄 사이인걸요. 그리고 저도 이전에 다 겪어본 경험들이에요."

"그렇군요."

"제가 해결 방법을 알고 있어요."

"정말요? 어떤 방법이죠?"

우리는 대화를 나누었다. 솔직하게 말하자 한껏 작아진 나를 발견하였다. 그러나 나를 이해해줌이 썩 나쁘지는 않았다. 해결 방법이 뭔지, 무엇을 해결하는지 의문이 들었다. 그러나 뭐가 됐든 간에 해결해 줌에 의지하게 되었다.

"달성할 수 있는 목표를 정해두는 것이에요."

포퍼가 알아듣기 힘든 말을 하였다.

"무슨 말이신지 잘 모르겠어요. 목표라니요?"

나는 질문하였다.

"간단해요. 제가 부탁드리는 일을 완수하시면 그에 따른 연기를 흡입할 보상을 드릴게요. 대신 이때 이외에는 절대 해서는 안 돼요. 그렇게 되면 보상심리가 생겨 빨대를 대고 나서도 상실감에는 빠지지 않게 될 거예요. 강렬한 목표 의식이 생겨나실 거니까요."

그녀는 미소를 띠며 말하였다. 고민이 되었다. 이 방법에 의미가 있는 것인지 의문이 들었다. 그러나 거절하고 싶지는 않았다.

"알겠습니다. 한번 해볼게요."

더 고민하기 전에 흔쾌히 받아들였다.

"좋아요. 그러면 제가 부탁드릴 일에 대해서 알려드릴게요. 어려운 일은 아니에요. 단순하게 전달하는 배달책이라고 보시면 돼요. 물건과 주소를 드리면 배달만 하면 돼요. 간단하죠? 이 보상심리에 따른 효과를 확실하게 보시려면 오늘 당장부터 시작할게요. 돌아온 이유가 연기를 흡입하고 싶다는 점은 알았습니다. 그러나 일을 완수하시지 못하시면 드릴 수가 없어요. 참기 힘드실 것도 알고 있지만, 지금은 견뎌야 할 때예요. 어려운 일도 아니니 금방 의도를 파악하실 수 있으십니다. 또한 간절히 부탁드리는 것이 있어요. 절대, 반드시 누구에게도 우리의 대화와 방법을 발설해서는 안 됩니다. 만약 밝혀지면 일을 완수하시더라도 앞으로는 저를 볼 수 없으실 거예요. 약속하실 수 있으시겠죠?"

그녀가 말하였다. 어려운 일은 아니었다. 단순한 작업이었다.

"약속하겠습니다. 잘 알아들었어요. 바로 시작하면 될까요?"

나는 물어보았다.

"좋은 자세예요. 당장 시작하시죠. 의지와 행동력이 강하시네요. 첫걸음부터 좋은 반응이 보이네요. 잠시만 기다리세요."

그녀는 말을 끝내고 어디론가 이동하였다.

거실에서 홀로 기다렸다. 잠시 뒤, 계단을 타고 내려오는 소리가 들렸다. 발걸음 소리가 가까워지며 포퍼가 들어왔다. 그녀는 두 손으로 상자를 들고 있었다. 두꺼운 종이로 된 상자였다. 가까이 다가와 몸 앞에 밀어 넣었다. 자연스레 건네받았다. 그리고 위에 작은 쪽지를 올려 두었다. 상자 안은 묵직했다. 들기 어려울 정도는 아니었지만, 내용물이 채워져 있는 듯했다.

"첫 번째 일입니다. 주소가 적혀 있어요. 상자를 통째로 주면 됩니다. 그리고 이곳으로 돌아오세요."

포퍼가 말하였다. 나는 고개를 끄덕였다. 그러자 그녀는 내 등을 밀며 집 밖으로까지 이동하였다. 얼떨결에 밖으로 나와 있었다.

"다녀오세요."

포퍼가 손을 흔들며 말하였다. 한 번 더 끄덕였다. 시선을 상자로 향하였다. 쪽지를 보기 위해 잠시 상자를 내려놓았다. 적혀진 내용을 확인하였다. 주소와 이름이 적혀 있었다. 알고 있는 위치였다. 쪽지를 주머니에 꾸겨 넣고 상자를 든 채 발걸음을 옮겼다.

Viburnum 가막살나무
사랑은 죽음보다 강하다

11.24

　마을을 빠져나와 도시에 있는 주소에 도착하였다. 낮은 빌라 건물이었다. 현관 앞까지 이동하여 호출기를 눌렀다. 이상한 기계음 버저가 울렸다. 스피커에서 사람의 소리가 들렸다. 숨소리가 들렸다.
　"누구세요?"
　기운 빠진 쇳소리가 들렸다.
　"배달 왔습니다."
　나는 대답하였다.
　"무슨 배달이요?"
　질문이 다시 들려왔다. 대답하려던 찰나에 포퍼가 한 말이 떠올랐다. 무슨 경우가 있더라도 발설하여서는 안 된다는 말이 생각났다.
　"그건 말씀드릴 수 없습니다."
　다시 대답했다.
　"알겠습니다. 감사해요. 기다렸습니다. 주변을 살펴봐 주시고 아무도 없다면 현관 앞에 놓고 가주세요. 최대한 빨리 가주세요. 금방 내려가 가져갈 테니…."
　약간은 상기된 듯한 쇳소리가 스피커 바로 앞에서 들렸다. 지시대로 주변을 살폈다. 상자를 내려놓고 뒤돌아 걸어갔다. 현관을 빠져나오면서도 스피커에서는 여전히 기계음 섞인 숨소리가 들렸다. 들리지 않을 때까지 멀어졌다.

배달을 마치고 포퍼의 집으로 돌아왔다. 현관은 열려 있었고 거실로 들어갔다. 거실에 있던 포퍼가 달려와 안아 주었다. 당황스러웠지만, 침착하게 대응했다. 나는 안을 수 없었다. 말을 하기 위해 살짝 떨어졌다.

"일을 마치고 왔습니다."

나는 말하였다.

"수고하셨어요. 잘하셨습니다. 이제 보상을 드릴 차례네요."

포퍼가 대답했다. 그녀는 이번에도 2층으로 올라갔다. 기다리며 피로를 휴식했다. 의자에 앉자마자 다급히 내려오는 소리가 들렸다.

"준비되었습니다."

포퍼가 거실로 들어왔다.

"이번에는 금세 내려오셨네요."

자리에서 일어나며 말했다. 그녀는 양손 가득히 무언가를 들고 있었다. 연기를 흡입하는 기구임이 틀림없었다. 또 한 손에는 작은 가죽 지갑을 들고 있었다. 기구를 탁상에 올려 두었다. 그리고 지갑을 펼쳤다. 현금을 꺼냈다. 돈뭉치라고 할 수 있을 정도의 두께였다. 몇 장 손으로 넘기며 새더니 나를 향해 돈으로 가리켰다. 순간 당황했다. 배달 일에 대한 보상으로는 돈에 관한 얘기가 없었기에 다른 의도가 있음은 아닌가 헷갈렸다.

"돈을 왜…."

의문을 섞으며 말하였다.

"배달 일을 완수한 보상이에요. 앞으로 일을 마치시면 연기와 돈을 드릴게요. 그러면 보상심리에 대한 성취감이 높아지실 거예요. 어서 받으세요."

포퍼가 대답하였다. 돈을 집었다. 침이 삼켜졌다. 한번 배달을 완료하고 받은 액수로는 상당하였다. 단숨에 눈에 보이는 물질을 받으니 나쁘지 않았다. 성취감을 느낄 수 있었다.

"만끽하셨으면 이제 다음 단계로 넘어가실까요?"

포퍼가 웃으며 말하였다. 그녀는 기구를 가리켰다. 괜스레 웃음이 나며 고개를 끄덕였다. 소파에 앉았다. 연기를 흡입하기 전이었지만, 이미 행복했다. 연속으로 좋은 일이 벌어지니 이루 말할 수 없이 짜릿했다. 포퍼는 기구에 불을 지펴주었다. 빨대를 들어 이 기분을 잃기 전에 연기를 들이마셨다.

이후 일을 계속하였다. 포퍼의 집에서 물품을 받고 배달을 완료하고 나면 돌아가 돈과 연기를 흡입할 기회를 얻었다. 돈이 쌓이면서 안정감이 들었다. 센트락에게 줄 돈이 충분히 모였다고 생각했다. 그러면 협박 편지 같은 귀찮은 일도 해결할 수 있겠다는 생각이 들었다. 감정적으로도 상황적으로도 편안해지며 멈출 수 없었다. 이후의 상실감이 있어도 다시 안정감을 되찾고자 배달일을 계속하였다. 시간이 길어지면 포퍼의 집에서 아침을 맞이하기도 하고, 늦은 저녁에 집에 돌아가기도 하였다.

어느 날, 이전처럼 물품을 건네받았다. 쪽지의 주소를 확인하였을 때, 센트락이 일하고 있는 공장과 비슷한 위치임을 알았다. 돈을 줄 기회라고 생각했다. 아침마다 집을 나섰을 때, 협박 편지를 그만 받기 위해 혹시나 모를 집사람들에게 해코지에 대한 불안을 해소하기 위해 돈을 줘야만 했다. 자금이 여유로울 정도였기에 가볍게 여겨졌다. 우선 물품을 들고 집으로 돌아가기로 하였다. 돈을 챙겨와야만 했다. 집에 돌아와 실내로 들어갔다. 현관에 상자를 내려놓았다. 그리고 2층을 향하여 계단을 올라갔다.
"다녀오셨습니까?"
뒤통수에서 익숙한 목소리가 들렸다. 힘이 느껴지지는 않았지만, 걸걸하고 중후했다. 뒤를 돌아 아래를 내려다보았다. 그곳에는 왓슨이 보였다. 그의 얼굴을 보자 눈물이 차올랐다. 빠르게 내려가 그에게 달려가 안겼다. 품을 느껴보았다. 그를 안아본 적이 처음 같았다.

"오랜만에 뵙네요."

왓슨이 말하였다. 품 안에서 고개를 끄덕였다. 대답하고 싶어도 할 수가 없었다. 평소의 인식으로는 그는 거대한 풍채였다. 실제로 그를 안았을 때 왜소한 골격이 느껴졌다. 이전과 변해버린 그의 상태에 눈물이 끓어 올라왔다. 먹먹함이 목소리를 막아버렸다.

"요새 집에 잘 들어오지 않으신다고 루실에게 들었습니다. 약도 잘 챙겨 드시지 않으신다고요. 무슨 일이 있으셨는지는 모르겠으나 정신을 다잡으셔야 합니다. 제가 누워 있는 동안 루실이 저택 관리를 잘하고 있더군요. 기회가 되실 때 감사를 표해주세요."

왓슨이 이어서 말하였다. 한 번 더 말없이 고개를 끄덕이며 대답했다.

"오늘 저녁 식사는 함께하시는 것이 어떠실까요?"

왓슨이 질문하였다.

"이제 괜찮아?"

그제야 목소리를 되찾을 수 있었다.

"많이 괜찮아졌습니다. 함께 한 식사가 오래되었네요."

"알겠어. 오늘 저녁은 집에서 보낼게."

"감사합니다. 그러면 기다리고 있겠습니다. 지금은 할 일이 있으신 거죠?"

"맞아. 잠시 나갔다가 올게. 일찍 들어올게."

"알겠습니다. 조심해서 다녀오세요. 저녁 식사는 준비해 두겠습니다."

왓슨과 대화를 마쳤다. 계단을 올라가면서도 그는 인자하게 바라보고 있었다. 목소리에서 위엄은 느껴지지 않았지만, 대화를 주고받을 수 있음에 안심이 되었다. 방으로 들어가 모아둔 돈을 챙겼다. 방을 조심히 빠져나와 계단 아래를 확인하였다. 다행히 아무도 보이지 않았다. 돈다발을 주머니에 넣었다. 현관에서 상자를 들어 올려 밖으로 나갔다.

쪽지에 적힌 주소로 향하였다. 공장이 모여있는 지역으로 들어갔다. 우선 배달 일을 완수하였다. 그리고 가까이에 있는 센트락을 찾아갔다. 마침 점심시간으로 인부들이 휴식을 보냈을 때였다. 공장의 관련자에게 센트락을 불러달라고 부탁하였다.

"여, 나의 벗이여."

센트락이 두 팔 벌려 다가오며 말하였다.

"반가워. 오랜만이네."

나는 대답했다.

"나야말로 반갑지. 기꺼이 찾아와 주었다니 고마운걸. 편지들은 잘 받았어. 답장이 없어서 섭섭했는데 이렇게 얼굴을 보니 마음이 풀린다. 그래서 무슨 일로 왔어. 기왕이면 답장이면 좋겠는데."

센트락이 말하였다.

"원하는 대로 맞아. 기다리던 돈을 가져왔어."

대답하며 챙겨온 돈을 꺼냈다.

"그렇지! 바로 내가 원하던 답 그 자체야."

센트락은 손뼉을 한번 치고는 환호했다. 돈을 건네주었다. 센트락은 고개를 끄덕이며 집어 들었다. 그리고는 내 등을 가볍게 두드렸다.

"진작에 그랬어야지. 그러면 둘 다 귀찮은 일은 없었을 텐데. 뭐, 돈을 준비해줬으니 말은 아낄게. 아주 만족스러운 액수야."

센트락이 돈을 세며 말하였다.

"그럼 이제 됐지?"

나는 물었다.

"고마워. 이제 된 거는 잘 모르겠고 돈을 다 쓰게 되면 그때 다시 편지로 도움을 요청할게. 어떻게 버는지는 모르겠지만, 짭짤하게 벌어들이고 있는 것 같으니 친구로서 부탁 좀 할게."

센트락은 활짝 미소를 보였다. 말을 무시하고 뒤돌았다. 자리를 벗어나기 위해 길을 걸어갔다. 한편으로 시원하면서도 응어리가 남았다.

"이봐! 그런데 요새 담배보다 더한 걸 피나봐?"

센트락이 벌어진 거리에서 크게 말하였다. 뒤돌아 바라보았다. 의미를 알지 못하였다. 미간을 찌푸리며 표정을 지었다.

"네 얼굴! 확인해봐."

센트락은 얼굴 위로 손바닥을 흔들며 말하였다. 여전히 알아들을 수 없었다.

Dry Grass 마른풀
새봄을 기다림

11.30

　일을 마치고 포퍼의 집에 도착하였다. 거실로 갔을 때 그녀의 모습은 보이지 않았다. 주변을 살펴도 인기척이 확인되지 않았다. 외출해 있다고 생각했다. 기다리는 김에 거실을 구경하기로 하였다. 둘러보다 덮어져 있는 작은 액자를 발견하였다.
　"오셨어요?"
　포퍼의 목소리가 들렸다. 사진을 확인하려 할 때였다. 놀라며 손을 내려놓았다. 포퍼는 상자를 들고 있었다. 침착하게 반응하고자 하였다. 연이은 배달일 인 줄 알고 건네받으러 다가갔다.
　"현관 앞에 놔주시겠어요."
　포퍼는 상자를 주며 말하였다. 그리고 손가락으로 현관을 가리켰다. 지시에 따랐다. 동시에 포퍼는 2층으로 올라갔다. 상자를 현관 앞에 내려놓자 그녀는 다른 상자를 가져왔다.
　"계속 가지고 올게요. 내려놓으신 곳에 쌓아놔 주세요."
　포퍼가 힘겹게 다가오며 말했다. 상자를 가져올 때마다 건네받았다. 정렬되게 쌓아두었다. 현관 전체를 가릴 정도로 쌓여갈 때쯤에 그녀는 맨손으로 내려왔다.
　"고생하셨어요. 오늘 일도 잘 마무리하고 오셨는데 부탁드려서 죄송해요."
　포퍼가 말하였다.

"다음 배달일인 줄 알았어요. 무슨 일이 있으신가요? 왜 상자를 이렇게 내려놓으시고."

"아. 아직 얘기를 안 드렸었나요? 이제 짐을 빼야 할 때가 와서요."

"짐을 빼다니요?"

"이 집은 제가 사는 집이 아니에요. 정확히는 잠깐 머문 집이죠. 집주인 가족이 여행을 갔다는 정보를 들어서 비어 있는 동안 잠깐 살아준 것입니다. 쓰고 있지 않으면 아깝잖아요. 집주인이 돌아오고 있어서 그들이 오기 전에 나가야 해요. 들키면 골치 아파지니까요."

대화를 주고받았다. 포퍼는 말을 하면서도 새어 나오는 웃음을 참고 있었다. 잠시 생각을 정리하면서 움직일 수 없었다. 둔탁하게 뒤통수를 맞은 듯한 느낌이었다.

"괜찮으세요?"

포퍼가 나를 깨우며 말하였다.

"네? 아, 네. 괜찮습니다."

당황하며 대답했다.

"곧 상자를 옮겨줄 사람이 올 거예요. 이제는 이동하여야 합니다. 이사하는 일까지 도와주실 수 있죠?."

그녀가 말하였다.

"알겠습니다. 그럴게요."

나는 대답했다.

'똑. 똑.'

말이 끝나기 무섭게 문을 두드리는 소리가 들렸다. 나는 놀랐다. 당황하기도 하였고 무섭기도 하였다. 혹시나 집주인이지 않을까 하는 떠오른 생각이 옥죄였다. 침을 삼켰고 등줄기에 식은땀이 났다. 누가 보아도 범죄라는 사실을 모를 리가 없었다. 그러나 포퍼는 전혀 개의치 않아 보였다. 해맑게 웃으며 문을 열어주었다. 한 남성이 모자를 깊숙하게 눌러쓰고 있었다. 모자챙의 그림자로 얼굴이 잘 보이지 않았다. 그들은 끌어안으며 가볍게 인사를 건넸다.

"이제 옮기시죠."

포퍼가 나를 보고는 손짓하며 말하였다. 현관 앞의 남성이 상자를 들었다. 그 모습을 보고 돕게 되었다. 우리는 집 밖으로 나갔다. 정원 옆에 트럭 한 대가 있었다. 그를 따라갔다. 짐칸에 상자를 실었다. 남성은 짐을 밀어 넣고 짐칸에 올라탔다. 그리고 손짓으로 현관을 가리켰다. 무슨 지시인지 알았다. 포퍼와 함께 상자를 들어 짐칸으로 실어 날랐다.

모든 짐이 짐칸에 정렬되게 실렸다.

"이제 출발할게요."

포퍼가 나에게 말하였다.

"네. 알겠습니다. 그런데 어디로 가는 거죠?"

나는 질문했다.

"이곳에서 먼 곳은 아니에요. 도심에 있기는 한데 금방 도착합니다."

그녀는 대답했다.

"그렇군요. 알겠습니다."

나도 대답하였다.

"그보다도 죄송합니다만, 자리가 좁아 운전자와 동승자 두 명밖에 타지 못하여서 잠시 짐칸에서 이동해 주시겠어요?"

포퍼가 두 손을 모으며 물어보았다. 당황할 수밖에 없었다. 체념하듯 상자들과 함께 짐칸에 타게 되었다. 트럭에 시동이 걸리고 뼈가 진동될 듯이 떨렸다. 이상한 음률을 가지고 출발하였다. 도심에 들어서고 얼마 지나지 않아 멈췄다. 진동하던 시동이 꺼지고 문이 열리는 소리가 들렸다. 포퍼가 뒤로 돌아와 나를 바라보았다.

"도착했습니다. 이제 짐을 내려 볼까요?"

그녀가 말하였다. 남성이 뒤로 걸어와 짐칸을 열었다. 그리고 위로 올라와 내려가라는 손짓하였다. 밑에서 남성이 주는 상자를 받아서 들었다. 포퍼는 상자를 든 나를 안내했다. 그녀를 따라 건물의 반지하로 내려갔다. 포퍼는 열쇠로 문을 열고 상자를 내려놓기를 원했다. 안으로 들어갔다. 축축하고 어두웠다. 습한 공기가 퀴퀴한 먼지 냄새를 몰고 왔다.

"이곳은 살기에 너무 열악해요. 잠시 머물다가 좋은 매물이 나오면 옮겨 갈 거예요. 그러니 잠시만 이곳에서 일과 보상을 하도록 하죠."

포퍼가 말하였다. 알겠다는 표현으로 고개를 끄덕였다. 우리는 같이 계단을 올라와 옮기기 시작했다. 조심스럽게 상자를 쌓아 올렸다.

모든 짐을 다 옮겼을 때, 포퍼는 남성에게 돈을 주었다. 그는 웃으며 돈을 받았다. 다시 트럭에 타 떠나갔다. 나는 포퍼와 함께 반지하로 내려갔다. 문을 열고 들어갔을 때, 여전히 축축했다. 불을 켜도 한 번에 켜지지 않았고 몇 번 깜빡이다가 겨우 들어왔다. 불은 집 전체를 밝히지도 못하였다. 거실에는 사람이 앉을 수 있는 소파가 있었다. 부엌처럼 보이는 곳에는 식탁도 있었고 의자도 있었다. 조리실은 보이지 않았으나 화장실과 샤워부스도 있었다.

"고생하셨어요. 이동하고 짐도 옮기시느라 많이 지치셨을 텐데 조금만 쉴까요? 이따가 보상을 드릴게요. 오늘은 좀 후하게 쳐 드리겠습니다."

포퍼가 말했다.

"좋은 생각이네요. 잠시만 쉬겠습니다."

대답하였다. 포퍼는 소파에 누웠다. 나는 화장실로 갔다. 거울이 있는 세면대에 섰다. 물을 틀자 하수관에서 소름 끼치는 소리가 들리며 물이 토해내듯 나왔다. 물소리를 들으며 거울에 비친 내 모습을 보았다. 피폐한 얼굴 하나가 있었다. 피곤함에 찌든 얼굴로 생기와 활력이 전혀 보이지 않았다. 뚜렷하게 보이는 거라고는 눈가 주변의 주름만이 확실했다. 눈두덩이는 깊게 파여 그림자가 지었다. 머리카락은 푸석하게 산발로 뻗쳤다. 이렇게 어두운 생김새가 내 얼굴이라는 사실에 놀랐다. 오랜만에 본 얼굴이 갑자기 변해 있을 줄은 상상도 할 수 없었다. 기분이 좋지 않았다. 코로 숨을 쉴 수가 없었다. 입으로 빠르게 숨이 쉬어지며 머리와 속에서 어지럽게 섞이는 느낌이 들었다. 손바닥으로 물을 담아 얼굴을 씻었다. 더러움을 닦듯이 묻혔다. 차가운 물이 닿아도 정신이 차려지지 않자 화장실을 빠져나와 거실로 나갔다. 포퍼가 소파에 누워 잠을 자고 있었다. 그녀의 주변으로 걸어갔을 때 신발이 바닥을 누르는 소리가 들렸다. 포퍼는 잠에서 깬듯하였다.

"깨셨나요? 더 주무시지…."

나는 말하였다.

"아닙니다. 이제 일어나야죠. 보상도 드려야 하니."

그녀가 몸을 일으키며 말했다.

"이쪽으로 앉으세요."

포퍼가 이어서 말하였다. 그녀는 다리를 바닥에 내렸다. 자리를 내어주며 손으로 가리켰다. 나는 비워진 자리에 앉았다. 포퍼는 일어나 쌓여 있는 상자 쪽으로 이동하였다. 그곳에서 무언가를 찾는 듯해 보였다. 그러다 연기를 피우는 기구를 꺼냈다. 조심히 들고 소파에 내려놓았다.

"준비되셨어요? 보상 드리겠습니다."

포퍼가 미소 지으며 말하였다. 그녀는 자리에 앉아 성냥으로 불을 지폈다. 기구 안에서 연기가 피어올랐다. 빨대를 들어 나에게 제시해주었다. 나는 건네받았다. 연기를 흡입하려고 했을 때, 갑작스러운 생각이 정지시켰다. 센트락이 나에게 했던 말을 떠올랐다. 담배보다 더한 걸 피우고 있냐고 물었던 질문이 생각났다. 그가 한 말과 거울에 비친 내 얼굴, 담배와 비슷하게 흡입하는 연기 기구가 머릿속에서 겹쳤다. 들고 있는 기구가 나쁘다고는 생각하지 못하였다. 그저 감정을 조절해주고 진정시켜주는 해결책이라고만 느끼고 있었다. 그러나 담배와 비슷하게 연기를 흡입하려고 하니 몸에 독을 빨아드리는 생각이 맴돌았다. 복잡한 감정도 지금은 느끼고 싶지 않았다. 아무 생각도 하고 싶지 않았다. 그렇기에 연기를 빨아들였다. 눈이 감기고 연기처럼 뿌연 흰색의 바탕이 생겨났다. 몸이 천천히 붕 떴다. 그러나 순식간에 밑으로 꼬꾸라져졌다. 깜짝 놀라며 눈이 떠졌다. 나는 소파에 앉아 있었다. 체감상 1분도 채 지나지 않아 보였다. 이전과는 달랐다. 지금쯤이면 여유롭게 하늘에 있어야 할 터인데 눈이 떠진 것이 이상했다. 기대와 달라 아쉬워하며 이전과 달라짐이 불안했다. 포퍼를 쳐다보았다.

"놀라셨어요? 눈이 아주 동그래지셨네요. 놀라셨죠? 아마 마음의 변화가 생기셨나 봐요. 아주 약간의 부스럼만으로도 전체의 변화를 일으키기 쉽습니다. 이 기구는 개인의 마음에 따라 반응도 천차만별이거든요. 물론 자연스러운 현상이에요. 걱정하실 필요는 없으세요. 저도 당연히 겪었던 일입니다."

그녀가 여전히 미소 지은 채로 말하였다.

"또 자연스러운 현상인가요? 이제 어떡하죠? 아직 이렇게 불안한데…."

나는 대답했다.

"말씀드렸잖아요. 걱정하실 필요 없다고. 방안은 어디에나 있습니다. 해결하지 못할 문제는 존재하지 않아요."

포퍼가 자리에서 일어나며 말하였다. 다시 상자가 쌓여 있는 곳으로 이동하였다. 또 무언가를 찾기 시작하였다. 테이프를 뜯는 소리도 들렸다. 포퍼는 멈추고 다가왔다. 손에는 무언가를 들고 있었다. 다시 원래 자리에 앉았다.

"준비되셨나요? 한 단계 너머의 세상으로 안내해 드릴게요."

포퍼가 말하였다.

"무슨 소리세요? 너머의 세상이라니."

나는 대답했다.

"말 그대로예요. 제가 들고 있는 것은 다음 세상으로 가는 열쇠입니다. 새로운 불안을 낳고 계시죠? 그것마저도 안정시켜줍니다. 고결하고 고귀한 열쇠죠. 마음을 진정시켜주기는 물론이거니와 약간의 마음의 변화로 생긴 현실을 직접 다룰 수 있게 되실 겁니다."

그녀가 말했다. 손에 들고 있던 무언가를 보여주었다. 비닐로 감싸져 있는 듯한 모양새였다. 포퍼는 비닐을 뜯었다. 내용물이 보였다. 파란색의 가루가 있었다.

"이제 정말 베테랑이 되시는 거예요. 그 누구도 범접할 수 없습니다. 세상을 하찮게 여기실 수 있으실 수도 있어요. 당신을 괴롭히던 세상을 직접 거머쥐 보세요."

그녀가 손바닥을 내밀며 말하였다. 망설여졌다. 어떻게 반응해야 할지 몰랐다. 그저 손이 가는 대로 마음이 시키는 대로 따라갔다. 지금은 마음의 변화도 용납할 여유가 없었다. 그녀의 손바닥을 잡았다. 포퍼의 따뜻하고 부드러운 손결이 내 손금을 훑었다. 감각에 완전히 녹아들 수밖에 없었다. 그녀가 움직이는 대로 몸을 맡겼다. 그녀는 내 손을 뒤집어 손바닥을 하늘로 향하게 두었다. 검지를 제외한 모든 손가락을 접었다. 검지 위에 파란색의 가루를 묻혔다. 손가락을 집고 입으로 가져다 댔다. 입술 가장자리에 가루를 묻혔다. 이어서 코 아래 인중에도 가루로 색칠했다.

"준비가 다 되었습니다. 코로 숨을 깊게 들이마시면서 혀로 입술을 핥아보세요."

포퍼가 말하였다. 특별한 향과 맛이 느껴졌다. 그 하루, 어쩌면 그 이상 다른 세상에 도달해 있었다. 정신도 차릴 수 없을 만큼의….

11장

월동

두려움을 극복하기 위해서는
받아들이는 수밖에 없다네.
그저 침대에 눕게. 잠을 자면 돼.
그것만으로도 충분한 거야.
건강하게 마음을 안정시켜 줄 걸세.

Reed 갈대
깊은 애정

12.8

어둠 속에 있었다. 힘이 느껴지지 않았다. 신경에 자극을 주어 움직이려 해 보아도 뜻대로 되지 않았다. 나는 그대로 잠들었다. 이번에는 소리가 들렸다. 차가운 바닥을 튕기는 가벼운 소리. 일정한 리듬으로 떨어졌다. 귀를 열어 집중했다. 귓가 바로 옆에서 들리는 것 같았다. 하나의 감각에 집중하니 점차 다른 감각도 살아났다. 손끝과 발끝, 이어서 주변의 근육들, 이내 관절들을 서툴게 움직일 수 있었다. 코로 냄새를 맡을 수 있게 되었다. 차갑고 습한 냄새가 났다. 손끝으로 촉감을 느끼니 축축하고 딱딱했다. 그제야 위치를 파악하기 위해 눈이 떠졌다. 앞을 바라보니 회색의 바닥이 있었다. 바닥에 누워 있었다. 팔에 힘을 주어 몸을 돌렸다. 등을 바닥에 맞대어 누웠다. 불 꺼진 전등이 천장에 매달려 있었다. 한참 동안 꺼져 있어 보였다. 상체를 일으켜 주변을 살펴보았다. 이곳은 포퍼와 함께 있던 반지하 공간이었다. 자리에서 일어나 다시 확인했다. 그녀의 모습은커녕 흔적조차 발견할 수 없었다. 입구 쪽에 상자는 여전히 쌓여있었다. 버려지지는 않은 것 같아 안심했다. 소파에 앉아 포퍼를 기다렸다.

한참을 지나도 올 조짐이 보이지 않았다. 기다림을 멈추고 밖으로 나가기로 하였다. 자리에서 일어났다. 문을 향하여 걸어갈 때 무릎과 종아리에서 뻐근한 이물감이 느껴졌다. 발밑에 눈에 띄는 무언가가 있었다. 상자 위에 종이 메모가 남겨져 있었다. 읽어 보았다. 내용은 배달에 관련된 내용으로 배달지와 수령인의 이름이 적혀 있었다. 저택과 비슷한 위치였다. 메모를 구겨 주머니에 넣고 습관처럼 상자를 들었다. 그리고 밖으로 나갔다. 해가 떠 있었지만, 구름에 가려진 하늘이었다. 서늘한 바람이 피부를 자극하였다. 신선한 공기가 오랜만에 맡아졌다. 바람이 몸에 닿으니 찝찝한 상태가 느껴졌다. 집에 들러 씻고 싶어졌다.

집의 주변으로 들어와 정원을 가로질러 갔다. 루실의 모습이 보이지 않았다. 이 시간이라면 항상 있었을 그녀를 발견할 수 없었다. 지금의 몸 상태를 들키고 싶지 않아 오히려 안심하였다. 상자를 문 앞에 내려놓았다. 방에서 깨끗한 옷을 꺼내 샤워실로 향하였다. 물로 몸을 닦았다. 한동안 닦지 않은 물기가 흘러내렸다. 상쾌한 상태로 옷을 갈아입었다. 이상함이 느껴졌다. 계단을 내려오면서도 아무도 없었다. 상자를 들고 배달지로 향하였다. 집의 사람들이 생각났다. 루실과 왓슨이 무슨 일로 외출하였는지 궁금했다. 그러다 중요한 사실을 깨달았다. 왓슨과의 약속이 있었던 사실을 잊어버렸었다. 까먹은 약속을 떠오르니 해소된 느낌이 들었다. 미안함과 동시에 말할 거리가 생겼다는 점에 기대가 됐다. 이따가 다시 집에 들르기로 하였다.

별다른 일없이 완수하였다. 해가 기울어지며 노을이 펼쳐졌다. 양손 가볍게 저택으로 돌아갔다. 이번에도 루실은 보이지 않았다. 이례적인 상황이었다. 그대로 입구로 걸어갔다. 문 앞에서 누군가의 인기척이 느껴졌다. 반가운 마음으로 들어갔다. 뒤에는 루실이 서 있었다. 그녀는 검은 색상의 옷을 입고 있었다.
"오랜만에 오셨네요. 너무 오랜만에 오셨어요…."
루실은 울먹거리며 말하였다.
"그 정도로 저를 반겨주시다니 놀라운데요. 그 정도로 오랜만이었나요?"

나는 대답했다.

"연락을 드리고 싶었어요. 전해 드릴 방법이 없더라고요. 어디 계신 줄도 알 수가 없었습니다."

그녀가 말하였다.

"아. 그건 잠시…. 여러 군데에 있었어요."

얼버무리며 대답했다.

"한시라도 빨리 소식을 전해 드리고 싶었는데 이런 식일 줄은 몰랐습니다. 왓슨이 세상을 떠났어요."

루실이 눈물을 머금은 눈동자로 바라보았다. 단번에 알아듣지 못하였다. 애초에 있을 수 없는 일이라고 생각했다. 어린 시절부터 계속해온 관점이었다. 왓슨의 존재는 당연한 일이었다. 언제나 손에 닿을 수 있었다. 믿기지 않았다. 현실을 받아들일 수가 없었다. 거짓말이라고도 생각했다. 그러나 장난으로라도 그러한 농담을 할 만한 인물이 아니었다. 표정이 솔직했다. 진실함이 마음을 자극했다. 울렁거리게 잡고 흔들었다.

"어떻게든 소식을 전해 드리려 했지만, 좀처럼 연결할 수가 없어서 결국 혼자서 장례를 치렀습니다."

루실이 이어서 말하였다. 가만히 서서 허공을 바라보았다. 그녀가 말을 할 때 눈을 마주 보게 되었다. 루실의 눈동자는 촉촉하게 젖어 있었고 볼에는 눈물 자국이 묻어 있었다. 거부하고 싶었다. 왓슨의 방으로 가야만 했다. 서둘러 계단을 타고 올라갔다. 문을 열고 그의 방을 살펴보았다. 이전과 변함없는 같은 방이었다. 그러나 왓슨은 없었다. 방 냄새가 맡아졌다. 코와 눈에 약한 전기가 통하듯 찡한 느낌이 들었다. 목구멍이 부어올라 말이 나오지 않았다. 눈동자 밑이 뜨거워졌다. 뒤따라서 루실이 들어와 어깨를 잡아주었다.

"죄송해요. 어떻게든 붙잡아 보려고 했는데…."

루실이 울먹이며 말하였다. 빈 침대를 보자 그제야 알아차렸다. 스스로 현실을 망친 다음 그 세상을 원망하고 있었다는 사실을…. 인생에서 가장 어리석은 후회를 만들었다. 그것도 직접. 한심한 마음에 눈물도 흐르지 않았다. 루실은 무릎 꿇고 앉아 흐느껴 울었다. 방에서 나왔다. 저택의 문을 열었다. 무언가에 홀린 듯 하염없이 걸었다.

  해가 완전히 지고 어둠이 찾아왔을 때 도달한 곳은 이전에 들었던 갈대밭이었다. 천천히 안으로 발걸음을 옮겼다. 밤하늘 아래의 갈대밭이었다. 나는 완전히 들어갔다. 허리까지 오는 갈대의 끝이 살랑거렸다. 바람을 타고 흔들거리며 어루만져 주었다. 하늘을 바라보았다. 별이 한두 개씩 보이다가 점차 어둠에 적응되며 많은 별이 밝혀지듯 눈에 들어왔다. 망토 두른 노인의 감정이 이해되었다. 갈대밭에 등을 대고 누워 위를 바라보았다. 이대로 시간이 멈추기를 바랐다. 평생 이곳에 누워 있고 싶었다.

Chrysanthemum 국화
고결

12.9

"이보게! 이곳에서 뭐 하는 건가? 잠들면 안 된다네."

누군가의 목소리가 들렸다. 어딘가에서부터 들려오는 말이 나를 깨웠다. 다른 곳에서 누군가를 부르는 것만 같았다. 방해하지 않아 줬으면 했다.

"정신 차리게나! 내 목소리가 들리는가?"

다시 같은 목소리가 들렸다. 집중하니 익숙하게 들리기도 하였다. 그러나 제발 부탁이니 나를 알아차리지 않기를 바랐다.

"대체 왜 여기에 있는 거야? 이보게! 일어나보라니까?"

계속해서 들렸다. 말과 함께 어깨가 무거워지며 흔들렸다. 목소리가 바로 앞에서 들리고 있음을 알게 되었다. 놀라며 눈이 떠졌다. 앞에는 망토 두른 노인이 있었다. 그는 옆에 앉아 어깨에 손을 올려놓고 있었다.

"드디어 정신을 차렸구먼. 아니, 이 보게나. 대체 이 시간에 이곳에는 왜 있는 건가? 얼마나 놀랐는지 알아?"

망토 두른 노인이 말하였다.

"저…. 저는. 모르겠어요."

상체를 일으키며 대답했다.

"제가 얼마나 이곳에 있던 거죠?"

나는 연이어 질문했다.

"그거야. 나도 모르지. 오히려 내가 묻고 싶군. 대체 언제부터 이곳에 있던 건가? 그리고 왜 이곳에 누워 있는 거야?"

"그거는…. 그저 걷다 보니 이곳에 도착해 있었어요. 그보다도 왜 이곳에 계신 거예요?"

"쉽게 대답하기 어렵나 보구먼. 나도 납득할 만한 대답을 하지는 못해. 그저 이곳에 오고 싶었어. 평소에는 아무런 생각도 없었는데, 이상하게 오늘은 뇌리에 박혔지. 그러나 이곳에서 자네의 말을 들으니 확실해졌어. 아마 자네를 찾기 위해서였나 보네. 물론 터무니없는 생각이겠지만 그래도 발견해서 다행이야."

"그렇군요. 참 이상하네요…."

"우선 장소를 옮기지. 어서 일어나게나. 이 추위에 누워 있었으면 위험했을지도 몰라. 사람이 발견하기도 어려운 곳이기도 하니. 일단 함께 가게나."

우리는 대화를 주고받았다. 망토 두른 노인이 자리에서 일어나 손을 내밀어 주었다. 그의 손을 잡고 일어났다. 그는 등에 묻은 흙과 먼지를 털어 주었다.

"이거라도 두르게나. 몸이 아주 차가운 상태일 거야."

그가 본인의 망토를 벗어 어깨에 둘러 주었다. 그와 함께 걸어갔다. 밤이 어두운 하늘이었다.

교회 뒤 공터에 도달하였다. 나를 벤치에 앉혀 주었다.

"많이 힘든가?"

망토 두른 노인이 물어보았다. 마음이 이상했다. 목구멍이 막혀 대답하려 해도 할 수가 없었다. 뜨거워진 눈동자 밑에서 멈출 수 없는 눈물이 쏟아졌다. 물속에서 막 나온 것처럼 앞이 흐렸다. 목구멍에서는 끓어오르는 괴성만이 나왔다. 노인은 아무 말없이 등을 쓰다듬어 주었다. 시간이 지나니 안정을 되찾았다.

"잠깐 사이에 많이 변했군. 도대체 무슨 일이 있었던 건가?"

그가 질문했다. 이번에는 대답하기로 하였다. 못 본 사이에 있었던 일들을 알려주었다.

"그렇군. 어려움이 많았어. 고민이 많았겠구먼. 세상의 것에 손을 대고 말았어…. 감히 자네의 마음을 전부 이해할 수는 없겠지만, 위로의 마음을 남기겠네. 고인의 명복을 함께 빌지."

망토 두른 노인이 말하였다.

"감사합니다. 덕분에 많은 힘을 얻었어요."

"돈에 관한 문제라면, 소개를 하나 해주겠네."

"무슨 소개인가요?"

"일을 하고 돈을 벌 수 있는 근무지를 알려주겠네. 의향이 있는가?"

"들어보고 싶어요. 알려주세요."

"안전한 근무지이니 걱정은 하지 말게나. 내 형이 운영하는 곳일세. 그곳에서 바로 일을 시작하지 않아도 괜찮으니 가서 견학이라도 해보게나. 내 이름을 말하면 돼."

"알려주셔서 감사합니다. 한번 방문해볼게요."

우리는 대화를 주고받았다. 근무지에 대한 주소도 알려주었다. 교외의 지역이었다. 좋은 기회라고 여겼다.

"우선 집으로 돌아가게나. 그리고 편하게 잠을 자게. 조금이나마 안정될 걸세."

"그렇지만, 집으로 돌아가는 게 두려워요. 항상 있었던 왓슨이 없다는 사실을 깨닫게 될까 봐 두려워요."

"그래도 어쩔 수 없어. 현실은 일어났고 바꿀 수 없어. 두려움을 극복하기 위해서는 받아들이는 수밖에 없다네. 이미 알고 있지 않은가. 계속해서 집에 돌아가지 않는다면 습관이 되어 자네의 마음이 머물 곳을 찾을 수 없게 될 것일세. 그것이 더욱 독이 될 거야. 그러니 침대에 눕게. 잠을 자면 돼. 그것만으로도 충분한 거야. 가장 건강하게 마음을 안정시켜 줄 걸세. 내 말을 듣게나. 후회하기 전에."

"그렇게 말씀하신다면…. 알겠습니다. 그렇게 할게요."

"고맙네. 말을 들어 주어서. 조심히 돌아가게나. 나는 여기서 조금만 시간을 보내다 갈 테니."

다시 대화를 주고받았다. 자리에서 일어났다. 노인은 여전히 남아 눈을 감고 고개를 숙였다. 그의 말대로 따르기가 좋겠다고 생각했다. 우선 눕고 싶었다. 편하고 익숙한 침대에 등을 배고 싶었다. 망토를 벗어 노인의 등에 둘러 주었다. 그는 깊은숨을 코로 내쉬었다. 밤공기를 맡으며 집으로 향하였다.

Sage 세이지
가정의 덕

_____ 12.18

아직 하늘이 어두울 때 저택에 도착하였다. 추위가 감도는 실내에 아무도 없음을 알 수 있었다. 방문을 열고 들어갔다. 더러워졌을 옷을 벗고 그대로 침대에 누웠다. 푹신한 침대가 몸을 안정시켜주었다. 오랜만에 느껴보는 감각이었다. 고개를 돌려 창문을 바라보았다. 밤하늘이 보였다. 아직 아침을 맞이할 준비가 안 되어 있었다. 난간에 화분들이 눈에 띄었다. 처음으로 가져온 꽃의 잎이 피어 있지 않고 봉우리 진채 오므리고 있었다. 문제가 생긴 것 같았다. 틈 사이의 한기가 원인이라고 생각했다. 걱정되는 일이나 화분들을 방 안쪽으로 옮겨 두었다. 그래도 여전히 꽃향기가 나고 있었다. 열심히 돌보지 못함이 미안했다. 침대에 누워 꽃들을 유심히 바라보다가 눈이 감겼다.

귓가를 괴롭히는 소음이 들렸다. 무시하고 잠이 들어보려 하였으나 계속해서 자극하여 잠이 들 수가 없었다. 눈을 뜨고 깨어났다. 밝은 햇빛이 비치고 있었다. 도저히 잠을 잘 수 있는 환경이 아니었다. 몸을 일으켰다. 찌뿌둥한 얼굴을 맨손으로 세수하였다. 방구석에 있는 화분이 보였다. 오므리고 있던 꽃이 아침이 되니 활짝 피어 있었다. 흐뭇한 미소가 지어졌다. 피곤함도 잊게 만드는 아름다움이었다. 소리가 나는 곳이 궁금해졌다. 침대에서 일어났다. 옷장에서 가볍게 몸을 가리는 옷을 꺼내 입었다. 소리는 일 층에서 나고 있었다. 분명 사람이 내는 소음 같았다. 부엌에서 들려왔다. 최대한 들키지 않게 상황을 살피러 다가갔다. 부엌에는 루실이 있었다.

"무슨 일이세요?"

그녀를 향해 질문하였다.

"오! 안녕하세요. 잘 주무셨나요? 청소를 위해 들어왔었어요. 밤중에 집에 오신 것 같길래 아침을 준비하고 있었습니다."

루실이 대답했다.

"그렇군요. 알겠습니다."

나는 말하였다.

"배고프시죠? 잠시 앉아 계시겠어요? 금방 준비해서 가져다드릴게요."

루실이 식탁을 가리키며 말하였다. 나는 고개를 끄덕였다. 식탁 앞에서 의자를 빼고 앉았다. 맛있는 냄새가 났다. 그녀를 기다렸다. 주변을 보니 전체가 깔끔하게 정리되어 있었다. 루실이 성실하게 임하고 있음을 알 수 있었다. 그녀는 너무 많은 일을 하고 있었다. 저택을 관리하는 사람이 없었었기에 대신 하고 원래의 본인의 업무인 정원 일을 하고 왓슨을 간병하고 있었다. 그녀에게 어떠한 감사의 인사를 전해야 할지 몰랐다.

"오래 기다리셨죠?"

루실이 그릇을 들고 오며 말하였다. 내 앞에 내려놔 주었다. 베이컨과 달걀로 만들어진 요리가 있었다. 따뜻한 냄새를 맡았다.

"감사합니다."

나는 말했다.

"아니에요. 이것도 다 제 일인걸요. 어서 드세요. 배를 채우면 기운이 나실 거예요."

그녀가 대답하였다. 요리를 먹었다. 차오르는 눈물이 터져 나올 것만 같이 맛있었다. 한 번 더 감사 인사를 전한 뒤에 식사를 마무리하였다.

망토 두른 노인이 알려준 근무지에 방문하기 위해 준비하였다. 몸을 씻었고 깔끔한 옷으로 갈아입었다. 추위를 막기 위하여 따뜻한 옷으로 감싸 입었다. 외출 준비를 마치고 내려왔다. 현관을 나가려고 할 때 루실이 다가왔다.

"어디 나가시나요?"

그녀가 질문하였다.

"네. 지인이 소개해준 근무지가 있어서 그곳에 한 번 방문해보려고요."

나는 대답했다.

"그렇군요. 조심해서 다녀오세요."

루실이 망설이듯 말하였다.

"걱정하지 마세요. 믿을만한 지인이고 안전한 근무지입니다. 문제 될 거는 아무것도 없어요."

나는 말했다. 그녀의 표정이 한층 밝아졌다. 덩달아 미소가 지어졌다. 목적지를 향해서 출발하였다. 약간의 먼 거리였지만, 걸어가고 싶었다.

도심을 지나가야만 했다. 지나는 길에 익숙한 길의 풍경이었다. 왜 그런지 고민해보았다. 운명이 애석하게도 통과하는 길이 포퍼가 머무는 반 지하실의 주변이었다.

"다시 오셨네요?"

아니나 다를까 포퍼의 목소리가 들렸다.

"아. 안녕하세요."

목소리가 나는 곳을 향해 대답하였다.

"이런, 현실로 돌아오시고 말았네요. 다른 세상에 계실 때는 아무 걱정 없이 행복하셨을 텐데. 다시 꿈으로 들어가고 싶으신가요? 배달 거리도 남아 있으니 어서 오세요."

포퍼가 다가오며 말했다. 다른 목적지를 위해 지나가는 길이라고 쉽게 말하지 못했다. 강한 유혹이 대답을 망설이게 했다.

"빨리 오세요."

그녀가 내 팔을 휘감으며 말하였다.

"죄송합니다. 저는 가봐야 할 곳이 있어요. 다음에 꼭 들리겠습니다."

팔을 빼며 대답했다.

"알겠습니다. 그렇게 하세요. 대신 오늘을 놓치면 기회가 언제 올지 모르는 것은 아시죠?"

포퍼가 말했다.

"네…."

나는 답하였다. 그녀는 거처로 들어갔다. 눈이 따가울 정도로 힘들었다. 두 주먹을 꽉 쥐었다. 본래의 목적지로 다시 향하였다.

Mistletoe 겨우살이   12.24
강한 인내심

근무지 근처에 도착하였다. 외곽 숲으로 들어가기 전에 주택이 하나 있었다. 사람이 사는 곳은 이곳뿐이었기에 목적지임을 확신하였다. 벽돌로 만들어진 2층 정도의 높이였다. 지붕 위에는 굴뚝이 하나 있었다. 큰 창문들이 여러 개 벽 위에 자리 잡았다. 입구에는 작은 문이 있었다. 옆에 있는 초인종 벨을 눌렀다. 집 전체를 울렸다.

"네. 누구세요?"

목소리가 작게 들렸다.

"소개받고 왔습니다!"

크게 대답하였다. 그러자 문이 열렸다. 나무 소리가 났다. 활짝 열리지 않았다. 노년의 여성이 옷을 여미고 있었다. 겁을 주지 않기 위해 소개해준 사람을 설명하기로 하였다.

"누구?!"

설명하니 여성의 뒤에서 다른 목소리가 들렸다.

"누구 소개를 받고 왔다고?"

남성의 굵고 깊은 목소리가 들렸다. 다시 이름을 알렸다. 그러자 문을 열며 노년의 남성이 나왔다.

"이럴 수가. 반갑네. 어서 들어오게나."

그는 활짝 웃으며 손짓했다.

"실례하겠습니다."

감사 인사를 건네고 안으로 들어갔다. 부엌 안까지 안내해주었다. 그는 자리 하나에 앉도록 도와주었다. 남성의 반응에 경계가 풀린 노년의 여성이 인자한 미소를 지으며 따라 들어왔다.

"마실 거라도 드릴까요?"

노년의 여성이 물어보았다.

"좋은 생각이야. 여보, 전에 선물로 받은 차를 셋이서 함께 마시지."

노년의 남성이 대신 대답했다.

"우선 잘 왔네. 너무 반가워."

남성이 이어서 말하였다.

"불쑥 찾아왔는데도 불구하고 들여보내 주셔서 감사드립니다. 저야말로 반갑습니다."

"그 녀석이 사람을 보낼 줄이야…. 상태가 많이 호전된 건가? 그러고 보니 내 소개를 안 했구먼. 나는 자네를 소개해준 녀석의 형일세. 그 녀석과는 어떠한 사이인가?"

"사이라고 한다면…. 애매하네요. 그저 교회 뒤편에서 만나 이야기를 나눈 사이라고 할까요? 지인이라고 해야 하나요?"

"그렇군. 그거면 충분해. 내가 있는 곳을 알려준 것만으로도 상태가 많이 좋아졌나 봐. 동생은 요새 좀 어떤가? 아직 교회 뒤편에서 속죄하고 있나?"

"네. 맞습니다. 알고 계시는군요."

"그 녀석은 속죄한다는 명목으로 가족과 연을 끊었었어. 몇 번이나 상황을 돌리기 위해 찾아갔지만, 전혀 변하지 않더군. 그러고 꽤 된 것 같아. 형이라는 사람이 꾸준한 관심을 주지 못하였어. 내가 갔을 때는 대답 한마디도 하지 않았었는데 자네와는 이야기를 나눴나 보군."

"맞습니다. 고민을 진지하게 들어주셨어요. 해결책을 제시해주시기도 하시고요. 또 저를 집에 초대도 해주셨었어요. 밥도 만들어주셨었고요."

"정말인가! 놀랍군. 많이 변했어. 하나님께 감사할 일이야."

우리는 대화를 하다가 남성은 약간의 눈물을 훔쳤다. 노년의 여성이 차 세트가 든 쟁반을 들고 왔다. 식탁에 내려놓고는 남성의 등을 어루만져 주었다. 그녀 또한 흐뭇하게 미소를 지으며 한 방울의 눈물을 보였다.

"그래서 그건 그렇고 어떠한 경위로 나를 소개해주던가?"

노년의 남성이 눈물을 훔치며 말하였다.

"큰일은 아니고, 일자리를 알려주시다가 소개해주셨어요. 방문해보라고…."

"좋아. 좋아. 좋은 생각이야. 그런 일이라면 잘 찾아왔어. 무슨 일인지는 알고 있나?"

"아뇨. 무슨 그것까지는 듣지 못하였어요."

"따라오게. 안내해주겠네."

남성은 차 한 모금을 마신 뒤에 자리에서 일어났다. 나를 위층으로 안내해주었다. 계단을 타고 올라가니 한층 더 위의 공간이 있었다. 또 올라갔다. 천장이 주택의 지붕이 되는 층까지 올라왔다. 다락방 같은 공간이었지만, 뾰족한 지붕의 형태로 높았다. 세 명 정도의 사람이 있어도 충분한 공간이었다. 책상이 여러 개 있었다. 공구들이 놓여 있었다. 나무가 깎인 조각들과 톱밥들도 지저분하게 쌓여 있었다. 실 같은 것들도 엉킨 채였다. 벽면에는 악기도 있었다.

"작업실에 어서 오게. 또한 일터에도 어서 오게나."

노년의 남성이 두 팔 벌려 말하였다.

"근무지가 집 위에 있었네요."

주변을 둘러보며 답했다.

"맞아. 여기서 하는 일은 악기를 만들거나 수리하는 것일세. 보통 바이올린이나, 비올라, 때로는 첼로를 위주로 의뢰받고 있지. 가끔 목관악기의 부품도 수리한다네. 주로 수리하는 일이 많기는 하지만, 언젠가는 처음부터 제작한 악기가 인기를 얻기를 기다리고 있어. 이 책상에서는 악기를 완전히 분해하는 곳일세. 손상되지 않은 부분은 섞이지 않게 남겨두고 손상된 부분을 이곳으로 옮겨오지. 이곳에서 손상된 나무 부분을 수리하는 곳일세. 시간이 흘러 벌어지거나 습기와 건조에 이기지 못하고 변형된 나무를 고치고 있지. 그리고 원래 책상으로 가서 악기를 재조립하지. 마지막으로 이쪽으로 넘어와 줄을 새로 갈아주면 돼. 보이기에는 어려워 보일 수 있으나, 막상 해보면 금방 익힐 수 있을 거야. 나도 충분히 하고 있으니 젊은 자네라면 빨리 익힐 수 있을 걸세. 어떤가 구미가 당기는가?"

그는 손가락으로 여러 군데를 가리키며 말하였다.

"어려워 보이기는 해요. 제가 만족하실 만큼 할 수 있을지도 모르겠고요. 그러나 구미가 당기기네요. 시도해보고 싶어요. 맡겨주실 수만 있으시다면 최선을 다해 임해보고 싶습니다."

나는 대답했다.

"의욕이 좋군. 혼자 일하는 것보다 같이 있으면 즐겁지. 잘 선택해야 할 걸세. 기대 이상의 의뢰가 들어오지는 않아. 그러므로 원하는 만큼의 일당을 주지 못할 수도 있어. 그런데도 원한다면 반갑게 맞이하겠네. 생각을 잘 해보고 이곳으로 찾아오게나."

노년의 남성이 진지한 말투로 말하였다.

"알겠습니다. 되려 그렇게 말씀하여주심에 감사드립니다."

나는 대답하였다.

"좋은 마음가짐을 가지고 있군. 일이 정기적이지는 않다 보니 자네가 오고 싶을 때 오면 할 수 있을 걸세. 그렇다면 일 얘기는 여기까지 하고 저녁 약속을 잡고 싶군."

그는 표정을 풀며 제안하였다.

"저녁이요?"

"그렇다네. 약속이 있다면 어쩔 수는 없지만, 저녁을 대접해주고 싶다네."

"특별히 약속이 있지는 않지만…."

"그렇다면 내일 함께 먹는 건 어떤가?"

"내일이요? 너무 감사드리지만, 왜 저에게 저녁을…."

"이번 주에 무슨 날이 있는지 모르나?."

"이번 주요?"

"이보게. 현실을 너무 놓고 살았나 보구먼. 크리스마스가 있다네. 이럴 때, 함께 저녁을 먹어야지 언제 먹겠나?"

"전혀 모르고 있었어요. 날짜와 시간에 대한 개념을 잊고 있었나 봐요."

"그럴 수 있지. 이제라도 알았으면 된 거 아니겠는가. 동생 놈도 같이 와서 밥을 먹으면 좋을 텐데…. 아, 그렇지! 이건 어떤가? 저녁을 대접해주는 대신에 부탁을 들어주게. 내일 함께 저녁을 먹을 때 동생을 데려와 보는 건 어떤가?"

"제가요? 같이 가자고 해서 오실까요?"

"무리해서 데려오려고 하지 않아도 돼. 그러는 김에 다른 데려올 지인이 있다면 함께 오게나. 나눌 사람이 많으면 많을수록 행복하지 않겠는가?"

"듣고 보니 그렇네요. 감사합니다. 한번 가볼게요."

"고맙네. 아내와 함께 준비하고 있을 테니 시간에 맞춰 오게나."

"알겠습니다."

우리는 대화를 마치고 계단을 타고 내려갔다. 노년의 남성과의 약속을 위해 망토 두른 노인에게로 가야 했다. 배웅 인사를 받은 후에 나왔다. 데려올 지인을 들었을 때 가장 먼저 떠오른 사람이 있었다.

Christmas Rose 크리스마스 로즈   12.26
추억

 교회로 향하였다. 쉽게 갈 수 있었다. 거리에는 사람들이 길을 걷고 있었다. 곧 점심시간이었기에 밖에는 많은 사람이 있었다. 인파를 뚫고 도착하였다. 겉면을 돌아 뒤로 들어갔다. 역시 벤치에는 망토 두른 노인이 앉아 있었다.
 "안녕하세요."
 나는 인사를 건넸다. 그러자 그는 나를 바라보았다. 머쓱한 웃음과 함께 손을 흔들었다.
 "자네로구먼. 반갑네."
 망토 두른 노인이 인사를 받아주었다. 앞으로 갔다. 노인은 자연스럽게 자리를 비켜주며 앉을 공간을 만들어주었다.
 "오늘은 어쩐 일인가?"
 망토 두른 노인이 질문하였다.
 "형님네 분 댁에 다녀왔어요."
 나는 대답했다.
 "그렇군. 일은 할 만해 보이던가?"
 "할 만해 보이는 거는 둘째치고 근무에 관련해서 알려주시는데 흥미와 의욕이 생기더라고요. 소개해주셔서 감사드립니다."
 "아닐세. 내가 일을 직접 주는 것도 아닌데 뭘. 좋게 받아들였다니 다행이구먼. 열심히 하길 바라겠네."

"감사합니다. 그리고 또 말씀드리고 싶은 것이 있어요."

"뭔가?"

"다름은 아니고, 형님께서 크리스마스 주간을 맞이해서 식사를 만들어주신 다고 하세요. 그래서 초대하고 싶다고 하셔서 여쭤보러 왔습니다. 함께 식사하시기를 원하고 계세요."

"마음만 받겠다고 전해주게. 제안에는 고맙지만, 갈 수 없어."

대화를 주고받다 망토 두른 노인이 고개를 숙였다.

"왜요? 이런 날 함께 식사 시간을 가져야 하지 않나요? 형님분께서도 기다리고 계세요."

약간은 격양된 어조로 물어보았다.

"계속 자네에게 말하고 있지 않았나. 나는 죄인이야. 그러한 분위기에는 어울릴 수 없을 정도로 죄를 지었어. 감히 그러한 분위기의 일부가 될 수 없다네."

망토 두른 노인도 약간의 화난 말투도 대답하였다.

"그래도…."

나는 조용히 말했다.

"제발 이해해주게. 중요한 지금의 시기를 방해하지 말아줘. 마음의 끈이 놓치지 않도록 도와주게나."

그는 차분하게 답하였다.

"알겠습니다. 죄송해요."

"나 말고, 자네에게는 함께 갈 사람이 있지 않은가? 어서 그분에게 가보게. 시간이 많다고 방심하지 말게나. 오늘 말하지 않으면 내일은 없을 수도 있어."

"누구를 말씀하시는지 알겠어요. 감사합니다. 그러면 가볼게요."

"어서 가. 그리고 두려워하지 말게."

우리는 대화를 주고받았다. 미소 지으며 인사를 건넸다. 그리고 자리에서 일어났다. 노인의 표정에도 웃음기가 있었다. 천천히 빠져나왔다. 그가 다시 고개를 숙이는 모습을 보고 교회에서 나왔다. 나는 가야만 했다. 말을 하러.

운명의 위기는 두 번 온다고 했던가. 걸어가다 보니 포퍼가 있던 반지하의 주변을 통하고 있었다. 그리고 역시였다. 거리의 눈앞에서 포퍼와 마주쳤다.

"안녕하세요."

그녀가 인사하였다.

"네. 안녕하세요."

"약속을 끝내고 오셨나요?"

"네, 맞습니다. 지금 돌아가는 길이었어요."

"마침 잘됐네요. 요새 배달일을 안 해주셔서 많이 힘들어요. 어떠세요? 오랜만에 기분을 끌어올리고 싶지 않으세요?"

"오늘이요?"

"오늘이요. 아직 감정이 복잡하시잖아요. 현실에서 도피하고 싶어 하시는 건 당연해 보이고요. 이럴 때 아니면 언제 하겠어요. 지금이 가장 적절한 때이지."

그녀의 마지막 말에 대답을 잇지 못하였다.

"만약 어려우시다면 내일 오시겠어요?"

포퍼가 대답 전에 새롭게 제안하였다.

"내일이요?"

나는 질문했다.

"요번 주간이 크리스마스잖아요. 주변에 알고 지내는 지인이 있는데 그곳에서 파티가 열릴 예정이에요. 그때 같이 가시죠. 그날에 새로운 세상이 열리실 거예요. 최근에 좋은 물건이 들어왔는데 티끌 없이 깔끔하대요. 게다가 성능이 좋아서 지속시간도 뛰어나고요. 고민해보세요. 오늘은 그렇다 치더라도 내일 있는 파티는 지나가면 진짜로 두 번 다신 오지 않습니다."

그녀가 대답하였다.

"제안은 정말 감사드립니다. 그러면 우선 미뤄두겠습니다. 먼저 해야 할 일이 있어서요. 내일도 고민해볼게요."

나는 말하였다.

"그렇게 하세요. 이거 하나는 잘 새겨두세요. 고민하고 계신 동안에도 기회의 시간은 계속 가고 있다는 것을요."

그녀가 대답했다. 우리는 각자의 길로 돌아갔다. 뒤를 보고 싶은 욕망이 있었지만, 애써 참으며 앞으로 걸어갔다.

저택의 주변으로 들어왔다. 정원에 들어갔을 때, 루실이 보였다. 반가운 마음에 곧장 다가갔다. 나의 모습을 알아차린 듯 일어났다.

"안녕하세요."

인사를 건넸다.

"네. 안녕하세요. 잘 다녀오셨나요? 한결 밝아 보이세요."

루실이 미소를 지으며 인사를 받아주었다. 그녀의 표정과 눈을 보니 입술이 떨어지지 않았다. 꼭 하고 싶은 말, 해야만 하는 말이 쉽사리 나오지 않았다. 루실의 앞에 섰다. 우리는 정원에 있었고 그녀는 기다리고 있어 보였다. 미안해서라도 빨리 말을 꺼내야만 하였다. 용기를 가져야만 했다.

"감사합니다. 잘 다녀왔어요. 너무 갑작스럽지만, 드리고 싶은 말이 있어요."

나는 말하였다.

"네? 어떤 말이요?"

그녀가 궁금해하는 표정으로 질문했다.

"저와 함께 내일 저녁을 먹으러 가지 않으실래요?"

겨우 용기를 머금고 말을 전하였다.

"전혀 갑작스럽지 않아요. 좋습니다. 같이 저녁 먹으러 가요."

루실은 싱긋 웃으며 대답했다.

"정말요? 감사합니다. 받아주셔서 너무 기뻐요."

미소로 화답하며 말하였다.

"오히려 기다렸어요. 제안해주심에 감사해요."

"그랬군요. 너무 오래 걸렸죠?"

"아니에요. 이제라도 기뻐요. 어디로 먹으러 갈까요?"

"아. 사실 갈 곳은 정해져 있어요. 알고 있는 지인 노부부가 있는데 크리스마스를 기념해서 저녁을 만들어주신다고 하세요. 괜찮으신가요?"

"그럼요. 지인분께도 너무 감사한데요. 기대돼요. 감사의 인사로 함께 선물을 준비해서 가요."

"그게 좋겠네요."

서로의 얼굴을 바라보며 웃음이 나왔다. 그날, 바람이 정원의 꽃향기를 몰고 왔다.

약속의 시간이 다가왔다. 단정적인 옷으로 갈아입었다. 루실과 만나기 위해 정원으로 나갔다. 해가 점차 지고 있었다. 그녀는 이미 나와 있었다. 루실은 긴 치마와 따뜻해 보이는 니트옷 위에 두꺼운 코트를 입고 있었다.

"오래 기다리셨죠?"

그녀를 향해 다가가며 말하였다.

"아니에요. 저도 방금 나왔습니다. 이걸 가져왔는데 감사 인사 선물로 어떨까요?"

그녀가 물건을 보여주며 답했다.

"이게 뭔가요?"

"나무와 잎이 떨어질 시기의 꽃으로 우린 물이에요. 끓여서 마시면 꽃 향과 나무 향이 조화롭게 어울립니다."

"적절한 선물인데요."

"감사합니다. 같이 드려요. 이제 갈까요?"

"네. 목적지까지 거리가 약간 있어서 차로 가실까요?"

"좋죠. 그럼 부탁드리겠습니다."

대화를 주고받았다. 자동차가 주차된 곳으로 갔다. 차를 꺼내기 위해 루실을 두고 차고로 들어갔다. 운전석에 타니 묘한 감정이 들었다. 이전에 루실과의 약속을 위해 왓슨이 운전을 가르쳐준 기억이 떠올랐다. 묵혀 있던 기억이 추억으로 되면서 생긴 감정이 가로막았지만, 새로운 추억을 만들기 위해서 앞을 바라보게 되었다. 시동을 걸고 천천히 차를 빼냈다. 그녀가 동승자석에 탔다. 목적지를 향해 이동하였다.

저녁 시간에 맞춰서 도착하였다. 주변에 자동차를 주차하고 내렸다. 루실은 선물을 챙겼다. 정문으로 걸어가고 있을 때, 미리 나온 노부부가 반겨주었다.

"어서 오게나. 반가워요."

노년의 남성이 나와 루실을 반겨주었다.

"안녕하세요."

인사에 답하였다.

"반갑습니다. 초대해 주셔서 감사해요."

루실이 선물을 건네며 인사에 답했다.

"아니 뭐 이런 거를. 아무튼 고마워요. 어서 들어와요."

남성이 선물을 받으며 말하였다. 노년의 여성도 함께 반가움을 전했다. 서로에게 인사와 함께 반가움을 맞이하였다. 악수도 하고 포옹하다가 들어갔다. 맛있는 냄새가 집안을 가득 메우고 있었다. 남성의 안내를 받아 외투를 벗어 옷걸이에 걸어두었다. 그리고 부엌으로 안내받았다.

"배고프시죠? 어서 자리에 앉아 식사해요."

노년의 여성이 미소 지으며 말하였다. 지시에 따라 자리에 앉았다. 각자 앞에 그릇이 하나씩 놓여 있었다. 노년의 여성은 냄비를 하나 들고 와 내려놓고 자리에 앉았다. 식탁에는 여러 음식이 다양했다. 닭 요리와 육 고기로 만들어진 요리도 있었다. 샐러드와 함께 바게트가 알맞은 크기로 얹어졌다. 동양식 쌀로 볶은 요리도 있었다. 토마토 향의 소스가 덮인 파스타도 먹음직스러웠다. 한입 크기의 익힌 당근과 옥수수가 놓인 그릇과 달걀과 감자가 으깨진 채로 놓인 그릇도 보였다. 중앙의 냄비에는 감자와 브로콜리 여러 채소가 고기향이 나는 수프 안에서 뜨겁게 끓고 있었다. 향은 물론이거니와 보는 것만으로도 침이 고였다.

"이렇게 만난 것에도 인연이고 잠깐이 아니기를 바라며 소개를 해줄 수 있겠는가?"

노년의 남성이 나를 바라보고 루실을 손바닥으로 가리키며 말하였다.

"아. 네. 소개가 늦었네요. 이쪽은 루실이고 저택에서 여러 일들을 맡아주고 있어요."

루실과 남성을 번갈아보며 말하였다.

"여러 일이라면 어떤 일을 하고 있나요?"

노년의 남성이 루실을 바라보며 질문하였다.

"저택에서 가정부와 전체적인 관리, 정원 일을 맡고 있어요."

루실이 대답하였다.

"와. 여러 일을 겸임하고 계시는군요. 집에서 일하시는 분을 같이 데려오실 정도이시면 가벼운 관계라고는 생각이 들지 않는군요."

남성이 미소를 지으며 말하였다. 나와 루실은 아무런 대답을 하지 않았다. 시선을 피해 요리만을 바라보았다.

"오늘 이렇게 찾아와 줘서 고마워요. 크리스마스를 맞이해서 좋은 추억이 되기를 바라며 맛있게 먹읍시다."

노년의 남성이 이어서 식사를 시작하는 말을 꺼냈다. 본인의 앞에 놓인 그릇

위에 각 요리에 있는 숟가락을 사용하여 덜어 먹었다. 노년의 여성이 국그릇을 하나씩 들고 와서 국자로 퍼 나눠주었다.

"차린 게 많이 부족하겠지만, 맛있게 먹어 주세요."

노년의 여성이 말하였다.

"부족하기는요. 상상 이상으로 풍족한걸요. 감사히 잘 먹겠습니다."

루실이 그녀에게 답하였다. 식사를 계속하였다. 중간중간에 여러 얘기를 주고받기도 하였다. 망토 두른 노인을 데려오지 못한 이야기도 하였다. 그러면서 루실에게도 자초지종을 설명해주었다.

12장

햇살

해가 아무리
구름에 가려져 있다고 할지라도
우리는 위에 무엇이 있는지 알고 있다.
빛이 보이지 않더라도
그 기운만으로 알 수 있다.

Snowdrop 스노드롭   1.1
희망

  시간이 흐름에 따라 그릇이 하나씩 비워지면서 따뜻함 속에서 식사를 마무리하였다. 허기가 채워지고 비움의 쾌감까지 들 정도가 되었다. 식사의 정리를 도와주었다. 저녁 식사를 완벽하게 끝마쳤다. 그리고 노년의 남성이 우리를 거실로 불렀다. 안내에 따라 소파에 앉았다. 뒤이어 노년의 여성이 부엌에서 거실로 들어왔다. 남성은 구석에서 무언가를 만졌다. 그러자 기계음이 들렸다. 바늘이 엘피판을 긁는 소리였다, 곧이어 거실 전체에 음악 소리가 퍼졌다. 피아노 소리가 도입부를 장식하였다. 귓가에서 메인이 되던 피아노 소리가 어느 샌가 배경 음악으로 깔리면서 여성이 노래를 불렀다. 옅은 드럼 소리와 바이올린 소리, 색소폰 소리가 깔렸다. 노년의 남성과 여성은 음악 소리에 맞춰 손을 마주 잡고 천천히 춤을 추기 시작하였다. 메인이 되던 노랫소리가 배경으로 깔리며 둘의 춤이 눈을 사로잡았다. 부럽기도 하였다. 당장 일어나 누군가와 손을 잡고 발걸음을 맞추고 싶었다. 노년의 남성이 나와 눈을 마주치며 자그마한 신호를 주었다. 그 신호의 의미를 알고 있었다. 그러나 쉽게 시행할 수 없었다. 용기를 내기 위해서는 지금이 최적의 기회이자 핑곗거리였다. 분위기에 이기지 못한 척, 노년 부부에게 예의를 차리기 위한 척, 배부름에 의해 몰려오는 졸음을 이기지 못한 척 자리에서 일어났다. 그리고 떨리는 손을 겨우 루실에게 내밀었다. 간절한 염원이 이뤄지기를 바랐다. 잠시 눈을 감는 순간, 손바닥에서 촉촉하면서 간질간질한 감각이 느껴졌다. 놀라 눈이 떠질 때, 루실이 자리에서 일어난 모습이 보였다. 약한 악력이 느껴지면서 자동으로 손이 접혔다. 서로의 눈동자에 비친 본인을 바라보았다. 배경 음악이 깔리고 천장의 누르스름한 조명이 비치고 있는 장소에서 본능에 몸을 기댄 채 발을 맞추었다. 창문 밖의 한기와 집 안의 따뜻함이 공존하고 있었다. 우리는 영화 속의 주인공이 되었다. 노래가 두 번 이상 반복되고 더 이상 샐 수 없을 정도까지 반복되었을 때, 춤을 멈추었다. 거실에 서 있던 모두가 자리에 앉았다. 그리고 미소가 끊이지 않았다.

휴식을 취하다가 노년의 여성이 마실 거리를 가져왔다.
"선물로 주신 차를 우려봤어요. 맛있게 잘 마실게요."
노년의 여성이 차가 담긴 컵을 나눠주며 말하였다. 향을 음미하였다. 나무의 씁쓸한 향과 꽃의 달콤한 향이 조화롭게 어울렸다. 향이 집안 전체를 사로잡았다. 느린 움직이었지만, 당차게 춤추던 움직임에 숨을 골랐다. 점차 하품의 빈도가 잦아졌다. 시계를 보니 늦은 시간을 향해 바늘이 다가가고 있었다. 노년의 부부를 위해서라도 이제는 집으로 돌아가야 했다. 나와 루실은 직접 말은 하지 않았지만, 표정으로 대화를 나눴다.
"이제 그만 가보겠습니다."
자리에서 일어나며 말을 꺼냈다.
"벌써 시간이 이렇게 되었구먼."
노년의 남성이 나를 보며 말하였다.
"너무나도 즐거웠습니다. 시간이 늦어서 가봐야 할 것 같아요."
루실이 이어서 일어나며 말했다.
"그래요. 다들 잠을 자야죠."
노년의 여성이 대답했다. 벗어두었던 외투를 입었다. 현관에 나가면서 작별인사를 주고받았다. 바깥의 바람이 차가웠다. 나가면서 손짓하고 인사하였다.

차를 타기 전까지도 계속해서 인사를 나누었다. 우리는 자동차에 탔다. 그런데도 그들은 아직 나와 있었다. 서둘러 시동을 걸고 차를 움직였다. 창문을 열고 마지막의 마지막 작별 인사를 건넸다. 그제야 노년의 부부는 집 안으로 들어갔다.

오늘에 관한 이야기를 나누면서 집으로 향하였다. 소감과 맛있는 식사의 이야기 등을 주고받았다. 금세 집 주변까지 도착했다. 시간이 지나감이 아깝고 더 길게 느끼기 위하여 조금은 천천히 자동차를 몰았다. 그녀가 눈치채지 못하기를 바라면서 발의 강도를 낮추었다. 그러다 시간의 흐름이 꼭 나쁘지 않음을 알려주듯이 아름다운 경관이 펼쳐졌다.

"봐 봐요! 눈이 내려요!"

루실이 환하게 미소 지으며 말하였다. 창문 밖으로 눈이 내렸다. 어두운 구름과 하늘에서 눈이 내렸다. 우리는 계절을 즐겼다. 하늘을 뒤덮을 정도의 눈은 아니었지만, 검은 배경의 하얀 눈송이는 아름다웠다. 연하게 내리는 싸라기눈이 창문에 닿을 때, 눈 결정의 모양으로 퍼지며 녹았다. 아무리 천천히 가도 목적지에는 도착하게 되었다. 차고에 자동차를 주차하였다. 조금의 시간이라도 함께 보내기 위해 루실을 데려다주었다. 정원으로 발걸음을 옮겼다. 눈이 더욱 뚜렷하게 보였다.

"눈도 좋지만, 꽃과 땅에는 좋지 않은 영향이 될 것 같아요. 아침에 상태를 보고 조처를 내려야겠어요."

루실이 말하였다. 차 안에서 바라볼 때와 정원에서 눈을 바라볼 때의 그녀의 반응은 달랐다.

"그렇군요. 저도 도와드릴게요."

나는 그녀를 향해 말했다.

"감사합니다. 그러면 부탁드릴게요. 같이 해요."

루실이 대답하였다. 만족했다. 눈과 꽃을 보다 오두막에 도착하였다. 그녀는 문 앞까지 다가가 인사를 건네주었다.
"정말 즐거웠습니다. 불러주셔서 감사해요. 식사도 맛있었고, 같이 음악에 맞춰 춤을 춘 것도 행복했어요. 마지막으로 눈을 감상하여 기억에 남을 추억이 될 것 같아요. 추우실 텐데 데려다주셔서 감사합니다. 이제 들어가 볼게요."
루실이 손짓하며 말하였다.
"저도 즐거웠습니다. 함께 가주셔서 감사해요. 저한테도 행복한 추억이 되었습니다. 어서 들어가세요. 내일 만나요."
미소와 손짓으로 답하였다. 루실은 문을 열고 안으로 들어갔다. 불이 켜지는 것이 보였다. 발걸음을 돌려 저택으로 향하였다. 가벼웠다. 마치 공중에 뜬 상태로 걸어감을 느꼈다. 대화를 나누고 함께한 모든 순간이 되풀이되었다. 다시 생각하면서 행복감을 만끽하였다. 내일과 그다음 미래의 날들이 기대되었다. 정원을 가로지르면서 눈의 향과 꽃향기가 섞여 장식해주었다. 조용한 밤하늘 아래에서 마음속 휘황찬란한 축제가 만들어졌다.

그러나 이러한 발걸음을 멈추게 하는 무언가를 발견하였다. 저택에 도착하여 문 앞까지 다가갔을 때 발밑에 놓인 무언가가 마음속 축제는 물론 오늘 하루의 행복감마저도 두려움에 떨게 했다. 그것은 종이로 되어 있었다. 혹여나 하는 마음에 집어 들었다. 아무래도 운명의 위기는 두 번에서 멈출 만하게 가볍지 않았다. 협박 편지가 적혀 있었다. 그것도 누가 썼는지 정확히 알 만하였기에 긴장감이 고조되었다. 원하는 최종 내용은 돈이었다. 그곳에서 끝났으면 별문제 삼을 거리는 아니었지만, 내용 안에 루실이 언급됨이 힘겹게 다가왔다. 이름이 정확히 적혀 있지는 않았다. 그러나 저택의 정원에서 일하는 여성에 관한 내용이 적혀 있었다. 본인이 관심이 있다는 둥, 그녀는 돈이 많냐고 하거나 꼭 단둘이 있을 때 진지한 이야기를 나누겠다는 말들이 적혀 있었다. 단순하게 볼 때는 아무렇지 않을 수 있으나 순수한 의도로 쓴 내용 같지는 않았다. 심지어는 마지막 말에 돈을 가져오지 않으면 큰일이 벌어 저도 본인은 연관이 없다는 내용을 적어두었다. 현 상황에서 불안으로 다가왔다. 편지와 소포를 받아두는 곳이 아닌 집 정문 앞에 편지가 놓여 있다는 점이 보안에 발가벗겨진 기분이 들었다. 빨간색으로 쓰인 글씨가 시선을 자극하였다. 당장에라도 편지를 찢고 싶은 욕구로 가득했다. 막상 손이 움직이지 않았다. 최적의 표현으로 편지를 주머니에 구겨 넣고 집 안으로 들어갔다.

  방으로 들어와 옷을 갈아입고 몸을 씻는 동안에도 편지의 내용이 잊히지 않았다. 잠자리에 들기 위해 침대에 들어가서도 좀처럼 다른 생각으로 넘어갈 수가 없었다. 어두운 밤하늘의 창문을 바라보아도 눈이 감겨지지 않았다. 고민하지 않을 수가 없었다. 그가 원하는 정도의 돈을 주기 위해서는 상당한 액수가 필요했다. 금액을 맞추기 위해서는 배달 일 말고는 없었다. 그러나 도덕적으로도 나에게 있어서도 옳지 않은 일이었다. 기한이 없음도 불안의 요소로 다가왔다. 우선 돈을 벌어들이기 위해서 노년의 남성이 하는 일을 도와줘야겠다고 싶었다. 고민, 생각과 함께 자연스레 잠이 들었다.

Cyclamen 시클라멘
내성적 성격

1.14

    감긴 눈 속에서 여러 상황이 보였다. 꿈이 반복되고 섞이듯 훑으며 지나갔다. 점차 현실로 돌아오면서 내용이 들어맞지 않는다는 사실을 깨닫게 되자 눈이 떠졌다. 창문 밖 하늘은 아직 어두웠다. 시간을 파악하기 위해 밖을 유심히 보았다. 지평선 너머에서 해가 조심히 나오고 있었다. 아침 일찍 노년의 남성에게 가서 일을 시작하면 최대한 돈을 벌 수 있겠다고 생각하였다. 외출 준비를 위해 몸을 씻고 옷을 입었다. 조금은 편하게 입었다. 서둘러 집 밖으로 나갔다. 추위와 거리를 고려해서 자동차를 타고 이동하였다. 가는 길에 차가 많이 없었기에 금세 도착할 수 있었다. 주차하고 주택 앞으로 다가가 초인종을 눌렀다. 첫 번째로 눌렀을 때 아무런 반응이 없었다. 이어서 다시 초인종을 눌렀다. 그러자 집 안에서 계단을 타고 내려오는 소리가 들렸다.

"네. 누구세요?"

집 안에서 노년 남성의 목소리가 들렸다.

"안녕하세요!"

목소리가 들리도록 크게 말하였다. 그러자 노년의 남성이 나왔다. 그는 눈을 제대로 뜨고 있지 못하였다. 눈을 비비기도 하고 하품을 크게 내쉬기도 하였다. 침대 냄새가 나는 푸른색 잠옷을 입고 있었다.

"아니. 자네로구먼. 이런 이른 아침에는 웬일인가?"

노년의 남성이 한쪽 눈만 뜬 채로 물어보았다.

"일하고 싶어서 왔습니다. 가능하다면 최대한 일찍 시작하고 싶었습니다. 혼자만이라도 좋으니 일을 시켜 주실 수 있으실까요?"

답변 후 되물었다.

"자네, 마음을 단단히 먹었나 보구먼. 이 정도로 하고 싶을 줄이야. 좋네. 오늘은 일찍 시작하지. 어서 들어오게나."

그는 대답하였다. 나를 데려 들어와 주었다.

"우선 위층으로 올라가 있게나. 나는 커피를 타서 올라가겠네."

그는 손가락으로 계단을 가리켰다. 2층을 지나 한 층 더 올라갔다. 나무 냄새와 먼지 냄새가 났다. 주변을 둘러보며 조심스럽게 손가락으로 훑어보았다. 거친 표면의 나무와 부드러운 결이 느껴졌다.

곧이어 계단 소리가 들리고 노년의 남성이 올라왔다. 양손에 컵을 들고 있었다. 따뜻한 김이 나는 커피가 담겨 있었다. 또한 어느샌가 다른 옷으로 갈아입고 왔다. 컵 하나를 받아 들고 커피 한 모금을 마셨다.

"자. 그러면 바로 시작하지. 오랜만에 일찍 시작하려니 신선하군. 그리고 마침 잘 왔어. 크리스마스 이전에 물량이 꽤 도착하였다 보니 질릴 정도로 일을 할 수 있을 걸세."

노년의 남성이 주변에 커피를 내려놓으며 말하였다. 그는 의자를 꺼내 앉았다.

"우선 잘 보게나."

노년의 남성은 책상 위의 무언가를 만지며 말하였다. 그의 옆에 서서 위에서 유심히 지켜보았다. 이어서 여러 가지를 설명해주었다. 바이올린의 부품처럼 보이는 것을 이곳저곳 보여주었다. 그리고 어떤 일을 담당해야 하는지 알려주었다. 나에게 시범을 보여주었다. 이후 직접 할 수 있게끔 유도해주었다. 노년 남성의 마음에 들도록 일을 한 뒤에 각자의 업무로 분담되었다. 쉽게 따라 할 수 있을 정도의 간단한 업무였다.

나무에서 나오는 소리만 맴돌았다. 중간중간 커피를 마시는 소리만이 불규칙적이었다. 각자의 자리에서 조용히 앉아 있었다. 그러다 계단을 타고 올라오는 소리가 들렸다.

"웬 소리가 나서 올라와 보니 다들 일하고 계셨네요."

노년 여성의 목소리가 들렸다. 목소리가 나는 쪽으로 고개를 돌렸다. 노년의 여성은 분홍색의 잠옷을 입고 있었다. 가볍게 고개로 인사를 건넸다. 노년의 남성은 자리에서 일어나 그녀와 포옹하였다. 그리고 가볍게 입맞춤을 하였다.

"초인종 소리가 들리길래 나가보니까 아침 일찍부터 일하고 싶다길래 같이 시작하였어요."

노년의 남성이 여성을 향해 말하였다.

"아이고. 고생이 많아요. 그러면 방해가 되기 전에 내려가 볼게요. 이따 봬요."

노년의 여성이 대답했다.

"네. 감사합니다. 이따 뵐게요."

나는 그녀를 향해 대답하였다. 다시 일을 시작하였다.

이전과 같이 업무를 반복하다가 책상 위의 커피잔을 들었다. 마시려고 보니 내용물이 비어 있었다. 마시고 싶은 마음이 있었지만, 집중하고 있는 노년의 남성에게 부탁하기 민망하였다. 정신을 다른 곳에 돌리고자 일에 몰두하였다. 그러다 어느새 잊고 습관처럼 다시 컵으로 손이 갔다. 그러나 놓았던 위치에 컵이 없었다. 의문이 들어 주위를 둘러보아도 보이지 않았다. 심지어 남성의 컵도 보이지 않았다. 의문이 풀리지 않은 채로 다시 집중하였다. 시간이 지나고 나도 모르게 컵이 있던 위치를 향해 손을 뻗었다. 이번에는 신기하게도 컵이 있었다. 다른 무늬의 컵이었다. 여전히 의문이 들었지만, 갈증 때문에 내용물을 마셨다. 익숙한 맛이 났다. 이전에 루실과 함께 왔을 때 선물로 가져왔던 차의 맛이었다. 살짝 놀라며 안을 보니 어김없이 루실이 가져온 차였다. 미소가 지어졌다. 반복된 업무에 있어 지루해질 즘에 그녀가 떠오르며 다시 의욕을 가지고 집중할 수 있었다.

시간이 얼마나 지났는지 알 수 없을 정도로 작업을 반복하였다. 창문을 보니 해가 하늘의 중앙에 걸려 있었다.

"벌써 시간이 이렇게 지났구먼. 조금 쉬었다 하지 않겠는가?"

노년의 남성이 질문하였다.

"좋습니다. 쉬었다가 하고 싶어요."

나는 대답하였다.

"집중력이 대단하군. 쉬지 않고 일하다니 대단해. 배도 고픈데 쉬면서 식사라도 하지. 아래로 내려가세."

남성은 자리에서 일어나며 말하였다. 허리가 뻐근하였다. 우리는 계단을 타고 아래층으로 내려갔다. 밑에서는 이미 노년의 여성이 점심 식사를 준비하고 있었다.

"식탁에 앉아 있게나. 곧 점심을 함께하세."

노년의 남성이 식탁을 가리키며 말하였다. 그는 이어서 노년의 여성에게 향하였다. 자리에 앉아서 그들을 바라보았다. 노년의 여성에 맞춰서 남성은 점심 식사를 보조하였다. 그러는 중에 둘은 자연스러운 스킨십을 주고받았다. 흐뭇하게 미소가 지어졌다. 곧이어 맛있는 냄새가 집 전체를 감쌌다. 노년의 여성이 완성된 식사를 가져와 각자의 접시에 나눠주었다. 우리는 여유로운 점심 식사를 시작하였다.

Rumex 수영
친근한 정

1.17

 점심 식사를 마치고 배부름 속에 졸음이 몰아쳐도 이겨내며 업무에 돌아갔다. 반복했던 일이었다 보니 쉽게 되돌아갈 수 있었다. 시간이 흐르기만을 기다렸다. 어느새 창문 밖을 볼 때, 하늘에 걸려 있던 해의 빛이 옅어지며 땅 아래로 들어가고 있었다. 하던 업무에 끝이 보였다.
 "자네. 오늘은 여기까지 하지. 내가 하던 작업도 거의 끝났고 자네가 맡아준 업무도 끝이 보이니 나머지는 내가 마무리하겠네. 고생했어. 먼저 내려가 있게나. 나는 주변 정리를 좀 하다가 내려가겠다네. 잠시만 기다려줘."
 노년의 남성이 반가운 말을 해주었다. 두 팔을 아래로 내리며 숨을 크게 내쉬고 자리에서 일어났다. 그의 말대로 먼저 내려갔다. 집으로 돌아가기 위해 외투를 입었다. 밖으로 나갈 준비를 모두 마쳤다. 그러자 노년의 남성이 내려왔다. 그를 따라서 노년의 여성이 함께 왔다.
 "오늘 정말 고생 많았네. 도움을 많이 받았어. 이거는 오늘 자네의 노력일세."
 그는 내 손에 봉투를 쥐여 주며 말했다.
 "감사합니다. 저도 일을 할 수 있어서 기분이 좋았습니다. 뿌듯했어요."
 나는 대답하였다.
 "처음이라 힘들기도 했을 텐데. 너무 잘해줬어. 피곤할 테니 어서 들어가게나."
 노년의 남성이 말하였다.
 "감사합니다. 다음에 기회가 되면 또 일하러 올게요. 이만 가보겠습니다."

인사를 건네며 대답했다. 노년 부부의 인사를 받고 밖으로 나왔다. 주차된 자동차로 이동하여 안에 탔다. 차갑게 식은 시트가 느껴졌다. 약간의 휴식을 취하기 위해 봉투를 열어보았다. 그 어느 때보다 적은 액수였다. 그러나 가치는 최상이었다. 돈은 형태와 물질을 나타내는 척도일 뿐, 보람찬 마음은 가히 넘을 수 없었다. 현재 상황에서도 어김없는 불변의 법칙이었다. 시동을 걸고 집으로 출발하였다.

하늘에는 해가 보이지 않게 되고 어두운 구름이 하늘을 뒤덮었을 때 저택에 도착하였다. 주차하고 루실과 잠깐이라도 마주치기 위해 정원으로 이동하였다. 정원으로 다가갈수록 그녀가 있을 잔상이 떠오르면서 다짐하고 있던 불변의 법칙에도 금이 갔다. 수중에 가진 돈의 액수에 따라 신뢰도에 불신이 생겼다. 좀 전까지만 하더라도 세상을 다 가진 것만 같았지만, 손안에는 세상 일부분이라는 사실에 실망감이 느껴졌다. 최대한 빠르게 돈을 모아 센트락에게 돈을 줘도 루실의 안부를 지킬 수 있을지 알 수 없었다. 그녀에게 다가갈수록 불안감이 흔들렸다.

"다녀오셨어요?"

루실의 목소리가 들렸다. 생각이 다른 곳에 가 있고 초점 없이 다니다 보니 가까이 간 줄도 모르고 있었다. 갑작스러운 상황에 당황을 금치 못하였다.

"안녕하세요. 외출했다가 집으로 돌아가는 길에 들러봤습니다."

겨우 대답을 떠올려 말하였다.

"아침에 계시지 않으시길래 외출하신 것 같았어요. 돌아오시니 반갑네요."

루실이 말했다. 순간 그녀가 한 말을 곱씹어 보았다. 그리고 루실의 옷이 정원의 흙으로 더럽혀져 있는 모습을 보니, 잊고 있던 기억이 떠올랐다. 눈이 내려 정원 일을 도와주기로 약속하였던 사실을 잊고 있었다.

"죄송합니다. 제가 완전히 잊고 있었네요. 눈 때문에 도와드리기로 했었는데 제가 없으셔서 놀라셨겠어요."

그녀에게 말하였다.

"아니에요. 어제 눈이 많이 내리지도 않았고 혼자서도 충분히 할 수 있는 작업이었습니다. 다음에 기회가 되실 때 꼭 도와주세요. 마음만으로도 감사합니다."

루실이 대답하였다. 그녀의 말 한마디에 되레 감사함이 느껴졌다. 묵묵히 배려를 받아들였다.

"그러고 보니 택배가 하나 와 있더라고요."

루실이 이어서 말하였다.

"택배요?"

"네. 택배 보관함을 보니까 택배 하나가 있었습니다. 어제 확인했을 때는 없었는데 좀 전 오전에 도착한 것 같아요. 저한테 온 것은 아니었어요."

"받아놔 주셔서 감사합니다. 주실 수 있으실까요?"

"네. 금방 가져다드릴게요. 혹시 몰라서 보관해 두었었어요."

"감사합니다. 같이 갈게요."

"다시 돌아오기는 해야 하지만, 그러실래요? 기왕 말을 나눈 김에 지금 가시죠."

"네. 좋습니다."

대화를 마치고 루실의 오두막으로 향하였다.

루실이 집 안으로 들어가고 오두막 앞에서 기다렸다. 그녀는 금세 문을 열고 나왔다.

"여기 있습니다."

그녀가 상자를 건네주었다. 택배 상자를 보고 나니 충격에 잠시 몸이 얼어붙었다. 택배에서부터 알아차려야만 했다. 보낼 만한 사람이 없었음에도 아무런 의심을 하지 않고 있었다.

"괜찮으세요?"

루실이 내 표정을 들여다보며 말하였다.
"네? 아, 네. 괜찮습니다."
눈앞에서 그녀의 얼굴이 보이자 얼음이 깨졌다.
"오늘은 피곤하기도 해서 먼저 들어가 보겠습니다."
나는 이어서 말하였다. 발을 돌려 집으로 향하였다. 가는 길에 계속해서 바라보았다. 잊을 수 없는 익숙한 택배 상자였다.

방에 올라가면서까지도 충격이 쉽게 가시지 않았다. 상자를 책상 위에 올려 두었다. 이전의 상자들에 비해 가벼웠기에 다른 물건이기를 바랐다. 혹여나 착각이기를 바라며 조심히 열어보았다. 내용물은 변함없이 내가 아는 것이었다. 비닐 팩 안에 가루가 가득 차 있는 물건이 하나 놓여 있었다. 아래에 편지가 있었다. 비닐 팩을 상자에서 꺼내 책상에 올려 두었다. 그리고 편지를 꺼냈다. 깔끔한 글씨체의 글씨가 적혀 있었다.
'약속한 날에도 오지 않으셔서 편지 보냅니다. 복잡한 심경을 가지고 있으실 거라고 생각되어 물품을 함께 보냅니다. 언제든지 오셔도 됩니다. 보상도 충분히 드릴게요. 다시 떠올리시기를 바랍니다.'
내용은 이러하였다. 편지를 내려놓고 비닐 팩을 보았다. 머리가 어지럽고 기분이 좋지 않았다. 상황 판단이 되지 않았다. 잠시 손을 올려놓고 고민하였다. 솔직한 심정으로는 고민하지 않았다. 옳고 그름을 알고 있음에도 본능적인 이 끌림을 극복할 수 없었다. 결국 비닐을 뜯었다. 뜯긴 비닐을 타고 묻은 손을 입술에 가까이 다가갔다. 그대로 숨을 크게 들이쉬면서 침대 위로 쓰러졌다. 사람의 연은 끊어도 중독의 연은 쉽게 끊을 수가 없었다.

Marsh Marigold 매시 매리골드
반드시 올 행복

1.30

나는 물속에 잠겨 있다. 귓가가 먹먹했으며 감긴 눈 위로 일렁이는 물결의 그림자가 보였다. 물의 흐름이 피부를 쓰다듬으며 시원하고 상쾌했으나, 이내 숨이 쉬어지지 않았다. 소리치기 위하여 입을 벌리려고 하여도 열리지 않았다. 상황 파악을 위해 눈을 뜨려고 하여도 할 수 없었다. 고통에 몸부림쳐도 뜻대로 되지 않았다. 몸의 자유권을 완전히 잃어버렸다. 오직 소리에 집중할 수밖에 없었다. 그러다 목소리가 자그맣게 들리고 있음을 알아차렸다. 몸부림을 멈추고 들리는 소리에 귀 기울였다.

"괜찮으세요?! 제 목소리 들리세요?!"

목소리가 들렸다. 루실이었다. 최대한 소리가 나는 방향을 향하여 헤엄쳤다. 다가가고 싶었다. 그러나 의지와는 다르게 헤엄치려 하여도 이동하는 느낌이 들지 않았다. 답답함에 온몸이 찢어질 듯 아파져 왔다.

"눈 떠보세요! 정신 차려보세요!"

루실의 목소리와 함께 양어깨에 충격이 들어갔다. 눈이 번쩍하고 뜨였다. 그리고 놀람에 상체가 일으켜졌다. 덩달아 루실도 함께 놀랐다. 막혀 있던 숨구멍이 트였다. 신선한 공기가 코와 입으로 들어왔다 나오며 거친 숨을 몰아쉬었다. 옆에 루실이 서 있었다.

"괜찮으세요?"

그녀가 질문하였다. 루실은 나보다도 더 놀란 듯한 표정을 짓고 있었다. 영문이 쉽게 파악되지 않았다.

"어떻게 되신 거예요? 몸이 떨려 계시고 땀을 너무 많이 흘리고 계셨어요."

루실이 이어서 말하였다.

"모르겠어요. 무슨 일이 일어난 건지. 어떤 일로 오셨던 거예요."

나는 대답했다.

"어제 오후에 상자를 건네 드린 이후로 표정이 좋아 보이지 않으셔서 걱정되어서 아침이 되고 와봤어요. 들어와 보니 아픈 신음을 내시고 계시길래 깨워보려고 했어요. 아무리 불러도 눈을 안 뜨시길래 걱정했습니다. 혹여나 계속 눈을 못 뜨실까 봐 무서웠어요. 더 이상 떠나보내고 싶지 않았습니다. 왓슨 때는 제가 많이 부족하여서 반복될까 봐 두려웠습니다. 일어나셔서 다행이에요. 많이 아프세요?"

그녀의 입꼬리가 내려가며 말하였다.

"걱정해 주셔서 감사합니다. 지금은 괜찮아졌어요. 악몽 같았어요. 이상하게 다리에 감각이 없어요."

나는 대답했다. 상체가 일어서졌을 때, 하체의 감각이 낯설었다. 마치 몸 아래에 돌덩이를 이고 있는 듯한 느낌이었다.

"다리예요?"

루실이 물었다. 그녀는 내 다리를 잡았다. 갑작스러운 접촉에 당황하였다. 그러다 손길에 몸을 맡겼다. 루실은 내 무릎과 종아리를 잡고 굽혔다 피기를 반복해주었다.

"이래도 감각이 없으신가요?"

그녀가 질문하였다.

"네. 여전해요…."

나는 대답했다.

"이상하네요. 당장 의사를 불러 볼게요. 아마 잠깐 그럴 거예요. 걱정하지 마시고 의사의 진료를 받아보시죠."

루실이 진정시켜주는 말을 하였다. 그녀는 방에서 나갔다. 계단을 타고 내려가는 소리가 들렸다. 다시 상체를 침대에 눕혔다. 다리가 움직이지 않아 몸을 돌리려고 하여도 좀처럼 쉽지 않았다. 자유권을 잃어버린 피로로 눈을 감았다.

"안녕하세요."

누군가의 목소리가 들렸다.

문이 열리는 소리와 함께 들렸다. 눈이 바로 떠졌다. 얼마나 시간이 지나갔는지도 알 수 없었다. 어느샌가 잠이 들어 있었다. 꿈은 꿨는지도 기억이 나지 않았다. 소리가 난 문 쪽으로 고개를 돌렸다. 그곳에는 하얀 가운을 걸친 익숙한 의사와 루실이 있었다. 그들을 보고 몸을 일으키려 하였지만, 여전히 다리는 그대로였다. 내 반응을 보고 의사가 빠르게 다가와 상체를 잡아주었다.

"안녕하세요. 오랜만이네요."

머쓱한 웃음과 함께 대답하였다.

"상태에 대해서는 들었습니다. 몸 상태가 많이 악화되신 듯하네요. 우선 진료부터 시작해 보죠."

의사가 말하였다. 그는 가방을 바닥에 내려두었다. 그리고 의자를 꺼내기 위해 책상으로 다가갔다. 의사는 책상 앞에서 한동안 유심히 바라보다 한숨을 내쉬었다.

"이 물건은 어디서 나신 거죠? 혹시 사용하신 건가요?"

의사는 나를 바라보며 말하였다. 아무런 대답도 할 수 없었다. 부끄러운 줄 알면서도, 이런 일이 일어날 수 있다는 사실을 알면서도 조절할 수 없었다.

"네? 대체 무엇인데요?"

루실의 의사에게 질문하였다.

"아주 위험한 약품입니다. 요새 젊은 사람들을 통해 유통되는 약이에요. 흡입하면 환각에 빠지게 만들어 유행을 타고 있습니다. 그러나 부작용이 심해요. 정신을 이상하게 만들거나 근육과 뼈에 치명적인 영향이 가게 됩니다. 특히나 이미 병이 있으셨기에 흡입하셨다면 악화를 빠르게 초래할 겁니다. 벌써 심각하게 진행되고 있네요. 이러한 부작용이 있다 보니 조만간 정부에서 법률적으로 금지할 것 같습니다."

의사가 대답하였다. 루실은 그의 말을 듣는 내내 양손으로 입을 가렸다. 충격받은 모습을 애서 가렸다. 솔직한 의사의 말에 더욱 부끄러움이 느껴졌다.

"그래도 우선 진료와 검사를 진행해 볼게요."

의사는 이어서 말하였다. 여러 도구를 꺼내어 내 몸 이곳저곳을 살폈다. 차가운 철의 감각은 여전히 불편했다.

"한번 걸어 볼게요."

의사가 말했다. 내 무릎과 겨드랑이를 잡고 침대 밖으로 이끌었다. 무거운 다리가 땅에 닿았다. 의사의 팔에 부축하여 서보려고 하였으나 의지와 상관없이 무릎이 굽혀졌다. 의사는 다시 일으켜 여러 번 반복해보았으나 결과는 똑같았다. 결국 다시 침대에 앉혔다. 이어서 처음 보는 듯한 도구를 꺼냈다. 긴 막대와 같은 도구를 입 안 벽의 부드러운 부분을 문질렀다. 이후 콧속으로 깊숙이 넣었다가 훑고 빼내었다. 고통스럽게 긁혀지는 느낌이 들었다. 재채기가 나왔다. 의사는 막대를 어느 용액이 담긴 비커에 넣어 섞었다. 그리고 여러 색이 있는 작은 종이를 적셨다. 액체가 종이를 타고 젖으며 올라갔다.

"아무래도 제가 생각 이상으로 상태가 심각하네요."

의사는 고개를 저으며 말하였다.

"왜 그러시죠?"

루실이 질문하였다.

"이 종이를 보시겠어요. 이것은 일종의 검사 도구입니다. 환자의 타액을 채취한 뒤에 특수 용액에 섞어 검사합니다. 용액이 보이시는 것처럼 종이의 끝부분까지 색을 변화시키고 있어요. 지금 같은 경우는 고위험군에 속해 있습니다. 책상에 놓인 약통과 결과를 보아하니 여태 약도 드시지 않았네요. 현재의 경우에는 크게 손 쓸 수 있는 도리가 보이지 않습니다. 우선 다른 약이라도 드릴 테니 최대한 드시고 계셔주세요."

의사가 대답했다. 그는 약을 꺼내었다. 그리고 모든 도구를 챙겨 가방에 넣었다. 의자를 책상에 도로 집어넣었다. 그는 인사를 건네고 방에서 나갔다. 루실은 의사를 배웅하기 위해 따라 나갔다. 모두가 나간 공간에 어색한 기류가 남았다. 움직이지 않는 다리를 보며 한숨이 내쉬어졌다.

잠시 후, 루실이 들어왔다. 후회와 부끄러움이 밀려 들어왔다. 죄책감에 사무쳐 아무 말도 할 수 없었다.

"괜찮으세요?"

루실이 침대에 앉으며 물어보았다.

"네. 괜찮습니다. 죄송해요."

왠지 모를 사과를 하였다.

"아니에요. 누구의 잘못도 아니에요."

"그래도…. 사과를 드리고 싶습니다. 아직 제가 정원 일도 많이 못 도와드렸는데…. 죄송합니다."

"걱정하지 않으셔도 돼요. 이미 많이 도와주셨어요. 나머지는 혼자서도 충분히 할 수 있습니다. 우선 몸조리를 잘 해보죠. 최대한 도와드릴게요."

"감사합니다. 감사해요…. 사실은 괜찮지 않은 것 같아요…."

루실과 대화를 이어가다 눈물이 나왔다. 글썽이던 몇 방울의 눈물이 흘러나오다가 쏟아져 나왔다. 참아보려 하여도 멈출 수 없었다. 그러다 루실이 안아주는 느낌이 들었다. 그녀의 양손이 등을 두드려 주었다. 눈물은 더욱 흘러내렸다.

"걱정하지 마세요. 계속해서 도와드릴게요. 같이 있으면 무엇이든 해결해 나갈 수 있습니다."

루실은 같은 말을 반복하며 안아 준 채로 말하였다. 그녀의 품 안에 있었다. 안심되는 말을 듣고는 점차 눈물이 멈추었다. 그리고 익숙한 향기가 맡아졌다. 마음이 편안해지는 향기였다. 그녀의 따뜻한 체온이 마음을 녹여주었다.

"감사합니다."

미안함과 감사함에 말하였다. 루실은 미소를 지어주고 있었다. 손을 잡아주었다. 그녀의 향기와 체온, 따뜻한 말 한마디가 심금을 울리는 감동을 주었다.

"아! 맞다. 그러면 잠시만 기다려 주시겠어요?"

루실은 무언가를 떠올린 듯 말했다.

"아. 네. 그럼요."

덩달아 놀라다 대답했다.

루실은 미소와 함께 고개를 끄덕였다. 자리에서 일어나 방에서 나갔다. 다시 침대에 누웠다.

13장

결실

인생은
그날이 풀과 같으며
그 영화가 들의 꽃과 같도다.

Chinese Quince 모과
평범

2.2

 계단을 올라오는 소리가 들렸다. 그러나 이전과 다른 소리가 함께 들렸다. 무언가가 발소리에 겹쳐 계단을 쳤다.
 "오래 기다리셨죠?"
 루실이 방으로 들어오며 말하였다. 루실은 휠체어 하나를 끌고 들어왔다.
 "그래도 계속 집에만 계실 수는 없으니 산책하러 나갈까요? 기분 전환 겸 신선한 공기를 마시러 나가요."
 그녀가 말하였다.
 "좋습니다. 감사해요."
 미소와 함께 대답하였다.
 "바깥 날씨가 꽤 추워서 옷을 가져다드릴게요. 옷장은 어디에 있나요?"
 루실이 질문하였다.
 "방을 나가서 옆 방에 있습니다. 아무 옷이나 가져다주셔도 돼요. 감사합니다."
 나는 대답했다. 그곳에서 여러 옷을 챙겨 다시 들어왔다. 따뜻한 옷으로 갈아입었다. 휠체어에 앉기 위해 도움을 받아 몸을 이끌어 앉았다. 그 위에 담요를 덮어 주었다. 다리가 딸려 나오며 발판에 안착하였다. 아직도 직접 땅을 밟지 못함에 익숙하지 않았다. 루실은 휠체어를 끌어 방 밖으로 나가 주었다. 그러나 첫 번째 난관에 봉착하였다. 계단을 내려갈 방법을 생각하지 못하고 있었다.
 "아? 이…. 이런. 죄송합니다. 제가 간과하고 있었네요."

루실이 당황한 말투로 말하였다. 이상하게 웃음이 나왔다. 당차게 다짐을 보여준 그녀의 모습과 방을 나간 직전부터 난관에 봉착한 점들이 웃겼다. 소리 내어 웃기 시작하였다. 덩달아 루실도 웃기 시작하였다. 웃음소리에 그녀의 소리가 겹치니 시너지가 커졌다.

"괜찮습니다. 저도 생각지도 못하고 있었어요. 휠체어만 옮겨주시면 계단은 스스로 내려가 볼게요."

미소 지으며 말하였다.

"네. 감사합니다. 죄송해요."

루실이 답하였다. 그녀의 도움을 받아 휠체어에서 내렸다. 바닥에 앉아 밑을 바라보았다. 루실은 휠체어를 들고 뒤를 확인하며 천천히 내려갔다. 다리를 계단에 올려 두었다. 팔에 힘을 주어 몸을 지탱하고 계단 하나하나씩 내려갔다. 다시 도움을 받아 휠체어에 올라앉았다. 그리고 밖으로 나갈 수 있었다. 차가운 기운이 맴돌았다. 공기가 코를 통해 들어오며 답답했던 머리와 가슴이 시원해졌다. 우리는 도심 거리를 향해 이동하였다.

도심에 도착하고 특이한 감정이 느껴졌다. 몇십의, 몇백의 시간 동안 봐왔던 거리가 낯설게만 느껴졌다. 분명 익숙함 알고 있으면서도 직접적인 감정으로는 다르게 다가왔다. 루실은 천천히 휠체어를 밀어주었다. 덕분에 맑은 공기와 풍경을 즐길 수 있었다. 도심의 초반부에서 특별한 광경을 목격하였다. 거리에서 꽃을 파는 상인이 있었다. 이전에도 본 적 있는 도심 속 꽃 상인이었다. 추운 날에도 꽃을 내어놓고 있었다. 목도리와 귀마개, 두꺼운 옷을 입고 추위에 떨며 팔고 있었다. 그뿐만 아니라 여러 사람이 추위를 무릅쓰고 꽃을 사러 나왔다. 볼과 코가 빨개지고 손이 떨려도 꽃을 가져갔다. 추위 속 한정된 꽃만 있는데도 그들은 활기차게 꽃을 들었다.

"좋은 광경이네요."

뒤에서 루실이 말하였다. 덩달아 마음이 따뜻해졌다. 평범한 일상이 특별하게 기억에 남을 것만 같았다. 지금 시간이 멈춘다면 그 무엇도 두려움이 없었다. 우리는 다시 움직였다.

"배고프지는 않으세요? 아침부터 아무것도 못 드셔서…."

루실이 질문하였다.

"그러고 보니 아무것도 먹지 않았네요. 배고프실 텐데 간단하게 뭐라도 먹을까요?"

나는 대답하였다.

"네. 좋아요. 그러면 제가 알고 있는 곳으로 가실까요?"

그녀가 말했다.

"부탁드리겠습니다."

나는 대답했다. 루실은 어딘가로 데려가 주었다. 어느 길거리 음식점에 도착하였다. 그곳에서 루실은 점원과 말을 하다 작은 갈색의 봉투와 커피 한잔을 받았다. 다시 나를 끌고 옆의 작은 공간으로 이동하였다. 그곳에 멈춰 봉투에서 음식을 꺼내었다. 조심스럽게 냅킨으로 집어 건네주었다. 방금 막 구워져 나온 따뜻한 프레첼이었다. 하나씩 나눠 가져 먹었다. 따뜻한 커피 한 모금이 추위를 녹여주었다. 고급진 음식은 아니었지만, 분위기만으로 행복한 경험이었다.

도시 산책을 이어갔다. 사람들을 구경하기도 하였으며, 건물들을 구경하기도 하였다. 따뜻한 햇볕과 추운 공기가 공존하는 평온한 일상을 맞이하였다.

"같이 꽃을 사러 가지 않으실래요?"

루실이 걸어가며 질문하였다.

"좋아요. 꽃을 사러 가야 하는군요? 이전에 같이 갔던 그곳으로 가시나요?"

대답 후 되물었다.

"맞습니다. 기억하시네요. 그곳이 주로 거래하는 곳이라서 오늘도 그곳으로 가려고 합니다. 곧 다가올 봄을 위한 꽃들과 준비 도구들을 사러 가려고 합니다."

그녀가 대답하였다. 도심에서 빠져나왔다. 점차 인적이 드문 곳으로 이동하였다. 흙길과 돌부리가 많은 길로 바뀌어 갔다. 루실이 힘을 쓰며 나를 밀고 있는 소리가 들렸다. 나는 미안함이 가득했다. 그러나 해줄 수 있는 것이 없어 안타깝고 한심했다.

짧지만 긴 시간 동안 이동하여 이전에 방문한 적 있는 꽃집에 도착하였다. 들어가자마자 높은 습기가 느껴졌다. 점원이 나와 반겨주었다. 루실은 점원과 이야기를 오고 갔다. 그동안 고개로 주변을 구경하였다. 초록색과 여러 색상이 눈의 피로를 풀어 주었다. 풀 내음을 맡다 보니 루실이 이야기를 마치고 다가왔다. 그녀의 양손에는 물건이 잔뜩 들려 있었다.

"제가 들어드릴게요. 주시겠어요?"

나는 말하였다.

"감사합니다. 그러면 부탁드릴게요."

루실이 대답하였다. 물건을 받아 무릎 위에 올려 두었다. 주인에게 인사를 건네고 밖으로 나왔다.

"몸이 더 차지기 전에 집으로 돌아갈까요?"

루실이 질문하였다.

"좋아요. 그러시죠."

나는 대답했다.

루실이 나를 끌어주며 집으로 향하였다.

Myrtle 은매화
사랑의 속삭임

2.9

우리는 금세 집에 도착할 수 있었다. 우선 정원에 들려 가져온 짐을 내려두었다. 그리고 저택을 향해 데려가 주었다.

"올라가실 때는 힘드실 테니 도와드릴게요."

루실이 말하였다.

"감사합니다. 잘 부탁드릴게요."

나는 대답하였다.

"걱정하지 마세요."

루실이 미소와 함께 화답해주었다. 그녀는 나를 휠체어에서 내리게 해주었다. 그리고 내 무릎과 겨드랑이를 팔로 지탱하여 들어 올렸다. 처음에는 힘을 주는 소리가 들렸으나, 계단을 올라갈 때 의외로 편안하게 올라갔다. 방으로 들어가 침대까지 앉혀 주었다. 외투를 벗는 것까지 도와주었다. 막상 방으로 들어오니 점점 가슴이 먹먹해졌다. 잊고 있던 생각들이 떠오르고 말았다. 오늘 하루 동안의 내 자신이 짐 덩어리로 전락해버린 것만 같았다. 또한 협박당하고 있다는 사실에 루실이 그 협박에 포함되어 있다는 불안감이 나를 옭매었다. 그러자 약에 관한 생각이 머리를 가득 메웠다. 책상을 바라보니 놓았던 약이 보이지 않았다. 책상 위에는 꽃 한송이만이 피어 있었다.

"어디 아프세요?"

루실이 옆에 앉으며 물어보았다.

그녀는 심각한 표정을 지었다. 루실의 진심 섞인 표정을 지으니 더 이상 비밀로 남겨둘 수는 없었다. 그녀에게 말하지 않았던 이전의 모든 사실을 털어놓았다.

"그러셨군요…. 혼자서 너무 많은 것을 끌어안고 계셨네요. 힘드셨을 것 같아요. 이제라도 말해주셔서 감사합니다. 불안을 조금이라도 덜어드릴 수 있다면 괜찮겠지만, 너무 걱정하지 말아 주세요. 그런 허울뿐인 협박에는 겁먹지 않으니까요. 말했다시피 함께 있으면 그 무엇도 해결할 수 있습니다."

루실은 여전히 미소 지으며 말하였다. 그녀의 미소에 일부 안심이 되었다. 간과하고 있었다. 루실은 어른이었고, 담대하다는 사실을.

"감사합니다."

말 한마디로 대답하였다.

"그러면 아직 힘드실 텐데 쉬고 계셔 주세요. 저는 아까 사 온 짐을 풀고 정리하고 있을게요."

루실이 말했다. 나는 고개를 끄덕였다. 그녀는 자리에서 일어나 방문을 닫으며 밖으로 나갔다. 혼자 방에 남았다. 루실이 나가자마자 고독감이 느껴졌다. 창문 밖으로 혼자 정원으로 가고 있는 모습이 보였다. 안심을 느끼기도 하였지만, 혼자 있는 내 모습과 그녀의 모습에 두려움을 완전히 잊을 수는 없었다. 걱정과 고민이 점차 부풀어 올랐다. 이럴 때면 해결 방법으로 약 생각이 나는 자신이 한심했다. 그러나 책상에는 약이 없었고 당장에 밀려오는 두려움을 막을 방법이 없었다. 창문 밖으로 루실의 모습은 보이지 않았다. 난간에 두 송이의 꽃만이 시야에 들어왔다. 꽃향기를 맡으러 가까이 다가갔다. 향기로운 냄새가 나리라는 예상과 다르게 끔찍한 향이 맡아졌다. 다가가기 어려울 정도로 강렬한 향이었다. 냄새를 피하여 최대한 침대 가장자리로 멀어졌다. 그러나 꽃의 향은 점차 퍼져나갔다. 이제는 다가가지 않아도 코를 자극할 정도로 향이 깊숙이 들어왔다. 최대한 멀어지려 하였지만, 더 이상 물러날 곳이 없어 침대에서 떨어지고 말았다. 다리가 움직이지 않아 머리와 팔에 충격이 그대로 들어왔다. 바닥에서도 여전히 향이 맡아졌다. 침대 아래에 아무렇게나 놓여 있는 책을 발견하였다. 냄새의 원인을 막고자 책을 들어 화분을 향해 던졌다. 그러나 불안정한 자세로 던졌기에 목표가 제대로 맞지 않았다. 책은 화분 뒤의 유리창에 맞아 그대로 깨트리며 날아갔다. 바깥 공기가 들어와도 향은 도저히 빠지지 않았다. 숨쉬기가 어려울 정도로 끔찍하였다. 눈이 따가웠으며 손으로 코를 가려도 냄새를 막을 수 없었다. 두통이 함께 밀려왔다. 온몸이 강직되는 것처럼 힘이 들어갔다. 최대한 방문으로 움직였다. 그러나 손잡이는 너무 높이 있었다. 두통이 이내 온몸에 퍼졌다. 팔과 손가락이 쑤실 듯 아프다가 감각이 없던 다리마저도 고통이 밀려왔다. 그 고통은 가슴에까지 퍼져 심장을 누군가가 쥐어 잡듯이 극심한 고통이 느껴졌다. 그러다 온몸이 모래가 되어 버티지 못하고 부서져 버리는 것만 같았다. 더 이상 의지대로 움직일 수가 없었다. 사방으로 부서진 모래알을 주워 담을 힘이 없었다. 손을 뻗고 싶어도 듣지 않는 몸의 명령이 답답했다. 결국 바닥의 늪에 사로잡히고 말았다. 점차 눈을 뜨고 있기도 힘들어졌다. 모든 것을 포기하고 싶어져 눈이 감길 때쯤에 누군가가 나의 무릎과 어깨를 잡았다. 그대로 들어 올려진 채로 계단 아래로 내려갔다. 내 얼굴 위로 길게 늘어트려진 머리카락이 닿았다. 특별한 꽃향기가 맡아졌다. 나는 이 꽃향기를 알고 있었다. 향긋한 향이었다. 어렴풋이 보이는 머리카락 뒤의 표정에서 익숙한 얼굴이 보였다. 향기도, 얼굴도 누구인지 알고 있었다. 그녀는 나를 향해 소리치고 있었다. 눈가에는 촉촉한 물방울도 보였다. 빠르게 밖으로 나가졌다. 콧속으로 바람이 들어와 끔찍한 냄새를 밀어내어도 몸의 힘은 돌아오지 않았다. 바깥의 시원한 공기 속에서도 향기로운 꽃향기만 맡아졌다. 그녀는 나를 정원으로 데려갔다. 아직 꽃이 없는 흙 위에 눕혀 주었다. 그녀는 눈물을 흘리며 무언가 소리치고 있었다. 그러나 아무 말도 들리지 않았다. 손을 뻗어 그녀의 볼에 흐른 눈물을 닦아 주고 싶었지만, 할 수가 없었다. 이제는 눈이 감기며 뜰 힘조차 사라졌다. 내 옆으로 누군가가 눕는 감각만이 느껴졌다. 온기가 전달되었다. 따뜻한 온기와 향기가 상처 입은 마음을 어루만져 주었다. 점차 모든 감각이 희미해졌다. 마지막으로 굳은 손 위에 촉촉한 손이 마주 잡았다. 그 자리에 누워 미소가 지어졌다.

그렇게 정원에 두 송이의 꽃이 피어났다. 한송이는 분홍색 중앙부터 끝으로 하얘지는 꽃이었다. 또 한송이는 하얀색이 은빛처럼 빛나는 꽃이었다. 이 꽃의 꽃말이 사랑이 되기를 바라며 환하게 피어올랐다.